Gabriele Weingartner

Léon Saint Clairs zeitlose Unruhe. Roman

Gabriele Weingartner

Léon Saint Clairs zeitlose Unruhe

Roman

Limbus Verlag

Bibliografische Information der Deutschen Nationalbibliothek:
Die Deutsche Nationalbibliothek verzeichnet diese Publikation in der Deutschen Nationalbibliografie; detaillierte bibliografische Daten sind im Internet über http://dnb.dnb.de abrufbar.

Umschlagillustration: © Hannah Flattinger
Lektorat: Merle Rüdisser
Druck: Finidr, s.r.o.

ISBN 978-3-99039-155-6
www.limbusverlag.at

Für meinen Sternenvogel

I.

Sobald ich auf Doktor Zuckers Couch liege, werden meine Füße unruhig. Gleich wird er mich nach meiner Kindheit fragen, denke ich und staune über das große schwarze Loch, das sich in meinem Kopf auftut. Man hat eine andere Erinnerung, wenn man so lange lebt; das Gedächtnis wird mürbe mit der Zeit. Wobei es nicht am fehlenden Interesse für meine Anfänge liegt, dass ich die Frage nach meiner Herkunft – so er sie mir stellte – kaum erhellend beantworten kann. Ich bedauere sogar, dem Seelenarzt nicht dienlich sein zu können. Leider jedoch – oder Gott sei Dank? – hatten meine frühen Jahre weder eine kleinbürgerliche noch großbürgerliche Prägung wie die der meisten seiner Patienten, der Studienräte, mittleren Manager, Art-Direktoren oder einer gewissen Kulturwissenschaftlerin namens Konstanze, die mir die Therapie – aus kathartischen Gründen, wie sie bekennt – empfohlen hat. Ich habe nichts zu bieten, was zu Doktor Zuckers Metier gehört. Keinen Ödipuskomplex, keinen Penisneid, keine Kastrationsangst. Rein gar nichts, was die landläufigen Jagdinstinkte eines Psychoanalytikers weckt.

Sprich: Meine Eltern lassen sich kaum in ein paar aufeinander folgende Sätze packen. Sie bildeten keine zusammenhängende Größe, die hätte auf mich wirken können, kurzfristig höchstens, bei meiner Zeugung genauer gesagt, ein paar Minuten lang, wobei die Rolle meiner Mutter austauschbar war und ihr recht hübsches Gesicht, das sie mir vererbt hat, keineswegs den Ausschlag gab, sondern eher ihr Hinterteil.

Vielleicht wären die Verhältnisse ja schon fünfzig Jahre später völlig anders gewesen und ich hätte in einer ganz normalen Familie aufwachsen können, mit Vater und Mutter versehen, als Bruder vieler Geschwister, in deren Mitte ich Gott weiß wo – in einer Bauernkate, in einem Handwerkerhaushalt, in einem Bürgerhaus – gelebt hätte. Meine Mutter war eine herzlich resolute Frau, die mich hemmungslos bevorzugte, mein Vater ein durchschnittlich freundlicher Mann mit keinerlei aushäusigen Neigungen, der seine Kinder kaum schlug. Sie hießen so und so, besaßen Vor- und Zunamen und wohnten in einer Gegend, aus der sich die Familie seit Jahrhunderten nicht wegbewegt hatte. So etwas Ähnliches habe ich mir immer gewünscht, wenn mir Konstanze leise trällernd und durchs Zimmer tänzelnd von ihren Vorfahren erzählte, den Mitgliedern einer weitverzweigten Familie von österreichischen Eisenbahnbaronen, die in gelb angestrichenen Gründerzeitvillen lebten und sich in ihrer Jugend hinter Buchsbaumhecken zum Stelldichein verabredeten.

Aber es wäre halt nicht wahr gewesen.

Ich müsste weiter zurück also und riskieren, dass Doktor Zucker sich totlacht oder mit dem Gedanken spielt, mich einliefern zu lassen. Hat es sich doch anders zugetragen. Ganz anders. Ohne dass ich weiß, warum ich weiß, was ich weiß. Oder es mir gelingt, das mich immer wieder heimsuchende Bild meiner Zeugung als Hirngespinst abzutun. Wie mein Vater auf seinen Plateausohlen heftig ins

Schwanken geriet, nachdem er sich durch die Röcke meiner Mutter gewühlt hatte, es aber nicht für nötig befand, sich seiner während des Akts ins Rutschen gekommenen Allongeperücke zu entledigen, sondern danach ungerührt und allenfalls mit geröteten Wangen die Inspektion der Rebhühner oder Fasanen fortsetzte, die blutig und ihres Federschmucks beraubt auf dem Küchentisch lagen. Erst als er in den Garten hinaustrat, rückte er das Lockenungetüm über seinem kahlen Schädel wieder zurecht. Blinzelte in die Sonne und blieb stehen, um die Hinterteile der Küchenmädchen zu betrachten, die direkt zu seinen Füßen Blumenzwiebeln vergruben und dabei sangen.

Da auch meine Mutter ein Dienstmädchen war, hatte er seiner plötzlichen Begierde leicht nachgeben können, leichter als bei den Gouvernanten seiner ehelichen Kinder, deren Reifröcke ihm Widerstand leisteten. Abgesehen davon, dass meine Mutter wohl keine Unterhose trug, als er sich ihr, während sie Gemüse schnitt oder – was weiß ich – Granatäpfel zertrümmerte, von hinten näherte. Der Kammerdiener jedenfalls, der sie wenig später ehelichte, zeigte sich nicht überrascht, dass sich ihr Bauch verfrüht zu wölben begann, und kam auch nicht auf die Idee, ihr Vorwürfe zu machen. Es war nicht ihre Schuld, an einen Schlossherrn geraten zu sein, der das *ius primae noctis* so exzessiv auslegte wie der Marquis de M., und auch nicht die seine. Eifersucht war kein empfehlenswertes Gefühl unter Bediensteten, bot also keinen Anlass zu Verwicklungen wie in *Figaros Hochzeit*, dieser angeblich so revolutionären Oper, in der das Recht der ersten Nacht eine wichtigere Rolle spielt, als ihm historisch zukam.

Der Mann meiner Mutter konnte auch kein Bett vermessen – so wie es Figaro für seine Susanna gleich im ersten Akt so umständlich tut. Sie übernachteten getrennt in der jeweiligen Gesindekammer, der Etat sah nicht vor, dass Ehepaare in Dienstverhältnissen nebeneinander einschliefen. Und ich – ein in schmutziges Leinen verpacktes, krähendes Bündel – wurde da oder dort abgelegt und hatte ansonsten wohl Glück, des Nachts nicht von übermüdeten weiblichen Körpern zerdrückt zu werden.

An wie vielen Brüsten ich lag und saugte! Ich musste die vorhandene Milch mit vielen anderen Säuglingen teilen, Schwesterchen und Brüderchen gar, mit denen der Herr Marquis seinen Haushalt unaufhörlich vergrößerte. Dass meine Mutter meine Mutter war, erkannte ich zuverlässig erst, als man mich zu ihr stieß und *Das ist dein Bankert* sagte. Bisweilen ließ sie mich auch, während sie Pflanzensamen sortierte, unter ihre Röcke schlüpfen. Darunter roch es wie nirgendwo sonst und auch später nie wieder. Viel geredet hat sie nicht, kaum dass sie meinen Namen rief. Léon. Oder Leonard. Oder Leo. Oder so ähnlich.

Von der Existenz der Mozart-Oper erfuhr ich erst als Lehrling eines Notenstechers in Wien. Der pfiff Arien vor sich hin, wenn er seinen Stichel in die Kupferplatte grub. *Se vuol ballare, Signor Contino*. Oder *Voi che sapete …* Joseph II. war da schon tot und Polen ging auf seine dritte Teilung zu. Und es sollte noch weitere Jahre dauern – zweihundert, um genau zu sein –, bis ich das Singspiel zu hören und zu sehen bekam. Auf Deutsch ausgerechnet, in der Komischen Oper zu Berlin, wo es immer noch nach DDR-Reinigungsmilch roch, wie einige meiner Bekannten behaupteten, obgleich die Mauer längst gefallen war, und man ein Vierteljahrhundert nach Walter Felsensteins Tod noch nicht aufgehört hatte, alles Ausländische einzudeutschen, weil die Arbeiterklasse wissen sollte, worum es ging.

Ich weiß nicht, weshalb ich die Rezitative auf Italienisch mitsang, keine Ahnung, woher ich Lorenzo Da Pontes Libretto so genau kannte. Die junge Frau, die neben mir saß, fühlte sich jedenfalls gestört. Sie stieß mich sacht in die Seite, bewegte ihren Kopf so nah an den meinen, dass ich ihren Pfefferminz-Atem roch, und legte den Finger auf den Mund. Später, in der Pause, als ich sie schon fast wieder vergessen hatte, entdeckte ich sie im rötlich trüben Licht des verspiegelten Foyers – doppelt so weit von mir weg, als ich dachte – und sprach sie an. Sie trug ein kurzes grünes Kleid ohne Ärmel und war größer als alle Frauen, die ich kannte. Die Leute, mit denen sie sich gerade unterhielt, ließ sie stehen. Wir kehrten auch nicht mehr zu unseren Plätzen zurück, sondern beschlossen, essen zu gehen. In einem Restaurant, dessen Beleuchtung uns nicht wesentlich besser vorkam, bestellten wir in der Pfanne ausgebackene Teigfetzen, die sich *Kaiserschmarrn* nannten, leckten uns gegenseitig den Puderzucker von den Fingerspitzen und konnten bald auch sonst nicht mehr voneinander lassen. Den dritten und vierten Akt der Oper holten wir anderswo nach, im Mannheimer Nationaltheater – oder war es auf der Seebühne in Bregenz? Und da oder dort sahen wir auch den *Sommernachtstraum* mit der Musik von Felix Mendelssohn Bartholdy als Ballett, wo man sich gegenseitig Zaubertropfen auf die Lider träufelte und durch unsichtbare Türen in andere Welten trat.

Ich habe noch nie mit einem so kleinen Mann geschlafen, sagte Konstanze einmal überrascht, als sie von einer ihrer Reisen zurückkam, bei denen sie wohlhabende ältere Herrschaften durch Europas sehenswerteste Städte führt und dabei Englisch, Französisch, Italienisch, Portugiesisch oder Russisch spricht. Noch nie, murmelte sie, während sie mich mit ihren Beinen umschlang. Noch nie.

Und ich erwiderte, meine Zunge in ihrem Ohr: Dieses Bett ist zu groß für mich. Eigentlich brauche ich nur eine Koje. Und danach, als sie ein schwerbeladenes Frühstückstablett neben mich stellte: Sag mir, an wen du mich erinnerst! Sofort! An ein Stubenmädel? An eine von Edward Hopper gemalte Nackte vorm blinden Hotelfenster? An die Fremdenführerin, die du ja bist?

Konstanze trank einen Schluck Orangensaft, ihre Brustwarzen sahen aus wie Rosenknospen, stirnrunzelnd köpfte sie ihr Ei und bewegte sich auf ihr Lieblingsthema zu: Doktor Zucker hat kleine Götteridole überall herumstehen, das würde dir gefallen. Wie Freud, weiß du! Überhaupt finde ich, dass er ihm ähnlich sieht. Mit seinem weißen Bart, seiner runden Brille, seinem schmalen Gesicht. Du hast mal wieder gestöhnt heute Nacht. Nicht vor Lust. Und in einem Sprachgemisch gesprochen, das nicht europäisch klang. Ich kann dir das nicht verschweigen. Du bist zu traurig. Zu ... wehmütig. Du hast zu viel unerledigte Kindheit in deinem Blick.

Es störte sie nicht, dass ich ihr in den folgenden Wochen und Monaten mit den immer gleichen Sätzen antwortete: Ach, wirklich? Ich finde, ich sollte besser zum Zahnarzt gehen. Dem müsste ich wenigstens nicht meine Sünden beichten. Weißt du einen guten?

Es war ihr einfach nicht auszureden, dass es sich bei meiner Melancholie um eine Krankheit handle. (Tatsächlich sprach sie von Depression.) Wenn sie sich in Athen, Palermo oder Cordoba befand, hetzte sie ihre lustigen Freundinnen auf mich und ließ mich von ihnen bekochen. Die eine oder andere versuchte auch, mich zu verführen – nicht ohne Konstanzes Einverständnis vermutlich. Die Freunde gingen mit mir ins Fitnessstudio oder zum Segeln auf der Havel, wo ich feststellen musste, dass die Neigung zur Seekrankheit nicht etwa vergeht und maritime Abhärtung – einmal ums Kap Hoorn – so gut wie gar nichts fruchtet. Gegen das Bild, das ich in mir trage – meinen Vater mit der Allongeperücke, meine kleine Mutter im grauweißen Rupfenkleid –, kann sie ohnehin nichts ausrichten. Gegen die zähe Verzweiflung in meinem Herzen. Gegen die Ozeane aus Zeit, die uns voneinander trennen, die Wüsten aus Stunden und Tagen, die Gipfel aus ewigem Eis.

Trotzdem: An wen erinnert sie mich? Wer lachte wie sie, so laut und ungehemmt, nur um umstandslos in den ergreifendsten Ernst zu kippen? Wer war je so ausdauernd auf dem Sprung? So bedingungslos leidenschaftlich? So glühend gutherzig? Spätestens als sie beschloss, sich ein halbjähriges *Sabbatical* zu genehmigen, um in einem afrikanischen Flüchtlingscamp zu arbeiten, erkannte ich, dass ich mich vor ihr in Acht nehmen sollte. Das eines Tages aus Darfur bei mir einschwebende Foto verstärkte den Eindruck noch. Diese junge, von schwarzen Kindern umringte Frau im khakifarbenen Zeltkleid, die mir darauf entgegenlächelt. Diese strahlende, von Sommersprossen übersäte Konstanze, auf deren Schultern ein Junge sitzt, der in ihren Haaren wühlt.

Kein Zweifel, Gertie McInnis ist das, wie sie am 6. Januar 1923 in mein Leben trat. William Somerset Maugham war mit dem Zug aus Chiang Mai nach Bangkok gekommen und hatte sich in der Hotelhalle des *Orien-*

tal fiebernd und an allen Gliedern zitternd in einen Sessel geworfen. Und sie war es gewesen, auf die sich der Schriftsteller stützte auf dem Weg zu seiner zum Fluss hin gelegenen Suite, wo sie noch in der Nacht begann, ihn mit Wadenwickeln und stündlichen Chiningaben zu traktieren. Aber sie war auch eine sprachversessene, heimlich die Bücher der Gäste entwendende Leserin, und ich weiß nicht, was mich damals mehr beeindruckte.

Kurz vor ihrer Abreise brachte Gertie ihnen ihre Schätze wieder zurück – da sie sich an der Rezeption darüber informierte, stets zum richtigen Zeitpunkt. Im Nachhinein konnte ich mir das leicht zusammenreimen, weil ich im dahinterliegenden Büro arbeitete – konkret: die täglich wechselnden Speise- und Einladungskarten gestaltete – und von dort einen direkten Blick auf alle hatte, die sich hinter dem Tresen zu schaffen machten. Wochenlang allerdings sah ich weiter nichts als ihren Rock und ihre Knöchel oder – wenn sie sich bückte und die Karteikästen durchforstete – ihre langen Finger und ein paar Strähnen ihres kupferroten Haars, die sich aus dem Häubchen befreit hatten. Während sie sich die Daten einprägte, blitzten ihre hellblauen Augen dahin und dorthin. Oder sie ruhten scheinbar absichtslos auf dem Portier vor der gläsernen Eingangstür in seiner goldbetressten Livree, der die dort unablässig aus Sänften, Pferdefuhrwerken und motorisierten Droschken hervorquellenden Besucher in Empfang nahm.

Seltsam, Gerties imponierende Gestalt und Größe entdeckte ich erst, als ich ihr ein Rendezvous vorschlug und zu ihr aufblicken musste. Direkt vor der offenstehenden Wäschekammer geschah dies, wenige Stunden nach der Ankunft des Schriftstellers, da hatte man ihr gerade zwei Packen weißer Frotteetücher für ihn ausgehändigt und mir frische Ärmelschoner, woran sie erkennen konnte, dass ich zu den Tintenklecksern gehörte, zu den Schreibkräften also, die zwar – abgesehen von mir – in jenen Tagen schon heftig auf den Schreibmaschinen klapperten, in der Hierarchie jedoch nur knapp über den Zimmermädchen und Etagenkellnern rangierten.

Obwohl sie mich bestimmt noch nie gesehen hatte und die Ärmelschoner eigentlich kaum für mich sprachen, sagte Gertie nicht Nein. Dass sie dabei auf mich herabsah, ohne auf mich herabzusehen, hatte wohl weniger mit meinem Charme oder mit ihren perfekt trainierten Manieren zu tun, als damit, dass sie es gewohnt war, mit Liliputanern umzugehen, wie sie das irgendwann später fröhlich übertreibend ausdrückte. Da gab es die zahlreichen, in ihren roten Fantasieuniformen durch Gänge, Hallen und Speisesäle wuselnden Pagen, über die größer gewachsene Menschen häufig stolperten. Vor allem war da die allgegenwärtige Chefin des Oriental, Madame Maria Maire, die ebenfalls von so kleiner Statur war, dass sogar ich auf sie hätte hinabblicken können, wäre ich jemals in ihre Nähe gelangt, wie Gertie meinte. Sie dagegen stehe jeden Morgen in der schwarz-weiß gewandeten Phalanx, welche die Managerin und Aktionärin des schon damals sagenumwobenen Hotels mit den Sous-Chefs der verschiedenen Abteilungen abschritt, dabei Kragenspiegel, Manschetten, Fingernägel und Handflächen kontrollierend und auf gewesene, aktuelle oder womöglich drohende Mängel bei der Behandlung der Gäste aufmerksam machend. Nie habe sie jemanden vom Personal auch nur mit dem Mundwinkel zucken gesehen bei dieser Parade, sagte Gertie, obgleich es dem allerkleinsten Schuhputzjungen nicht entgehen konnte, dass Madames Perücke ständig ins Rutschen kam oder ihr der Rocksaum herunterhing, weil ihre persönliche Zofe vor ihrem Auftritt nicht das Nähzeug parat gehabt hatte.

Gerade mangelnde Größe könne man glänzend kompensieren, erklärte sie – wen immer tröstend. Man dürfe sich nur nicht wie Napoleon aufführen, selbst dann nicht, wenn man ein Heer von Domestiken befehlige. Das habe sie bei Balzac gelesen, sagte Gertie, in einem Band aus der *Comédie Humaine*, dessen englische Übersetzung sie sich aus dem Gepäck eines britischen Kaufmanns gezogen hatte. Maria Maire hätte sich sogar eine falsch zugeknöpfte Jacke erlauben können oder jede andere ihr Äußeres betreffende Nachlässigkeit, Mankos also, die sie bei ihren Angestellten unnachsichtig ahndete. Vielleicht weil sie ihre Macht so fraglos ausübt, fügte meine neue Bekannte hinzu, ähnlich angestrengt die Stirn runzelnd wie Konstanze neunzig Jahre später. So jenseits jeder Lächerlichkeit. Keiner von uns hat sie je bei einer Ungerechtigkeit ertappt.

Ach, Gertie. Ach, Konstanze. *After I met you, I saw myself as another*. Damals wie heute. Wie kommt eine Schottin – nach einem längeren Aufenthalt in Zürich, wo sie als Kindermädchen in einem Professorenhaushalt einen schweizerischen Dialekt erlernte, der ihrer eigenen Sprachmelodie entgegenkam – nach Bangkok? Nicht nur davon erzählte sie mir in den schwülen Nächten auf wechselnden Bänken im Lumphini-Park, in Andeutungen wenigstens, lange nach Dienstschluss, weit weg vom Hotelgelände, während wir einer trotz der späten Stunde immer noch beträchtlichen Menschenmenge beim Schattenboxen zusahen. Auch William Somerset Maugham erwähnte Gertie irgendwann, diesen dauerreisenden britischen Schriftsteller, samt Gerald, seinem Freund, der ihn zärtlich *Willie* nannte.

Dass er nah am Kollabieren war, habe sie – zum Servieren der Begrüßungscocktails in der Eingangshalle eingeteilt – nur deshalb bemerkt, weil sie einem hinter ihm sitzenden, schamlos miteinander turtelnden Liebespaar zwei Ginfizz bringen wollte und sie dem Schwerkranken dabei ins schweißnasse Gesicht blickte, weshalb sie sich entschlossen habe, ihr Tablett abzusetzen und ihn aus dem Sessel zu ziehen. Gertie lachte schallend. Wie sie es dann verhinderte, dass er über einen der Spucknäpfe stolperte, welche die verdammten chinesischen Boys mal wieder zu leeren vergessen hatten, sei ihr schleierhaft, vermutlich war es der pure Instinkt.

Gerald jedenfalls habe währenddessen viel zu lange mit einem der beiden Sänftenträger verhandelt. Der erwartete wohl mehr als den vereinbarten Preis und weigerte sich, ihm sein Wechselgeld zurückzugeben, sagte Gertie, das komme häufig vor. Vielleicht habe Gerald ja auch schnell ein Date mit dessen Kollegen ausmachen wollen, bevor er ihm auf Nimmerwiedersehen entwischte. Er war der Hübschere zweifellos, stand aber nur trotzig dabei und beteiligte sich nicht an der Debatte. Es gebe tausende von Sänftenträgern in Bangkok, wie die Bootsführer auf den Khlongs könne man sie eigentlich kaum voneinander unterscheiden. Also wollte Gerald wahrscheinlich die Gelegenheit beim Schopf packen, nicht jeder sei schließlich geeignet zum näheren Kontakt.

Redeten wir Englisch miteinander oder Deutsch? Wie merkwürdig, dass ich mich nicht mehr daran erinnere, hier auf Doktor Zuckers Couch. Sprach Gertie schottisches Schwyzerdütsch oder schwyzerdütsches Schottisch? Und ich? In welchem Idiom versuchte ich mich auszudrücken?

Weil Maugham ungefähr so groß war wie sie selbst, ja sie sogar ein bisschen größer als er, sei es ihr gelungen, ihn unauffällig eine der beiden zum ersten Stock führenden Wendeltreppen hinaufzuschieben. (War es die rechte oder die linke? Gertie nahm alles sehr genau.) Gerald, der sie erst kurz vor der Tür zur Suite einholte, drängte sie weg und erklärte, man brauche ihre Dienste nicht, sein Freund hingegen sofort medizinische Hilfe. Bei ihrer Frage nach dem Gepäck lachte er kurz auf. Maugham habe keines, erfuhr sie, nur ein Köfferchen für seine Toilettensachen, vermutlich stehe das jetzt unten in der Lobby neben seinem Sessel – wenn es nicht längst gestohlen sei. Bei jedem Halt pflege er sich neu einzukleiden, der Gute, diese Rekonstitution könne er sich leisten, beneidenswert, nicht wahr? Der Concierge solle deshalb nicht nur einen Arzt, sondern auch einen Herrenausstatter in Bewegung setzen, trug er Gertie auf. Wobei es mit der Garderobe nicht so eile. Erst müsse Willie gesund werden. Und dazu wohl eine ganze Menge Chinin schlucken, wie er befürchte.

Was die Freundschaft der beiden Männer anbelangte, zeigte Gertie keinerlei Befangenheit, wenngleich sie in den ersten Tagen unserer Bekanntschaft über ein gewisses Maß an Information nicht hinausgehen wollte. Später, nachdem ich ihr an ihrem freien Nachmittag auf dem Weg zu meinem Lieblingskalligrafen zufällig begegnet war und wir uns von da an regelmäßig verabredeten und vertrauter miteinander wurden, kam Maugham in unseren Gesprächen häufiger vor. Eine ganze Woche sei er in seiner Suite geblieben, bevor er sich auf dem Balkon dann gänzlich auskurierte, erzählte Gertie. Unter der Sonnenmarkise vor türkisfarbenen Fensterläden, von Bananenstauden in Kübeln umgeben, lesend, schreibend und die Boote beobachtend, die auf dem Chao Phraya vorüberfuhren, inmitten der Geräuschkulisse von einer Schutzhülle aus Stille umgeben, die keiner durchdringen konnte.

Die ersten Tage seien wirklich hart gewesen. Nicht nur für Maugham, der sich zähneklappernd auf dem Bett wälzte, fror oder schwitzte, abgetrocknet oder zugedeckt werden wollte, sondern auch für sie, hatte Madame Maire sie doch – da Gerald sich als zu schwach für Maughams Ungeduld erwies – kurzerhand zur Krankenpflegerin ernannt. Was erstens bedeutete, dass sie Maughams dürre Beine mit nassen Tüchern umwickeln und ihm stündlich trotz seiner Gegenwehr das in Wasser so schwer lösliche, bittere Chininsalz einflößen musste, nachdem es ihr gelungen war, das Moskitonetz fachgerecht zu lüften, ohne dass sich der Kranke darin verfing. Und zweitens hieß es, fast zwei Wochen lang allein und in ungewohnt großer Nähe mit zwei Männern zu leben, die keinen Hehl aus ihrer Zuneigung machten.

Die Befreiung vom verhassten Staubwedeln am Morgen und vom Cocktailservieren am Nachmittag sei nur ein schwacher Trost gewesen, ein äußerst schwacher sogar, weil sie weder zum Lesen kam noch sich neuen Lesestoff besorgen konnte. Und der Schriftsteller selbst führte so gut wie keine Bücher mit sich, was doch einigermaßen verwunderlich sei, oder? Zwei hatte er immerhin dabei.

Das eine aber legte er nie aus der Hand und unterstrich sich darin Stellen mit einem roten Stift – ein Graus für Gertie, der Bücher heilig waren –, das andere war mit kyrillischen Buchstaben geschrieben, wie ihr Gerald hämisch grinsend erklärte, als er sie beim Blättern ertappte.

Es war sehr merkwürdig mit diesen beiden … Liebenden, sagte Gertie, mir ihr Profil zuwendend, die Schattenboxer beobachtend, bevor sie die Richtung wechselten. Über ihre gerade Nase lief eine Schweißperle, die sie sich ungeduldig wegwischte, bevor sie die Spitze erreichte. Ihre milchig weiße Haut, deren wächserne Qualität im Hotel Oriental nie in Gefahr geriet, leuchtete in der Dämmerung. Wäre ich weniger unbedarft gewesen, hätte ich in Gertie gewiss eine präraffaelitische Schönheit gesehen und ihr dies auch gesagt. So aber schaute ich sie einfach nur an und hörte mir Anekdoten über einen mir unbekannten, mit seinem Freund durch die Welt gondelnden Schriftsteller an, die mich eigentlich nicht interessierten.

Jaaa, sehr komisch, wie sie miteinander umgingen, fuhr sie also fort. Zwar konnte keinerlei Zweifel an Geralds Abhängigkeit bestehen, finanziell zumindest. Für die kleinste Bestellung musste er sich auf Maugham berufen oder Kleingeld von ihm leihen, etwa wenn er sich an einem Straßenkiosk die ihm genehmen billigen Zigaretten kaufen wollte. Dass er mit dem ansehnlichen Sänftenträger in eigener Sache hätte handelseinig werden können, lag im Grunde jenseits seiner Möglichkeiten, so Gertie. Falls ihre diesbezügliche Spekulation überhaupt ein Quäntchen Wahrheit enthalte; manchmal neige sie nämlich dazu, sich literarische Geschehnisse ins wirkliche Leben zu übersetzen, wobei sie so etwas wie Willies und Geralds Verhältnis nirgendwo beschrieben gefunden habe.

Gerald war für Maugham unbeschadet des fast zwanzigjährigen Altersunterschieds ein unverzichtbarer Gesprächspartner, so viel stand fest, nicht nur sein Sekretär und Lastenträger in vielerlei Hinsicht. Diese freundlich zugewandte Art, wie die beiden miteinander umgingen und sich schnell wieder versöhnten, wenn ein böses Wort gefallen war, war ihr nie zuvor begegnet, weder bei ihren Eltern, die trotz ihrer dreizehn Kinder keinerlei Gefühle füreinander hegten, noch beim Zürcher Mathematikprofessor und seiner Frau, die sich wochenlang keines Blickes würdigten, wenn der Ehemann bei einer Abendveranstaltung wieder einmal allzu offensichtlich jungen Damen hinterhergeblickt hatte.

Gerald hingegen las Maugham vor, wenn dieser auf der Toilette saß, wozu er sich im Schneidersitz auf der Schwelle des Badezimmers niederließ, dem bestausgestatteten im Oriental, wie Gertie wusste. Ein Glas mit Whiskey neben sich auf den Fliesen, vom Luftzug des im Schlafzimmer rotierenden großen Ventilators gerade noch erreicht, verschwendete er offensichtlich keinen Gedanken daran, dass ihn der Schriftsteller noch vor wenigen Sekunden inmitten von ein paar wütend gestotterten Sätzen *Krrretin* genannt hatte. Er versah ganz einfach seinen Dienst, indem er das, was Maugham sich im Salonwagen von Chiang Mai nach Bangkok notiert hatte – als Reporter seiner selbst quasi und der ihm dort begegnenden, verstörend exotischen Wirklichkeit –, wie aus einer druckfrischen Zeitung vorlas, stückweise, scheinbar zufällig auswählend, als guter Bekannter gleichsam, dem es nicht schwerfiel, über ungünstige Umstände hinwegzusehen.

Willie müsse sein Geschriebenes immer sofort hören, habe Gerald erklärt, lesen allein genüge nicht, Willie könne es nicht ertragen, wenn sich etwas zwischen ihn und seine Sätze dränge und deren Originalität dadurch verloren gehe. Referierte Gertie. Selbst wenn ein Malariaanfall einmal nicht nur mit Fieber und Schüttelfrost einherging, sondern – wie dieses Mal – auch mit Durchfall und Erbrechen. Ohne sie anzuschauen, beim Überfliegen von Maughams auf dem Tisch liegenden Notizbuch, habe Gerald dies hinzugefügt und sich dabei dezent die Nase zugehalten. Vielleicht finde ja – wenn Willie erst wieder ein Schreibgerät in die Hand nehme – auch eine zur Krankenpflegerin mutierte Hotelangestellte namens Gertie darin Aufnahme. Der Freund des Schriftstellers behandle Bücher übrigens sehr grob, wie ihr aufgefallen sei; solch breite Fingerkuppen seien zum Seitenumdrehen einfach nicht gemacht.

Dass Gerties Vater Pfarrer gewesen war, in einem auf einer Klippe gelegenen Dörfchen hoch oben im Norden Schottlands, wo der Wind und das Meer tobten und empfindlichen Menschen wie ihr beständig die Tränen über die Wangen liefen, erfuhr ich nur, weil ich die von mir gestaltete Beileidsbekundung zum *Tod unseres lieben Straßburger Gastes Georg Pfäfflin* nicht rechtszeitig in das Bouquet aus Orchideen und Lilien stecken konnte, das Gertie zur Trauerfeier in die *Assumption Church* bringen sollte, und sie schon in der Schlange vor dem Sarg stand, als ich die Kirche betrat. So gingen wir nach dem Gottesdienst gemeinsam zurück und genossen das unvorhergesehene Zusammensein mitten am Tag.

Den Strauß musste ich aus dem Kühlraum holen, erzählte Gertie, noch atemlos vom begeisternden

Schlussgesang, der allen anwesenden Gläubigen, nicht nur Georg Pfäfflin, das Paradies versprochen hatte. Stell dir vor, das Gesteck lag direkt unter einer von der Decke herabhängenden Rinderhälfte. Weil der Metzger gerade mit seiner Arbeit beginnen wollte, gab er den Blumen einfach einen Tritt und ließ sein Messer über mir kreisen, bevor er es ins Fleisch hieb.

Die Beerdigungen ihres Vaters seien jedenfalls nicht so pompös gewesen, fuhr sie fort, auf floralen Schnickschnack habe er keinen Wert gelegt. Höchstens Weinen war erlaubt, aber nicht zu lange. *Ihre* Tränen habe er mit der für Mädchen unschicklichen Lesewut in Zusammenhang gebracht, unbeschadet der christlichen Inhalte, auf die sie zurückgreifen musste, weil sich in seiner spärlichen Bibliothek nichts anderes befand als die Bibel und Bibelauslegungen sowie eine Schrift von John Knox, die *The First Blast of the Trumpet against the Monstrous Regiment of Women* ... oder so ähnlich hieß.

Sehr viel mehr Information gab es nicht. Gertie besaß sonst keine Vergangenheit, keine jedenfalls, über die sie mir etwas berichten wollte, nichts, wonach sie sich zurücksehnte, kein Ort, kein Haus, weder in Schottland noch in Zürich oder am Zürichsee, von dessen Ufer aus man doch, wie ich wusste, die schneebedeckten Alpen sehen konnte. Über eine Gegenwart verfügte sie, die sie gelegentlich und wohl nicht ungern mit mir teilte, sowie eine Art Präteritum oder auch Plusquamperfekt, worin William Somerset Maugham und sein Freund Frederick Gerald Haxton eine Rolle spielten.

Der langen Rede kurzer Sinn, sehr verehrter Herr Doktor Zucker, wäre gewesen, wenn ich denn geredet hätte oder hätte reden wollen: Ich kann mich nicht erinnern, dass Gertie und ich je wirklich ins Plaudern gerieten auf den zahlreichen Bänken, auf denen wir Platz nahmen in jenem Frühjahr des Jahres 1923 – bevor ich im Schlepptau eines bayerischen Druckereibesitzers nach München abreiste, wo die Inflation galoppierte und er alsbald Bankrott anmelden musste –, im Schatten riesiger Sykomoren und Pappelfeigen, neben bereits ausgetrockneten, mit grauem Staub überzuckerten Springbrunnen in dem von Kaiser Rama VI. erst vor Kurzem seinem Volk geschenkten Park. Im Gegenteil: Es kam leider häufig vor, dass sie mich nur kurz begrüßte und sich dann eine Stunde lang, ohne mir einen Blick zu gönnen, in ein Buch vertiefte, weil sie es am nächsten Morgen in irgendeinen Koffer zurücklegen musste.

Ach, dieses hier würde ich gerne behalten, seufzte sie manchmal, auf den einen oder anderen Schmöker in ihrem Schoß deutend. Charles Dickens' *Oliver Twist* etwa. Oder Edgar Allan Poes im Band *The Murders in the Rue Morgue* versammelte Erzählungen, worin ein Detektiv namens Auguste Dupin die kniffligsten Fälle löst. In einer Geschichte findet er heraus, dass ein Orang-Utan hinter dem Geheimnis der von innen verriegelten Türen steckt. Ist das nicht herrlich?, kicherte Gertie, die in einem schwer erträglichen Ausmaß auf den Geschmack der Hotelbesucher angewiesen war. Auf diese Weise gab es keinen wirklichen Mörder, nur ein unschuldiges Tier.

Auch bei Gustav Schwabs *Sagen des klassischen Altertums* habe sie kaum widerstehen können, wegen der schönen Vignetten allerdings, nicht etwa, weil ihr Deutsch so blendend sei; das habe Vreneli, die störrische Tochter des Schweizer Professors, die sich weigerte, Hochdeutsch mit ihr zu reden, erfolgreich verhindert. Und schwach geworden sei sie dann ausgerechnet bei einem Nachschlagewerk, bei *Roget's Thesaurus of English Words and Phrases Classified and Arrangend so as to Facilitate the Expression of Ideas and Assist in Literary Composition* … oder so ähnlich, ein wahrer Backstein von über tausend Seiten, der sie nun unter ihrer Matratze am Einschlafen hindere.

Dem vorigen *Thesaurus*-Besitzer tue es bestimmt nicht weh, sich ein neues Exemplar zu kaufen, vielleicht sogar eine neue Ausgabe, meinte Gertie. Weder in ihrem Schlafraum, den sie ja mit anderen jungen Frauen teilte, noch außerhalb des Hotels habe sie allerdings je mit der Hilfe dieses Wälzers nach Synonymen jagen können. Warum der New Yorker Kunsthändler dessen Fehlen nicht bemerkt habe, sei ihr ein Rätsel. Bis zuletzt habe sie Angst gehabt, Madame Maire werde sie zu sich zitieren und ihr in ihrem Büro, vor den Augen der Schreibkräfte, die weiße Schürze abbinden, so wie es üblich sei, wenn sich ein Zimmermädchen etwas zuschulden kommen lasse. Ja, sie sah sich schon in der Küche – beim Geflügelrupfen oder Hühnerleber-Waschen. Ob sie dann je wieder in die Nähe von etwas Lesbarem gelangt wäre?

Wenn sie ihr Buch zuklappte, weil es unter den Bäumen zu dunkel geworden war, sagte Gertie manchmal: Später möchte ich einen Bücherschrank mit geschnitzten Löwenköpfen besitzen. Oder wenigstens ein Regal. Und irgendwann werde ich es auch schaffen, eine Bibliothek zu besuchen und einen Benutzerausweis zu ergattern …

Auf weitere Wünsche wartete ich vergeblich, wir fragten niemals nach. Zufällig im Gespräch erhaschte biografische Details nahmen wir kommentarlos zur Kenntnis, unsere Vergangenheit war tabu. (Was hieß schon Vergangenheit, wenn man kaum zwanzig war?) Deshalb geriet ich wohl auch nie in Gefahr, mich in sie zu verlieben oder meine Einsamkeit gegen sie verteidigen zu müssen. Im Gegensatz zu Konstanze hat Gertie mir auch nie so etwas wie Melancholie unterstellt. Ein Romanheld durfte Gemütstrübungen haben, mochte sie instinktiv gedacht haben, kein Tintenkleckser, der Speise- oder Glückwunschkarten mit Schnörkeln versah und damit einer weitgehend nutzlosen Tätigkeit nachging.

Woran sonst kann ich mich erinnern? Es ist ausgesprochen schwierig, auf Doktor Zuckers Couch nicht einzuschlafen. Bevor mich ein Gähnkrampf erwischt, strecke ich probeweise mein linkes und dann mein rechtes Bein in die Höhe, ohne dass von hinten ein Kommentar erfolgt. Ob er gleichfalls hart vorm Einnicken ist? Soll ich mich aufsetzen und umdrehen? Seine Ähnlichkeit mit Freud überprüfen? Obgleich von Konstanze behauptete Ähnlichkeiten so gut wie nie stimmen. Abgesehen davon nämlich, dass Doktor Zucker in der Tat eine runde Brille trägt und einen weißen Bart, hat er so viele Haare auf dem Kopf, wie sie der Wiener Analytiker vermutlich nie besaß, einen Wust von Locken. Auf mich wirkte er trotzdem wie ein alter Mann, als er mir zum ersten Mal die Tür öffnete, mit seinen langsamen Bewegungen und der gebeugten Haltung, die nicht nur daher rührte, dass ihm ein ausgesprochen kleiner Zeitgenosse gegenüberstand. Wie ich bald feststellte, dauert es auch immer eine Weile, bis er sich aus seinem Bauhaus-Sessel aufgerappelt hat, wenn die Zeit um ist, weswegen ich es mir irgendwann angewöhnte, ihm einen gewissen Vorsprung zu lassen, bevor ich mich erhebe, um in den mit Bücherregalen vollgestellten Flur zu gehen, sodass er mir von vorne und aufgerichtet *Auf Wiedersehen* sagen kann. Wahrscheinlich ist er älter als achtzig, sagte Konstanze, als sie mich über meine erste Stunde auf Doktor Zuckers Couch ausfragte, kaum dass ich die Wohnungstür hinter mir geschlossen hatte. Niemand weiß, wo er war während des Krieges und warum er wieder nach Deutschland zurückgekehrt ist. Aber er ist eine Legende, und ich bin froh, dass er dich akzeptiert hat. Dich merkwürdigen Knirps!

Der Kalligraf war ein bezopfter Chinese, sein Gesicht so zerfurcht und mit Warzen übersät wie das grobkörnige Papier, auf das er seine Zeichen niederregnen ließ. Gertie und ich schauten ihm gerne zu, wenn er – weniger gezielt als impulsiv – seinen Pinsel schwang und uns dabei verschmitzte Blicke zuwarf, als könnten wir erraten, was er niederschrieb. Da er weder Englisch noch Französisch sprach, konnte er uns nie verständlich machen, was seine Zeichen bedeuteten, obgleich er sie die ganze Zeit zu kommentieren schien. Eher halbherzig – weil dort die Bänke fehlten – begannen wir auch, die Tempelanlage Wat Pho in unmittelbarer Nähe des Lumphini-Parks zu erkunden. Liefen an dem Dutzende Meter langen vergoldeten Buddha entlang oder verweilten bei seinen mit tausend oder mehr Perlmuttplättchen belegten Fußsohlen, die von den Studenten der auf dem Gelände untergebrachten Universität mit Wasser begossen wurden, damit sie sauber blieben und glänzten. Elefanten und Vögel waren dort abgebildet, fällt mir ein, sowie weitere, mir unbekannte Tiere und Symbole, die – anders als so manche Hieroglyphe der Ägypter – nicht einmal andeutungsweise zu entschlüsseln waren. Selbst hier versenkte sich Gertie in ihre Bücher, an die Wand gelehnt oder auf dem Boden kauernd, sodass ich ihr den Schmutz von den Kleidern klopfen musste, wenn wir aufbrachen. Derweil ich mit dem Studium der Buddha-Füße keinen Schritt weiterkam. Warum klaust du uns keinen *Baedeker*?, fragte ich sie mehr als einmal. Der könnte uns darüber aufklären, was wir hier sehen.

Hinter mir höre ich Doktor Zucker sich räuspern. Es ist ein professionelles Räuspern, abgesehen davon, dass er zu viel raucht und ich dies riechen und hören kann. Diese Kerle sagen nichts, hat mich meine liebe Konstanze vorsorglich instruiert. Sie lassen *dich* die ganze Arbeit tun. Auch Doktor Zucker gilt als klassischer Analytiker.

Vielleicht würde den Mann im Sessel hinter mir ja interessieren, dass mein Vater, der Schlossbesitzer, angesichts der auf ihn zurollenden Revolte und seiner immer aufsässiger werdenden Dienerschaft kaum mehr seine Allongeperücke trug und häufig auch auf seine hochhackigen Schuhe verzichtete. Und dass er mir eine Uhr schenkte, sie mir in die Hand drückte vielmehr und meine Finger darüber schloss, weil er wohl erfahren hatte, dass ich mich auf dem Sprung nach Wien befand, zu einer entfernten Verwandten meiner Mutter, deren Mann in einer Notenstecherei die Kupferplatten ausrieb und polierte. Tatsächlich hätte er die Macht gehabt, mich zurückzuhalten, aber er tat es nicht.

Ich war vierzehn und wäre nie auf die Idee gekommen, mich den Aufrührern anzuschließen, obwohl ich Grund dazu gehabt hätte. Ich wollte nur weg und das Schmuckstück sogar zurückweisen, weil es mir auf meiner Reise garantiert lästig werden würde. Dass ich es ja auch versetzen könnte bei der erstbesten Gelegenheit, fasste ich keine Sekunde ins Auge, hätte doch jeder angenommen, es sei gestohlen, dieses merkwürdig rundliche, handsame Ding, dessen Prinzip der Stunden- und Zeitabmessung ich erst während meiner Reise richtig durchschaute, bei der Überquerung der Cevennen, auf deren Hochplateau, genauer gesagt, als mich ein hübscher junger Herr aus England in seiner Kutsche mitnahm, sich zwar sofort an mir vergriff, mir aber auch zeigte, wie ich das mittlerweile eingeschlafene Ticken des väterlichen Präsents wieder zum Leben erwecken konnte.

Auf die bunte Email-Malerei auf dem Deckel starrten wir beide verständnislos. Die darauf in Szene gesetzte Dame mit gelbem Kleid und tiefem Dekolleté und die beiden sie umschmeichelnden Komödianten fanden wir einfach nur lächerlich, weshalb der Gentleman wohl auch so etwas wie *ridiculous* murmelte, bevor er die Uhr in meinen Brotbeutel zurückschob. Dass er sie nicht in die eigene Tasche steckte, sie mir durch ihn gleichsam ein zweites Mal geschenkt wurde, rechne ich ihm hoch an, heute noch, hier auf Doktor Zuckers Couch, im zweiten Jahrzehnt des einundzwanzigsten Jahrhunderts. Wobei ich überhaupt gern an ihn zurückdenke und an diese erste private Kutschfahrt meines Lebens, pflegten ältere Herren doch brutaler mit mir umzugehen, geschweige denn, dass sie ein so gewinnendes Lächeln aufgesetzt und mich nach der zärtlichen Attacke eigenhändig mit einer Flüssigkeit gereinigt hätten, mit Whiskey, wie ich nachträglich annehme. *L'eau de vie*, sagte der junge Herr, nachdem er sich noch einen Schluck aus dem Kristallflakon genehmigt und auch mir einen angeboten hatte. *Santé! Vive la révolution! Les aristocrates à la lanterne.*

Gewiss könnte Doktor Zucker eine Theorie darüber entwickeln, warum ich nicht aufhören kann, meinen Erzeuger zu hassen, jenen notgeilen Tattergreis in weißen Strümpfen und offenstehendem Rüschenhemd, vor dessen verfilzten Haaren auf der welken Brust ich mich immer noch ekle. Um mir die Uhr unbemerkt übergeben zu können, war er so dicht an mich herangerückt, dass ich seine spitzen Knochen spüren und sein sauer gewordenes Veilchenparfüm riechen konnte, seinen Verfall, seine Todesnähe. Zum Wasserlassen musste er sich seit einigen Monaten einen ihm auf Schritt und Tritt folgenden Diener halten, der ihn, wann immer es notwendig wurde, in eine langstielige Pfanne pissen ließ. Und beim Soupieren und beim Konzert in der Orangerie – so erzählte man sich unter der Dienerschaft – entfernte ein mit riesigen Glotzaugen versehener Bursche namens Jean-Loup ihm die Nasentröpfchen, sobald sie sich ankündigten.

Ach, ich sehe mich noch, wie ich hinter dem Spalierobst hin- und herhüpfe, um einen Blick auf den erbärmlichen Herrn Marquis zu erhaschen, und mich an seinem schmerzverzerrten Gesicht weide, das den grimassierenden Porträtbüsten des Franz Xaver Messerschmidt glich, denen ich ein paar Jahre später in Wien begegnen sollte.

Nein, Eroberungen von hinten gab es schon lange nicht mehr. Auch dass er den Kindern in den Mund griff, um den Zustand ihrer Gebisse zu überprüfen, kam kaum noch vor – weil er seine Hand nicht mehr rechtzeitig zurückziehen konnte, der Idiot, und so des Öfteren gebissen wurde, und nicht etwa, weil ein Mädchen gestorben war, dem er von seinem Barbier einen faulen Milchzahn hatte ziehen lassen. (Vielleicht war es seine Tochter und meine Schwester, das wusste keiner.) Da die Produktion der büschelförmigen Rosshaar-Zahnbürstchen aus irgendeinem Grund ins Stocken geraten war, fand auch deren großzügige Verteilung nicht mehr statt, was meine Mutter veranlasste, mir und einigen anderen der herumwuselnden Dienerschaftsbrut Kaustöckchen in den Mund zu stecken. (Vielleicht zog sie ja aus ihren eigenen faulen Zähnen die richtigen Schlüsse! Mein Gott, was müssen die Menschen damals aus dem Mund gestunken haben. Selbst heute kann man es ja noch erleben bei den allerfeinsten Herrschaften!) Das Gebot des Marquis, die Zähne mit Urin zu reinigen, setzte sich jedenfalls nicht durch, ohne dass er es bemerkt hätte. Und auch dass der Mann meiner Mutter, der sich mit Zahlen und Buchstaben gut auskannte, längst aufgehört hatte, uns Kindern das Alphabet und die Grundrechenarten beizubringen, obgleich er dafür monatlich eine Flasche Wein kassierte, entging ihm.

Was für ein kolossaler Machtverlust fand da also statt, dessen Apotheose vielleicht in der Brandschatzung seines Schlosses bestand. Oder wurde mein Vater von seinen Untergebenen ermordet, weil sie ihm seinen Hygienefimmel als Schikane auslegten und seine Promiskuität als Beleidigung ihrer eigenen Männlichkeit? Gingen ausgehungerte und hasserfüllte Bauern mit Forken auf ihn los, weil er ihnen jahrelang die Ernte geraubt hatte? Dass seine Frau, die für die Enzyklopädisten schwärmte und einen Briefwechsel mit einem verrückten Philosophen namens Rousseau unterhielt, wie man kolportierte, ihren inkontinenten Gemahl ins Irrenhaus hatte bringen lassen, ist wenig wahrscheinlich, wurden Aristokraten dort doch noch schlechter behandelt als die normalen Irren, in revolutionären Zeiten zumal. Sie machte jedenfalls nicht den

Eindruck, als hasste sie ihn. Im Gegenteil, sein Hang zum Küchenpersonal befreite sie wohl vom ehelichen Pflichtverkehr, und seine Liebe zu Pflanzen und Gärten schien auch ihre Unterstützung zu finden. (Es ist ohnehin nur das Geschwätz des Personals, dessen ich mich entsinne, und von keinerlei Belang für meinen Analytiker.)

Es war eine Zeit der Missernten in Europa, die letzten beiden Jahre vor der Revolution, die in Frankreich als Hungerrevolte ausbrach, vielleicht – das weiß ich, weil ich es erst kürzlich gelesen habe – wegen eines nicht enden wollenden, sich immer wieder erneuernden Ausbruchs eines isländischen Vulkans, dessen giftige Aschewolke sich über den Kontinent verbreitet hatte. Ich selbst habe nichts davon gemerkt, die ehelichen und unehelichen Kinder des Marquis bekamen immer genug zu essen. Aber ich kann mich erinnern, dass der englische Herr mich auf die ins Stocken gekommene Blüte der Kastanienwälder aufmerksam machte, durch die wir in seiner Kalesche fuhren, und mir in seinem rudimentären Französisch von brachliegenden, durch Unwetter zerstörten Weizenfeldern erzählte, an denen er vorübergekommen sei. Dass er mit dem kleinen Finger ungerührt und leise schmatzend Kastanienmousse aus einem Glas schleckte und dabei über das Los der Bauern in Frankreich klagte, prägte sich mir als ein Gegensatz ein, auf den ich noch öfter stieß in meinem Leben. Allerdings waren es meist die Fettwänste, die klagten, während sie fraßen, wohingegen mein Reisebegleiter schlank und rank war. Zum Abschied drückte er mir das Glas mit dem Rest der köstlichen Speise in die Hand sowie ein Blatt Papier, das zwar mit Buchstaben, in der Hauptsache aber mit zwischen fünf Linien auf- und abwandernden Kügelchen bedeckt war. Ich weiß ja nicht, ob du lesen kannst, *mon petit*, sagte er, mir über den Kopf streichend, von Noten ganz zu schweigen. Aber das singt sich schön, wenn man die Melodie erst einmal kann.

Natürlich werde ich Doktor Zucker nichts von der Uhr erzählen. Von Konstanze weiß ich, dass man zweimal pro Woche eine geschlagene Stunde lang auf seiner Couch liegen kann, ohne ein einziges Wort zu sagen. Dass der Luxus des Schweigens zum guten Ton der klassischen Analyse gehöre. Sozusagen. Viel schwieriger ist es, nicht an der Krone meiner Uhr zu drehen vor lauter Ungeduld, sprich, ihr Rädchen nicht abzubrechen tief unten in meinem Hosensack, wo sie zwischen meinen Fingern liegt. Ich muss das Ding vorsichtig behandeln – wie ein rohes Ei, denke ich, erstaunt über meinen sich plötzlich beschleunigenden Herzschlag. Menschen, die alte Uhren reparieren können, gibt es kaum noch, sie hausen in den Labyrinthen großstädtischer Hinterhöfe. Und wenn sie nach mehrmaligem Klingeln die Türe öffnen, wirken sie wie aus dem Schlaf gerissen mit ihren blutunterlaufenen Augen und wirren Haaren.

In Bangkok durfte ich das Prachtstück übrigens im Hotelsafe aufbewahren, Madame Maires – witzigerweise ebenfalls aus Schottland stammender – Lohnbuchhalter ließ mich dafür einen halben Tag umsonst arbeiten, weil wohl auch er mich des Diebstahls verdächtigte. Dass ich ihm auch das Flugblatt des jungen Engländers in die Hand drückte, von dem ich mich all die Jahre nicht hatte trennen wollen, wunderte mich selbst. Und natürlich konnte der pedantische Mensch es nicht lassen, das mehrmals gefaltete und fast gänzlich zerbröselte Papier zu öffnen, bevor er es zusammen mit der Uhr in das stählerne

Gehäuse tat, das er jeden Morgen mit großer Attitude und sich mehrmals umwendend mit den täglich wechselnden Geheimzahlen fütterte. *Marche des Marseillois*, las der Buchhalter in erstaunlich gutem Französisch vor, in seinem Backenbart hing noch ein bisschen Dotter vom Frühstücksei. Oho! Ohoho! Was haben wir denn da?, war aber alles, was ihm beim Anblick der oberhalb der Noten marschierenden Revolutionssoldaten einfiel.

Nein, noch darf meine Uhr nicht stehen bleiben. Hören Sie, Doktor Zucker! Es ist gleichgültig, ob ich erfahre, warum Gertie McInnis sich weigerte, die Suite jemals wieder zu betreten, in der sie William Somerset Maugham gesund gepflegt hatte, und es auch vermied, sich bei der Abreise der beiden Freunde in der Nähe aufzuhalten. Immerhin verbrannte sie seine Kleider, nachdem der Herrenausstatter ihm neue angefertigt hatte, so viel war sie bereit, mir zu erzählen, bevor ich nach München abreiste, und sie nahm auch das auf dem Badewannenrand liegen gebliebene, etwas aufgeweichte Buch mit den kyrillischen Buchstaben an sich, das sich als Dostojewskis *Idiot* entpuppte, wie ihr ein Gewürzhändler aus Moskau verriet. Als Lohn für seine Aufklärung habe er ihren Busen anfassen wollen, fügte sie empört hinzu, was sie ihm vehement verwehrt habe, schon weil ihr der dumme Kerl als keine ergiebige Quelle erschien.

Dann aber habe ich nie wieder etwas von ihr gehört. Wie lange sie wohl gelebt hat, und wie alt sie geworden ist? Blieb sie im Oriental? Wechselte sie die Stellung? War sie älter als ich? Großgewachsene Menschen sehen häufig älter aus, als sie sind, so wie kleine Menschen automatisch Kindern gleichen, wobei ich dabei nur ungern von mir selbst reden möchte. Dass sie irgendwann zu Madame

Maires Zofe aufstieg und auf deren Haarteil und ihre Säume achten musste, kommt mir wenig wahrscheinlich vor. Man sah ihren Augen an, wie widerständig sie war, und das war der Prinzipalin bestimmt nicht entgangen.

Bevor Konstanze zurückkehrt und mir Näheres von dem afrikanischen Kind erzählt, das sie adoptieren will, werde ich wohl doch noch ein, zwei Worte mehr zu Doktor Zucker sagen müssen als nur *Guten Tag* und *Auf Wiedersehen*. Fotos des Schützlings kenne ich schon. Auf einem Selfie mit seiner künftigen Mama winkt der Kleine mir zu. In einem ihm bis zu den Knien reichenden Bayern-München-Trikot. Solange sie ihm nicht erlaubt, sich seine Haare blond zu färben, ist alles gut ...

II.

Wenn Konstanze im Ausland ist, komme ich selten vor elf aus dem Bett. Nach einer langen Nacht, erst in der Morgendämmerung zurückgekehrt, zur Sommerzeit zumal, an die ich mich wohl nie gewöhnen werde, hindert mich häufig eine Amsel am Einschlafen. Vom Dachfirst gegenüber dringt sie mit ihren Gesängen so intensiv in meine Gehörgänge und dann in meine Träume ein, dass ich die Koloraturen der Weber-Schwestern zu hören meine, die vor rund zweihundert Jahren aus dem *Auge Gottes* genannten Haus am Petersplatz zu mir herüberklangen. Josepha, Aloysia, Constanze, Sophie – eine jede sang aus ihrem eigenen Fenster, in voller Pracht, mit hochgetürmter Perücke und großzügigem Dekolleté, in der heutigen Wirklichkeit nicht anders als in der damaligen in der Werkstatt des Notenstechers Gregor Stangerl, obgleich ich mich in einem Berliner Wohnhaus befinde, in dessen erst vierzig Jahre nach dem Zweiten Weltkrieg ausgebauten Dachgeschoß genauer gesagt, das ein österreichischer Millionär als feudal genug empfand, es seiner Tochter zur Promotion zu schenken.

Es ist bereits der zweite Frühling, dass ich Konstanzes Amsel lausche, in deren Gesänge die Weber-Schwestern – so mir das Einschlafen gelingt – sich zuverlässig einmischen. Ob mir auch damals (fünfzehn oder sechzehn geworden inzwischen und nach meiner Wanderung durch europäische Kriegsschauplätze völlig abgerissen und fast verhungert in Wien angekommen) Amseln begegneten, weiß ich nicht. Neuere Forschungen besagen ja, dass ihre Melodien von den Menschen stammen und nicht aus ihnen selbst. Erst Ende des achtzehnten Jahrhunderts hätten sie begonnen, die Städte zu erkunden, und sich dort – irgendwann sogar dreimal im Jahr brütend – rasant vermehrt. Zur Frühzeit meines eigenen Lebens! Was für eine Meisterleistung das war nach der Vertreibung aus den abgeholzten dunklen Wäldern und trockengelegten Sümpfen, in denen sie dank ihres schwarzen Gefieders buchstäblich unsichtbar waren! In der Zivilisation der entstehenden Vorstadtgärten und feudalen Parks mutierten sie zu willfährigen Kopisten absichtslos vor sich hin trällernder, vielleicht nur in verschiedenen Tonlagen miteinander kommunizierender Stadtbewohner. Dass die Männchen mit den orangeroten Schnäbeln begannen, ihre unansehnlichen Weibchen mit ihren aus Menschensound generierten Liebesliedern kirre zu machen, dürfte in die gleiche Epoche fallen. Und bestimmt gibt es auch gute Gründe, warum dies vorwiegend so früh am Tag geschieht. Die Freunde von Nachtschwärmern sind Amseln jedenfalls nicht, selbst wenn diese verliebt sind – wie ich derzeit.

Aber ob sie wirklich wegen der menschlichen Stimmen geblieben sind? Wegen des Gesangs? In Wien hätten sie die hochkarätigsten Anregungen gehabt. Selbst mein Meister sang ja in einem fort die Weisen, die er in Kupfer trieb oder im Takt mit den unterschiedlichsten Notenwert-Stempeln auf Zinkplatten hämmerte, nicht nur Arien und Menuette von Mozart, sondern auch von Haydn oder Salieri, ganz abgesehen von den Weber'schen

Ziergesängen aus dem profanen Übungsbuch, die über den Platz hinweg zu ihm in die Werkstatt drangen. Seine Kunden waren prominent, sie hatten die Nummern komponiert, mit denen die Sängerinnen später auf der Bühne brillierten, wobei die Herren ihr Geschriebenes oft selbst vorbeibrachten in seltsamer Unbekümmertheit, während sie – auf den ersten Andruck wartend – im Stehen aus notdürftig ausgewischten irdenen Schalen den Kaffee schlürften, der in einer Blechkanne simmernd auf dem Kohleofen bereitgehalten wurde.

Vielleicht habe ich ja – klein, verzagt, erst allmählich kräftiger, wenn auch nie richtig groß werdend – den einen oder anderen berühmten Tonsetzer mit eigenen Augen gesehen, obgleich sie mir nicht gerade bedeutend erschienen damals, weil Gregor Stangerl über sie zu schimpfen begann, sobald die Türglocke hinter ihnen verklungen war. Über Paul Wranitzky etwa, den mit Schönheitspflästerchen pompös herausgeputzten Dirigenten des Hofopernorchesters, der seine Herrschsucht auch in der Werkstatt nicht bezähmen konnte und Lehrlinge gern mit Fußtritten traktierte. Und auch Franz Xaver Süßmayr bekam sein Fett weg. Dass er nicht nur Mozarts Freund, sondern auch der Geliebte seiner Ehefrau sei, kursierte zwar nur als Gerücht, galt aber als sehr wahrscheinlich. Warum sich Stangerl über Mozart am meisten erregte, wundert mich dagegen nicht: Statt seine Schulden zu bezahlen, kaufte er sich beim Putzmacher gegenüber neue Perücken oder ließ sich seine älteren Modelle mit den neuesten lilablassblauen Puderkreationen bestäuben, nur um derart geschniegelt vor der Front des Ladens auf und ab zu stolzieren, wo gut sichtbar hinterm Schaufenster mein Meister saß, sang und klopfte oder sich mit seinen

Gesellen über unleserliche Handschriften beugte. Weil er es meist versäumte, aufzuspringen und dem Gecken nachzustürzen, tat er irgendwann so, als sähe er ihn nicht – und fiel doch immer wieder herein, wenn der Komponist an die Scheiben klopfte und seine in ganz Wien bekannten Fratzen zog.

Keine Ahnung, ob die Drucklegung der Mozart'schen Werke Stangerl oder einen der vielen anderen Wiener Notenstecher reich machte. Die oft auf wenigen Blättern zusammengeschusterten Stücke müssten doch wie warme Semmeln weggegangen sein, die Duette und Kantaten, Ländler und Märsche, die jedermann sang oder singen wollte, denke ich, während die Amsel – inzwischen auf einen Sendemast ganz in der Nähe gewechselt – nicht aufhört zu tirilieren. Tatsache ist, dass man gern Vogelstimmen kopierte in jenen Jahren, in schöner, unbewusster Umkehrung des neuerdings vermuteten Lernvorgangs der urban gewordenen Amseln. Die dafür gebräuchlichen Trillerpfeifen waren beim Volk beliebt, viel erschwinglicher als gedruckte Notenblätter zumal, und gaben nicht nur zu allerlei privaten und öffentlichen Wettbewerben Anlass, sondern hielten irgendwann auf den städtischen Opernbühnen Einzug: Irgendwer pfiff immer. Dass es Mädchen und Frauen angeblich nicht sollten oder durften, konnte ich nicht feststellen. Ich habe viele pfeifende weibliche Wesen erlebt, hauptsächlich solche allerdings, die sich schämen mussten, wenn sie den Mund aufmachten; ihrer schwarzen Zähne wegen, oder weil sie gar keine mehr hatten.

An die Unterhaltungen über die schon von Joseph II. in goldenen Käfigen gehaltenen Vögel erinnere ich mich nur mehr schwach; das hängt wohl damit zusammen, dass ich nie dabei war bei den Ausflügen in den Schönbrunner Tierpark, zu denen sich meine Kollegen am Sonntag gern aufmachten. Bei ihrer Rückkehr erzählten sie gewiss von den Sittichen, Kakadus und Pfauen oder den Papageien mit ihrem grellbunten Gefieder, wobei die Letzteren ganz besonders seltsame, um nicht zu sagen: irrsinnige Wesen seien, welche die allerschlimmsten Schimpfwörter wiederholten, wenn man sie ihnen nur oft genug einsagte.

Deutlicher im Gedächtnis geblieben sind mir Hansi und Fränzi, die beiden blonden Geschwisterkinder, mit denen ich während der Abwesenheit der anderen durch die Werkstatt tobte, Murmeln spielte unter den kompliziert verzweigten hölzernen Gestellen der Druckerpressen hindurch oder Fangen über Bänke und Hocker, wofür ich zwar zu alt war, meine Deutschkenntnisse aber wenigstens ausreichten. Nein, sie brachten meine Einsamkeit nicht in Gefahr, sie ließen mich in meinem Sprachgefängnis verweilen, weil sie selbst auch nicht viel redeten, nicht einmal untereinander oder abends vor dem Einschlafen, wenn sie nach dem Beten Hand in Hand auf ein und denselben Strohsack krochen, ganz abgesehen davon, dass ich sie in ihrem Dialekt – wie überhaupt die Wiener, die mich umgaben – bis zum Schluss meines Aufenthaltes kaum verstand. Ob sie das Ehepaar Stangerl eigens für das Sammeln der Pferdeäpfel aufgenommen hatte, die im überdachten Teil des Hinterhofs zum Trocknen ausgebreitet wurden, entzieht sich meiner Kenntnis. Tatsächlich taten die beiden nichts anderes und erhielten dafür Essen und Trinken und gelegentlich ein paar gewohnheitsmäßige Ohrfeigen von Frau Stangerl, die keine Zärtlichkeit in ihrem Wesen hatte.

Sonntags kamen weniger Kutschpferde vorbei, unsere Spiele wurden selten unterbrochen. Wochentags aber mussten Bruder und Schwester in der Nähe der Türe Wache stehen und die Gasse im Blick behalten, weil die Frau des Meisters es reinlich haben wollte vor dem Geschäft und schließlich auch andere Kinder unterwegs waren, die das im Winter unentbehrliche Heizmaterial im Visier hatten. Sobald sie also Pferdegetrappel hörten, raste Hansi los und Fränzi mit Schaufel und Besen hinterher, man konnte leicht über sie stolpern oder sogar auf ihre kleinen Körper treten, wenn sie einem zwischen die Füße gerieten. Fränzi jedenfalls, durch ihr bis an die Knöchel reichendes Gewand ohnehin im Nachteil, bekam eines Tages den Stiefeltritt eines in roten Samt gekleideten bischöflichen Boten ab, der ihr wohl den Brustkorb zertrümmerte. Er bemerkte es nicht einmal, der grobe Kerl, sondern kehrte frohgemut mit einer neuen Bestellliste in die Werkstatt zurück, nachdem er die von seinem Herrn in Auftrag gegebenen Notenpacken in seinen Handkarren sortiert hatte, und wäre gewiss abermals auf die Kleine getreten, wenn ich sie nicht weggezogen und mit dem Rücken zur Wand hinter eine Druckerpresse gebettet hätte, argwöhnisch beobachtet von meinem Meister, vor dessen Augen ich meine – von Anfang an völlig bedeutungslose – Arbeit sonst nicht zu unterbrechen wagte.

Dort, an dieser Stelle, muss das Mädchen dann gestorben sein, von niemandem bemerkt, auch von mir nicht, der ich irgendwann bei einem auf Französisch zu führenden Gespräch behilflich sein sollte, und selbst nicht von Hansi, der während des ganzen Nachmittags unverdrossen die Pferdeäpfel in den Hinterhof transportierte, ohne nach seiner Schwester zu fragen. Am Abend, als keine Laufkundschaft mehr störte, wurde Fränzis kleiner Körper aus seiner Enge herausgezogen und für eine kurze Weile sogar aufgebahrt, auf einer Bank im Hinterhof, in der Nähe der dampfenden Exkremente, nicht aus Pietät, sondern aus Verlegenheit, weil Frau Stangerl bei ihrer kranken Tante weilte und die Männer sich nicht zu helfen wussten. Hansi kniete daneben und hielt die Hand seines toten Schwesterchens, die herunterhing, weil keiner sie auf den eingedrückten Brustkorb hatte legen wollen.

Am nächsten Morgen war Fränzi verschwunden, wer weiß, in welcher Grube man sie beigesetzt hatte – und mit welchen Schurken. Vielleicht fand gerade eine Beerdigung in der Nähe statt, sodass die Kleine wenigstens den kirchlichen Segen mitbekam. Hansi wurde fortgebracht, ohne dass er mir oder den anderen Lehrlingen, von denen er sich hin und wieder gegen einen Apfel oder eine Zuckerstange freiwillig hatte quälen lassen, auf Wiedersehen sagte. Was für lange rötlich-blonde Wimpern die beiden Kinder besaßen, fällt mir ein, während die Amsel aus unerfindlichen Gründen innehält und ich mir überlege, nun doch aufzustehen. Wimpern, die tiefe Schatten auf ihre Wangen warfen und durch die sie blinzelten wie Haflingerfohlen kurz vor dem Einschlafen.

Vier Jahre habe ich in Wien zugebracht und meine Ausbildung nicht beendet. Stangerl ließ mich die ganze Zeit über nur Linien einziehen mit dem Rastral, weil man da kaum etwas falsch machen konnte, nicht aber mit der freien Hand Notenhälse oder Bögen zeichnen oder gar Punkte auf die Linie oder zwischen die Linien stempeln, obwohl mich meine tagsüber von mir selbst unterdrückte Linkshändigkeit für das spiegelverkehrte Kopieren der

Originale geradezu prädestiniert hätte, wie ich feststellte, wenn ich mich frühmorgens in die Werkstatt schlich und an Fehldrucken übte. Manchmal zeichnete ich auch ein schönes Deckblatt – für Antonio Salieris Oper *Palmira, regina di Persia* etwa –, das mein chronisch mürrischer Meister keines Blickes würdigte, obgleich ich es ihm manchmal direkt vor die Nase legte.

Meine Musikalität reiche nicht aus, um einem so komplizierten Handwerk wie der Notenstecherei nachzugehen, attestierte er mir stattdessen bei jeder Gelegenheit mit zuckenden Nasenflügeln und vorgeschobener Unterlippe, die schäbige Perücke nachlässig über den Kopf gestülpt. Das merke man daran, dass ich nicht in der Lage sei, den Ton zu halten, und noch viel mehr durch das ostinate Brummen, mit dem ich den Gesang der Lehrlinge und Gesellen regelrecht zu zerstören pflege.

Jeder kann hier singen, selbst die Pferdeäpfel-Kinder, sagte Stangerl, nur du nicht. Dass du in jeder freien Minute in den dritten Stock hinaufrennst, um der Aloysia zu lauschen, hat nichts mit Mozart tun, sondern nur mit ihren aus dem Mieder heraushängenden Brüsten. *Martern aller Arten*, dass ich nicht lache! Erzähl mir nichts. Bevor dieses Flitscherl zu trällern beginnt, müssen wir Notenstecher ihr die Arien erst mundgerecht servieren!

Ich weiß nicht, ob ich noch oft an Fränzi dachte, meine Empfindungen waren so unentschieden und ratlos damals. Nicht lange nach ihrem Bruder jedenfalls verließ auch ich Stangerls Werkstatt, ich wollte nicht nur die Platten ausreiben wie mein Onkel Jean, dessen von der Druckerschwärze verfärbte Hände wie Kohlebrocken aussahen. Außer einem indifferenten Grinsen zu Beginn meines Aufenthalts und einem Wutausbruch an dessen Ende hatte mein Onkel ohnehin nichts für mich übriggehabt. Außer Stangerl wusste auch keiner, dass wir verwandt waren. Aber vielleicht hing wenigstens mit der Verwandtschaft zusammen, dass er mich nicht verpfiff, als er mich auf dem Dachboden, wo er gleichfalls seine Schlafstatt hatte, beim Durchwühlen von Hansis und Fränzis Strohsack erwischte. Dort, zwischen den störrischen, piksenden Halmen und den darin herumwuselnden Flöhen und Spinnen nämlich hatte ich meine Uhr versteckt, in einem aus der Werkstatt entwendeten kleinen Beutel mit Kolophonium, in der Annahme, man finde den Schatz bei den beiden Kleinen weniger leicht als unter meiner Matratze, die mir als Lehrling immerhin zustand.

Nun, mein Onkel Jean, der in Wien nur Schani gerufen wurde, stellte keine einzige Frage, aber sein Tritt in den Hintern beförderte mich gefährlich nah an die steile Treppe, über die man nur rückwärts kletternd wieder nach unten gelangte, und das Säckchen mit der Uhr, das mir dabei aus der Hand fiel, sogar noch darüber hinaus, in das Stockwerk darunter, wo es eine Zeitlang dauerte, bis ich das aus dem Behältnis herausgeschleuderte väterliche Geschenk unter dem Webstuhl der Gott sei Dank gerade abwesenden Frau Stangerl wiederfand. Das Pulver aus Naturharz und Terpentinöl, das man für die richtige Körnung des Aquatinta-Tons brauchte und das jedes Mal, wenn es in meiner Nähe verwendet wurde, fürchterliche Niesattacken bei mir auslöste, wirbelte noch ein bisschen durch die Luft, als ich den Beutel in meiner Hosentasche verstaute. Für ein paar Sekunden tat ich so, als würde ich das auf dem hölzernen Gerät entstehende Teppichmuster studieren, man konnte nicht vorsichtig genug sein. In meiner Nase kündigte sich die Explosion an. Aber keiner kam, auch mein Angreifer folgte mir nicht. Vielleicht wartete er nur darauf, dass eine der Weber-Schwestern zu singen begann, was mir heute leider entgehen würde. Vielleicht hatte er das Vergnügen ja schon die ganze Zeit über gehabt, fällt mir gerade ein, nur an einer anderen Stelle des mit Balken verstellten und von Wäscheleinen durchzogenen Speichers. Auch alte Männer haben schließlich ihre Bedürfnisse.

Ah, ein *Watteau*, was für ein Prachtstück, hatte Konstanze – nackt und schön auf dem Weg unter die Dusche – gemurmelt, während ich meine Hosentaschen leerte und deren Inhalt auf ihren Biedermeier-Sekretär legte. (In ruhigeren Phasen meines unsteten Lebens gestatte ich mir derlei Selbstvergewisserung, bevor ich in eines der häufig wechselnden Betten schlüpfe.) Ich werde dir eine Kette dazu besorgen, so etwas Schönes darf man nicht verlieren, fügte sie hinzu. Wann wirst du mir endlich erzählen, wann du Geburtstag hast? Das wäre doch ein guter Anlass!

Was Konstanze wohl zu dem Flugblatt des englischen Gentlemans gesagt hätte, wenn es noch in meinem Besitz gewesen wäre? Dass ich damals darauf beharrte, auch nach dem Säckchen zu suchen, worin sich das zusammengefaltete Papier mit den Noten der *Marseillaise* befand, und dabei einen allergischen Schock in Kauf nahm, wie man das heute nennen würde, war weniger heroisch als einfach nur dumm. Denn nun hörte ich doch Frau Stangerls Schritte auf der Treppe und musste mitsamt dem wiedergefundenen Schatz an dieser hässlichen, ewig misstrauischen Person vorbei, die ihr Personal nur deshalb kontrollierte und manchmal regelrechten Leibesvisitationen unterzog, weil sie es demütigen wollte und danach gierte, jemanden des Diebstahls zu überführen. Beim Gespräch mit dem Meister, das ich etwas voreilig als unser Abschiedsgespräch auffasste, befand sich das Säckchen noch immer in meiner Hose.

Ich habe deine Schludrigkeit von Anfang an verabscheut, sie dir aber leider nicht austreiben können, setzte Stangerl – sich heftig räuspernd – zu der Erklärung an, die ich gar nicht hören wollte. Dabei schob er sein Haarteil hin und her (nach einer Weile würde er es in die Luft werfen und es sich dann ungeduldig unter den Gürtel stopfen, das hatte ich schon oft beobachtet). Da du jedoch zweifellos ein gewisses Talent im Zeichnen besitzt, möchte ich dir wenigstens den Rat geben, nach Berlin weiterzuziehen und nicht wieder zurück nach Frankreich, von wo dir nur die Revolutionsheere entgegenkämen. Du könntest dort einen gewissen Monsieur Chodowiecki aufsuchen, den ich zwar nicht kenne, von dem ich aber viel Gutes gehört habe, und er von mir wahrscheinlich auch nichts Übles. Er betreibt in der Mitte Berlins eine Radierwerkstatt und weiß vielleicht etwas mit dir anzufangen, so wie du umgekehrt mit dem Wissen, das ich dir hier beizubringen versucht habe. Das Prinzip der Drucklegung stimmt ja so gut wie überein ...

Unter Umständen sei er sogar bereit, mir eine Empfehlung für den Herrn mit dem unaussprechlichen und noch viel weniger schriftlich wiederzugebenden Namen mitzugeben, oder ihn zumindest zu bitten – sofern er selbst keinen Platz für mich hätte –, sich bei einem anderen Meister für mich zu verwenden, fuhr Stangerl fort, sich mit Inbrunst seine Glatze kratzend. Da wir bereits draußen auf der Gasse standen, fuhr dem baumlangen, hageren Kerl die eine oder andere Windbö durch sein von Säure zerfressenes Hemd, was ihn vorübergehend zu einem unförmigen Riesen machte. Als seine Frau unter der Ladentür auftauchte, wartete er mit gerunzelter Stirn ein paar Sekunden, bis sie wieder verschwand, dann umfasste er unerwartet heftig mein Handgelenk.

Zuerst musst du mir allerdings noch einen Gefallen tun, wisperte er in mein Ohr, wozu er in die Knie ging. Es wuchs wirklich kein einziges Haar auf seinem Schädel, konnte ich – sein Gesicht so nah an dem meinen – erkennen, was mich als jungen Menschen zwar amüsierte, aber auch erschreckte, weil ihn seine Barhäuptigkeit plötzlich so wehrlos machte. Als Ausgleich für deine Faulheit, als Strafe für die vielen falschen Töne, die du im Laufe der Zeit hervorgebracht hast ..., murmelte er – oder etwas Ähnliches, denn ich kann nicht behaupten, dass ich ihn im wörtlichen Sinne verstand.

Selbst hier, in Konstanzes Luxusbett und beim unaufhörlichen Zwitschern der Amsel, muss ich darüber seufzen. Trug doch das Chaos der Dialekte dazu bei, dass das Gefühl des Fremdseins nie verschwand in meinem langen Leben, auch wenn ich in manchen Ländern jahrelang blieb und sich in deren Metropolen vieles verbessert hat, man mit Englisch – leider kaum mehr mit Französisch, das ich nach wie vor als meine Muttersprache betrachte – ganz gut durchkommt. Die deutschen Mundarten erwiesen sich freilich als besonders störrisch, nicht nur das Wienerische. Und auch der Singsang der Schotten, in deren schöner, wilder Gegend ich mich zwischendurch aufhielt, wollte sich mir inhaltlich nicht vollständig entschlüsseln. Wenn Konstanze mit dem Smartphone am

Ohr durch die Wohnung tigert und mit ihrem Vater über die Aufstockung ihrer Apanage diskutiert, verstehe ich immer noch kaum ein Wort, die Zahlen höchstens, die mir anzeigen, dass sie wieder einmal erfolgreich verhandelt hat. Dafür hätten ein paar ausgestreckte Finger allerdings auch genügt.

Ich weiß nicht, warum ich ihn nicht von mir gestoßen habe, meinen Chef. Sein mir aus seinen Achselhöhlen direkt in die Nase strömender Schweiß verursachte mir fast so viel Übelkeit wie die Parfümschwaden meines seine Dienstmägde notzüchtigenden Vaters. Die Aussicht auf die Empfehlung kann es nicht gewesen sein, ich hatte sowieso nicht vor, bei Chodowiecki vorzusprechen. Ich wollte einfach dorthin, wohin es mich zufällig trieb; dass es Berlin sein würde, war mir recht, aber irgendwie auch gleichgültig. Ich hatte mit meinen Zeichnungen beziehungsweise mit dem Bedürfnis, mich – sobald ich einen Griffel in die eine oder andere Hand bekam – so und nicht anders auszudrücken, nie eine künstlerische Absicht verbunden. Ich wusste gar nicht, was das sein sollte, selbst in Bezug auf die Musiker und die Komponisten nicht, die Stangerls Werkstatt bevölkerten und sich häufig genug ziemlich widerwärtig benahmen. Ganz abgesehen davon, dass ich nie auf die Idee verfallen wäre, mich den Lehrlingen und Gesellen anzuschließen, die zum Ärger Stangerls an gewissen Tagen im Advent oder um Ostern herum alles stehen und liegen ließen, um bei den freien Aufführungen der *Wiener Tonkünstler-Societät* in der Spanischen Hofreitschule Stehplätze zu ergattern oder sich an die Gitter vor den Pferdeställen zu hängen. Was dazu führte, dass ich vor 1945 – in einem der legendären

Toscanini-Konzerte in der Carnegie Hall, die im Radio übertragen wurden – nie in einem Konzert gewesen bin, geschweige denn mit dessen sich ständig wandelnden Ritualen vertraut werden konnte. Meinem Freund Gary jedenfalls gelang es nur mit Mühe, mich daran zu hindern, nach jedem Satz der *Jupiter*-Symphonie zu klatschen oder in schreienden Jubel auszubrechen, und er hatte auch etwas dagegen, dass ich mitdirigierte oder in aller Gemütsruhe mein Spearmint auswickelte – diese wunderbare Kaumasse, die die Zähne reinigt und auch meine manchmal heftig und plötzlich auftretenden Zahnschmerzen betäubt. Die in meiner Jugend herrschenden Gepflogenheiten wären mir lieber gewesen, weil sie einen nicht zum Stillsitzen verdammten. Meine Werkstattkollegen jedenfalls pflegten sich zu verproviantieren, wenn sie ins Konzert gingen, und besorgten sich eine Flasche Wein, die sie die Runde machen ließen.

Ich war wohl das, was man indolent nannte, damals in Wien, mit meinen vierzehn, fünfzehn oder achtzehn Jahren, so genau konnte ich mein Alter nie bestimmen: ein schmalbrüstiges pubertäres Wesen, mit Pickeln im Gesicht und eindeutig – wie alt auch immer – zu klein geraten, ohne tatsächlich ein Zwerg zu sein oder in die berechtigte Nähe einer solchen Beschreibung zu geraten. Grausam indolent. Desinteressiert. Beschränkt auf eine sehr schlimme Weise. Wahrscheinlich litt ich mehr unter der – doch freiwillig vollzogenen – Trennung, als mir bewusst war. Unter dem Verlust der winters wie sommers in der Nähe meiner Mutter eingeatmeten Küchenkräuterdüfte, des ruppigen Tons der gräflichen Domestiken, der – je näher die Revolution heranrückte – einen solidarischen Beiklang entwickelte.

Ganz gewiss haben auch die Vorkommnisse während meiner Wanderschaft ihre Eindrücke hinterlassen. Sich neben einem erfrorenen Soldaten – in der Nähe eines schneebedeckten Schlachtfelds, an dessen Rändern gelegentlich etwas Essbares für mich abfiel – den Mund mit vereisten Kohlblättern vollzustopfen, bedurfte eines gewissen Grads an emotionaler Hartleibigkeit, sollte man meinen – nicht weniger jedenfalls als den Reflex zu unterdrücken, in einer von den Franzosen in Brand gesetzten pfälzischen Stadt einer jungen Mutter ihren plärrenden Säugling abzunehmen. Als hätte ausgerechnet ich sein Retter sein können! Was sollte ich mit einem Kind, ich war doch selbst noch eines! (Obwohl ich inzwischen weiß, dass es auch Dreizehn- und Fünfzehnjährige gab, die in den Armeen kämpften. Heinrich von Kleist zum Beispiel, der sich ungefähr zur gleichen Zeit wie ich auf den Schlachtfeldern herumtrieb, einmal sogar in meiner direkten Nähe! Am Ausgang der Dörfer oder an den Poststationen lauerten zwar Werber, die mich gerne rekrutiert hätten, aber *zu klein, viel zu klein* schrien, sobald sie mich näher in Augenschein nahmen.)

Mon dieu. Doktor Zucker würde sich angesichts seiner langweiligen Patienten nach solchen Ereignissen die Finger ablecken, so viel ist gewiss, vermutlich auch nie wieder einschlummern, was ihm während unserer – was das Sprechen anbetrifft – noch immer nicht begonnenen *Talking Cure* schon ein paar Mal passiert ist. Konstanze bezeichnet dies als Affront, wenn nicht gar als Kunstfehler, wenn ich ihr davon erzähle, und regt sich so darüber auf, dass sie ganz vergisst, dass Verschwiegenheit eine Maxime der Psychoanalyse ist und ich ihr eigentlich kein Sterbenswörtchen von deren Verlauf erzählen dürfte.

Mir dagegen greift es ans Herz, meinen Therapeuten so zusammengesunken in seinem Sessel sitzen zu sehen, in seinem Tweedjackett und der ausgebeulten Hose, wenn der nächste Analysand schon das zweite Mal an der Tür geklingelt hat und ich öffnen gehe. Denn auch ich kann mich schwer lösen aus der einvernehmlichen Stille, die sich über uns senkt, sobald ich auf der Couch liege, seine Seife rieche und seinen Tabak. Vielleicht raucht er ja sogar Zigarren, was Konstanzes Freud-Anmutung komplettieren würde. Oder er raucht schon lange nicht mehr und der Duft hat sich nur in seiner Kleidung verewigt. Ordinäre Zigaretten jedenfalls sind es nicht.

Ach, Konstanze! Vor ihre Abreise hatte sie mir in Anbetracht einer sich wohl bald auch in Berlin einstellenden mitteleuropäischen Hitzewelle noch eingeschärft, an den Oberlichtern die Jalousien herunterzulassen, weil es sonst unerträglich heiß werde unterm Dach, und mir dazu ein elektronisches Gerät in die Hand gedrückt. Ich aber war nur ein einziges Mal folgsam, habe das Ding danach verlegt und seither nicht wiedergefunden. Auch gestern also, als ich erst kurz vor Beginn der *Poppea* in der Komischen Oper, die zum Glück nur um die Ecke liegt, erwachte, tat ich nicht wie geheißen. Wenn Konstanze auf Reisen ist, passiert es mir manchmal in seltsamer Verkennung von Tag und Nacht, dass ich auf der Couch einschlafe. Jetzt glüht mein Körper und transpiriert trotz der letzten, doch im tiefsten Winter erworbenen Erinnerungen. Und ich habe ein schlechtes Gewissen meinem heute oder morgen zurück erwarteten Stanzerl, meiner mich um mindestens einen Kopf überragenden geliebten Riesin gegenüber, die weiß, dass mein Leben aus den Fugen gerät, sobald sie nicht in meiner Nähe weilt, selbst wenn sie mir diverse Zettel schreibt, bevor sie die Wohnung verlässt.

Ob es also am verschwörerischen Ton in Stangerls Stimme lag, dass ich mich ihm nicht entzog? An der Aufmerksamkeit, die er mir angedeihen ließ, nachdem er mich monatelang übersehen hatte? Oder wollte ich einfach wissen, warum er ausgerechnet mich, den nunmehr Letzten in der Hierarchie, nachdem die Pferdeäpfelkinder nicht mehr da waren, um einen Gefallen bat? Fest stand, dass er sich beeilen musste mit seinem Anliegen, da ich im Begriff stand, die Stadt zu verlassen, weshalb er vor dem Unverständnis in meinem Gesicht recht bald kapitulierte.

Gut, dass ich *deppert* sei, verstand ich zwar noch, weil die beiden Kleinen von der Meisterin ständig so beschimpft worden waren, wobei *deppert* – nebenbei bemerkt – ein Ausdruck ist, mit dem auch Konstanze ihre Mitmenschen bedenkt. Die Wut jedoch, mit der Stangerl sich wieder aufrichtete, mich noch fester am Handgelenk packte und hinter sich her ums Haus herum in den Hof schleifte, erschreckte mich dann doch. Ohne Erklärung drückte er mir die Deichsel des kleinen Leiterwagens in die Hand, in welchem die Packen der subskribierten Noten zu den Kunden gebracht wurden. *Wart' hier*, zischte er mir zu, bevor er einen Ballen Stroh aus der Remise holte, vor der immer noch ein paar Pferdeäpfel in der Sonne trockneten, und nochmals *Wart' hier*, worauf er zur Werkstatt zurücklief, nicht um das Haus herum natürlich, sondern durch den Hintereingang, wobei er sich seine Perücke wieder aufsetzte und sich zum Schlendern zwang, nachdem er fast über einen Lehrling gestolpert wäre, der gerade einen Bottich mit übelriechender Säure in die Gosse kippte.

Dann kehrte er mit einem Zettel wieder, auf welchem er *Bürgerspital, Hof Numero 8, Stiege 11, erster Stock* notiert hatte, was er mir vorlas, so langsam und deutlich, wie er es vermochte in seiner näselnden Aussprache. *Am Kärntnertor, nicht zu verfehlen, du bleibst dort stehen, bis ich komm', ich komm so schnell als möglich*, blieb als feuchter Rest seines schlechten Atems noch in meinem Ohr hängen. Dann stopfte er mir den Wisch unter den Hosenbund und setzte mich und mein Gefährt mit einem Stoß in Bewegung. Die oberhalb der Ortsangaben gekritzelte Zeile *Strunz, Ritter von Skronsky* entdeckte ich erst, als ich nach einer Weile des kopflosen Irrens durch viele mir völlig unbekannte Gassen – einmal war ich sogar wieder an der Werkstatt vorbeigekommen – schwer atmend stehen blieb.

Ich weiß nicht, was Stangerl geritten hat, ausgerechnet mir einen Auftrag zu erteilen. Er musste doch gemerkt haben, dass ich kaum je die Werkstatt verlassen hatte, ganz abgesehen davon, dass ich den Mund nicht aufbekam und des Wienerischen nicht mächtig war. Hinzu kam, dass er nicht geglaubt hatte, mich darüber aufklären zu müssen, dass das Bürgerspital gar kein Spital mehr war, sondern ein riesiger Wohnkomplex mit verschiedenen Trakten, Höfen und unglaublich vielen Aufgängen, Läden, Kneipen und Werkstätten im Erdgeschoß sowie hunderten von Mietwohnungen darüber, in denen die komischsten Leute wohnten – Schauspieler vom nahen Kärntnertortheater, Gaukler, Sänger, Hehler und Gauner, Adlige, die ihr Hab und Gut verspielt hatten, Mätressen, die warteten, bis ihre reichen Gönner sie besuchten, Männer und Frauen, die ein bigamistisches Doppelleben führten, Familien, die die Schlafplätze ihrer Kinder an Wandergesellen vermieteten und sie lieber zu sich ins Bett holten.

Sollte ich mich doch noch dazu entschließen, mit Konstanze nach Wien zu reisen, um mich ihrer Familie vorzustellen, würde ich das *Bürgerspitalzinshaus*, wie es richtig hieß, nicht mehr wiederfinden, weil der gesamte Komplex Ende des neunzehnten Jahrhunderts abgetragen und durch gründerzeitliche Prachtbauten ersetzt wurde. Genauso musste das echte Bürgerspital gut dreihundertfünfzig Jahre früher rein prophylaktisch der drohenden Türkenbelagerung weichen. (Dieses ständige Abreißen und Aufbauen von Städten und Gebäuden kann einem schon die Orientierung rauben. Glücklicherweise führten mich meine Wege niemals nach Dresden oder Hamburg. Aber selbst in Berlin, wo ich in den späten Sechzigerjahren landete und seit längerer Zeit erneut lebe, brauchte ich eine Weile, bevor ich mich zurechtfand, ganz abgesehen davon, dass ich wegen meiner gefälschten Papiere die Grenzkontrollen mied, das heißt, auf den Osten der Stadt verzichtete. Ich hatte mir aber eingebildet, dass ich meinen geliebten Gendarmenmarkt und die um ihn herumführenden Straßen ganz leicht wiedererkennen würde, als ich mich nach der Wende endlich rübertraute. Als Orte meiner Jugend sozusagen, als verifizierbare, weitgehend köstliche Erinnerungen. Was sich als Trugschluss erwies!)

Damals, so jung noch und so klein, wie ich mich stets empfand, fragte ich die Leute nur nach dem *Spital*, vielleicht auch nach *L'Hôpital* oder gar einem Krankenhaus, bevor ich auf die Idee kam, ihnen einfach den Zettel unter die Nase zu halten. Ich war ja auf dem Land groß geworden, das darf man nicht vergessen, in der Küche eines Schlosses, zwischen Blumenrabatten und Gemüsebeeten oder im anschließenden Park. In Großstädten fühle ich mich – noch heute übrigens – unsicher und verlassen, weswegen ich Konstanzes Smartphone, das mir sagt, wo ich bin und wie ich an mein Ziel komme, den allergrößten Respekt entgegenbringe. Natürlich kann sie nicht verstehen, weswegen ich kein eigenes besitzen möchte.

Es gab keine Straßenverkehrsordnung in meiner Lehrlingsgegenwart, auch keine Rechts-vor-Links-Regelung, wenn ich mich recht erinnere. Mein Versuch, den richtigen Eingang in dieses kolossale, übers Eck errichtete Gebäude zu finden, scheiterte ein ums andere Mal. Das Handwägelchen hinderte mich am schnellen Vorwärtskommen, oftmals stand ich eingekeilt zwischen Laufburschen mit Säcken auf dem Rücken und diversen, einander entgegenkommenden Kutschen, deren Postillons die Pferde im letzten Augenblick zum Halten brachten, zwischen Bauern, die ihre Lebensmittel in großen Kiepen auf dem Rücken trugen, und Kindern, die inmitten der Staubwolken, welche die Straße durchwehten, über Seile oder Stöcke hüpften. Blieb stecken zwischen von hier nach dort hastenden Geschäftsleuten, die im Laufen in ihren Rechnungsbüchern lasen, oder prallte auf Schauspieler, die mitten auf der Straße begannen, ihre Rollen zu deklamieren, während goldbetresste Lakaien sie wegzuscheuchen versuchten, um ihren hinter schwarzen Vorhängen in prächtigen Equipagen sitzenden Herrschaften so unauffällig wie möglich einen Weg zu bahnen.

Es herrschte ein unbeschreiblicher Lärm, hier sang keiner bei dem, was er tat – man schrie und brüllte, die Reiter vor allem auf ihren galoppierenden Pferden. Fässer wurden über die Straße gerollt, Kammerdiener in schwarzer Uniform, weißen Handschuhen und mit artigem Zopf balancierten aufeinandergetürmte Schachteln, Hunde kackten auf die Fahrbahn und behinderten das Fortkommen. Wie anders sah es doch auf dem Petersplatz aus, wie sauber und ordentlich vor der Notenstecherei meines Meisters, dessen Frau keine Pferdeäpfel vor der Haustüre duldete. Hier wollte sie niemand wegräumen und als Heizmaterial nutzen, hier mussten die Dreckhaufen kunstvoll umrundet werden, was fast nicht möglich war, weil man seinen Kopf ja oben behalten musste, um sich unbeschadet durchs Chaos zu winden.

Ich war gerade dabei, die Sohle meines linken, kotbedeckten Schuhs an einem Wagenrad abzustreifen, als ich auf der anderen Seite meinen Meister entdeckte. Sein Gesicht wirkte seltsam entspannt, während er sich durchs Gewimmel kämpfte, sein kahler Schädel wie eine Boje, die einmal hier und einmal dort auftauchte. Er rief mir etwas zu, was ich nicht verstand, aber wie es aussah, musste ich nicht mit einer Standpauke rechnen.

Das also ist *Wien im Kleinen*, sagte Stangerl zufrieden, als er mich endlich erreicht hatte, und rieb sich die Hände, bevor er meine Schultern umfasste, als hätten wir uns Jahre nicht gesehen. Dann gab er mir einen seiner heftigen kleinen Püffe, von denen in den nächsten Stunden noch viele folgen sollten, einen weiteren bekam – gleichsam en passant – auch der Straßenjunge verpasst, der auf Tuchfühlung mit ihm gegangen war, weil er ihm seine Perücke aus der Hosentasche ziehen wollte.

Wirst du wohl, du Rotzbube ..., zischte mein Meister, ließ sich aber seine gute Laune nicht verderben, pfiff vor sich hin und setzte sich sein Haarteil wieder auf den Kopf, windschief und nachlässig wie stets. Er rieb sich die Hände: Jetzt müssen wir nur noch das richtige Loch finden. Sechs davon gibt es, habe ich mir sagen lassen. Das hier ist der Lieferanteneingang; die Leute, die im Bürgerspital wohnen, wollen schließlich auch ernährt und gekleidet werden. Mein Freund, den du gleich kennenlernen wirst, behauptet, es gebe Leute, die monatelang nicht rauskämen aus dieser Festung. Weil sie alles haben, was sie brauchen, und sowieso keinen Bedarf an neuen Gesichtern ... Manchmal allerdings würden die Zinskassierer auf Tote stoßen, die mit einem Gesangsbuch auf den Knien in einem Lehnstuhl sitzen, oder noch den Löffel in der Hand halten, mit dem sie ihre Suppe essen wollten. Auch das erzählt man sich. Gerippe, Skelette, vor den Kaminen zusammengekrümmt. Vielleicht sogar Ermordete. Wo hast du den Zettel? Hier steht es ja, *Hof Numero 8, Stiege 11, erster Stock*, das kann doch nicht so schwierig sein. Sogar den Namen habe ich dir aufgeschrieben, sieh an. *Ritter von Skronsky.* Na ja. Früher hat der Kerl einfach Strunz geheißen ...

Zweimal gingen wir von der Ecke der Straßenkreuzung aus in verschiedene Richtungen, von der Kärntnerstraße bis zum Lobkowitzplatz, von der Augustinerstraße bis zur Gluckstraße, mein Meister voraus, ich mit dem Handwägelchen hinterher. Schließlich liefen wir einfach hinein in den Hof des Komplexes, in einen der Höfe vielmehr, darauf hoffend, dass wir uns drinnen besser zurechtfänden, was auch der Fall war. Dass sich direkt an Stiege 11 unter der Wohnung im ersten Stock eine Gaststätte befand, war ein glücklicher Zufall. Ein Gewürzladen, eine Kerzenzieherei und eine Weberei schlossen sich an, sowie eine Polsterei, wo die nebenan entstehenden Stoffe sofort verarbeitet wurden. Von irgendwo her kreuzte eine Kuh mit prallem Euter unseren Weg. Und vom nächsten oder übernächsten Hof kamen die Fetzen einer Leierkastenmelodie bei uns an. War es *O du lieber Augustin*? Ich ließ die Deichsel sinken und sah meinen Meister erwartungsvoll an. Wie ruhig es hier war. Keiner kreischte, keiner schrie. Nun hatte auch ich das Herz, für ein paar Sekunden still zu stehen.

Geh rein und ruh dich aus, sagte mein Meister, setz dich hin und wart auf mich, behalt aber das Wägelchen im Auge, das brauchen wir noch. Lass dir auch das Stroh nicht stehlen. Ich komm gleich wieder, zusammen mit dem Herrn Strunz, den ich nur so und nicht anders nennen werde. Mit einem Aristokraten habe ich schließlich nicht die Schulbank gedrückt, das kann ich dir sagen.

Noch immer war er geduldig und freundlich, ein fremder Mensch, wie ich ihn in der Notenstecherei nie erlebt hatte. Das Geldstück, das er mir in die Hand drückte, hätte ich vor Überraschung fast fallen lassen. Trink etwas, sprach er, iss etwas, nachher wirst du noch ordentlich schuften müssen ..., und er kletterte die Treppe hinauf, unentschlossen mit seiner Perücke wedelnd. Irgendwie spielte er ein Spiel mit sich selbst, er liebte seine falschen Haare oder er hasste sie. Es fasziniert mich bis heute, dass er mir einmal als biederer Handwerksmeister mit gewellter, wenn auch in die Jahre gekommener Perücke gegenübertrat, und dann wieder als kahlköpfiger Pirat, der – wenn es ihm gut ging – mit den großen Ohren wackelte.

Jedenfalls ging ich folgsam in die düstere, nahezu leere Wirtstube und ließ mich in der Nähe des Eingangs nieder, wo ich mein Gefährt sehen konnte, dann zumindest, wenn ein Gast den Raum betrat, was zuerst nur selten der Fall war, weswegen ich immer wieder die Türe öffnete und nachschaute. Noch war vielleicht früher Nachmittag, die Zeit ließ sich schwer bestimmen, aber ein Blick auf meine Uhr, die im Kolophoniumstaub ruhte, fein eingepackt in den Zettel mit der *Marseillaise*, tief unten in meinem Hosensack, hätte auch nicht geholfen. Wer weiß, ob sie noch ging, und wenn nicht, ob sie je wieder heil zu machen wäre.

Ein Mann unbestimmten Alters kam hinter dem Tresen hervor und stellte einen Krug mit Holundersaft und einen Becher vor mich hin, ohne dass er sich nach meinen Wünschen erkundigt hätte. Essen gebe es nicht, teilte er mir nach meiner zaghaften Anfrage im Weggehen mit, es sei gerade erst Mittag gewesen. Gnädigerweise legte er mir doch einen Wecken neben den Becher, und so wartete ich, nippte an meinem Getränk, biss gelegentlich ab, führte meine Zunge an meinen Zähnen entlang, denen das süße Getränk nicht gut bekam, während sich das Lokal allmählich mit Gästen füllte, die nur gelegentlich – nachdem sie ihre Karten ausgebreitet hatten – das eine oder andere Wort fallen ließen. Abwechselnd in ihr Blatt und in ihr Weinglas starrend, saugten sie so heftig an ihren schräg an ihren Lippen hängenden Pfeifen, dass mir bald die Augen tränten von dem Qualm und ich ins Freie flüchtete. Mein Wägelchen stand immer noch vor der Türe, Gott sei Dank, und auch das Stroh schien mir vollständig.

Während ich mir auf dem wie blank polierten Kopfsteinpflaster die Beine vertrat, drang von oben die Stimme meines Meisters aus der Wohnung über der Gaststätte. Es gingen Widerworte hin und her zwischen seinem hellen, fast schrillen Organ und einem tiefer gelagerten, sehr viel weniger aufgeregten. Ach, wenn ich sie doch besser verstanden hätte! Ich stand in Hof 8, meine Ohren wuchsen zum ersten Stock hinauf, und trotz der Ruhe, die hier herrschte, kapierte ich rein gar nichts, außer dass da ein Streit im Gange war, ein so handfester offensichtlich, dass irgendwann das Fenster aufgerissen wurde und das Stangerl'sche Haarteil vor mir auf den Boden fiel, bevor der Meister selbst die Treppe heruntergepoltert kam, gefolgt von einem mittelgroßen, fetten Menschen, den ich mit meiner sehr viel später erworbenen Kenntnis als eine Art Falstaff beschreiben würde, so jedenfalls, wie er mir in Otto Nicolais *Die lustigen Weiber von Windsor* – einer der ersten Opern, die ich in New York sah – entgegentrat.

Der Mann schien unter seiner gewaltigen Lockenperücke keinen Hals zu besitzen, der war hinter einem Spitzenjabot verborgen, indes sein riesiger Bauch die Knöpfe seiner nachtblauen Satinjacke zu sprengen drohte. Seine dünnen Beine steckten in kanariengelben Kniestrümpfen. (Wohlbeleibte auf dünnen Beinen bevölkern mein langes Leben, es ist ein Phänomen!) Dass er es auf seinen hohen Absätzen ohne Unfall die steile Stiege herunterschaffte, hatte er wohl seinem tänzerischen Talent zu verdanken, denn auch unten auf dem Pflaster bewegte er sich trotz seiner Korpulenz mit so viel Grazie, dass man ihm seinen Adel – zumindest auf den ersten Blick – nicht absprechen mochte. Das musste Herr Strunz sein, der Ritter von Sowieso, der jetzt einen ironischen Kratzfuß vor mir machte und mir *Enchanté* entgegenrief. Seine Kleidung wirkte wie aus der Zeit gefallen, in Frankreich hätte er sich derart *overdressed* nicht auf der Straße zeigen dürfen. Führ dich nicht so äffisch auf, du fetter alter Sack, fuhr ihn mein Meister an, dem französischen Bengel ist es egal, woher du kommst und wie du heißt!

Aber anstatt *ihn* am Hals zu packen, ergriff er mich, seinen gewesenen Lehrbuben, hieb mir die Faust in den Rücken, stieß mich die Treppe hinauf und führte mich oben nicht etwa in die Wohnung, die ich dort vermutete, sondern in einen Saal, dessen Ausmaß – mit einer Front von mindestens fünf Fenstern – wohl der Gaststätte im Erdgeschoß entsprach. Die schräg von oben eindringende, leicht diffuse Augustsonne war genau die richtige Beleuchtung für die überlebensgroßen grünlichen, gelblichen und grausilbernen Köpfe, die dort – an den Wänden entlang und über den Raum verteilt – auf hölzernen Podesten standen und mir den ersten, nicht aber den einzigen durch Kunst verursachten Schock meines Lebens bereiteten.

Glatzköpfige, wild grimassierende alte Männer schauten mich an aus großen pupillenlosen Augen, streckten mir die Zunge heraus, schrien mich an, ohne dass ein Laut aus ihren zahnlosen Mündern kam. Sie streckten die Hälse vor, runzelten die Stirn, kniffen die Lider zusammen, kräuselten die Nase, spitzten die Lippen, verengten sie zu einem Strich. Kein Zweifel: Sie alle hatten den Kopf meines Meisters, seinen blanken Schädel, auf dem kein Haar mehr wuchs, seine vorspringende Nase, *seine* Gesichtsgewitter, wenn der Jähzorn über ihn kam. *Er* musste das Modell gewesen sein für all diese furchterregenden Physiognomien, deren in Stein gemeißelte, extrem exaltierte Züge sich für mein damaliges Auge nicht voneinander unterschieden. Dass das, was ich sah, über reine Ähnlichkeit hinausging, verstand ich allerdings sofort: Da hatte einer so genau das Wesen Gregor Stangerls erfasst, dass man den Rest seiner hageren Gestalt, den irgendwie immer und überall am Leben leidenden Notenstecher, nicht mehr brauchte. Ach, wie sie grinsten, die Köpfe, feixten, lachten und grienten. Sie schienen von innen zu leuchten. Sie griffen meine Seele an und erschütterten mich so, dass ich zu zittern begann und – ohne es zu merken – Stangerls Hand ergriff, obgleich er der Letzte war, um dessen Beistand ich angesichts seiner Doppelgänger hätte bitten wollen.

Ja, schau sie dir nur genau an, sagte er und schlug meine Hand weg; es war fast wie früher in der Werkstatt, wenngleich ich ihn dort nie anzufassen gewagt hätte. Nachher wirst du mir helfen, zwei dieser Geisteskranken hinunterzutragen und so unauffällig wie möglich hinaus in den Prater zu transportieren.

Er schritt zur Tür, drehte sich dort aber noch einmal um und überblickte den Saal. Auf sein schäbiges Haarteil starrend, das eigentlich nur eine Art Zopf war, den er sich zur Not auch hätte selbst wachsen lassen können, schien er kurz darüber nachzugrübeln, ob er es einem Kahlkopf aufsetzen sollte. Sogar ein grimmiges Lächeln ob dieser Überlegung glaubte ich um seinen Mund spielen zu sehen. Jetzt, wohlig und sicher in Konstanzes Luxusbett liegend, bin ich allerdings davon überzeugt, dass es eine Projektion war und ich Stangerls Fähigkeit zur ironischen Verfremdung bei Weitem überschätzte. Denn wie hätte der Notenstecher auf den Gedanken kommen sollen, den Glatzen sein haariges Accessoire aufzusetzen, wenn er sich der Ähnlichkeit zwischen sich und ihnen gar nicht bewusst war? Nirgendwo im Haus am Petersplatz gab es einen Spiegel. Zum Rasieren des Meisters und seiner fünf Gesellen kam der Barbier von gegenüber, derjenige, der auch Mozarts Perücken reparierte. Und die Lehrlinge schauten zu bei den Schaumorgien, heimlich durch den Türspalt, im Bewusstsein dessen, was ihnen irgendwann bevorstehen würde. Wir wussten alle nicht, wie wir aussahen, wir ahnten uns nur in den Gesichtern der anderen, die Pferdeäpfel-Kinder sich selbst vielleicht noch am ehesten, weil sie Bruder und Schwester waren. Oder sah er sich doch, der Meister, wenn er den Taschenspiegel vor die Kupferplatten hielt, um die Noten auf ihre Richtigkeit zu überprüfen? Einen Ausschnitt von sich wenigstens? Oder seinen ganzen Schädel – wenn auch verschwommen – auf dem polierten Metall? Wie er hinter den Kompositionen der großen Tonsetzer schwebte, wo sich – für Leute, die Noten lesen konnten – die schönsten Melodien entfalteten? Und nicht etwa dieses vom Leben verhärtete Gesicht, dessen vielfältige Verzerrungen mir hier, im Bürgerspitalzinshaus, wie wahr gewordene Alpträume vorkamen?

Tatsächlich geriet Stangerl nicht im Geringsten in Versuchung, einen Witz zu machen, nicht einmal die Hand streckte er aus. Er straffte nur sein krummes Kreuz und stieß eine Art Grunzen aus, bevor er mir – in die Helligkeit blinzelnd, die Hände auf die Brust gelegt – eine für seine Verhältnisse ziemlich ausführlich begründete Frage stellte.

Was meinst du, welche von diesen Kerlen soll ich mir aussuchen, du französisches Würsterl? Ich will es dir überlassen, welche Kunstwerke in meinen Besitz übergehen. Charakterköpfe von Franz Xaver Messerschmidt, die besitzt nicht jeder, ich hätte gerne drei oder vier gehabt, darauf hat der feine Herr Strunz, der neuerdings ein Ritter ist, sich jedoch nicht einlassen wollen zu seiner überfälligen Schuldenbegleichung. Nun, hier darf der Lehrling mal der Meister sein … Ich hab' schon bemerkt, dass du einen Sinn für Dekoration, für Proportion hast, für … nein, von Schönheit will ich in diesem Fall lieber nicht sprechen. Du musst dir nur zwei der Nummern merken, die da auf den Podesten kleben, und dem Fettsack unten Bescheid geben. Schafft das dein Hirn? Beeil dich. Los! Die Büsten müssen die Stiege hinunter, bevor es dunkel wird. Weder Kerzen noch Laternen dürfen wir benutzen, und auch keinen Flaschenzug.

Dass ich mich noch heute an die beiden Nummern erinnere! Wo doch mein Zahlengedächtnis so miserabel ist. Der Kopf Numero 39 war jedenfalls viel weniger exaltiert als die anderen Irren, die ich unter der gespannten Anteilnahme meines Meisters noch einmal umrundete. Klar, auch Numero 39 stellte eine Art Stangerl dar. Der besondere Zustand der Versenkung jedoch, die Konzentration, die sich in seinen Gesichtszügen ausdrückte, führte mitten hinein in seinen ureigenen Beruf, erfasste die Büste doch just jenen Moment, in dem der Meister den Kopf neigte, um sein Werk in den Blick zu nehmen. Seine Augen fast gänzlich von den Lidern bedeckt, das Kinn in den Kragen gedrückt, die Stirn glatt und entspannt, zeigten sich Falten höchstens am Hals, die wohl durch den gebeugten Nacken entstanden. Aber weder Wut noch Ärger kündigten sich an in seiner sonst so aufrührerischen Miene, kein Muskel regte sich, keine hervortretende Ader wies darauf hin, dass er gleich explodieren würde – während der nächsten sechs oder sieben Sekunden zumindest. In der Notenstecherei war mir Stangerl nie so begegnet, der mir unbekannte

Bildhauer Messerschmidt indes hatte es geschafft, ihn genau so zu porträtieren, ja der Physiognomie dieses einen seiner Charakterköpfe eine fast überirdische Gelassenheit einzuschreiben, eine Art Frömmigkeit vor der Musik vielleicht sogar. Und diese so lange dauern zu lassen, wie man die Skulptur betrachtete – ganz ohne den Horror, der einen im Angesicht der anderen Wilden beschlich.

Dass die Skulptur *Ein Heuchler und Verleumder* hieß, wie ich es dann auf der Ausstellungsliste lesen konnte, die der dicke Strunz unten in der Gaststätte neben sich liegen hatte, enttäuschte mich; keine der beiden Zuschreibungen konnte ich bestätigen, indes die Nummer 30 – *Ein mit Verstopfung Behafteter* – mir wenigstens ein kleines, schadenfrohes Lächeln entlockte. Keine Frage: Der Verstopfte erinnerte mich an meinen Vater und sein verzweifeltes Grimassieren beim Pinkeln.

Wir müssen dem Buben noch ein Wams besorgen, zwinkerte Stangerl dem Ritter von Soundso zu, derweil ich im immer dichter werdenden Nebel aus Pfeifenrauch und heruntergebrannten Kerzen lustlos in einer Schale mit übelriechenden sauren Nierchen rührte, die mir Strunz zur Stärkung bestellt hatte. Der Transport der beiden Köpfe war viel weniger aufreibend verlaufen als angenommen, schon weil Stangerl ja mit mehr Skulpturen gerechnet hatte. Gut versteckt und mit Stroh gepolstert ruhten der *Heuchler* und der *Verstopfte* draußen vor der Tür im Handwägelchen, an dessen Deichsel mein Meister ein Seil geknotet hatte, das ihm – an sein Handgelenk gebunden – als Bewegungsmelder dienen sollte. Jetzt mussten wir nur noch auf den Einbruch der Dunkelheit warten, die sich zum Sommerende natürlich viel Zeit ließ.

Strunz hatte sich inzwischen von seinem Lockenungetüm befreit und streichelte es wie einen Hund, dessen Kopf auf der Tischplatte neben ihm ruhte. Morgen früh wird sich der welsche Bengel auf den Weg nach Berlin machen, sagte mein Meister zu ihm, irgendwann wird ihn der Winter erwischen. Falls dir also etwas Brauchbares auffällt, sag Bescheid ... Und, sich an mich wendend: Auch ein paar neue Schuhe wären gut, du Hans-guck-in-die-Luft. Die Scheiße, in die du vorhin getreten bist, hast du wohl nicht weggekriegt. Hier stinkt's infernalisch. Am liebsten tät ich dich expedieren!

Ob der reichlich genossene Wein sie versöhnlicher stimmte? Fest steht, dass zwischen den beiden Männern kein böses Wort mehr fiel. Einträchtig kauten sie an den Schweinebäckchen, die ihnen der Wirt auf einer großen, mit Weißkraut und Kümmel garnierten Platte hingestellt hatte, zügig leerten sie ihre Becher, bestellten weitere Schoppen, pafften ihre Pfeifen, stopften sie neu, während sie husteten, redeten von vergangenen, gloriosen Zeiten, als Strunz noch ein reicher Unternehmer und Grundbesitzer gewesen war, der Rinder und Schafe züchtete, hunderte von Hühnerställen und Streuobstwiesen sein eigen nannte, Gemüsefelder anlegen ließ bis zum Horizont und in wechselnden Klöstern, Schulen und Kasernen innerhalb der weitläufigen Grenzen des Habsburgerreichs Garküchen etablierte, um Soldaten, Studenten und Schüler zu verköstigen.

Mit den eigenen Produkten, was für ein genialer Hund du doch warst, sagte Stangerl mit vollem Mund und setzte sich Strunz' Perücke auf, unter der sein schmaler Schädel so gut wie verschwand und seine Stimme dumpfer wurde. Sogar mit dem Herrscherhaus und der Kirche hast du

Geschäfte gemacht und dann ein Wirtshaus nach dem anderen eröffnet. Warum du aber zum Spieler und Spekulanten geworden bist und am Ende sogar deinen alten Schulfreund anpumpen musstest, verstehe ich nicht. An welche Spitzbuben bist du geraten? Oder bist du gar selber einer, der jetzt nur seine gerechte Strafe bekommt?

Es waren Anwürfe, die Stangerl wohl öfter losließ, denn Strunz blieb unbeeindruckt, wenngleich er zweimal den Namen *Messerschmidt* in meines Meisters Ohr brüllte, da es in der Schenke inzwischen doch recht laut geworden war mit den vielen durch das Lokal streifenden Frauen, welche die bis jetzt dunkel getönte Kakofonie mit ihren Lachern und Quietschern aufhellten, wenn sich die Männer an ihren Hinterteilen vergriffen oder sie auf ihre Oberschenkel zogen.

Dass mit Messerschmidts Verrückten Geschäfte zu machen sind, musst du mir erst noch beweisen; ständig übertreibst du, erwiderte Stangerl düster. Er war mittlerweile so betrunken, dass die Nacht vor den Fenstern der Gaststätte nicht mehr schwärzer werden konnte, als die Stimme des Nachtwächters in den Raum drang. Um die nicht im Bürgerspitalzinshaus wohnenden Leute zum Verlassen des Areals aufzufordern, hatte er sogar ein Lied angestimmt, wie mir deutlich in Erinnerung geblieben ist, und dabei die Gäste – geschäftstüchtig, wie er war – zum Wiederkommen animiert. Morgen früh, morgen Nachmittag, morgen Abend. *Hört ihr Leut' und lasst euch sagen*. Nur nicht mehr jetzt, nur jetzt nicht mehr …

Ach, immer wieder waren mir die Augen zugefallen während des Gesprächs der beiden Geschäftspartner – *Gauner* traute ich mich damals noch nicht zu denken –, vor allem, weil mir, selbst wenn ich mich aufrecht hinsetzte und versuchte, in meiner betäubten Wachheit die Ohren zu spitzen, ohnehin das meiste entging. Es würde mir also ein Rätsel bleiben, auf welchen krummen Wegen Strunz an Messerschmidts Charakterköpfe gekommen war. Ob er sie vom Bildhauer selbst gekauft hatte, von seinen Nachkommen oder einem der privaten Kunsthändler, die sich in jenen Jahren – abseits der Höfe und Adelspaläste – zu tummeln begannen. So machte ich, bevor ich meinem Meister folgte, nur noch einen Diener vor diesem Ritter, der keine Rüstung besaß und sich nicht zu schade war, meine sauren Nierchen aufzuessen. Dass ich es wagte – indem ich sogar seinen darauf gestützten Ellbogen lupfte –, mir eine seiner Broschüren vom Stapel zu nehmen, gewährte mir über viele Jahre immer wieder die zwiespältige Erinnerung an diesen Abend, der im Nachhinein betrachtet das Ende meiner Knabenzeit markierte.

Tatsächlich schenkte mir der beleibte Mann, während er sich mit seinem Spitzenjabot sorgfältig den Mund abwischte, keinen einzigen Blick mehr, war er doch dabei, mit beiden Händen die auf dem Tisch verstreuten Brotreste zusammenzuscharren.

Ob er damit den Napf auswischen wollte und vielleicht auch die Teller, die noch vor ihm standen? Ach nein, er schob die Krümel und Brocken unter seine Perücke, was für Außenstehende so aussah, als belohnte er seinen Hund für dessen treues Ausharren. Was würde geschehen, wenn er sich seine gebauschten Locken demnächst wieder standesgemäß auf seinen kahlrasierten Schädel stülpte?

Wie tröstlich, dass sich die lächerlichsten Augenblicke besonders gut einprägen, während sich die Schmerzen scheinbar viel schneller verflüchtigen. Selbst in einem

Leben, das so lange währt wie meines! Stangerl jedenfalls konnte bei seinem abrupten Aufbruch gerade noch verhindern, dass er sich in der um sein Handgelenk geschlungenen Kordel verhedderte und kopfüber in die Menge stürzte. Nur weil er so groß war, konnte ich überhaupt Blickkontakt mit ihm halten bei seinem wilden Zickzackkurs durch die Menschen, die jetzt alle in Richtung Ausgang drängten. Mindestens drei Stühle riss er dabei um, und einmal auch eine junge Frau, die mir vor die Füße fiel. Aber er war der Erste bei der Türe, und weil es ihm gelungen war, mich aus dem Gewühl herauszufischen mit seinen langen Armen, konnte er mich mit einem kräftigen Stoß ins Freie befördern, ohne dass ich weggedrängt wurde. Draußen war es schwül und die Luft schwer, sodass ich mich wunderte, warum er mir plötzlich einen schweren Mantel überwarf, der nicht nur auf dem Boden schleppte, sondern auch viel zu weit war. Da musst du wohl noch etwas hineinwachsen, bellte er, bevor er mir das Stück wieder wegnahm und es ins Wägelchen warf. Dann drückte er mir ungeduldig die Deichsel in die Hand. Rasch! Bloß weg hier, bevor der Kerl merkt, dass ihm sein Rock fehlt!

Wir fielen nicht auf, als wir übers Kopfsteinpflaster rumpelten, die Leute achteten nicht auf uns, gleichsam blind strebten sie aus den Höfen hinaus, bevor die Tore geschlossen wurden. Noch konnten wir uns gegenseitig einigermaßen im Auge behalten auf der Straße, wenngleich die Abstände zwischen den an den Häusern angebrachten, ohnehin nur spärlich Licht verbreitenden Talgpfannen stetig größer wurden. Bald war kein Mensch mehr unterwegs. Die Sterne leuchteten ohnehin nicht. Und obwohl kein Wind ging, spürte man den Regen, der bald kommen würde. Als wir uns den Donauauen näherten, begannen die Fledermäuse uns zu umflattern. Und Stangerl, der betrunkener war, als er es selber wusste, wurde zwischendurch von so heftigen Lachanfällen geschüttelt, dass er stehen bleiben musste und ich Angst bekam, er könnte ersticken.

Leider sehe ich uns nicht mehr ankommen bei den Buden und Ständen, wo die Skulpturen hätten hingebracht werden sollen. Der Wachtraum in Konstanzes Bett, den ich jetzt schon eine ganze Weile wie einen Kreisel vor mir hertreibe, hat seine eigenen Gesetze. Wo wir nächtigten, ist mir auch entfallen. Ich kann mich aber noch erinnern, dass mich Stangerl am nächsten Morgen an eines der Stadttore begleitete, mit schuldbewusstem Gesicht ein Paar Stiefel aus seiner Jacke hervorzog und darauf bestand, dass ich sie sofort anzog ... Wahrscheinlich hatte er auch sie gestohlen; ich kann mir nicht vorstellen, dass er einen einzigen Kreuzer für mich hätte ausgeben wollen. Die Sonne schien, hunderte von Schwalben stiegen in die Luft und übten den Abflug. Und ich – schwer beladen und eigentlich dringend einer Tasche für meine Schätze bedürftig –, ich war so unbegreiflich guter Laune, dass ich anfing, ein bisschen zu singen – oder zu brummen –, sobald ich mich außerhalb der Hörweite meines Meisters befand.

Da ich spüre, dass ich nicht mehr allein in der Wohnung bin, unterlasse ich das Brummen. Konstanze muss früher zurückgekommen sein, ich höre sie in der Diele rumoren. Anstatt aufzustehen und ihr entgegenzueilen, nackt und verschwitzt, wie ich bin, ziehe ich die Bettdecke über den Kopf. Doktor Zucker fände das vermutlich bemerkenswert. So oder so.

III.

Natürlich habe ich sofort gespürt, dass ich nicht mehr allein in der Wohnung war, könnte ich Doktor Zucker erzählen, und vielleicht tue ich es ja noch im Verlauf dieser Therapiestunde, zu der ich atemlos und verschwitzt mit einer halbstündigen Verspätung eingetroffen bin, was bei Psychoanalytikern nicht ganz so gut ankommt, wie Konstanze behauptet. *Mein* Analytiker dagegen übte Nachsicht, ich musste sogar zweimal klingeln, bis ich ihn zur Tür schlurfen hörte, und er schaute auch nicht böse, als er mir öffnete. Sein Schopf war ungekämmt wie stets, aber sein Händedruck kam mir heute wärmer vor als sonst. Heißer, besser gesagt, fiebrig irgendwie. Und da ihm seine Brille an einem Bügel quer übers Gesicht hing, so als sei er gerade beim Lesen gestört worden, konnte ich endlich auch seine Augen sehen, bernsteinfarbene Augen mit gelben Einsprengseln, die mir freundlich zuzwinkerten. Natürlich spricht alles dafür, dass ich mich täuschte, weil wohl in der Zwischenzeit etwas in Gang gekommen war, das Konstanze und ihre therapiesüchtigen Freunde als Übertragung bezeichnen würden. Oder als Gegenübertragung, was weiß ich. Bewegt aber fühlte ich mich doch. So ein direkter Blick ist halt etwas Menschliches, etwas anderes als die nüchterne Begrüßung durch einen in fadenscheinigen Tweed gekleideten alten Mann, der eine Dienstleistung vollbringt. Dieses trockene *shake hands*, das genauso gut von einem Automaten ausgeführt werden könnte. Und dieses Schweigen danach, an dem ich selber schuld bin … oder auch nicht. Meine Geduld gegen seine, so mag es Doktor Zucker vorkommen, meine Sturheit gegen seine. Irgendwann wird der Junge reden … der Dampfkessel platzen … Auch die Psychoanalyse gehorcht schließlich physikalischen Gesetzen.

Ehrlich gesagt, habe ich sogar schon vorher bemerkt, dass da jemand im Treppenhaus unterwegs war. Aber ich war so sehr von meinem Traum gefangen, dass ich es erst nicht wahrhaben wollte. In der Tat ist mir das Gefühl für die Raumverdrängung eines menschlichen Körpers während meiner langjährigen Zwangszivilisation nie abhanden gekommen, wobei ich nicht weiß, ob es die Luftmassen sind, die sich auf mich zubewegen und meinen Körper tangieren, oder die Geräusche, die dabei entstehen. Unterschiedlich wahrgenommene physikalische Gesetzmäßigkeiten und deren Schallwellen, Knistern, Knarren, Knuspern, Scharren, Rascheln, Flüstern, Flattern, Summen, Brummen, Ober- und Untertöne, abgesehen davon, dass ich seit je die Gabe besitze, hinter dem Vorhang von unaufhörlich eintretenden akustischen Ereignissen unfehlbar weitere und womöglich ungleich wichtigere Signale herauszufiltern.

Mein hervorragendes Gehör hat mir manchmal gewiss das Leben gerettet oder zumindest eine Tracht Prügel erspart. Beim Eierdiebstahl, inmitten der gackernden Hühner in den Ställen der elsässischen, badischen oder kurpfälzischen Bauern auf dem Weg in die preußische Hauptstadt zum Beispiel, weil ich weit entfernt eine Tür knarzen hörte. In den Schützengräben des Ersten Weltkrieges, irgendwo an den Ufern der Somme, wo zwar das

Grammofon lief, um das Gestöhn der masturbierenden Soldaten zu überdecken, ich aber trotzdem den Flügelschlag einer Taube wahrnahm, die sich unserem Unterstand näherte, mit einer Nachricht der Obersten Heeresleitung am Hals, weil sich die mühsam installierten Telefonkabel als nicht haltbar erwiesen und wohl auch falsch verlegt worden waren.

Dass ich im Moskauer Hotel Lux – nur wenige Sekunden zuvor in meine Kleider geschlüpft und unter dem Bett einer jungen Kommunistin aus dem Berliner Wedding versteckt – den speziellen deutschen Akzent des Verräters identifizierte, der am Morgen nach unserer letzten Liebesnacht vom Flur aus die Verhaftung kommentierte, trotz des (absichtlichen) Lärms, den die schweren Stiefel der *geheimen Staatsorgane* dort machten, erwies sich als sehr viel unangenehmer. Nein, Elsbeth war nicht meine Mama, aber doch die erste Frau, in deren Armen ich hätte weiterhin einschlafen mögen, wenn sie nicht von ihrem Ehemann denunziert und vom KGB auf die Deportationsliste gesetzt worden wäre. Die Geheimdienstler wollten sich nicht bücken, so entging ich der Festnahme, was ein Mirakel war. Andererseits hatte ich erhebliche Mühe, mich nach einer gefühlten Ewigkeit aus dem Zimmer zu schleichen und mich – hakenschlagend die Gänge entlang, treppauf, treppab – auf die Gorkistraße hinaus und in den nächsten U-Bahnhof zu retten. Die Exilanten, die mir auf den Fluren begegneten, hätten vermutlich mit mir sympathisiert, wenn sie gewusst hätten, dass wir uns in der gleichen Lage befanden. Nie werde ich sie vergessen, diese Gespenster im Schlafanzug, mit ihren Zahnbürsten im Glas und den Frotteehandtüchern über der Schulter. Wie sie bemüht gemessenen Schrittes – ganz anders als ich, da ich mich nicht zügeln konnte – durch das Gebäude liefen. Hofften sie – inkognito quasi und in Zivil auf diese Weise – Folter und Tod doch noch zu entrinnen? Oder wollten sie die Verhaftung verzögern, die sie bei der Rückkehr in ihre schäbigen Zimmer erwartete? Wie ich davonkam in Moskau, steht auf einem anderen Blatt. Ich glaube nicht, dass ich es Ihnen erzählen sollte, Herr Doktor, wenn ich denn irgendwann meinen Mund aufmache, denn ich habe dabei keine allzu gute Figur gemacht.

Die Sonne knallte tatsächlich durch die Oberlichter. Es würde wirklich unerträglich heiß werden und war es längst unter meiner Decke, wo ich zu allem Überfluss Aloysia Weber singen hörte, wasserhell, plätschernd, fröhlich und leicht. Dass dies nicht der Fall sein konnte, wurde mir schnell bewusst; es steht nicht in meiner Macht, mich in meine Wiener Jahre zurückzubeamen. Ich hielte es auch kaum für erstrebenswert, mich ein zweites Mal den gesundheitlichen Risiken auszusetzen, denen ich damals – und *damals* umfasst eine lange Zeit – wie durch ein Wunder entging. Weder Pocken noch Cholera hatten mich gestreift, weder Franzosenkrankheit noch Influenza, nicht einmal Röteln oder Masern je außer Gefecht gesetzt. Nur meine Zahnschmerzen, die ich durch die Jahrhunderte schleppte, bereiteten mir immer wieder solche Pein, dass ich nach dem Holundersaft, den man mir im Bürgerspitalzinshaus mit den entsprechenden Konsequenzen spendiert hatte, alles Süße mied. Bis heute übrigens, wenn es möglich ist. An Konstanzes *Mousse au Chocolat*, die ihre Freunde als hohe Kunst einschätzen, komme ich bisweilen doch nicht vorbei – und muss schwer dafür büßen.

Du hast wirklich eine *gute Kuttel*, rief mir ein pfälzischer Winzer zu, in dessen Zuber ich – auf dem Weg nach Berlin zu vielen unfreiwilligen Umwegen gezwungen – mit den Füßen die Weinbeeren zerstampfte, während einer nach dem anderen um mich herum an unerklärlichem Durchfall erkrankte. Als er mich einige Tage später dabei beobachtete, wie ich Karikaturen auf die letzten Seiten seines auf einer Bank im Hof liegen gebliebenen Rechnungsbuchs kritzelte und sich selbst wunderbar getroffen fand, holte er mich aus den Bottichen heraus und stellte mich als Schreiber an. Was eine Schutzbehauptung war, da er mich nicht nur niemals in seine Bücher schauen lassen, sondern es vor allem seiner Mutter gegenüber verheimlichen wollte, dass er einen Narren an mir gefressen hatte. Die jungen Frauen, die sie alle paar Monate ihrem mit bald vierzig immer noch unverheirateten Filius vorstellte, nahm jeder im Haus zur Kenntnis, selbst ich war bald bestens informiert. Kandidatinnen, die nicht ihre Finger in das Weihwasserfässchen rechts neben der Türe tauchten und sichtbar das Kreuz schlugen, bevor sie in die Stube traten, zog sie freilich erst gar nicht in Betracht, wie wir wussten. Auch raschelnde Röcke waren verdächtig, oder allzu große Dekolletés, da konnten die potenziellen Schwiegertöchter noch so üppig und – was den Nachwuchs anbetraf – vielversprechend ausgestattet sein.

Fast zwei Jahre blieb ich in der Pfalz, irgendwo in der Nähe der heutigen, von Touristen versehrten, direkt zur französischen Grenze führenden Deutschen Weinstraße, und bekam so Gelegenheit zum Üben, Üben und nochmal Üben, etwas, was mir in der Notenstecherei, wo ich immer nur zufällig zum Zeichnen kam, nie möglich gewesen wäre. Bleistifte gab es in verschwenderischer Zahl, auch Federn und Tuschegläser, anders als beim geizigen Stangerl, der die Schreibutensilien einsammelte und in die dafür vorgesehenen Holzkästen zurücklegte, wenn man sie gerade nicht brauchte. Die Revolutionäre, die in einer Phalanx die *Marseillaise* sangen, konnte ich jedenfalls bald aus dem Effeff, nachdem ich sie ein paar Mal vom Flugblatt des Engländers abgekupfert hatte. Trommler, Flötisten in vorderster Front. Sogar einige Notenköpfe ließ ich auf sie niederregnen. Der Winzer grinste, als er die aufgepflanzten Bajonette und die angriffslustig aufgerissenen Münder sah. *Allons enfants*, brummte er vor sich hin und benutzte ein vor ihm liegendes langes Lineal als Waffe, um mich zu erschießen.

Irgendwann, wenn keine Kriege mehr über unser schönes Land hereinbrechen – so räsonierte er manchmal, wenn wir bei einbrechender Dämmerung mit Erntehelfern im Hof beisammensaßen –, würde er mich gerne Etiketten gestalten lassen, mit weintrinkenden, ihre Becher hebenden Menschen verzierte Zertifikate, die man den Flaschen um den Hals hängen könnte. Viel besser sei das, als nur den Jahrgang und die Weinsorte darauf zu vermerken. Vorderhand aber brauche er mich als Bettgenossen, so klein und knuffig, wie ich sei, wobei er Interesse an meiner Wärme habe und daran, dass ich ihm die Einsamkeit vertreibe. Mein Körper sei ihm zu knabenhaft und außerdem tabu, nach den Gesetzen der Heiligen Römischen Kirche zumal, welchen er strikt gehorche. Schon das nächste Dorf sei rein evangelisch, der Pfarrer sei verheiratet und müsse in einer völlig bilderlosen – bilderlos gemachten! – Kirche predigen. Wie grausam für die Gläubigen, die auf diese Weise keinerlei Ablenkung hätten, meinte Georg, der Schorsch gerufen wurde. Ganz abgesehen davon, dass der hiesige katholische Geistliche einen gesunden Sinn fürs Saufen besitze, anders als sein protestantischer Kollege, der – wie man höre – sogar seinen Messwein mit Wasser verdünne.

In der Tat, Schorsch rührte mich nicht an, bis zum Schluss nicht. Er war haarig und hart, er schnarchte und ich stieß mich an seinen Knochen, tagsüber aber behandelte er mich gut. Und als ich mich im übernächsten Frühling nach dem Herbst, in dem wir uns kennengelernt hatten, aufmachte in Richtung Preußen, begab ich mich sogar mit einer mit Riemen versehenen Tasche auf die Reise, in der ich meine spärlichen Besitztümer verstauen konnte, darunter die unter dem Ellenbogen des Ritters von Skronsky hervorgezupfte Broschüre aus der Gaststätte im Wiener Bürgerspital, die *Merkwürdige Lebensgeschichte des Franz-Xaver Messerschmidt, herausgegeben von dem Verfasser der freimüthigen Briefe über Böhmens und Oestreichs Schaafzucht* also, die ich inzwischen zwar gelesen hatte, aus der ich aber nicht schlau geworden war.

Ein Schnappsack, ein Rucksack, ein Mantelsack – was weiß ich, wie man das Behältnis nennt, mit dem mich Schorsch ausgestattet hatte, mein Freund, der mich nicht nur in sein Bett eingeladen, sondern mir auch das Weinschlotzen beigebracht hatte, ein blubberndes, genießerisches Geräusch, das mir in Berliner Weinstuben einige Lacherfolge bescherte. Die Kirschbäume blühten, als wir uns voneinander verabschiedeten, daran erinnere ich mich gut, sie schäumten geradezu. Und als ich mich – guter Dinge den Hügel hinunterhüpfend – noch einmal umdrehte, sah es aus, als ertränke Schorsch in deren Pracht.

Am gleichen Morgen hatte ich mich zum ersten Mal im Spiegel gesehen, in einer halbblinden Scherbe vielmehr, die Schorsch zum Rasieren an einen Nagel zwischen den beiden Fenstern in seinem Kontor zu hängen pflegte. Aus einem rissigen Stück grüner Seife lächerlich wenig Schaum produzierend, heftig den Kopf hin und her bewegend und an seiner Haut zerrend, schabte er dann sein Gesicht mit einem Klappmesser, das er hin und wieder in der Waschschüssel säuberte, die auf seinem Schreibtisch stand, leider häufig auf meinen Tuschezeichnungen, die dadurch zu Aquarellen wurden, deren Reiz er allerdings extra entlohnte. Einmal rasierte er sich die linke, einmal die rechte Wange, nie schaffte er es ganz, weil immer jemand den Raum betrat und etwas von ihm wollte. So auch heute, weswegen er sich ungeduldig die Schmiere aus dem Gesicht wischte und mir – bevor er einem Fuhrknecht ins Freie folgte – zurief, ich solle das *Lavoir*, wie man zu meinem Entzücken auf Pfälzisch sagte, in die Küche zurückbringen. Den Spiegel, den er sonst in die Hosentasche steckte, ließ er dieses Mal hängen. Ich nahm ihn ab, da er viel zu hoch für mich hing, und nutzte die Minuten, während Schorsch draußen palaverte.

Ach, ich wollte mir mein Gesicht merken, hatte ich mir vorgenommen: so, wie ich es erblickte an jenem März-Tag in den späten 1790er-Jahren, aber irgendwie ist es mir dann doch verloren gegangen. Blaue Augen, na gut, starke schwarze Brauen. Pickel um die schmalen Lippen. (Die Pickel sind inzwischen weg.) Ein nicht zu bändigender blonder Schopf, von einer Dienstmagd namens Marie mit Hilfe eines Topfes frisch gestutzt; nun, da ich mich wieder auf die Walz begäbe, wie sie meinte. Irgendwann wurde es grau, mein Haar, aber nie gänzlich. Bartlos bin ich noch immer. (Nicht wenige Frauen haben mich genau dafür geliebt.) Meine Nase konnte ich mir von der Seite nicht mehr eingehend betrachten, sah ich doch – im Spiegel! – wie Schorsch dem Knecht auf die Schulter klopfte und auf die Haustür zulief. Ein paar Jahre später würde ich auf einem Scherenschnitt entdecken, der witzigerweise ganz in der Nähe der Hausvogtei entstand, wo Konstanze heute wohnt und sich früher das preußische Staatsgefängnis befand, dass meine Nase kurz und gerade gewachsen ist, nicht sehr aristokratisch also im Vergleich zu meinem Vater. Der besaß einen riesigen Zinken, mit dem er – wenn er sich in der Küche aufhielt – gern an den frisch gerupften Fasanen schnüffelte, von deren Blutgeruch er anscheinend nicht genug kriegen konnte.

Merde. Wenn es Konstanze wäre, dann hätte sie ihre Schuhe ausgezogen, dachte ich. Sie ist rücksichtsvoll, sie weiß, dass ich um diese Zeit noch schlafe. Ich hörte hinter Philippe Jaroussky, einem Countertenor, von dem sich Konstanze beim Betreten der Wohnung auf dem Fernseher begrüßen lässt, jemanden in der Diele rumoren, nicht heimlich und auf Zehenspitzen, sondern schwer und selbstsicher auftretend. Dass sich dieser Jemand nun auf den Weg ins Schlafzimmer machte, ein Mann offenbar, dessen Raumverdrängung deutlich größer war als die von Konstanze, überzeugte mich endgültig von der Nutzlosigkeit meines über die Jahrhunderte ohnehin immer schwächer gewordenen Fluchtreflexes. Und da stand er auch schon vor dem Bett, wie ein vom Sonnenlicht bestrahlter Riese im weinroten Trachtenanzug mit einem Kopf voller pomadisierter schwarzer (offensichtlich gefärbter) Locken. Panisch überlegte ich, woher ich dieses

Gesicht kannte, aus welcher Zeit, aus welchem Land, von welcher Begebenheit ...

Die Kunstpause, die ich mache, ist für Sie bestimmt, Herr Doktor, ein einziges Mal möchte ich ein Zeichen von Anspannung in Ihrer Gegenwart erleben, ein Schnaufen, ein Hüsteln vielleicht, das anzeigt, dass hinter mir ein aus Fleisch und Blut bestehendes Wesen sitzt. Wie aber könnten Sie mein Innehalten bemerken, wenn ich nicht rede oder Sie wieder einmal eingeschlafen sind? Soll ich mein Schweigen aufgeben, kapitulieren? Es würde mich so reizen, Sie zu irgendwelchen Reaktionen zu veranlassen, zu mehr jedenfalls als zu *Guten Morgen* oder *Guten Tag*, wenn ich Ihre schlecht gelüftete Praxis betrete, aus der das Unglück Ihrer Patienten nicht weichen will. Ohne dein Reden, hat Konstanze gesagt, bevor sie nach Afrika abreiste, kann doch keine Übertragung und keine Gegenübertragung stattfinden. Das ist das Wichtigste an der Psychoanalyse.

Hat sie wieder einmal die Kastraten-DVD aufgelegt, dieses dumme Kind, sagte also der Mann, dessen tiefe, alpenländisch gefärbte Stimme sich problemlos über Jarousskys Sopran legte. Er setzte sich auf die Bettkante und ersparte mir so wenigstens, zu seiner ganzen Größe hinaufblicken zu müssen, und seufzte: Schon bei meinem letzten Besuch haben mich diese Eunuchen empfangen ... Sie ist besessen von Kastraten, von Farinelli und Co, eine Doktorarbeit wollte sie über diese Typen schreiben. Sie hat mich sogar in ein Konzert dieses französischen Schönlings geschleppt. Man hat diese Leute doch nur singen lassen, weil Frauen nicht auf die Bühne durften. Genauso wie man ... Jetzt stehen Sie doch endlich auf und machen Sie den Fernseher aus ...

Er fuhr sich über seine verschwitzte Stirn und musterte mich unter meinem bis zur Nasenspitze hochgezogenen Laken. Sie sind Leon, ächzte er dann. Konstanze hat bereits angedeutet, dass Sie hier im Bett liegen könnten …

Sein dröhnendes Lachen erinnerte mich an Konstanze, es war ihr Vater, kein Zweifel. Auch Gertie McInnis' wilde Ausbrüche tauchten aus den Tiefen meines Gedächtnisses auf, *ihr* sind dabei regelmäßig Tränen in die Augen geschossen, und es kam auch vor, dass sie zu weinen begann, weil sie unter dem Lachen ihre Traurigkeit entdeckte und deshalb nicht mehr damit aufhören konnte.

An nichts in meiner jüngsten Vergangenheit denke ich weniger gern als an das Zusammentreffen mit Konstanzes Vater, was ich allerdings nur streifte, als sie zwei Wochen später zurückkehrte. Dass der schwerreiche Mann seit drei Jahren – ohne es zu wissen – auch mich alimentiert, mir die Opernkarten, den Urlaub in den bayrischen Alpen und die Markenklamotten spendiert, in denen ich mir so gut gefalle, macht die Sache kaum besser. Nicht zuletzt Sie, Doktor Zucker, erhalten Ihre Überweisungen ja mehr oder weniger direkt aus Österreich. Ich aber musste dafür mit dem Sponsor unserer wunderbaren Zweisamkeit drei Nächte auf das Heftigste zechen, *Whisky on the rocks* trinken, *Glenfiddich*, um genau zu sein, die Sorte, die ich von allen am meisten verabscheue. Die *Spätis* in Berlin sind wirklich eine Errungenschaft; es ist schon merkwürdig, warum man sich bei uns noch nicht dazu durchgerungen hat, sagte Herr von S., der nach einem Blick in den Getränkevorrat seiner Tochter noch einmal aufgebrochen war.

Schon das Frühstück mit ihm erwies sich als Tortur. Nachdem er in die Küche verschwunden war, damit ich

Jaroussky abstellen und mich anziehen konnte, hatten wir uns auf den Gendarmenmarkt verfügt und saßen bald inmitten einer Busladung lärmender amerikanischer Touristen, die Herr von S. allerdings mit Leichtigkeit übertönte, wobei Smalltalk in dieser Lautstärke jenseits dessen liegt, was ich ertragen kann. Nicht nur, weil mein Repertoire so schmal ist und sich dabei immer wieder längst überwunden geglaubte Sprachbarrieren auftürmen, sondern auch deswegen, weil Konstanzes Vater, der ja ein Baron ist, wie sie mir in einer schwachen Stunde erzählt hatte, über Dinge sprach, die ich bald nicht mehr als Plauderei empfinden konnte. Okay, in den ersten putzigen Anekdoten aus Konstanzes Kindheit fand ich auch *meine* Konstanze wieder. Dann aber – nicht ausgeschlossen, dass er mich nur warnen wollte – begann er, mir von ihrem nicht zu kurierenden Starrsinn zu erzählen, ihren Schulverweisen, der Tatsache, dass sie gerne jüngere Kinder vertrimmte. Wie bocksbeinig sie – buchstäblich – gewesen sei, und dass ihre Eltern sie eines Tages – ja, auch buchstäblich – zum Arzt schleifen mussten, weil ihr Kind praktisch ins Unendliche wuchs und sie wissen wollten, wie normal das noch sei und ob sie es nicht besser stoppen sollten. Genaueres wollte mir Herr Baron nicht mehr erzählen. Dass sich da ein Martyrium abgespielt hatte, war mir freilich längst klargeworden. Dabei sahen sie sich so ähnlich, Konstanze und ihr Vater, auf seine brachiale Art war er genauso schön wie sie. Wie sie gestikulierte er beim Reden, wie sie drückte er das Kreuz durch beim Essen, wie sie drehte er seine schwarzen Kulleraugen gen Himmel, wenn er empört war. Wobei es zur Empörung jede Menge Anlass gab, nicht nur die adipösen Amerikaner, von denen gerade ein neuer Schwung neben uns Platz genommen hatte, sondern vor allem die Kulturlosigkeit, diesen wunderbaren Platz so erbarmungslos zu verschandeln, mit Schildern und Plakaten, mit Plastikstühlen und unzähligen Open-Air-Veranstaltungen, deren monströse Lautsprecher ihre Schallwellen bis hinter die Lärmschutzfenster in Konstanzes Wohnung transportierten.

Im Grunde sprach er mir aus der Seele, dieser überwältigend präsente Mensch, an dessen Seite ich mir selbst im Sitzen wie ein Zwerg vorkam. Spätestens jedoch, als er sich vorbeugte und mir zuflüsterte – wobei von Flüstern natürlich keine Rede sein konnte –, er denke darüber nach, hier an diesem Platz ein österreichisches Lokal aufzumachen (obgleich doch schon zwei existieren), unternahm ich keinen weiteren Versuch zum Dialog. Vermutlich würde er mir auch bald erzählen, er kaufe sich demnächst einen Fußballverein und ein Grundstück an der East Side Gallery – von Konstanze wusste ich, dass in beiden Fällen Verhandlungen liefen. So saß ich da wie gelähmt, zupfte an meinem Hörnchen und überlegte krampfhaft, wie ich den Strudeln seines nicht enden wollenden Redeflusses entkommen könnte. Einen Ami fragen, aus welchem Teil der Staaten er stammte? Die Wasserflasche umstoßen? Zu Wladimir hinüberschlendern? Der stand nur wenige Meter entfernt und wienerte sein Motorrad blank, die wenigen Stellen vielmehr, die ihm dafür noch zur Verfügung standen.

Er kam aus Novosibirsk und war seit der Jahrtausendwende unterwegs, hatte er mir einmal erzählt und mich unglaublich stolz gemacht – weil er nicht nur mein altertümliches, von Elsbeth erlerntes und mit Berliner Einsprengseln versetztes Russisch verstand, sondern ich auch das, was er mir antwortete. Dass er aus einem Waisenhaus ausgebrochen sei und sich im Alter von fünfzehn einer Rockerbande angeschlossen habe, dass er in Moskau Jahre in einer Mucki-Bude gearbeitet habe (er sagte wirklich *Mucki-Bude*), so lange, bis er das Geld für seine Maschine namens Tatjana zusammengespart hatte. Und nun kutschiere er frei wie ein Vogel im Wind durch die Weltgeschichte, solange ihm nicht das Benzin ausgehe wenigstens. Sticker aus aller Herren Städte klebten auf dem Leib seines Motorrads genauso wie auf dem seitlich darauf festgeschnallten Überseekoffer. In Halifax und Meran, Johannesburg, Kairo, Beirut, Los Angeles, Valparaiso und Brüssel war er gewesen. Vorne am Lenker flatterten englische, französische, amerikanische, deutsche, japanische Wimpel. Auf die Frage, warum er keine Sowjetflagge mit sich führe, hatte er mich allerdings nur böse angesehen und sich mit dem Zeigefinger an die Stirn getippt.

Wohin bist du unterwegs, Genosse?, rief ich ihm nun auf Russisch zu, mich vorbeugend und sozusagen auf dem Sprung, während der künftige Berlin-Investor nach der Bestellung eines neuen Milchkaffees ungerührt seine Suada wiederaufnahm. *Du willst doch nicht etwa auf die Krim?* Und Wladimir erwiderte, ausdrucksvoll die Schultern wie seine Rs rollend: *Archangelsk, Minsk, St. Petersburg ... Charlottenburg, Wilmersdorf?* Bevor er sich abwandte und sein schweres Gefährt zurück auf die Straße schob, winkte er mir noch einmal zu mit seiner Kappe, auf der *Russia* stand. Dem jungen Mann mit Rucksack, der ein Selfie mit ihm machen wollte, fuhr er deswegen fast über die Füße.

Wie alt er wohl ist, dieser Wladimir?, frage ich meinen Psychoanalytiker in Gedanken, besteht doch die

Möglichkeit, dass auch er, dessen Praxis in der nahen Mohrenstraße liegt, ihn vom Sehen kennt. Zweihundertfünfzig Jahre? Älter, jünger? Hat er den Zaren noch gekannt? Finde ich ihn vielleicht deshalb so sympathisch?

Das Getränk hatte Konstanzes Vater anscheinend nur für mich bestellt, denn er erhob sich, knallte einen Hunderteuroschein auf den Tisch, sagte *Baba, bis heut' Abend* und eilte – so vermute ich – zu seinem nächsten Geschäftstermin. Wie schade, dass mein russischer Weltreisender schon weg war, ich hätte ihm gern das Wechselgeld gegeben. Schon weil es abends nicht besser wurde, der Alkohol machte Herrn von S. weder friedlich noch schläfrig, höchstens gesprächiger. Er erzählte von seinen argentinischen Rinderfarmen, von den Wiesen in Südtirol, die gesunden Viechern gesunde Nahrung böten, von der Essenslogistik im Bundesheer, in die er kürzlich groß eingestiegen sei, von den Wurstfabriken, die er abstoßen werde, von seinem erfolgreichen Start in der Biolandwirtschaft, was ihm endlich ein gutes Gewissen beschere. Ja doch, selbst wenn Sie es nicht glauben, sagte er undeutlich (weil er sich gerade eine Handvoll Erdnüsse aus der hohlen Hand direkt in den Mund rieseln ließ), Geld hat was mit Gewissen zu tun.

Immerhin, erst am dritten Abend fragte er mich, ob ich Näheres über das *Negerkind* wisse, das Konstanze zu adoptieren gedenke. Mir hat sie schon Fotos von diesem Buben gemailt, sagte er. Ihnen nicht? Wobei *Sie* das ja dann wohl ausbaden müssten, oder? Das Kind hüten, meine ich, wenn meine Tochter unterwegs ist; weiß der Himmel, warum sie ewig verreisen muss. Wie lange sind Sie schon mit ihr zusammen? Was? Annähernd drei Jahre? So lange hat sie es noch mit keinem Kerl ausgehalten.

Welchen Universitätsabschluss ich besäße, wollte er noch wissen, bevor er seinen schweren Körper aus dem Sofa wuchtete und ihn mit einiger Mühe ins Badezimmer navigierte. Und ob ich katholisch sei. Da ging es bereits auf vier Uhr zu, der Morgen begann zu dämmern. Ich war so verdutzt, dass ich nicht mehr weiß, ob und was ich ihm antwortete. Ich wusste es ja selbst kaum in diesem Augenblick, und zwar nicht nur, weil ich es verpasst hatte, bloß noch Wasser zu trinken ab einem gewissen Zeitpunkt, wie es Konstanze macht, wenn sie sich mit ihren Senioren spanische Nächte um die Ohren schlagen muss. Katholisch? Reformiert? Evangelisch? Protestantisch? Getauft worden war ich gewiss; vielleicht hatte es eine Massentaufe gegeben für alle ungefähr gleichzeitig geborenen unehelichen Kinder meines Vaters. Zu nachtschlafender Zeit in der schlosseigenen Kapelle oder in der kleinen Dorfkirche, in der sich auch schon einmal Flüchtlinge aus La Rochelle versteckt hatten, die der Pfarrer umstandslos der Justiz übergab, wie man es später in der Küche kolportierte. Ansonsten jedoch hatte und habe ich mit Religion nichts am Hut, ungeachtet dessen, dass ich in meinem Leben schon viele Gotteshäuser von innen gesehen habe, es liebe, Kirchenlieder zu singen, und folgsam mein Knie beuge, wenn meine Banknachbarn es tun. (Wie wäre ich auch dazu gekommen, sitzen zu bleiben? Mit Eigensinn hätte ich nie so lange überlebt.)

Die Frage, ob ich an Gott glaube, stellte mir erst Louis Charles Adelaide de Chamissot, mit dem ich in meiner Muttersprache sprechen, das heißt, mich wieder jener flinken, nasalen Redeweise bedienen konnte, die ich fast schon verlernt hatte, weil sich mittlerweile so viele andere Idiome – von Dialekten ganz zu schweigen – in meinem

Kopf vermengt hatten. Er ließ mich auch an den Früchten seiner gymnasialen Schulbildung teilhaben, der liebe Junge, und konnte wenigstens ein bisschen die Schwermut vertreiben, die mich zu Anfang meiner Berliner Jahre so erbarmungslos in ihren Fängen hielt.

Aber ich greife vor. Fest steht, dass ich nach meiner Ankunft in Berlin hauptsächlich mit den Nachfahren der Hugenotten zusammenkam. Man nannte sie immer noch *Refugiés*, und ihre spezielle Glaubensrichtung, die sie aus ihrem Vaterland vertrieben hatte und die in Preußen niemanden störte, den Großen Kurfürsten vor allen Dingen nicht, dem sie mit ihrer ausgeprägten Intelligenz, ihrem kaufmännischen Geschick und ihrer Handwerkskunst sehr zupass kamen, hinderte sie nicht daran, ein bestimmtes Etablissement aufzusuchen, das ich heute leider nicht mehr exakt lokalisieren kann, weil es vermutlich den Bombenangriffen zum Opfer fiel. Es war an der Spree gelegen, das weiß ich noch, und in der Nähe des großen Schlosses, wohin ich manchmal schlenderte, wenn man meine Dienste nicht brauchte. ... Auch die Bundeskanzlerin wohnt heute da, als Privatperson, mit Wachpersonal vor dem Hauseingang, gegenüber dem Pergamon-Museum, das damals noch nicht existierte und jetzt gerade umgebaut wird, sodass man so gut wie nichts von ihm sieht. Ein Refugié war ich ja gleichfalls, obzwar ich mich freiwillig auf die Socken gemacht hatte, während sich Chamisso mit Fug und Recht Emigrant nannte, obwohl er doch geflüchtet war.

Habe ich Ihnen schon erzählt, Herr Doktor, dass ich den netten englischen Gentleman wieder traf?

Ich begegnete ihm an der Poststation in Köthen, wo ich kurz vor der Stadtgrenze eine paar Monate als Handlanger bei einem Wagenmacher gearbeitet hatte, um meine Reisekasse aufzubessern. Zusammen mit meinem Meister – tatsächlich kam ich auf so einige Meister in meiner Jugend, und es scheinen mir nicht die schlechtesten Menschen gewesen zu sein – brachte ich eine reparierte, von einem Achsbruch kurierte und wieder prächtig aussehende Kutsche zu ihrem Besitzer zurück. Der hatte über eine Woche in einem Hotel in der Stadt verbringen müssen und stand nun mit seinem Kutscher – ungeduldig hin und her tänzelnd – vor den Ställen. Es war ein schöner Zufall, dass wir seine Kalesche gerade an diesem Tag abliefern konnten und nicht an irgendeinem anderen, wollte ich doch weiter nach Berlin und hielt Ausschau nach einer Mitfahrgelegenheit. Im Gegenlicht der Morgensonne erkannte ich ihn nicht gleich, meinen ehemaligen Reisegefährten, erst als er freudestrahlend auf seinen Wagen zugelaufen kam und meinen Meister begrüßte. Dass er *mich* erkannte, ist ziemlich wahrscheinlich, denn kaum dass ich mich versah, hatte er mich schon in seine Kutsche geschubst, in die rechte hintere Ecke, wo man mich nicht sah. Während er das Geschäftliche regelte, spannte der Kutscher – der in meinen Augen nicht weniger chic als sein Herr gekleidet war – die beiden Mietpferde an. Schnell und reibungslos wie im Märchen ging es weiter, an den Ufern kleiner Flüsse entlang, durch Wald und Flur, wie man damals sagte, gelegentlich sogar unter den schattigen Bäumen einer Allee, wo die Straße in erstaunlich gutem Zustand war, neu aufgeschüttet offensichtlich, mit Ablaufrinnen an beiden Seiten und sogar Gegenverkehr zulassend. Ich muss dieses Wunder erwähnen, Herr Doktor, weil sich ja kein Mensch vorstellen kann, wie mühselig es war, im achtzehnten Jahrhundert zu verreisen.

Leider bin ich nicht auf die Idee gekommen, danach oder währenddessen aufzuschreiben, wie sie verlief, meine Reise von der Pfalz nach Berlin, über Koblenz und Köln, an Münster und Hildesheim vorbei quer durch den Flickenteppich des Heiligen Römischen Reiches, ungezählte Grenzen und kleinliche Grenzbeamte passierend, die bestochen werden wollten von den Privat- und Geschäftsleuten, mit denen ich zufällig unterwegs war, über holprige Wege, durch tiefe Spurrillen, in denen die Räder irgendwann stecken blieben, vor allem, wenn der Wagenlenker betrunken war. Manche Strecken legte ich als blinder Passagier zwischen Wein- und Bierfässern liegend zurück, bisweilen aber auch in offiziellen Vehikeln, weil mir nichts anderes übrigblieb, wenn ich nicht wegkam von einer Poststation – wie Tramper heutzutage von einer Autobahnraststätte, stelle ich mir vor.

Da es mich in Postkutschen nicht weniger durchrüttelte als in Frachtfuhrwerken und ich mich regelrecht fürchtete vor der Seekrankheit, die mich auf kurvenreichen Strecken befiel, zog ich es zuweilen vor, zu Fuß zu gehen, einen Tag lang oder zwei – länger hielt ich es nicht aus. Ich war kein Naturkind, allenfalls ein Schloss- oder Küchenkind. Ich hatte Angst vor Bibern, Mardern und Greifvögeln. Vor Kühen, etwas weniger vor Schafen. Ich wäre nie auf den Gedanken gekommen, Blumen zu entblättern, so wie es Adelbert tat, vor dem kein Gänseblümchen sicher war. Pflanzen und Tiere ließen mich kalt im Vergleich zu den Menschen, die ich in einer Kutsche beobachten konnte, selbst wenn sie sich dort nicht von ihrer besten Seite zeigten. In meiner Gegenwart jedenfalls benahmen sie sich meist daneben, anders als es Romane oder Filme suggerieren wollen, in denen sich Kutschfahrten zu auserlesenen, ja kathartischen Erlebnissen entwickeln, die ich als ehemals Betroffener einfach nur lächerlich finde. Meine Mitreisenden schmatzten, rülpsten und furzten ganz ohne Scheu. Weder teilten sie ihr Essen, noch ließen sie ihre Schnapsflaschen kreisen. Und mir – der ich ein armer Wanderbursche war, dem der Hunger aus den Augen sprang – wollten sie schon gar nichts abgeben und wären von mir abgerückt, hätten sie es gekonnt.

In der irrigen Meinung, die Püffe und Knüffe so am besten abfangen zu können, saßen sie stocksteif da, Knie an Knie, Schulter an Schulter. Bisweilen fischte der eine oder andere als Student erkennbare Bursche wenigstens ein zerfleddertes Gedichtbändchen aus der Jackentasche und versuchte zu lesen. Ich hätte mir gewünscht, er möge rezitieren, aber das geschah nie. Junge Mädchen begannen lächerlicherweise, mit gerunzelter Stirn und stoisch nach unten blickend Monogramme in Taschentücher zu sticken, weshalb sie sich manchmal in den Finger stachen und ihr Blut am Polster abwischten, wenn keiner hinschaute. Die, die am Fenster saßen, hatten es am besten. Sie schauten in die Ferne, sahen Wolkengebirge, Hügel und unendliche Ebenen, Häuser und Kirchtürme. Die meisten schwiegen, betrachteten die ihnen gegenübersitzenden Passagiere wechselweise gleichgültig oder feindselig und versuchten, ihre Ohren vor denen zu verschließen, die ohne Unterlass redeten. Wenn einer ausstieg, übernahm der nächste seine Rolle, so kam es mir vor. Prediger sagten ein paar salbungsvolle Worte und segneten ihre Mitreisenden, bevor sie gottergeben – wie sich zum Schlafen rüstende Vögel – den Kopf auf die eigene Schulter betteten. Freundinnen plauderten im Wisperton über Bälle, die sie vermutlich nie besucht hatten. Indes richtige Geschichten ausgesprochen selten erzählt wurden bei meinen Reisen, genauso wenig wie sich Raubüberfälle ereigneten, die mir aus lauter Langeweile nicht unwillkommen gewesen wären. Es war eng, man roch einander und bewegte sich im Stakkato fremder Körper. Andere junge Männer mochten die Nähe zu jungen Frauen geschätzt haben, ich jedoch litt – noch! – unter der erzwungenen Intimität und sehnte mich nach dem nächsten Freigang.

Das Transportwesen war ein knallhartes Geschäft, nicht anders als heute. In Postkutschen wurden so viele Menschen gestopft, dass sie zusammen mit dem Handgepäck zu ihren Füßen eine kompakte Masse bildeten, die beim Aussteigen nur aus tauben Hintern und eingeschlafenen Füßen bestand. Wie mühselig es war, Schorschs Rucksack aus der Kutsche zu retten! Nicht selten hing er mit seinen beiden Riemen an jemandes Fuß oder Hand und ich konnte ihn nur durch Reißen und Zerren wieder in meinen Besitz bringen. Bei einer dieser Gelegenheiten bekam wahrscheinlich auch die Uhr meines Vaters einen Tritt ab, seitdem ging sie nicht mehr. Dass sich vornehmere Leute nicht um ihre Kostbarkeiten sorgen mussten, erfüllte mich mit Neid. Sie konnten sich für ihr Gepäck einen Platz auf dem Dach der Kutsche mieten und – nachdem sie sich aus dem Ausstiegschaos herausgewunden hatten – in aller Ruhe abwarten, dass einer der herbeieilenden Packknechte ihnen ihren Besitz aushändigte.

Die letzte Etappe meiner Reise fand also in unvorstellbarem Luxus statt, in einer im Innern mit schwarzem Samt ausgekleideten Kutsche, an deren Polstern goldene Troddeln hingen. Ich hätte jubilieren mögen, aber ich traute mich nicht. Eine ganze Weile nämlich saß mir mein Gentleman mit abweisender Miene gegenüber und schlief irgendwann sogar ein mit weit von sich gestreckten Beinen, während wir ohne Verzug auf der schnurgeraden Straße Richtung Osten fuhren. Erst als es rumpelte und krachte und die Kutsche kurz ins Wanken geriet, sprich, als wir wieder in den gewohnten, also schlechten Bahnen fuhren, nahm er mich in den Blick und hielt sich dezent – weil er immerzu ins Gähnen kam – die Hand vor den Mund.

Wir kennen uns, nicht wahr, stellte er fest. Ich habe dich vor drei, vier Jahren irgendwo in den Cevennen getroffen, stimmt's? Oder waren es sogar fünf? Wie schön, dass du überlebt hast. Du bist sogar gewachsen. Ein bisschen. Und jetzt willst du nach Berlin … Dann, nach einer halben Ewigkeit: Erwartet dich dort jemand? Verwandte? Bekannte? Hast du Arbeit …?

Warum wir nicht gleich auf Deutsch miteinander redeten, so wie wir es in den folgenden Jahren taten, wenn er in Berlin weilte, ist mir schleierhaft, hatte sich sein Französisch doch in der Zwischenzeit nicht verbessert, im Gegenteil, die Verständigung erschien mir so schwierig, dass ich am Ende seiner unverständlichen Wortkaskaden nur mit den Achseln zuckte. Was hätte ich ihm auch antworten sollen? Niemand erwartete mich. Ich kannte keine Seele in der preußischen Hauptstadt. Chodowiecki höchstens, aber nicht persönlich, ja nicht einmal indirekt. Auf das Empfehlungsschreiben hatte ich Stangerl gar nicht mehr anzusprechen gewagt, er selbst wiederum sich nicht aufraffen mögen, an einem der Verkaufsstände im Prater um einen Fetzen Papier und einen Stift zu bitten. Vielleicht war ihm der Transport von nur zwei

Messerschmidt-Köpfen statt der erwarteten drei oder vier zu wenig für eine erst noch zu formulierende Eloge auf einen ohnehin nicht allzu hoch geschätzten Lehrling. Oder er wollte mich einfach nur loswerden, nachdem er mich noch mit Schuhen ausgestattet hatte und sogar zum Dieb für mich geworden war.

So griff ich aus Verlegenheit in meine Reisetasche und holte mir eine der drei wurmstichigen Birnen heraus, die mir die Frau des Wagenmachers am Morgen zugesteckt hatte, kaute und schwieg, und auch der Engländer unternahm keine Konversationsversuche mehr, sondern schloss erneut die Augen und bot mir sein Gesicht dar, dessen schöne Ebenmäßigkeit mich verblüffte und auch künftig immer wieder verblüffen sollte. Tatsächlich war mir seine ganze Person seltsam angenehm und vertraut geblieben – ohne dass ich wusste, worin die Anziehung bestand. Weil er der Erste gewesen war, der mich wie einen Menschen behandelt hatte? Wie einen Jungen vielmehr, der Nachsicht verdiente, sanft, verständnisvoll, kaum anmaßend? Oder weil er mir so viel kultivierter als mein eigener Vater erschien, obwohl dieser doch Ländereien und ein Schloss besaß sowie mindestens fünfzig Domestiken? Natürlich ist mir bewusst, wie delikat das Ganze war, verehrter Herr Doktor! Vielleicht nicht nur nach heutigen Maßstäben. Und dass Sie darauf brennen würden, zu erfahren, was ich empfunden habe, als er mir auf der Fahrt durch Frankreich die Hose hinunterzog. Und in Köthen, als ich ihn wiedertraf. Darüber reden allerdings, oder nur nachdenken, möchte ich vorerst nicht.

Immerhin befand sich das Flugblatt mit den singenden Revolutionären noch in meinem Besitz, gehütet regelrecht und vor Nässe und Schmutz geschützt, was mir bei meinem unsteten Lebenswandel und in Ermangelung einer jener Klarsichtfolien, wie ich sie später als so nützlich empfand, gar nicht leichtfiel.

Auch in den folgenden Jahrhunderten konnte ich mein Flugblatt vor Unbill schützen. Ausgerechnet während einer relativ sesshaften Phase meines Lebens, als ich in der Villa des Druckereibesitzers Portenlänger wohnte, der mich unbedingt zu seinem Bürovorsteher machen wollte, weil er sich in meine Handschrift verliebt hatte, kam es mir dann aber abhanden. Am Tag des Hitler-Putsches geschah es, am 9. November 1923 in München, als ich zwar mit knapper Not einer Horde von *Die Wacht am Rhein* grölenden SA-Männern entwischte, die zur Feldherrnhalle unterwegs waren, dann aber doch in eine Straßensperre geriet. Eine halbe Nacht musste ich auf der Polizeiwache in der Ludwigstraße verbringen, in einer winzigen Zelle mit einigen anderen vermeintlichen Aufrührern, deren Flöhe sofort auf mich übersprangen. Die Uhr meines Vaters bekam ich glücklicherweise am Morgen zurück. Nachdem man sie bei meiner Entlassung mit bayrischer Gründlichkeit gesucht und dann – recht zögerlich, wie mir schien – gefunden hatte, versah man sie auf der Liste meiner Habseligkeiten mit einem Häkchen. Das Flugblatt mit den singenden Revolutionären jedoch war wohl in der Zwischenzeit im Papierkorb gelandet, genauso wie der Lebensbericht des Franz Xaver Messerschmidt, von einem böhmischen Schafzüchter geschrieben, hinter dem ich Strunz selbst vermutete, ohne dass ich es hätte beweisen können.

Ich bemerkte es erst am übernächsten Tag, muss ich zu meiner Schande gestehen, ging dann aber wenigstens eine halbe Minute in mich, bevor ich den Gedanken verwarf, mich in die immer noch unruhige Innenstadt zurückzukämpfen. Letztlich handelte es sich ja nur um einen zerfledderten Zettel, *n'est-ce pas*? Zumal man andere Lieder sang inzwischen und in den folgenden Jahren noch ganz andere. Außerdem war ich froh, dass man meine gefälschten Papiere, die mir der Druckereibesitzer erst Anfang jenes Jahres in Bangkok spendiert hatte, nicht genauer unter die Lupe genommen hatte. Wichtiger war die Uhr, die sich dank eines mit Portenlänger bekannten Uhrmachers gerade in einem selten perfekten Zustand befand. Ludendorff sei zum Aufstand nur in Zivil erschienen und habe einen dunkelblauen Filzhut getragen, erzählte mir mein Chef empört, der nationalistische Bestrebungen nicht völlig verachtete, aber *Saupreißen* einfach nicht leiden konnte. Das ist aber eine andere Geschichte, abgesehen davon, dass ich nicht mehr lange in München blieb, nicht nur, weil er Bankrott machte, obgleich er im inflationären Geld geradezu ersoff, sondern weil mir die dort durch die Straßen laufenden Nazis und Burschenschaftler unbeschreiblich auf die Nerven fielen.

Relativ frisch in meines Engländers Gesicht waren die tiefe Narbe an der Stirn und eine kleine, harmlosere an der rechten Wange, was meine Fantasie anregte, als ich ebenfalls einzuschlummern begann, in einen der Vorhöfe der verwinkelten Halle des Schlafes eintrat vielmehr, wie ich erst vorgestern in einem voluminösen Roman eines amerikanischen Autors gelesen habe, der auf Konstanzes Nachttisch liegt.

Was war passiert? Hatte er sich duellieren oder doch noch in den Krieg ziehen müssen? Auf meinem Sitz zusammengerollt und eingemummelt in den geklauten

Mantel fiel ich alsbald in echten Schlaf, der mir nicht nur einige langweilige Stunden durch Brandenburgs staubige Kiefernwälder ersparte, sondern meinen Gentleman in herrliche Kämpfe verwickelte, die über Tische, Bänke und Stühle gingen. Aufgewacht bin ich dann auf dem Boden der Kutsche, als der Mann auf dem Bock, den ich auf unserer Reise immer wieder laut mit sich selbst sprechen und manchmal auch singen gehört hatte, die Pferde zum Halten brachte. *Pferdewechsel*, brüllte er, *Potsdam, Potsdam, only fifteen Prussian miles to go!* Ohne ein Wort zu verlieren, rannte er zu den Ställen, um frische Pferde zu besorgen und jemanden zu finden, der uns die Räder schmieren würde. Und mein Gentleman ließ mir im Gasthaus eine Mahlzeit bringen, derweil er selbst in kleinen Schlucken aus der Feldflasche trank, die er sich aus der Kutsche mitgebracht hatte.

Während ich heißhungrig den Mampf aus Kartoffeln, Fleisch und Karotten in mich hineinstopfte, schaute er mich unverwandt an. Nur seinetwegen verzichtete ich darauf, mir die Flechsen aus den Zähnen zu fummeln, obwohl ich wusste, dass ich es würde büßen müssen. Ein bisschen Bewegung kam in ihn, als er von einem Soldaten abrückte, der sich direkt neben ihm eine lange Tonpfeife stopfte und seinen Fidibus zückte. Aber auch als unser Wagenlenker sich zu uns an den Tisch gesetzt hatte und in seinem Essen zu stochern begann, welches er im Gegensatz zu mir nicht mochte und zur Hälfte stehen ließ, wandte er seinen prüfenden Blick nicht von mir ab.

Was machen wir mit ihm, fragte er schließlich (wobei mir nicht klar war, mit wem er sprach. Mit sich selbst? Mit seinem Kutscher, der gerade einen Humpen Bier auf einmal hinuntergestürzt hatte und sich mit den Fäusten die Tränen aus den Augen wischte?), könnte er uns zu irgendetwas nützlich sein? *Avons-nous besoin de lui?* Oder: *Could he be useful for us?* Ja, so etwas Ähnliches muss er gesagt haben, diese Sätze habe ich nach zweihundertzwanzig Jahren noch im Gedächtnis.

Ja, wozu war ich nütze? Außer dass ich Notenlinien gravieren, Weintrauben zerstampfen, Revolutionäre mit aufgerissenen Mäulern und aufgepflanzten Bajonetten zeichnen konnte? Ich kann nicht behaupten, dass ich das wirklich herausfand auf der letzten Etappe meiner Reise in die preußische Hauptstadt, auf dieser mit losen Wackersteinen gepflasterten, äußerst holperigen Chaussee zwischen Potsdam und Berlin, während die Dämmerung sich herabsenkte und unser Chauffeur – der Jack hieß, wie ich irgendwann herausfand, was ich frei mit *Jacques* übersetzte – immer wieder anhalten musste, um die ausgegangenen Kerzen in den Laternen wieder anzuzünden, bevor er sich entschloss, eine Fackel in Brand zu setzen, die auch in der Kutsche ein wenig Helligkeit verbreitete. Die Angst, die sich in mir breitmachte, verhinderte das Nachdenken. Wien erschien mir so viel heller im Nachhinein, es dauerte ewig, bis wir durch Straßen fuhren, deren Häuser mit Ölfunzeln über dem Eingang versehen waren, und zwischendurch musste ich auch noch einmal eingeschlafen sein, denn von den Schlagbäumen, an denen die Maut berappt werden musste, bekam ich nur einen einzigen mit. Zudem hatte es auf den letzten preußischen Meilen noch angefangen zu regnen, sodass Jack das Wasser aus dem Dreispitz lief, als er sich bückte, um uns den Schlag zu öffnen.

Wie gemütlich es am Petersplatz gewesen ist, dachte ich zurückweichend, weil ich nicht aussteigen wollte und am liebsten in der Kutsche übernachtet hätte. Die Straße vor der Notenstecherei. Das Bürgerspitalzinshaus gar. Dort hätte man vom Boden essen können, während es hier nach Kloake roch, die Straße mit Pferdeäpfeln und Stroh bedeckt war, Ratten um die Ecken flitzten und der Fluss, an dessen steinerner Begrenzung wir ausstiegen, dunkel und ölig wirkte wie ein schwarzes Tuch über einem gigantisch langen Sarg. Die Spree, c'est à dire: *Cöllnischer Stadtgraben*, sagte mein Gentleman lakonisch, als wollte er mir die nächste Haltestelle auf der Straße meines Lebens ansagen, und zog mich aus dem Wagen. Wobei ich beides nicht verstand bei meiner Ankunft in der preußischen Hauptstadt, in der ich sage und schreibe acht Jahre bleiben sollte.

Nur so viel, Herr Doktor, bevor Sie Ihren nächsten Patienten in Empfang nehmen: Am Ende dieser langen Reise in die Nacht landete ich in einem Waschzuber. Das Seifenwasser reichte mir bis zum Kinn und machte meine Glieder schlaff. Ein großer schwarzer Mensch, der nach Mitternacht zum Vergnügen der Besucher eines Etablissements namens *Bosnische Drina* eine weiße Perücke tragen musste, rubbelte meinen Rücken, bürstete mir den Dreck vom Hals, putzte meine Ohren, schnitt mir Finger- und Zehennägel. Nur meinen blonden Schopf ließ er unbeschnitten …

IV.

Emmanuel, der große schwarze Mann, sprach Französisch; er sagte *alors* und *donc* und *voilà*, während er mich badete, und äußerte gutmütiges Erstaunen darüber, dass er weder Läuse noch Flöhe fand. Aber er antwortete mir nicht, als ich ihn in meiner Muttersprache anredete. Und auch später, wenn ich ihn auf den Gängen zwischen den Logen des Tanzhauses beim Servieren sah – in der Dunkelheit lediglich die weiße Lockenperücke, seine Zähne und die goldenen Knöpfe an seiner Livree –, gab er kein Zeichen des Wiedererkennens von sich. Wer weiß, wie viele Knaben er vom Dreck befreit hatte. Er hatte mich gewiss auch viel jünger geschätzt, als ich war, so wie mein englischer Reisegefährte, der noch in derselben Nacht mit Kutsche und Kutscher verschwand, was mir einige Tage lang einen kleinen ziehenden Schmerz hinter den Rippenbögen bescherte. War ich mir seiner Sympathie doch so sicher gewesen! Und seiner Bereitschaft, mir zu erklären, warum er mich ausgerechnet in die Bosnische Drina verfrachtete! Aber auch, als er mir im nächsten Jahr zur gleichen Zeit wieder begegnete, löste sich das Rätsel nicht auf. Immerhin legte er seine Karten ab, als er mich sah, stand vom Spieltisch auf und strich mir über die Haare, die inzwischen so lang gewachsen waren, dass ich sie zu einem Zopf binden konnte. In seiner gelben Lederhose und seinem dunkelblauen Frack war er eine blendende Erscheinung, wobei ... wobei ich inzwischen weiß, verehrter Doktor Zucker, wer sich so kleidete, welcher Romanheld, und dass das Outfit meines Gentlemans einer Mode folgte, die schon damals annähernd dreißig Jahre vergangen war. *Indeed: Almost grown-up*, meinte er, mich anlächelnd. Und auf Deutsch: Wie sagt man? Gewachsen. Nicht nur die Haare.

Emmanuel stamme aus Haiti, erzählte mir Henriette von Waldeck, die meine – zugegeben sehr junge – Mutter hätte sein können. Eine Zeitlang betrachtete sie sich wohl auch als meine Erzieherin, die mir für das Milieu, in dem ich nun lebte, nicht nur die passenden Manieren und die angemessene Sprache, sondern auch den richtigen Blick auf die herrschenden Verhältnisse beizubringen hatte. Dass sie mich dabei mit dem komischen norddeutschen Akzent infizierte, von dem sie selbst nicht loskam, war die Folge. Zwar hätten alle von den Franzosen versklavten Schwarzen gehofft, dass mit der Revolution auch der *Code Noir* verschwände, es habe aber Wichtigeres gegeben damals. Lieber bastelte man einen neuen Kalender aus lauter kuriosen Monatsnamen, baute der Göttin der Vernunft Altäre oder ließ eine Enthauptungsmaschine konstruieren, deren schmerzlose Schnelligkeit der vermeintlichen Humanität der Aufrührer entsprach. Selbst Napoleon habe offensichtlich nichts gegen das noch von Ludwig XIV. stammende Dekret einzuwenden, wonach Neger minderwertig seien, obwohl er doch gerade dabei sei, seinen *Code Civil* mit Feuer und Schwert durch Europa zu tragen.

Bürgerliche Rechte s-tehen Menschen wie Emmanuel nicht zu, geschweige denn die Freiheiten, die sich daraus ableiten lassen. Schau nicht so ungläubig, mein Kleiner, das ist nicht meine Meinung, sagte sie und hielt sich ein *Pincement* vor die kurzsichtigen Augen, deren Schwäche sie der Dunkelheit zuschrieb, in der sie arbeiten müsse. Ich bin nicht so wie die übrigen Mädchen hier. Ich s-tamme aus einem besseren Haus, wenngleich man mich daraus vers-toßen hat. Außerdem besuchen mich zuweilen kluge Herren, die mir das Weltgeschehen explizieren.

Sie hob ihre kleinen Brüste an, kniff sich in die Wangen und biss, bevor sie Schminke auf die Lippen tat, ein Stück von ihrer Eierschecke ab, wie sonst auch, wenn wir – bevor kein Licht mehr durch die Fenster drang und die ersten Kerzen entzündet wurden – noch ein paar Minuten in der kleinen Kammer beisammensaßen, die wir *die Werkstatt* nannten. Werkstatt, weil dort alles vorhanden war, was während des abendlichen Trubels der schnellen Reparatur von Kostümen, Korsetts, Physiognomien oder Schuhen diente. Messer, Scheren, Nähgarn und Nähnadeln. Puderdosen, Umhänge, Tücher, Fleckenmittel, Salben, Alaun, Schönheitspflästerchen und verschiedene Parfüms in großen Kristall-Flakons. Deren auf verschiedenen Körpern unterschiedlich wirkende Düfte bereiteten mir am Anfang Übelkeit und dann Entzugserscheinungen, als ich später durch die nach Fäulnis und Brackwasser stinkenden Berliner Straßen wanderte.

Emmanuel sollte sich jedenfalls in Acht nehmen, dass ihm Napoleon nicht die Ohren abschneiden lässt, wenn er demnächst in Berlin einmarschiert, es ist ja nur noch eine Frage der Zeit, sagte Fräulein von Waldeck. Einmal französisch, immer französisch, obwohl es ein Preuße war, der den langen Lulatsch aus den Tropen mitbrachte … Sie ließ mich ein Stück von ihrem Gebäck abbeißen und schob sich dann den letzten Bissen in den Mund.

Was für einen aufgeräumten, ja fröhlichen Eindruck sie seit Kurzem machte! Wie ein Vögelchen tirilierte sie bisweilen oder pfiff *Üb immer Treu und Redlichkeit* vor sich hin, eine Weise, die sie vom Glockenspiel im Turm der Potsdamer Garnisonkirche kannte, in deren Nähe das Stadtpalais ihrer Eltern stand. Sie war so guter Laune, dass sie sogar damit begann, mir meinen auf dem Boden schleppenden Wiener Mantel zu kürzen, nachdem ich vor ihren Augen – den Innenhof querend und als Bote unterwegs – böse gestürzt war. Ich weiß zwar nicht, wie groß du noch werden wirst, meinte sie, die Nadeln im Mund und mich mit beiden Händen um meine Achse drehend, aber ich will nicht, dass du in der Spree landest. Manche Menschen machen mit zwanzig allerdings noch einen richtigen Schuss ... Ich werde deshalb nicht allzu viel Stoff wegschneiden.

Warum sie sang, wurde mir erst später klar; wusste sie doch seit Wochen, dass sie demnächst befreit werden würde, dass es ein paar junge Offiziere gab, die sie ganz uneigennützig und ohne Lustgewinn wieder ihrer Familie zuführen wollten. Auch ihr in der Zwischenzeit bei einer Bauernfamilie in der Nähe des väterlichen Guts im Mecklenburgischen untergebrachtes Kind sollte sie wiederbekommen; ihr strenger, aber reumütig gewordener Vater warte ungeduldig auf seine Tochter, die schwerkranke Mutter wolle sie noch einmal sehen, bevor sie starb. Ein preußisches Märchen wurde da also inszeniert, zu dessen glücklichem Ende auch ich beizutragen hatte, indem ich die Kunden, mit denen meine Erzieherin am Tage ihres Kidnappings verabredet war, nach allen Regeln der Kunst ablenkte und zerstreute. Tatsächlich ging alles glatt, wie ein paar der *Gens d'Armes* erzählten, die am übernächsten

Tag wiederkamen und schon unter der Tür ihre Kopfbedeckungen in die Luft warfen. Sie hatten nur den Pächter übertölpeln müssen, Frechheit siegte. Mit der Frau in ihrer Mitte seien sie zu den Klängen eines wunderbaren Menuetts ganz ohne Aufheben aus dem Saal hinausgetanzt und hätten den Patron im Vorübergehen davon unterrichtet, dass sie wiederkommen wollten in Zukunft, das heißt, er also Kunden verlöre, wenn er Rabatz machte.

Die alte Ziege bringe er sowieso kaum noch an den Mann, habe er ihnen nachgeschrien. Der Teufel solle sie frikassieren. Und: Um diese Klugscheißerin sei es wahrlich nicht schade.

Wie groß war Henriette? Jedenfalls kleiner als Gertie und Konstanze. Aber immer noch viel größer als ich. Habe ich mich gesteigert im Verlauf der Jahrhunderte? Oder liegt es an den sich verbessernden Lebensbedingungen der Kreise, in denen ich mich bewegte?

Henriette wollte *Jettchen* genannt werden, ich aber zog ihren richtigen Namen vor, weil sie mich an ein Kammermädchen im Schloss meines Vaters erinnerte, dem wir – wegen seiner erschreckenden Blässe – Möhren zu knabbern gegeben hatten bei uns in der Küche, weshalb wir sie *petit lapin* riefen. Auch die Berliner Henriette liebte Möhren, da sie sich davon bessere Augen versprach, und als sie dann weg war, musste ich den Vorrat, den ein unsterblich in sie verliebter Suppenkoch ihr aus seinen Beständen zukommen hatte lassen und den sie tagsüber hinter einer nie aufgezogenen Gardine verbarg, alleine aufessen. Vermutlich trauerte der Arme genauso heftig um sie wie ich, immer wieder musste ich ihm die Geschichte ihrer erfolgreichen Entführung erzählen. Seine Gefühle waren aber gewiss weniger ambivalent als die meinen. Denn die

Zeiten, da sie schrie und heulte und ich ihr über den Ekel hinweghelfen sollte, der sich in ihr vor allem gegen jene fettleibigen Männer eingestellt hatte, deren Glied sie unter ihren hängenden Bäuchen erst mühsam hervorsuchen musste, vermisste ich natürlich nicht.

Es war sehr schwierig, sich von ihrem Lebensüberdruss nicht anstecken zu lassen. Von ihrem Hass auf die Staatsbeamten und Kammergerichtsräte, die es vom Collegienhaus nicht weit hatten in die Bosnische Drina, von wo aus die Damen, die dort eigentlich nur tanzen durften und nicht mehr, sie in die Domizile ihrer jeweiligen Kupplerinnen abschleppten. Diese wiederum hielten sich auf ihre Vornehmheit etwas zugute und verachteten die zwangsläufig auch ihren Weg kreuzenden weißgekleideten Freudenmädchen, diese gewiss von der Liebesseuche angesteckten *Straßenmenscher*, die ihrem Beruf nicht in gemütlicher Umgebung nachgehen konnten, sondern sich bei Eis und Schnee und Wind und Regen feilbieten mussten. Wenn es heiß war, brannte der Staub, der direkt aus des Heiligen Römischen Reiches Streusandbüchse durch die Berliner Straßen pfiff, so sehr auf der Haut und in den Augen, dass sich einige Mädchen mit einer Maske schützten.

Meine Erzieherin hatte es gut bei ihrer sonst so strengen Beschützerin Frau Schubitz, vielleicht wegen ihres – wenn auch niedrigen – Adels. Auf jeden Fall wollte die in roten Atlas gekleidete korpulente Dame kein Geld von mir haben, als Henriette mich eines Tages in die Taubenstraße brachte, in den dritten Stock hinauf, vorbei an lauter gutbürgerlichen Wohnungstüren mit blankgeputzten Türklopfern, die Löwenköpfe oder geballte Fäuste darstellten. Sie lächelte nur maliziös, als sie uns öffnete, zog die gezupften Augenbrauen hoch und ließ die Glöckchen an ihrer nicht übermäßig hochgetürmten, aber intensiv violett gefärbten Perücke klingeln. Henriette fühlte sich auch zu keiner Erklärung verpflichtet, nur mir gab sie Bescheid, als wir säuberlich entkleidet im Bett lagen und sie mich – so gut es ging und mit großer Geduld – in die *richtige* Liebe einführte, wie sie betonte. Einen Dienst habe sie mir tun wollen, damit ich wisse, wohin ich gehöre, wenn man mich mal wieder ins Hinterzimmer rufe, wo man sich ausschließlich der griechischen Variante widme, sprach sie, nachdem ihr Werk vollendet war. Wobei ich von dieser nie etwas gehört hatte und mich wunderte, warum sie bei meiner Frage, ob wir uns denn jetzt römisch vergnügt hätten, nicht mehr aufhören konnte zu lachen. Ach, du musst noch so viel lernen, sagte sie, meinen Hals und meine Ohren kraulend. Aber nimm doch lieber die hintere S-tiege. Ich erwarte hier gleich den *Generalintendanten Aller Berliner Chausseen*. Der dürfte auch dir bekannt sein.

Glauben Sie es mir oder glauben Sie es nicht, Doktor Zucker, dachte ich, fröstelnd auf der Couch liegend und von Schnupfen geplagt, weil mein Therapeut an der Heizung sparte, was ich als nicht gerade subtile Rache für mein Schweigen empfand. Bevor ich in der Bosnischen Drina landete, war mir das Wort *Bordell* nicht bekannt, auch nicht dessen französische Entsprechung. *Le bobinard* kenne ich inzwischen, weil ich das Wort nachgeschlagen habe, und auch *Maison de Tolérance*, was mir typisch französisch vorkommt, wenn ich an Dominique Strauss-Kahn denke, den vor ein paar Jahren in New York spektakulär verhafteten Direktor des Internationalen Währungsfonds, der als Staatspräsident im Gespräch war, obgleich man ihn verdächtigte, ein Zimmermädchen vergewaltigt zu haben.

Wie ich es schaffte – oder besser: wie es gelingen konnte, um es etwas passiver auszudrücken –, während meiner Reise durch halb Europa so naiv zu bleiben, wie ich war, als ich in Henriettes Bett lag, weiß ich nicht. Und ob ich die Wahrheit sage oder die Wahrheit erfinde, weiß nur der liebe Gott. Ich will mich diesbezüglich nicht mehr zügeln, habe ich beschlossen, ich erzähle so, wie es mir einfällt, schweigend allerdings. Was meinen Psychoanalytiker vielleicht eines Tages zur Weißglut bringen wird.

Woran ich mich definitiv erinnere, schon weil mir sein Bild so lebhaft vor Augen steht, ist, dass der Generalintendant – an sich schon ein riesiger, ausladender Kerl mit einem auffallenden Gebiss aus Elfenbein – Perücke trug, und nicht nur eine, sondern viele verschiedene. Für ihn und für Männer seiner Statur wurde die Tapetentür zum Hinterzimmer um mehr als eine Haupteslänge vergrößert, das ist gleichfalls Fakt. So mussten sich die Herren zwar trotzdem bücken, um zum Ort ihrer Wunscherfüllung zu gelangen, aber es war vielleicht nicht ganz so demütigend, wie den Kopfputz abzunehmen, unter dem sich schütteres Haar, eine Glatze, hässliche Druckstellen oder gar ein nässender Ausschlag verstecken ließen – abgesehen davon, dass es hin und wieder auch zum Perücken-Diebstahl kam in der Bosnischen Drina, weil die in tagelanger Knüpfarbeit hergestellten Haarersatzteile teuer waren und sich weiterverkaufen ließen, wenn man sie in einer anderen Farbe puderte, sie umspritzte also, wie gestohlene Autos heutzutage. Im Innern der künstlichen

Frisuren fanden sich zwar Etiketten mit den Namen der Schöpfer, niemand aber versuchte wohl ernsthaft, sie wiederzukriegen.

Fest steht, dass die sogenannten besseren Herrschaften während meiner ersten beiden Jahre im Bordell – zumindest gedanklich muss ich das Wort einmal verwenden – noch fest im modischen Bann der künstlichen Kopfbedeckungen standen. Schon dass sich Emmanuel sofort die weiße Perücke überstülpte, nachdem er mich in der Nacht meiner Ankunft gebadet hatte, erschien mir wie ein ihm aufgezwungener Reflex. Aber auch an den nächsten Abenden, als ich in den Tanzsälen zu arbeiten begann, fiel mir die Vielfalt der Gebilde auf, welche die Männer auf ihren Köpfen spazieren führten – diese aus Ziegen- oder Pferdehaar gefertigten, aufwendigen oder bescheidenen, mit großen oder kleinen Locken verzierten Kreationen, diese längeren oder kürzeren, häufig grau gepuderten Zöpfe, die man paradoxerweise in einen Seidenbeutel steckte, damit man sich die Schultern nicht staubig machte. Nur wirklich reiche Leute übrigens konnten sich Perücken aus Menschenhaar leisten, die aber verkehrten nicht in der Drina oder wagten es nicht, ihre Haarteile dort aufzusetzen.

Was sich hier nicht alles zusammenfand! Anders als in Wien, wo aus dem gegenüber der Notenstecherei gelegenen Perückenladen stets nur scheu nach rechts und links blickende Individuen heraustraten, von denen sich allenfalls der Herr Mozart frivol gebärdete. Er jedenfalls, so glaube ich, hätte seine Freude daran gehabt, wie ungezwungen man sich zu vorgerückter Stunde im eigentlich als stocknüchtern geltenden Preußen seiner Verschönerungsutensilien entledigte, das Glas erhob und Prosit schrie, bevor man anfing, einander die Teile zuzuwerfen oder sie sogar auszutauschen, nur um festzustellen, dass es große und kleine Köpfe gab, auf die sie passten oder nicht.

Meine Aufgabe war es, darauf zu achten, dass die Herren, die den Damen in bereits aufgelöstem Zustand in ihre Pensionen folgten – wie die Orte der käuflichen Liebe schamhaft genannt wurden –, ihre Perücken später wieder bekamen. So flitzte ich unter den Tischen hin und her und hüpfte an den in der Mitte des Saales von der Decke hängenden Kronleuchtern hoch, in deren Kristallglas-Gehänge sich die falschen Haare verfangen hatten – eine hochgefährliche Angelegenheit, wie ich im Nachhinein finde, weil die Kerzen brannten und durch den Luftzug in Schieflage gerieten. Von den Musikern, zwischen deren Beinen und Instrumenten ich nicht selten auf der Suche nach den Wurfgeschossen hindurchkrabbeln musste, erhielt ich regelmäßig Tritte, weil ich ihre wohlverdiente Pause störte. Es kam auch vor, dass sie kleinere Zweitfrisuren in ihre Trompeten stopften, zum Spaß, wie sie vorgaben, bevor sie sie mir widerwillig in meine ausgebreiteten Arme drückten. Am Ende fand ich sie alle, die Kunsthaare der preußischen Honoratioren, die in der Drina die Kontrolle verloren hatten, und übergab die Attribute ihrer Eitelkeit der in der Eingangshalle missmutig hinter ihrem Tresen sitzenden Garderobière, die sie den Eigentümern zurückerstatten würde.

Natürlich tat ich alles, damit man nicht auf mich aufmerksam wurde und mich ins Hinterzimmer expedierte, was gar nicht so einfach war, weil an den Wänden des großen Saals von Wandleuchten illuminierte Spiegel hingen, die mich einfingen, ohne dass ich es bemerkte. Aber es geschah bei dieser Gelegenheit, dass ich dem dünnen, um nicht zu sagen spillerigen Herrn näherkam, der mir schon länger aufgefallen war – nicht unbedingt, weil er sich meist still am Rande der lauten Männergesellschaften an einer Tischecke niederließ und seinen Wein trank, nein: kaute, wie es mir schien, wenn er seine langen schmalen Lippen so intensiv bewegte. Auch nicht deswegen, weil er vom frühen Abend bis weit nach Mitternacht in ein Quartheft kritzelte, an seinen Stiften leckte und sie sich abwechselnd hinter das linke oder rechte Ohr klemmte. (Ich machte es ja nicht anders, wenngleich ich in Berlin bisher noch keine Chance gehabt hatte, mein Talent unter Beweis zu stellen. Wie oft hatte ich mir während der pfälzischen Zeiten gewünscht, mehr Ohren zu haben als nur zwei!)

Nein, erstaunlich war, wie konsequent er sich dem Perückenunwesen entzog. Dass er nichts bei sich trug, was er über seine hässlichen sandfarbenen Haare hätte stülpen können. Gleichsam dauerelektrisiert standen sie ihm zu Berge, so als gruselte er sich permanent, was man ihm nicht verdenken konnte angesichts der zechenden Monster, die er hier zeichnend beobachtete. Vielleicht versuchte er ja des Morgens, seinen widerspenstigen Schopf mit Zuckerwasser oder Spucke zu glätten, so wie es Christian, mein kleiner daumenlutschender Kojennachbar tat, wenn er zu allen erdenklichen Zeiten aus dem Keller, wo wir schliefen, ins Hinterzimmer gerufen wurde. Ob derlei Mühe im Falle des stets in einen dünn gescheuerten Frack gekleideten Mannes wirkungsvoll gewesen wäre, wage ich allerdings zu bezweifeln. Es sah eher so aus, als schneide er sich die Haare von Zeit zu Zeit selbst und richte sich dabei schrecklich zu, das heißt, lieber Stifte und Papier kaufte, als sich einen Figaro ins Haus zu holen, ja, Leute, die einen solchen Dienstleister in Anspruch nahmen, gründlich verachtete.

Ernst Theodor Wilhelm Hoffmann heiße der Mann. Er sei Referendar am Kammergericht, hatte ich jemanden über den seltsamen Kauz erzählen hören. Er schwärme für Mozart, weshalb er sich gerne *Amadeus* nennen lasse. Wenngleich er über die *juristische Walzmühle* klage, in der er sich befinde, liebe er die innere Schönheit der Paragrafen so sehr, dass er seine Vorgesetzten beständig um *noch mehr* Arbeit bitte. Überhaupt gönne er sich keine Ruhe. Wenn er nicht zeichne, dann komponiere er oder schreibe Spukgeschichten, als deren Hauptfigur er unschwer durchgehen könne.

Auch Henriette kannte den dichtenden Komponisten oder den zeichnenden Rechtsreferendar, war aber, als sie sich ihm einmal zu nähern gewagt hatte, sehr freundlich abschlägig beschieden worden, wie sie mir berichtete. Und mit mir hätte er bestimmt gleichfalls nicht sprechen wollen, vermute ich, wenn ich nicht direkt in ihn hineingelaufen wäre, mit meinem Schwung Perücken im Arm, die ihm nun zu Füßen lagen, weshalb wir – als wir uns gleichzeitig bückten – mit den Köpfen zusammenstießen.

Offensichtlich war er gerade im Gehen und wollte sich seinen Mantel holen. Jetzt aber tippte er mir mit seinem Bleistift auf die Brust – vielleicht hatte er sogar mit dem Gedanken gespielt, mich abzukonterfeien –, zwinkerte mir heftig zu, was er häufig tat, wie mir schon aufgefallen war, und sagte: Wir könnten diese Ungetüme doch einfach in die Spree werfen, was meinst du, mein Junge? Es ist nicht weit. Nur einmal kurz vor die Tür. Keiner merkt es, wenn du für ein paar Minuten verschwindest …

Aber da packte ihn ein mir unbekannter, barhäuptiger Herr von hinten an den Schultern – seine Perücke befand sich vielleicht in dem Haufen, den ich gerade der Garderobière hatte übergeben wollen – und zog den Referendar wieder in den Saal hinein, wo man ihm ein Glas Punsch offerierte, das er noch im Stehen an die Lippen setzte. Er sprach mit sehr heller, fast fistelnder Stimme, falls Sie das interessiert, Doktor Zucker. Ich wiederum weiß nicht, wie ernsthaft ich es erwog, und wenn, für wie lange, zusammen mit diesem mir dann doch ziemlich unheimlich erscheinenden multiplen Genie die Relikte einer feudalen Zeit zu ertränken, zumal die Epoche ja längst noch nicht vergangen war, es sich also kaum um wahre Relikte gehandelt hätte. Den Bleistift, der ihm auf die Erde fiel, hob ich auf, ohne ihn zurückzugeben, ich konnte ihn gut gebrauchen und begann alsbald, die abgelaufenen Speisekarten der Drina damit vollzukritzeln, so wie ich es auch bei ihm gesehen hatte, wenn ich ihm über die Schulter blickte. Den Stummel warf ich dann natürlich weg; ich wäre nicht auf die Idee gekommen, ihn aufzubewahren.

Adelbert von Chamisso, den ich bald darauf kennenlernte, war gewiss der minder bedeutende Poet. Weshalb ich es im Nachhinein ein bisschen bedauere, nicht wenigstens ein paar Worte mit Hoffmann gesprochen zu haben. Nach unserem Zusammenstoß sah ich ihn nie wieder; er sei ins zu Preußen gehörende Posen versetzt worden, wo ihn Napoleons Truppen erwischten und er als Komponist und Dirigent an mehreren städtischen Bühnen unter nervenaufreibenden Umständen tätig war, bevor er ans Berliner Kammergericht zurückkehren konnte, wie ich hörte, und hier irgendwo, in der Nähe von Konstanzes Apartment, eine Wohnung bezog.

Tatsächlich war dieser Herr in meinem Gedächtnis überhaupt nicht mehr vorhanden, Herr Doktor! Erst jetzt, auf Ihrer Couch, die bereits so manches in meinem Bewusstsein in Bewegung gesetzt hat, steht er mir wieder vor Augen. Mit seinen schwarzen, wie vor Schreck aufgerissenen Augen und seiner sich über die Lippen wölbenden Nase, die er mit seiner Zungenspitze hätte erreichen können, wie ich damals dachte. Ein Wesen, das nur aus Haut und Knochen bestand. *Nur einmal kurz vor die Tür …*, nein, eine so schön zu skandierende Wortfolge hätte ich nicht vergessen dürfen. Das nehme ich mir übel.

Mehr noch, das Versäumnis macht mich so nervös, dass ich in meiner Hosentasche nach dem Geschenk meines Vaters zu wühlen beginne, automatisch quasi, wie nach der Nabelschnur, die mich mit meiner Vergangenheit verbindet, vergeblich allerdings, weil meine Uhr beim Uhrmacher ist, wo sonst. Die Unruhe hat wieder einmal schlappgemacht. Eigentlich die *Unruh*, jenes Rädchen also, das die Bewegung erzeugt, die in die Bewegung der Uhrzeiger übersetzt wird. Je genauer die Unruh läuft, desto präziser ist die Uhr, hatte mir Henriette erklärt, als ihr das Geschenk meines Vaters beim Kürzen meines Wintermantels auf den Boden gefallen war und ich mich gezwungen fühlte, ihr wenigstens ansatzweise meine kurze Lebensgeschichte zu erzählen.

Wie gut, dass ich nicht auch noch den Bleistiftstummel aufbewahrt habe! Es ist schrecklich, es tut weh, Gegenstände durch die Jahrhunderte zu schleppen. Und ich weiß schon, warum ich mir von meiner lieben Konstanze am liebsten vergängliche Theaterkarten und eine nicht transportfähige Psychoanalyse schenken lasse.

Gleich bin ich mit ihr verabredet, in einem Antiquariat unter den Arkaden in der Markgrafenstraße, wo direkt neben der Eingangstür immer noch die Einschusslöcher des Zweiten Weltkriegs zu sehen sind. Sie will ein Geburtstagsgeschenk für ihren Vater kaufen, eine ganz und gar unmögliche Sache bei einem Mann wie ihm, wie ich meine. Meine Füße werden unruhig, in weniger als fünfzehn Minuten muss ich gehen, das habe ich im Gefühl, dazu brauche ich keine Uhr, jedenfalls nicht die ursprünglich wohl ironisch gemeinte Antiquität im Bahnhofsformat, die Doktor Zucker vor Kurzem abgehängt hat, um mich und andere Patienten von unserer schülerhaften Zeitfixierung zu erlösen.

Dabei möchte ich viel lieber in der zauberhaften Stimmung bleiben, die mich zu Adelbert führt. Sprich, aus dem Haupteingang der Bosnischen Drina heraustreten und an der Spree entlang bis zum Lustgarten laufen, von wo aus man direkt zum Schloss hinübersehen konnte. Das ist heute nicht anders, nur dass das Schloss gerade neu errichtet wird, mit einer Kuppel samt Kreuz, aber auch mit allem anderen Schnickschnack, den es braucht, um darin ein grandioses, allumfassendes, mit kolonialer Beutekunst bestücktes Museum zu eröffnen. Unter Konstanzes Freunden ist nicht nur das Kreuz umstritten, sondern der ganze Wiederaufbau und der damit zusammenhängende Abriss des Palastes der Republik, den man wegen der von außen zu sehenden riesigen Kugelleuchten auch unter treuen Sozialisten *Erichs Lampenladen* nannte. Was wiegt dagegen das nicht mehr lokalisierbare, vermutlich von Bomben zerstörte Haus, wo die Bosnische Drina untergebracht war? Obwohl sich dort *tout Berlin* amüsierte?

Weiter traute ich mich lange nicht. Ein paar Monate bestimmt, vielleicht ein Jahr lang – inzwischen war ich siebzehn oder achtzehn oder neunzehn –, stand ich wie festgewurzelt an derselben Stelle und schaute. Womöglich hatte mir der ominöse Spruch *Nur einmal kurz vor die Tür*, den mir der Rechtsreferendar nebst seinem Bleistift hinterlassen hatte, ja doch den entscheidenden Schub gegeben. Ich wandte mich also an einem kalten Wintertag nach rechts und begann *Unter den Linden* immer geradeaus bis zum Brandenburger Tor hinaufzugehen. Dort, in einem der beiden Wachhäuschen, die noch heute vorhanden sind – konkret: in dem, wo sich heute der Andenkenladen befindet –, versah Leutnant de Chamissot, wie er damals noch hieß, seinen Dienst und wartete natürlich nicht auf mich. Und doch geschah es just an jenem Tag, als ich mich aus dem Bannkreis meines weitläufigen Gefängnisses traute, dass ich ihm zum ersten Mal begegnete. Vielleicht hatte ich auch von ihm reden gehört in der Drina, das will ich nicht ausschließen. Von einem verrückten Franzosen, der Reden halte, Gedichte rezitiere und – offen gesagt – nicht nur sich, sondern auch die preußische Armee zum Affen mache.

Es war ein einfacher Dienst, es ging leger zu, wie ich feststellen würde. Wenn er nicht zwischendurch Passierscheine kontrollieren oder die sogenannten Fremdenlisten führen musste, auf die vor allem der Geheimdienst Wert legte, hatte der junge Offizier Zeit in Hülle und Fülle: zum Schreiben und Lesen, zum Beisammensein mit seinen Freunden, denen er seine Gedichte vorlas oder – sofern er sie auf Französisch geschrieben hatte – übersetzte. Irgendwann an diesem Spätnachmittag war aus der Dichterlesung eine Versammlung geworden, die aus der Wachstube hinauswuchs, ich hörte jedenfalls Händeklatschen und Lachen, als ich in meinem gekürzten Mantel fröhlich ausschreitend auf die kleine Menschenmenge zuhielt. Wobei mich eigentlich nur der eine französische Satz, den Adelbert laut und wegen seiner enormen Größe über die Köpfe seiner ständig wachsenden Zuhörerschaft hinweg in die klare Winterluft sprach, zum Stehenbleiben verleitete: *Vous avez ouvert mes yeux* ... Weiter ging es für mich nicht. Danach fiel er ins Deutsche, das ich trotz meiner Fortschritte in dieser durch endlose Nebensätze verstellten Sprache immer noch nicht gänzlich verstand. Da ich aber in ihm einen Landsmann erkannte, schrie ich *Bravo* und *Encore une fois*, obgleich er in einer preußischen Uniform steckte. Seine Anhänger hatten sich schon zu zerstreuen begonnen und ich ging noch ein wenig auf und ab vor diesem schönen Tor, durch das fünf Jahre später Napoleon mit seinen Truppen marschieren sollte, in der Hoffnung, er möge mich ansprechen – was er dann tat. Er rief mich zu sich hinein vielmehr, in seinen Amtssitz sozusagen, wo sich seine Besucher an einem Eisenofen bereits die rotgefrorenen Hände wärmten. *D'ou venez-vous, qu'est-ce que vous faites à Berlin?* Dass seinesgleichen meinesgleichen mit einer solchen Höflichkeit adressierte, war ich nicht gewöhnt. Wie schüchtern er wirkte, ganz anders als vor Publikum. Mir fiel auch sofort die leichte Belustigung auf, mit der ihn seine Freunde behandelten, so sehr sie ihn auch schätzen mochten.

Einer von ihnen – Karl August Varnhagen, wie sich später herausstellte – riet mir dringend, mir bloß nicht Chamissots Deutsch anzueignen, dies blühe nur in der Poesie, nicht aber im Alltag, da könne der *Chevalier* eigentlich nur *radebrechen*, falls ich wisse, was das Wort bedeute. Er saß an Adelberts Schreibtisch und arbeitete unter der dort aufgestellten Öllampe an einem Scherenschnitt, nein, an mehreren zugleich, wie ich feststellte, weil er immer wieder einen anderen in seine zierlichen, mädchenhaften Hände nahm. Er war bestimmt nicht draußen auf dem kalten Platz gewesen, seine winzige Schere schnippelte so schnell und geschickt an den Konturen des gefalteten Papiers entlang, dass ich nur staunen konnte. Immer wieder erkannte ich Profile im gelben Schein des Lichts, Nasen, Münder, Frisuren, alles nur angedeutet, aber markanter werdend, je näher ich ihm kam. Jedenfalls ging er so sehr in seiner Arbeit auf und schien mir so weit weg in seinen Gedanken, dass ich erschrak, als er sich plötzlich umwandte, seine runde Brille in die Haare schob und mir direkt in die Augen blickte: Bist du auch aus Frankreich geflohen? So wie Monsieur de Chamissot? Was suchst du hier? Auf welchen krummen Wegen bist du hierhergekommen?

Ja, auf welchen Wegen? Ich hatte nicht vor, ihm dies zu sagen. Wie die meisten Leute schätzte er mich jünger ein, obwohl er gewiss – wenngleich er furchtbar gravitätisch wirkte – nicht sehr viel älter war als ich. Man würde mit mir schimpfen in der Drina, wenn ich jetzt nicht gleich losginge, zumal *zu Hause* – so dachte ich wirklich – mal wieder Herr von Zitzewitz auf mich wartete. Der würde sich Christian greifen, wenn ich nicht pünktlich erschien und ihm mit meinen Reiseanekdoten systematisch die Zeit stahl, ihm ein paar Hinrichtungsszenen schilderte, direkt vom Place de la Concorde, inklusive der Wäschekörbe voller abgeschlagener Köpfe, die von schreienden Weibern auf Leiterwagen durch die Stadt gefahren wurden. Dabei war ich zur Zeit der schlimmsten

Schrecken noch gar nicht unterwegs gewesen. Zitzewitz aber ließ sich nur allzu gern bannen von meinen kolportierten Geschichten, und je mehr ich übertrieb und vor Anstrengung zu schwitzen begann im Schein der Kerzen, desto erregter wurde er. Nach unserer Sitzung waren wir beide erschöpft, friedlich wie ein Lamm ließ er sich von mir zur Türe führen. Und wankte scheinbar ziellos davon, ins nächste Bordell, wie man tratschte, wobei ihm sowohl das Kopfsteinpflaster als auch seine hohen Absätze keinen souveränen Abgang bereiteten.

Es wurde allmählich dunkel, wir redeten immer vertrauter Französisch miteinander, dicke Schneeflocken wirbelten durch die Luft, die Laternen reichten von hier bis zum Schloss, der Rest aber war nur sporadisch beleuchtet und bestimmt so manches Gelichter auf den Straßen. So verabschiedete ich mich mit einigen unsicheren Verbeugungen von den jungen Herrschaften, die allesamt keine Perücken trugen, sondern Sturm- oder Ritterfrisuren, wilde Lockenköpfe oder glatt von rechts nach links beziehungsweise von links nach rechts gekämmte Haare, die ihnen bis über die Augenbrauen reichten und ihren Blick verdunkelten. Selbst der Gendarm, der doch gewissermaßen die Tradition repräsentierte, trug seinen eigenen ungepuderten Zopf, der eine Lockenmähne ergab, wie ich später sah, wenn er die Schleife löste. In eine fremde Welt war ich da geraten, nirgendwo konnte ich – der Experte – falsches Haar entdecken, dafür in einer Ecke, auf dem Boden übereinandergeworfen, Zylinder, Hüte und Mützen, die man sich unbekümmert griff, wenn man den Raum verließ, ob es die richtige Kopfbedeckung war oder nicht. Bevor ich ging, packte mich Chamisso am Arm und sagte, ich solle wiederkommen.

Wann immer ich wolle. Mindestens das nächste halbe Jahr sei er hier definitiv auf Posten.

So begann die schönste und leuchtendste Zeit meines Lebens, was viel bedeutet, wenn man so alt ist wie ich, Herr Doktor. Drei oder vier Jahre währte sie, dann zog Adelbert in den Krieg gegen Napoleon und geriet in französische Kriegsgefangenschaft. Später ging er nach Frankreich und in die Schweiz, wo er privilegiert und vermutlich nicht weniger belächelt in den Schlössern von Madame de Staël lebte, bevor er nach Berlin zurückkehrte und ein Studium der Botanik und Physik begann. Weltreisen folgten, nach Sibirien, nach Übersee. Er heiratete, bekam einen Sohn, wechselte die Nationalität – wobei ich die letzten Fakten aus Büchern, der Zeitung oder aus dem Internet weiß. Dort erfuhr ich auch, dass ein Großteil seines Nachlasses in der Staatsbibliothek lagert, in vierunddreißig Kisten verpackt, von der Lenin-Bibliothek in Moskau erst 1958 zurückgegeben. Digital sind seine wissenschaftlichen, persönlichen und literarischen Schriften mittlerweile gleichfalls erfasst, irgendwann werde ich mich aufraffen, sie alle zu lesen, auf dem netten kleinen iPad, das Konstanze mir zu Weihnachten geschenkt hat. Vielleicht hat er mich ja erwähnt …

Von all dem, was ich in dieser Zeit erlebte, zehre ich bis heute, pathetisch gesagt. *Vous avez ouvert mes yeux …* Wenngleich dieser Satz am Anfang unserer Freundschaft stand – ich bleibe bei diesem Ausdruck, er ist keine Übertreibung –, so war es doch Chamisso, der mir die Augen öffnete. Langsam, immer weiter, falls man das sagen kann. Wann genau er seinen Dienst versah, fand ich nie heraus, auf konkrete Verabredungen traute ich mich nicht, ihn anzusprechen. Wenn ich ihn aber vor seinem Wachhäuschen stehen sah in der Zeit, in der es mir gelang, mich frei zu machen von der Fron, zu der ich abends und nachts gezwungen war, konnte ich sicher sein, dass ich nicht ungeschoren davonkam. Was vor allem heißt, dass ich sein Schüler war. Sobald ich den Raum betrat, zog er die entsprechenden Bücher und Atlanten aus dem Stapel unter seinem Schreibtisch hervor und fand sofort die Stelle, wo wir aufgehört hatten. Hauptsächlich waren es Schulbücher, die er vor wenigen Jahren wohl noch selbst benutzt hatte, aber auch mit seiner wilden, launenhaften Schrift gefüllte Kladden, die Konjugations- und Deklinationsübungen enthielten. Wie hätte ich wissen sollen, dass Hauptwörter dekliniert und Verben konjugiert werden konnten und Sprache ein immer wieder neu zu erstellendes und entstehendes Gewebe war, das fehlerhaft wurde, sobald man nicht aufpasste?

So erhielt ich Lektionen in Geschichte und in Latein, musste französische Grammatik wiederholen, wurde deutsche Vokabeln abgefragt. Auf Griechisch verzichtete Adelbert irgendwann, weil ich mit der zusätzlichen Schrift nicht zurande kam, erst musste das Alphabet konsolidiert werden, das mir der Ehemann meiner Mutter beigebracht hatte. Wie leicht und flüssig mir die Fabeln von Jean de La Fontaine von den Lippen sprangen, fand er dagegen so köstlich, dass er mich immer wieder – auch in Gegenwart seiner Freunde – zum Rezitieren animierte. Einige, die von der Ameise und der Grille oder dem Wolf und dem Lamm etwa, habe ich heute noch im Gedächtnis und lasse sie mir abends im Bett von Konstanze ins Deutsche übersetzen. Allein die häufig ins Wachhäuschen hineinrufenden Passanten störten unseren Unterricht. Der wachhabende Offizier freilich ließ sich nicht aus der Ruhe bringen. Er stempelte die Papiere, die ihm gereicht wurden, führte manchmal auch eine kleine Konversation und nahm seinen Faden sofort wieder auf.

Ich weiß nicht, ob ich besonders gelehrig war; Chamisso stellte seine Mühen jedenfalls niemals ein, er blieb großzügig und geduldig, ganz anders als Henriette von Waldeck, die rote Flecken auf den Wangen bekam, wenn sie mir die richtige Art des Tischdeckens beibringen wollte. In der Tat spricht manches dafür, dass sie mich mitnehmen oder nachholen wollte, als sich ihre Rückkehr nach Hause abzeichnete, sie mich also deswegen immer wieder heimlich in eines der Separées lotste, wo den besseren Herrschaften nicht nur die Mädchen zugeführt, sondern auch mehrgängige Diners serviert wurden. Dort ließ sie mich dann so lange Besteck und Gläser polieren, Servietten falten, Teller und Messerbänkchen ausrichten, bis sich alles zu einem Arrangement gerundet hatte, das die Kunden in jeder Beziehung willig und genussfähig machte. Ihre Herkunft konnte Henriette dabei genauso wenig verleugnen wie ich mein Desinteresse. Sie korrigierte mich ständig, richtig zufrieden war sie nie. So kam es mir zwar einerseits gelegen, dass meine Ausbildung zum Lakai wegen ihrer unangekündigten Entführung ein so abruptes Ende nahm, andererseits war ich so abgrundtief unglücklich wie nie zuvor in meinem Leben. Weil ich den Liebhaber nicht loswurde, den ich an ihrer Stelle verarzten musste, konnten wir nicht einmal Abschied voneinander nehmen.

Es war der zweite große Schmerz, der mir zugefügt wurde: Nach dem hübschen Gentleman – der inzwischen ein drittes Mal in Berlin aufgetaucht war, mich aber kaum beachtet hatte, obgleich ich ihm beim Kartenspiel seinen Wein servierte und ihm ostentativ über die Schulter schaute – kam Henriette, ein adliges, zugegebenermaßen vom Weg abgekommenes Fräulein. Wobei sich immerhin das Knopfannähen, das sie mich lehrte, als nützlich erwies; nicht unbedingt in den Schützengräben des Ersten Weltkriegs, aber danach, in den deutschen Kasernen und später in der Sowjetunion. Wie das Feuermachen und das Stiefelputzen, das ich gleichfalls bei den Preußen gelernt hatte, prädestinierte es mich zum Offiziersburschen, was nicht nur ich so empfand, sondern auch andere Leute, die mich nach meiner Rückkehr aus Moskau sogar in eine Dienerschule schicken wollten. Ob sich meine Willfährigkeit so interpretieren lässt? Meine Naivität? Meine Tagträumer-Existenz? Am Ende ist es vielleicht nur die Summe meiner Minderwertigkeitskomplexe, die mich ins freiwillige Dienen treibt. Was meinen Sie, Herr Doktor?

Gertie jedenfalls war beeindruckt, als ich damit prahlte, dass ich Somerset Maughams von einer Zigarre versehrtes Leinenjackett flicken könne, falls sie es wünsche, und dies dann auch wirklich in die Tat umsetzte. Und Konstanze lobt ein über das andere Mal meine Mutter, die so segensreich darauf bestanden habe, dass ich meine Knöpfe gefälligst selbst annähte. Da meine Eltern angeblich bei einem Unfall ums Leben gekommen sind, kann ich ihr viele Geschichten von ihrer Fortschrittlichkeit erzählen, bevor ich mich irgendwann in ostentatives Schweigen hülle. Konstanze, von sonnigem Gemüt, bleibt stets freundlich, ihre Versuche, mich auszuhorchen, lassen sich an einer Hand abzählen. Weißt du, was *meine* Mutter zu mir sagte, wenn ich mit Nähzeug zugange war?, fragte sie etwa einmal, als ich gerade dabei war, einen Faden mit den Zähnen abzubeißen, und dann doch lieber die Schere nahm. Langes Fädchen, faules Mädchen. Ich weiß nicht, was sie damit meinte.

Die französischen Volkslieder, die Adelbert und ich am Ende seines Unterrichts sangen – nicht allzu laut und nur dann, wenn gerade niemand über den Platz lief –, musste er mir nicht beibringen. Nach ihrer Auffrischung nahm ich sie mit in die Drina, zu Herrn von Zitzewitz vorzugsweise, dessen seltsam widersprüchliche Interessen für französische Sitten und Gebräuche nicht nachlassen wollten. Auf Christian, den kleinen Daumenlutscher, verzichtete er mittlerweile, auch auf die Geschichten vom Place de la Concorde. Er wollte nur noch, dass ich ihm vorsang, über mein Brummen beschwerte er sich nie. *Auprès de ma blonde*, *Chevaliers de la table ronde*, *Sur le Pont d'Avignon*. Bei *Au clair de la lune* schlummerte er regelmäßig ein, auf dem hellblauen, für seinen massigen Körper viel zu zierlichen Sofa, das man in Anbetracht seiner zunehmenden Unbeweglichkeit in das für ihn reservierte Separée geschoben hatte. Bevor er ging, pflegte er noch einen Humpen Bier hinunterzustürzen und mich zu bitten, seinen Durst bloß nicht mit dem Blutdurst der französischen Revolutionäre zu verwechseln. Womit ich dich nicht beleidigt haben will, mein Junge, lallte er. Es kommt mir einfach so in den Sinn, das ist meine Art von Humor. Solange du nicht die *Marseillaise* singst, ist alles gut.

Ja, lieber Herr Doktor! Würden die Verbindungslinien zwischen den Ereignissen meines Lebens wirklich so schnurgerade verlaufen, wie sie mir im Nachhinein auszusehen scheinen, könnte ich aus meiner Biografie einen Roman machen. Aber es ist nicht so, dass alles mit allem zusammenhängt, es ist der verdammte Assoziationszwang, der einem das vorgaukelt. Jetzt liege ich hier auf der Couch und habe das Ende meiner Freundschaft mit Adelbert vor Augen, obzwar ich beim Erinnern noch mitten in deren Anfängen stecke. Zumal ja auch der Abgesang nicht plötzlich kam, sondern sich ankündigte. Wochenlang bin ich spätnachmittags vor seinem Wachhäuschen auf- und abgelaufen, bis ich zufällig auf einen seiner Freunde traf, der mich aufklärte, ohne dass ich ihn anzusprechen brauchte. Dass Adelberts Infanterieregiment bereits seit September in Marsch gesetzt sei, erst in einiger Zeit zurückerwartet werde, und seine Freunde und er so ausgiebig voneinander Abschied gefeiert hätten, dass sie noch Tage danach nicht hätten aufrecht gehen können, sagte der mir namentlich nicht bekannte, sich als sehr redselig erweisende Herr. Wie es der Chevalier geschafft habe, in seinem Zustand von der Charlottenstraße nach Potsdam zu galoppieren, sei ihm ein Rätsel. Vielleicht habe er ja ein paar Tage im Karzer verbringen müssen, wegen Trunkenheit und Unpünktlichkeit. Mit solchen Tugenden lasse sich jedenfalls kein Krieg gewinnen.

Die junge Dame an seiner Seite runzelte die Stirn und nahm eine Hand aus ihrem lächerlich überdimensionalen Muff aus weißem Pelz, um ihn weiterzuziehen. (Welche war es, würde Gertie fragen, die rechte oder die linke?) Er aber wollte noch nicht gehen, lüftete seinen Zylinder, unter dem schütteres blondes Haar hervorschimmerte, setzte ihn wieder auf, weil ihm wohl mein inferiorer Stand bewusst geworden war, und fuhr fort zu dozieren: Im Grunde sei ihm das alles völlig unverständlich. Anders als Österreich oder England lebe Preußen schließlich in Frieden mit Frankreich, mit Napoleon, um genau zu sein, seit annähernd zehn Jahren, zum Missfallen vieler deutscher Länder und Königreiche, aber auch anderer heller Köpfe, die dieses separate Abkommen als geradezu ehrenrührig empfänden. Im Unterschied zu seiner klugen Frau habe der saumselige König keinen Sinn für deutsche Belange und wolle das Unglück nicht erkennen, welches das korsische Ungeheuer über Europa bringe und noch … Mitten im Satz hielt er inne und sah mich mitleidig an: Sofern es zum Kampf kommt, muss Adelbert als Franzose auf Franzosen schießen, *honi soit qui mal y pense*. Du bist der Bursche, den er unterrichtet hat, nicht wahr? Tja, jetzt ist es erstmal *finis* mit der höheren Bildung …

Tatsächlich hätte ich mich am liebsten umgebracht und mein ewiges Leben, von dem ich noch gar nichts wusste, vorzeitig beendet. Manchmal denke ich noch heute, es wäre das Beste gewesen. Wenngleich ich Jungspund nicht wusste, wie ich es hätte anstellen sollen, vermutlich wäre mir nur der Gang in die Spree übriggeblieben. Ein paar Mal habe ich es auch redlich versucht, mir dabei aber nur die Füße nass gemacht. Eine ganze Weile suchte ich auch nach jenem ominösen Giftschrank, von dessen Existenz man in der Drina hinter vorgehaltener Hand sprach, ohne dass ich je erfuhr, ob es wirklich todbringende Substanzen waren, die man darin aufbewahrte, oder andere Dinge, Geld, Dokumente oder Diebesgut.

Ich zögere, noch ausführlicher zu werden, Herr Doktor, denn nun geht es ans Eingemachte. Wobei ich zuvörderst von der Schwäche sprechen müsste, die mich befallen hat, von der Müdigkeit, die schon in mir drinsteckt, wenn ich morgens aufstehe. Von meinen Alpträumen, von denen ich nichts weiß, die ich aber wohl haben muss, da mich Konstanze immer wieder aus ihnen rettet. Dabei ist es doch der Sinn der Psychoanalyse, Ihnen von meinen Träumen zu erzählen, oder? Zu deren Auslegung hat mich meine Liebste doch schließlich zu Ihnen geschickt, oder? Wie aber soll ich Ihnen mein Leiden erklären, ohne dass Sie mir gleich eine Depression unterstellen? Oder ein Burn-out, obwohl ich dem lieben Gott doch nur den Tag stehle, sprich, ein Taugenichts bin? Konstanzes liebster Sklave allerhöchstens?

Der langen Rede kurzer Sinn: Ich kann es nicht mehr ertragen, nicht nur den Anfang einer Geschichte zu kennen, sondern stets und sofort auch deren Ende. Meine Gelassenheit, mein Frohsinn, meine Zuversicht gehen darüber verloren. Meine Selbstbeherrschung und das, was ich stets meine Gemütsruhe nannte. Die *contenance* also, auf die Adelbert so großen Wert legte und die – wie er mir versicherte – etwas ganz anderes sei als das Lineal, das die Preußen verschluckt haben. Die Aufrechterhaltung meiner Fassade kostet mich immer mehr Kraft. Auch wenn mein Gedächtnis vor Hindernissen scheut und mir hier, auf Ihrer Couch, so manche Episode gnädig verweigert, süße Umwege geht oder geile Bocksprünge macht – à la longue, irgendwo ganz hinten am Horizont, dämmert es dann doch wieder herauf, das Ende, *la fin*, der für mich nie endgültige, aber immer wieder neu zu ertragende Schluss. Wie vielen Menschen musste ich nachweinen, wie viele Beerdigungen habe ich erlebt, wenn auch nicht in der ersten Reihe, sondern meist hinter Büschen versteckt. Wie viele Freunde sah ich sterben oder weggehen, ohne dass ich sie hätte begleiten oder halten können.

Die Verzweiflung droht mir über den Kopf zu wachsen, sie steht mir schon bis zum Hals. Das ist wohl der Grund für meine Alpträume. Es ist aber auch der Grund, warum ich Konstanze in nicht allzu ferner Zukunft verlassen werde. Ja! Ich will das Ende nicht wissen, ich will nicht, dass es mir zugefügt wird. Dass *sie* es mir zufügt. Bevor sie sich von mir trennt, will ich mich von ihr trennen. Wobei *Trennung* Trennung von meinem Leben heißt. Eine Schweizer Organisation wird mir dabei helfen, der telefonische Kontakt ist bereits aufgenommen. Deren Mitarbeiter sind unglaublich freundlich, ich mag ihren Akzent und den gesunden Realismus, mit dem sie die näheren Umstände planen und mir die Kosten detailgenau vorrechnen. Sie wollen mir wirklich gern helfen, das spüre ich. Ich war auch schon drauf und dran, mich mit einem von ihnen zu treffen, an einem Sonntagvormittag im Café Einstein in der Kurfürstenstraße, Kennzeichen: *Neue Zürcher Zeitung*. Aber dann saß da eine blutjunge Frau am Tisch, ein drahtiges, sportliches Mädchen, mit einem stillen Wasser vor sich und einem großen Glas Joghurt mit Früchten, und ich bin geflüchtet. Sie hätte zwar größenmäßig zu mir gepasst, das sah ich, als sie – sichtlich ärgerlich darüber, dass sie versetzt wurde – bezahlte, aufstand und ging, während der Kellner ihre Zeitung mit sich hinter den Tresen nahm. Aber sie war doch ziemlich das Gegenteil dessen, was ich mir unter einem Todesengel vorstellte, einem Wesen, das schließlich eine metaphysische, wenn nicht gar himmlische Aufgabe zu versehen hat.

So wie sie aussah, hätte sie gewiss auch versucht, mir klarzumachen, dass ihre Organisation für die suizidale Assistenz eine handfeste Krankheit brauchte. Irgendeinen ärztlichen Wisch. Eine Diagnose. Ewiges Leben als Krankheit hätte wohl kaum getaugt. Ganz zu schweigen von jenem sich immer wieder erneuernden Schmerz, den mir alle Menschen bereiteten, denen ich je näherkam. Männer, Frauen. Adelbert, Henriette, Elsbeth. Und nun Konstanze. Meine liebe Konstanze. Wenn sie von ihren Reisen zurückkehrt und mich in ihre Arme schließt. Wenn sie mir von dem kleinen Jungen aus Darfur erzählt, den sie mit mir zusammen aufziehen will, worauf sie dann gleich zwei kleine Jungs besitze, wie sie behauptet. Ja, zur Zeit ist Konstanze mein Schmerz, meine große, feurige, herzerwärmende, zärtliche, lauthals lachende, unglaublich komische Konstanze. Bei Tag und bei Nacht. Auf ewig. Mein Schmerz. Den Antrag auf Mitgliedschaft in der Gemeinschaft *Sterben dürfen* habe ich immerhin schon ausgefüllt und unterschrieben. Der Jahresbeitrag beträgt 45 Franken, die Lebenszeitmitgliedschaft 1100 Franken, wobei ich mich für Letztere entscheiden werde. Das Geld dafür muss ich mir natürlich noch beschaffen, ganz abgesehen von der Lächerlichkeit einer Briefmarke, damit ich das Schreiben endlich wegschicken kann.

Um auf Adelbert zurückzukommen: Ich weiß nicht, warum er mich zu seinem Maskottchen erklärte. Das heißt, es blieb nicht beim Unterricht im Wachhäuschen. Irgendwann begann er mich mitzunehmen – mich auszuführen, hätte ich beinahe gesagt. Wie ein Hündchen trottete ich hinter ihm her, seine Freunde riefen mich *Figaro*, mit dem Namen seines verstorbenen Pudels. Auch sein nächster Hund und der Hund einer seiner erfundenen Figuren hießen so, und sogar Bendel, seinen rothaarigen, bleichgesichtigen Diener, gab es doppelt, im Buch und in Wirklichkeit. Was viel aussagt über die Macht des Dieners über seinen Herrn. Der, den ich kannte, war weniger nett als der aus der Erzählung. Das heißt: Meine Erinnerungen gehen verschlungene Wege, wenn ich an *Schlemihls wundersame Geschichte* denke, jenes Werk vom verkauften Schatten, das Adelbert von Chamisso in Deutschland und in der Welt berühmt gemacht hat. Bevor *ich* das Buch in die Hände bekam, sollten noch einmal hundert Jahre vergehen, ich las die Erzählung auf Englisch witzigerweise, in einem von Gerties ausgeliehenen und nicht mehr zurückgegebenen Buch mit dem Titel *The Marvellous History oft the Shadowless Man. And the Cold Heart.* Wobei mich Wilhelm Hauffs *Das kalte Herz* stärker berührte, weil es darin dramatischer zugeht und mir der *Kohlenpeter* in seinem verzweifelten Geltungsdrang viel näherstand. Gertie dagegen wollte die Geschichte gar nicht erst zu Ende lesen, die Pfarrerstochter in ihr verachtete den so brutal kapitalistisch gesinnten *Holländermichel*, und das *Glasmännlein* wiederum war ihr als polyglotte Person in seinem moralischen Rigorismus suspekt. *That's typically German*, sagte sie, *too gloomy, too lugubrious … too dark and dismal … too acheronian, so to speak … even in the translation …*

Der echte Bendel war entsetzlich eifersüchtig auf mich. Er stellte mir gern ein Bein, wenn ich dem *Chevalier,* wie auch ich ihn nannte, die Stiefel auszog oder ihm seinen Punsch servierte. Er trat mir in die Kniekehlen, wenn ich den Ofen einheizte. Und manchmal kippte er auch plötzlich meinen Stuhl nach hinten, wenn ich im Wachhäuschen an Adelberts Schreibtisch saß, um seine Texte mit Girlanden und Blumenkränzen zu versehen, was er mir erlaubte, nachdem er mich einmal dabei ertappt und Gefallen daran gefunden hatte. Bendel verachtete meine Linkshändigkeit, die er – wenn er denn überhaupt mit mir redete – mit dem Teufel in Verbindung brachte. Und besonders wütend wurde Bendel, wenn Adelbert und ich Französisch miteinander sprachen, dann begann er stöhnend und seufzend Gegenstände hin- und herzuschieben oder mit Besen und Schaufel durch den Raum zu gehen. Als Adelbert anfing, mir seine zunehmend auf Deutsch geschriebenen Gedichte vorzulesen und mich aufforderte, ihm nachzusprechen, hielt er sich demonstrativ die Ohren zu, weil unser Akzent für ihn ein Missklang war. Es kam auch vor, dass er mich imitierte, bei Wörtern, die mit H begannen, obgleich sein Herr doch an der gleichen Aspirationsschwäche litt. Das Schlimmste war jedoch, dass er vor meinen Augen meinen Mantel in den Ofen stopfen wollte. Das Ofenloch war zu klein und der Mantel zu groß, es handelte sich nur um eine seiner täglichen Provokationen, aber es kam darüber zum Kampf zwischen uns, zur ersten und nicht letzten körperlichen Auseinandersetzung meines Lebens, wenn man vom Beischlaf absieht, den ich in jenem Alter gleichfalls als solche verstand. Der Diener verströmte einen Gestank nach saurer Milch und billigem Pfeifentabak, als ich ihm nahe kam – wie er *mich* wahrnahm, wage ich nicht zu sagen. Wenigstens roch ich nicht aus dem Mund, weil mir Henriette ihre Zahnbürste geschenkt hatte, bevor sie ging, sowie eine kleine Dose mit einer Paste aus Baumrinde, Minze und Alaun, die ich mir abends, nachdem ich den Mund ausgespült hatte, auf die Zähne streichen und ins Zahnfleisch einmassieren sollte.

Dieser Mantel ist doch völlig von Motten zerfressen, sagte Bendel voll geifernder Empörung, nachdem ich ihm in den Arm gefallen war. Er stinkt, bestimmt hat schon einmal jemand darüber erbrochen. Wir sollten den Kleinen mit einem neuen Mantel ausstatten, mit einem, der ihm passt, vielleicht gibt es ja in Ihrer weitläufigen Bekanntschaft junge Herrschaften, die aus ihren Mänteln herausgewachsen sind ... Außerdem sollten Sie ihn nicht überall mit hinschleppen. Wissen Sie, wo der Knabe lebt? Haben Sie schon einmal von der Drina gehört? Er ist nicht standesgemäß und Ihrem Ruf absolut abträglich ...

Ach, dieser böse Mensch hatte ja recht. Wahrscheinlich tat ich der preußischen Integration des Chevaliers nicht gut. Weil mich freilich außer Bendel niemand schlecht behandelte, sah ich keinen Anlass, mich zurückzuziehen. Im Gegenteil, gerade weil man mich ignorierte, begleitete ich Adelbert überall hin, zu den *Poetischen Théegesellschaften*, die rund um den Gendarmenmarkt stattfanden, oder in die wie Pilze aus dem Boden schießenden halbseidenen oder hochkarätigen Salons, in denen alle Standesunterschiede aufgehoben waren, Frauen manchmal Männerkleider trugen und ein preußisches Weltbürgertum gepflegt wurde, das nach Napoleons Ankunft in Berlin zum Erliegen kam. Keiner beachtete mich, stets wurde mir diskret ein Höckerchen zugeschoben, auf dem ich mich – in einer Fensternische, in der letzten Reihe, unter der Tür – niederlassen konnte. Gelegentlich sagte man auch *Ach, du bist der, den Monsieur de Chamissot* ... zu mir, ohne die Antwort abzuwarten. Und einmal saß ich sogar neben Prinz Louis Ferdinand von Preußen – wie man mich später aufklärte –, der sich, zu spät gekommen, direkt neben mir auf dem Boden niederließ und dort immer noch um einiges größer war als ich.

In Rahel Levins Dachstube in der Jägerstraße war das, und der Prinz trommelte mit seinen langen Fingern so intensiv einen Marsch auf seine in Stulpenstiefeln steckenden hochgestellten Oberschenkel, dass man rund um ihn begann, sich zu räuspern und die Köpfe zu schütteln. Irgendwo weiter vorne musste seine Geliebte, die Schauspielerin Pauline Wiesel, sitzen, das entnahm ich den rings um mich unbekümmert geführten Gesprächen. Und da ich sowieso nichts sah und wenig verstand von dem, was sich vorne in der Runde vor dem Kamin an hochgeistigen Gesprächen abspielte, und er wiederum so versunken war in die Rhythmen, die aus seinen Fingern flossen, hatte ich Muße, den Kopf neben mir zu studieren, seine seiner Schönheit kaum abträgliche lange Nase also, die sorgsam in Form gebrachten Bögen seiner schwarzen Brauen, seinen kunstvoll zerzausten graublonden Schopf, seine seelenvollen schwarzen Augen, mit denen er durch mich hindurch ins Nirgendwo guckte, wenn er sich zur Seite drehte. *Preußischer Apoll* nenne man ihn, erzählte mir mein Chevalier auf dem Weg zum Brandenburger Tor, wo ich unterwegs in Richtung Drina abbiegen würde. Durchaus nicht zu Unrecht, wie ich fand, nachdem sich der Prinz neben mir zu seiner vollen athletischen Größe erhoben hatte und nach vorne ging, um auf Rahel Levins Klavier seine neueste Komposition vorzustellen. Wobei Adelbert ihn nicht mochte, wie ich aus den Gesprächen mit seinen Seelenbrüdern vom Nordsternbund schloss, die mit ihm im Wachhäuschen dichteten und ihre Musenalmanache konzipierten. Heute weiß ich auch, warum: Der schöne Prinz gehörte zu den Gegnern des Separatfriedens, den Friedrich Wilhelm III., sein Cousin, mit Napoleon geschlossen hatte. Das heißt, er hegte für Franzosen, die vor der Revolution geflüchtet waren und nun in der preußischen Armee

Dienst tun wollten, keinerlei Sympathie. Sie sollten lieber zurückkehren und sich um ihr eigenes Vaterland kümmern, so habe er sich ausgedrückt und damit seine ganze Engstirnigkeit offenbart, sagte Adelbert grimmig, einen Stein vor sich her kickend.

Vermutlich habe ich die Crème de la Crème der Berliner Intelligenz kennengelernt in diesen drei, vier Jahren als Adelberts Pudel. Ständig wies er auf irgendwelche Leute hin, deren Namen ich sofort wieder vergaß, so wie Konstanze heute, wenn sie ungeniert – und ungezogen, wie ihr Vater einmal monierte – mit dem Finger auf wohl nicht nur in ihren Augen prominente Gestalten deutet, denen wir in der Komischen Oper, in der Philharmonie, in der Schaubühne oder im Gorki-Theater begegnen. Regelrecht vorgestellt wurde mir nur Louis de la Foye, Fahnenjunker in der preußischen Armee, der mit Adelbert – Emigrant wie dieser – ein geradezu inniges Verhältnis pflegte. Dieser brachte mir die Grundrechenarten bei und versuchte es sogar mit dem Dreisatz, leider vergeblich, was seinen pädagogischen Ehrgeiz rasend schnell abkühlte.

Deutlich erinnern kann ich mich auch an August Wilhelm Schlegel, den älteren der beiden genialischen Brüder, in dessen an wechselnden Orten stattfindende *Vorlesungen über schöne Literatur und Kunst* mich mein Gönner gerne schleppte und sich dort nicht selten für mich schämen musste, wenn ich einschlief und von meinem Hocker rutschte. Was einesteils kein Wunder war bei dem ruhelosen, ja schlaflosen Doppelleben, das ich führte; es lag aber auch daran, dass ich all das, was Schlegel und viele andere Denker von sich gaben, sterbenslangweilig fand, obwohl mein Chevalier doch auch für mich ein paar Kreuzer in die Sammeldose am Eingang zu werfen pflegte und man Wissen, für das man bezahlt, ganz besonders wertschätzen sollte. Immerhin schaffte ich es manchmal, den Redner, Schlegel also, zu zeichnen, wenn ich eine gute Sicht auf ihn hatte, wie er agierte, gestikulierte, auf und ab lief, die Blätter seines Manuskripts im Übereifer auf den Boden warf. Und natürlich entging mir auch nicht, dass sich einige Studenten über ihn mokierten und lieber meinen Stift beobachteten, als dem Herrn Professor zu lauschen. Ich liebte Kringel, also zeichnete ich hingebungsvoll Schlegels schwarze Locken und die kunstvoll drapierten Schleifen seines hohen weißen Schalkragens, der wohl sein Doppelkinn verbergen sollte. Weil er nie stillhielt, verlieh ich ihm gleich mehrere Paar Hände, mit denen er die Luft zerhackte, als wollte er die ganze Welt dirigieren.

Wie unsäglich flach er doch ist, wie unerhört altbacken, stöhnte Karl August Varnhagen beim Hinausgehen in den sonnigen Herbstnachmittag – es war der Scherenschnittmann, der sich da aufregte und sich an die Stirn schlug. Die Freunde bewegten sich jetzt grüppchenweise auf den Tiergarten zu, wo sie in der sogenannten Zeltenallee – die heute John-Foster-Dulles-Allee heißt, wie ich herausgefunden habe – etwas essen und vielleicht ein bisschen Federball spielen wollten, wenn der Wind es zuließ. Varnhagen war immer noch missvergnügt: Warum setzen wir uns ihm immer wieder zu Füßen, Adelbert ... mein Guter! Jedenfalls sollten wir deinem Hündchen auch bald einmal den alten Nicolai vorstellen. Dann hätte er noch eine der merkwürdigen Personalien kennengelernt, die das Leben in Berlin so vergnüglich machen. Was meinst du?

Varnhagen warf seinen Zylinder in die Luft und fing ihn wieder auf, Adelbert war jedoch abgelenkt, er hatte Louis de la Foye vor einem der Zelte entdeckt, der trug einen Federballschläger in der Hand und winkte. Als seien Fäden zwischen ihnen gespannt, liefen sie aufeinander zu; wie sie sich in die Arme fielen, sprach Bände. Bunte Blätter rieselten und wehten durch die Luft; es werde ein harter Winter, er spüre es in seinen Knochen, sprach ein alter, verhutzelter, am Stock gehender Herr neben uns, den wir überholten. Und Varnhagen redete weiter und weiter, ohne dass ihm außer mir jemand zuhörte: Hast du übrigens bemerkt, dass dein Schützling Karikaturen macht von deinen Freunden, von den Honoratioren? Von allen Göttern unseres gegenwärtigen Lebens? Können wir das wirklich goutieren?

Noch weitere Blicke durch die Milchglasscheiben der Geschichte gefällig, mein lieber Herr Doktor? Oder bin ich schon über der Zeit? Konstanze hasst Unpünktlichkeit, obwohl sie sonst so locker ist. Zum ersten Mal, seit ich bei Ihnen auf der Couch liege, würde ich gerne noch ein bisschen bleiben. Mir ist auch nicht mehr kalt, ich höre die Heizung gluckern.

V.

Als ich zum ersten Mal meine Therapiestunde überzog, ohne dass Doktor Zucker mich zum Gehen aufforderte, wobei ich mir vorstelle, dass er das längere Liegenbleiben nicht ungern als den Beginn meiner Kapitulation interpretiert hätte, kam ich fast eine Viertelstunde zu spät zu *Pomeranke* – für Konstanze eine Todsünde, die sie nicht so leicht verzeiht. Tatsächlich haben wir uns in diesem Antiquariat schon öfter Lithografien und Radierungen angesehen, von Daniel Chodowiecki vorzugsweise, aber auch von anderen Künstlern aus derselben Epoche, wie Anton Graff oder Gottfried Schadow, die dort zu nicht einmal schwindelerregenden Preisen angeboten werden. Ich kenne also den Schatz, der dort in den Mappenschränken ruht, es kommt nur hin und wieder etwas Neues hinzu.

Schadow habe sich am Ende seines Schaffens von der Bildhauerei ab- und der Grafik zugewandt, instruierte uns – nicht zum ersten Mal – der Inhaber des Geschäfts, der nicht mehr Pomeranke hieß, aber durchaus so aussah mit seinem blonden Kaiser-Wilhelm-Schnauzbart, und zeigte uns eine neu hereingekommene Napoleon-Karikatur Schadows, die gewiss nur deshalb so gehässig ausgefallen sei – wie er meinte –, weil der französische Kaiser Schadows Quadriga vom Brandenburger Tor geklaut und der Künstler quasi dabei habe zusehen müssen.

Sie entstand nach der Völkerschlacht bei Leipzig, sagte er und wies auf ein kräftig koloriertes Blatt, auf dem der vierschrötige General Blücher in strahlendem Preußisch-Blau einem jämmerlich bleich aussehenden, zwergenhaften Napoleon eine Fechtlektion erteilt. Schön giftig, nicht wahr?, kicherte er. Es herrschte ein enormer Franzosenhass damals.

Konstanze nickte, die Grafik gefiel ihr und der Preis spielte ohnehin keine Rolle, weshalb der Händler die Radierung mit seinen weiß behandschuhten Händen zu einem Glastisch trug, auf dem bereits einige andere Blätter lagen, die in Frage kamen. Und so ging das noch einige Male; die Rituale der Verkaufsgespräche gingen mir zunehmend auf die Nerven.

Was im Folgenden geschah indes, so könnte ich mir vorstellen, während ich in der Dachwohnung meiner Geliebten im Lehnsessel sitze und sie selbst sich schon im Flieger nach New York befindet, wäre möglicherweise geeignet, aus der Schweigekur auf Doktor Zuckers Couch doch noch eine Talking Cure zu machen. Denn die nächste Grafik, die Konstanze präsentiert wurde, stammte von mir. Vor ihr lag das gelbstichige Kleinformat eines gewissen Léon Saint Clair vielmehr, welches sie immerhin ein paar Sekunden taxierte, bevor sie den Händler aufforderte, es wieder wegzunehmen. Wer bitte ist *Saint Clair*?, fragte sie, wollte es aber eigentlich gar nicht wissen.

Da tappen wir noch im Dunkeln, erwiderte der falsche Pomeranke jedoch prompt. Er hat wohl eine Zeitlang in Chodowieckis Werkstatt gearbeitet, ob vor oder nach dessen Tod, lässt sich nicht sagen. Auch wie alt er damals war, wissen wir nicht. In Fachkreisen ist er kaum bekannt, keine Ahnung, wie wir zu dieser Radierung gekommen sind und wie hoch die Auflage gewesen ist. Wir besitzen noch drei oder vier weitere Blätter von ihm. Um ihn beurteilen zu können, müssten wir Konkreteres über seinen Werdegang herausfinden. … Er hat einen erfrischend freien Strich, finden Sie nicht? Und er scheint eine Vorliebe für Girlanden und Blumenmotive gehabt zu haben. Sehen Sie sich doch nur diesen schönen, fein ausgearbeiteten Rand an … Er sieht aus wie eine gestickte Bordüre …

Ich blieb neben Konstanze stehen und kämpfte tapfer gegen den mich in letzter Zeit häufig plagenden Schluckauf an. Natürlich verstand ich ihre Skepsis. Woher sollte meine Liebste diesen Saint Clair denn auch kennen! Seine Schaffenskraft war – wie ich nur allzu gut weiß – nicht gerade überbordend, im Gegensatz zur Massenproduktion des ruhmreichen Daniel Chodowiecki, dem die Ideen und Aufträge nie ausgingen, der reich wurde mit seinen Klassiker- und Kalender-Illustrationen, zumal es kaum limitierte Auflagen gab in jenen Tagen, man also hundert oder tausend Abzüge von einer einzigen Platte machen konnte, ohne dass dies jemand krummnahm. In der Tat ist es ein Wunder, dass es überhaupt noch Exemplare gibt von den vier oder fünf Radierungen, die ein Geselle namens Gustav mich in der Chodowiecki-Werkstatt herstellen ließ, nachdem er mich eingewiesen und ich mich dabei weniger dumm angestellt hatte als erwartet. Es ist die Entdeckung einer wertlosen Nadel in einem Heuhaufen voller Preziosen, würde ich zu Doktor Zucker sagen, wenn ich denn spräche und die Angst davor überwinden könnte, ihm damit das Problem meiner Langlebigkeit zu enthüllen. Wie gut, dass er derzeit Ferien macht und ich noch gut drei Wochen habe, mir darüber schlüssig zu werden.

Das ist wie ein Lichtspalt in der Dunkelheit, so ähnlich hätte Konstanze, die voller erstaunlicher Sprüche steckt, sich aber nicht unbedingt durch Empathie auszeichnet, meinen Fund kommentiert. Sie registrierte nicht, dass sich meine Stimmung schlagartig verändert hatte. Sie stand da im knallroten Wollmantel eines bekannten Mode-Labels auf ebenso knallroten Stilettos, die sie sich eigentlich verkneift, wenn sie mit mir unterwegs ist. Sie bemerkte nicht, dass mir der Atem stockte angesichts dessen, was ich da sah auf dem vor ihr liegenden Blatt. War es doch Henriette, die mir ins Auge sprang, meine geliebte Henriette, wie sie in einer Art Guckkastenbühne inmitten eines großen Durcheinanders auf einem Hocker saß und meinen Wiener Mantel kürzte. Wobei es sich bei meiner Radierung um eine Stümperei handelte, keine Frage. Was für einen Humbug der Pomeranke-Ersatz da gerade abgesondert hatte! Dieses unbeholfene, nach dem Gedächtnis direkt auf die Platte gezeichnete *Interieur* namens *Werkstatt in der Drina* hätte niemals gedruckt werden dürfen. Zwar wusste nur ich, wie chaotisch es dort gewesen war und dass man nicht hatte treten können vor lauter umgekippten oder einfach fallengelassenen Dingen, Kämmen, Flakons, Hutschachteln, Haubenstöcken, aber wie grausam falsch war die Perspektive jedes einzelnen auf dem Boden verstreuten Gegenstandes! Lediglich den dickwanstigen Kerl in der rechten hinteren Ecke, der gerade an seinem Hosenlatz nestelte, hatte ich erfunden, wenngleich ich nicht wenige kannte, die ihm in ihrer Hässlichkeit glichen. Dass auch Henriette nicht mehr als die Karikatur ihrer selbst zu sein schien, musste ich in Kauf nehmen, wäre es doch sogar einem Könner kaum möglich gewesen, ihren Liebreiz adäquat darzustellen.

Wenigstens die thematische Ähnlichkeit mit Chodowieckis Radierzyklus *Natürliche und affektirte Handlungen des Lebens* hätte Konstanze auffallen können. Schließlich hatte sie erst vor wenigen Wochen ein aus diesem Zyklus stammendes Blatt namens *Wallfahrt nach Französisch Bucholz* aus Danzig mitgebracht. Mit einem scheißenden Esel, hinter dem eine Frau mit Napfkuchen und eine zweite mit einem Korb voller Spirituosen laufen sowie vorneweg eine dritte, die einen Stecken mit Würsten und einer Brezel trägt, als ginge es zur Kirmes. Nur zwei Tage später klingelte mich der Postbote für ein zweites, aus der Krakauer Filiale expediertes Blatt aus dem Bett, das *Verbesserung der Sitten* hieß. Natürlich konnte ich Dilettant mit dem künstlerischen Raffinement und Esprit dieser beiden Blätter nicht mithalten.

Dass Konstanze meinen hervorgestotterten Hinweis, dieser Saint Clair habe eindeutig mit Chodowieckis Motivik gespielt und wir könnten uns doch auch die drei anderen seiner Arbeiten ansehen, einfach überhörte, kränkte mich. Sie entschied sich für eine Radierung, auf der ein sehr aufgeputzter Herr mit einer sehr aufgeputzten Dame durch ein Zimmer walzt, in wehender, geradezu aufgeblähter Kleidung, als treibe ein Wind sie an. Darunter stand in Chodowieckis Schrift oder in der eines seiner Gehilfen *Heiraths Antrag des Windbeutels* sowie auf Französisch *Proposition de Mariage du Sac a Vent*. Und weil ich nun doch ärgerlich das Gesicht verzog, küsste mich Konstanze auf den Mund und rechts und links auf meine immer noch pflaumenweichen Wangen und sagte versöhnlich: Das Blatt stammt aus der Serie *Heirathsanträge*, ist das nicht wunderschön anspielungsreich? Mein Vater trägt sich doch mit Heiratsabsichten. Hat er dir nichts davon erzählt? Das wäre meine dritte Stiefmutter, stell dir vor. Und ihn einen Windbeutel zu nennen, ist doch auch nicht falsch, findest du nicht? – Nun will ich noch ein paar Tafeln Schokolade kaufen für meine einsamen Nächte ohne dich; wir sehen uns zu Hause, mein Liebster, sagte sie und eilte aus dem Geschäft, wobei ihr glockiger Mantel sie in einen wirbelnden Drehkreisel verwandelte. Ich dagegen musste warten, bis die Radierung verpackt war und ich sie mitnehmen konnte. Ich hatte es ja nicht weit und eilig sowieso nicht. Dass sie mir beim Abschied ein Bündel Hunderteuroscheine in die Hand drückte, war üblich, wenn wir gemeinsam einkaufen gingen, sie hasste Kreditkarten und scherte sich nicht um die Taschendiebe, die rund um den Gendarmenmarkt ihr Unwesen trieben.

Vom Flughafen zurück in Konstanzes Wohnung hole ich mir eines der schottischen Plaids, die sie mitzubringen pflegt und unter ihren Bekannten verschenkt, wickle mich darin ein und ziehe einen Hocker vor den Lehnstuhl, um meine Beine hochzulegen. Lehnstühle sind zu groß für mich, sie sind für andere Körpermaße ausgelegt, weswegen ich fast augenblicklich aus der aufrechten Haltung in eine embryonale Krümmung gerate, in der mir automatisch die Augen zufallen. Ich sitze öfter hier, wenn Konstanze auf Reisen ist, zwischen Schlaf und Wachsein, und höre dem Haus zu, dieser steinernen Wohnmaschine, die zwischen elf Uhr abends bis in die Morgenstunden in eine seltsame, aus vielen akustischen Details bestehende Stille kippt, die ich so animierend wie unheimlich finde. Es ist ein Gebäude aus dem neunzehnten Jahrhundert, und obgleich perfekt restauriert und technisch auf den neuesten Stand gebracht, gibt es permanent Geräusche von sich: Es raunt und mauzt und vibriert, in sich selbst quasi, in seinem Innern, in seinem Gebälk, seinen Holzböden, unter den Tapeten, hinter den Schränken, veranlasst durch Hitze oder Kälte oder das Wasser, das durch seine Rohre fließt, durch Insekten, die sich in ihm zu schaffen machen, Ratten, die an seinen Fundamenten nagen. Aber auch wenn jemand scheinbar lautlos die flachen Stufen hinauf- oder hinuntergeht, höre ich doch das Schaben auf dem roten Teppichläufer. Wenn der Fahrstuhl, der zwar ein pompöses schmiedeeisernes Gitter besitzt, ansonsten aber das Neueste vom Neuen ist, wie mir Konstanze versicherte, mit kaum wahrnehmbarem Summen nach oben oder unten gleitet. Wenn Türen geöffnet werden, sich Menschen begrüßen oder verabschieden, Kinder durchs Treppenhaus rufen, in meiner Nähe oder fern von mir. Was hörst du bloß, ich krieg davon überhaupt nichts mit, fragt mich Konstanze, wenn sie sich auf die Armlehne setzt und mir den Nacken krault.

Das heftige Poltern in der Wohnung unter uns hätte sie aber wohl nicht überhören können. Es klingt, als wäre dort ein Schrank umgefallen, als zöge man Möbel durch lange Gänge, als ginge etwas zu Bruch. Und auch Männerstimmen vermeine ich zu hören. Einen Moment spiele ich mit dem Gedanken, aufzustehen und auf den Flur hinauszuhorchen. Bevor ich mich jedoch aus dem Plaid wickeln kann, ist wieder Stille eingetreten, weswegen ich mich wieder zurechtruckele und mir die Decke über die Schultern ziehe. Die Luft riecht nach Herbst, die Sommerzeit ist zu Ende. Am Wochenende werden die Uhren umgestellt. Und Konstanze verlebt hoffentlich einen schönen *Indian Summer*, denn nach dem Aufenthalt in New York will sie noch eine Woche mit ihrer Freundin in Concord verbringen, bevor sie sich mit einigen länger in Manhattan gebliebenen Senioren aus ihrer Gruppe auf den Heimweg macht.

Als sich Konstanze vorletzte Woche für New York rüstete und an ihren Besichtigungstouren tüftelte, hat sie mehrere Male versucht, mich zum Mitkommen zu bewegen. Noch sei Zeit, sich um ein Visum zu bemühen, noch könne alles geregelt werden, noch seien auch – wegen kurzfristiger Absagen – Plätze im Flieger und im Hotel vorhanden. Und tatsächlich geriet ich für ein paar Stunden in eine fast wehmütige, sich im Vornherein in Verzicht übende Versuchung. Wie hätte es mich gefreut, Gary – der in Wirklichkeit Gerhard hieß – wiederzusehen, ihn zu suchen, besser gesagt, in den Gängen und Sälen, zwischen den Regalen, oben auf der Galerie in der Public Library, wo er zwar immer woanders, aber doch zuverlässig – außer am Sabbath, an dem er sein versprengtes Judentum feierte, wie er es ausdrückte, und sogar in die Synagoge ging – anwesend war. Über Partituren und Notenhandschriften gebeugt, die einen Geruch absonderten, den ich kannte, vor sich hin dirigierend, mit gespreizten Fingern das Tischklavier bearbeitend, sich in den Haaren wühlend, die jetzt grau wären und dünn. Bis mir einfiel, dass er auf die hundert zuginge inzwischen, was zwar keine Unmöglichkeit mehr ist, bei seiner chronischen Bronchitis allerdings eher unwahrscheinlich. Gewiss erlitte er einen Schock und stürbe spätestens dann, wenn ich ihn fände und er in mir seinen nur unerheblich älter gewordenen Freund erkennen würde, der sich eines Abends Anfang der siebziger Jahre, vor annähernd vierzig Jahren also, nach einem der vielen gemeinsam besuchten Konzerte in der Carnegie Hall auf Nimmerwiedersehen von ihm verabschiedet hat. Diesen seltsam unsicheren, sich Lenny nennenden, ihm vermutlich schon damals alterslos erscheinenden jungen Mann, der mit ihm ein norddeutsch geprägtes, an s-pitze S-teine s-toßendes Deutsch sprach und viel zu naive blaue Blicke versendete. Einer, der Konzertprogramme, aber auch die Titelblätter so mancher in der Bibliothek ausgelegten Zeitschriften mit Girlanden und Blumen versah, was Gary schrecklich peinlich war. Und irgendwann sein Profil zu zeichnen begann, die große, umgekehrt proportional zu seiner Fragilität stehende Nase, auf deren Spitze er so gerne hinunterschielte, dass Lenny Angst bekam, die Augen würden ihm stehen bleiben.

Gary war klein, sanftmütig und schreckhaft und mir vielleicht deshalb so lieb, weil ich ihm direkt ins Gesicht sehen konnte, wenn ich mit ihm sprach. In den frühen Dreißigern des zwanzigsten Jahrhunderts hatte man ihn – zusammen mit einigen SPD-Genossen, deren Gesänge er wahlweise auf der Schalmei oder auf dem Klavier begleitet hatte – ins KZ Dachau deportiert und im gleichen Jahr im Rahmen einer sogenannten Weihnachtsamnestie wieder freigelassen. Gleich in den ersten Tagen waren ihm die Hände zerquetscht worden, sodass er kein Instrument mehr spielen konnte. Von seiner abenteuerlichen Flucht in die USA erzählte er mir nie, wohl aber von dem Chor, den er während seiner Wartezeit auf Ellis Island gründete. Lieder von Schubert und Schumann sangen sie dort, und vermutlich auch solche vom Klassenkampf, was die Beamten, die die Flüchtlinge beaufsichtigten, einmal so sehr empörte, dass sie den Dirigenten und einen seiner Solisten für ein paar Tage *in den Bau* verfrachteten. Gegen Dachau sei das jedoch wie im Paradies gewesen, meinte er, wenngleich er niemals begreifen werde, dass Amerikaner so hysterisch auf alles reagierten, was nach Sozialismus und Gewerkschaften roch.

Später dann, in den vierziger Jahren, habe er sich kurzfristig bei Alfred Kinsey verdingt, der gut dafür bezahlte, dass man sich für seine Experimente zur Verfügung stellte. Das Leben sei hart gewesen und er – wegen seiner kaputten Finger – unfähig, hart zu arbeiten. Für Kinsey habe er sich bereit erklärt, nach Bloomington umzuziehen und sich über seine sexuellen Gewohnheiten ausfragen zu lassen. Dort hatte er zum ersten Mal von Fellatio, Cunnilingus und Analsex gehört. Als der Doc und seine Helferinnen ihm jedoch Elektroden um den Kopf wickelten, er sich mit Frauen in den Clinch begeben sollte und kleine Lämpchen blinkten, wenn er eine Erektion bekam, sei es aus gewesen mit seiner wissenschaftlichen Anteilnahme. Außerdem sei eines Abends ein FBI-Mann in seinem Motel aufgetaucht, erzählte Gary. Der wollte sich von ihm im Auftrag von Senator McCarthy bestätigen lassen, dass Kinsey nicht nur schwul, sondern auch ein Kinderschänder sei.

Für den Trip nach New York gab ich Konstanze schweren Herzens einen Korb. Wie hätte ich auch so schnell zu einem Pass kommen sollen? Leute, die in diesem Gewerbe tätig sind, kenne ich schon lange nicht mehr. Den letzten perfekt gefälschten besaß ich in den frühen Siebzigerjahren, damit reiste ich ungehindert in die USA zu Gary, der damals an einer Krebserkrankung laborierte, und selbst die misstrauischsten Volkspolizisten ließen mich passieren. Nachdem das Dokument ungültig geworden war, übergelaufen von all den Stempeln, die sie hineingedrückt hatten, profitierte ich vom vereinten Europa und bewegte mich nur noch in dessen immer weiter ausgreifenden Grenzen. Du bist doch bald wieder da, tröstete ich also meine Freundin, als sie schmollte. (Großen Menschen nimmt man es ja meist nicht ab, dass sie schmollen, sie aber kann das perfekt.) Außerdem hast du dort gar keine Zeit für mich. Ein anderes Mal und lieber ohne die alten Männer und Frauen ...

Nachdem ich sie dann aber in Tegel abgeliefert und sie mich – umringt von ihren Senioren – verlassen hatte, überfiel mich schon im Bus und später in der U-Bahn eine so unglaubliche Traurigkeit, dass mir die Tränen in die Augen traten. Warum nur strengt mich das Abschiednehmen so maßlos an in den letzten Jahren? Und warum gelingt es mir immer weniger, meine Lust an der Einsamkeit dagegen ins Feld zu führen? Obwohl ich es doch eigentlich liebe, in Konstanzes Dachwohnung allein zu sein, stundenlang im leise knisternden, durch heißes Wasser immer wieder neu produzierten Glitzerschaum in der Badewanne zu sitzen, tagsüber im Bett zu bleiben und erst abends aufzustehen, mich vom weltweiten Netz umgarnen zu lassen und auf meinen eigenen Spuren zu wandeln, Überblick zu erlangen vielmehr und die Zeiten erklärt zu bekommen, in denen ich einmal gelebt habe.

Was für ein Jammer, dass ich Konstanze dieses unvergleichliche Privileg nicht offenbaren kann! Über einschlägige Bücher hätte ich vielleicht leichter mit ihr kommunizieren können, unverfänglicher zumindest – einerseits. Andererseits leide ich noch immer unter meiner Lese- und Rechtschreibschwäche, die ich – von Chamisso nicht vollends kuriert und ohnehin nie auf den jeweils zeitgenössischen Stand gebracht – seit Jahrhunderten gut zu kaschieren weiß. Dass ich mich vor Frauen, die dicke Wälzer lesen, fürchte, kommt hinzu. Vielleicht hätte ich es ja gewagt, Gertie Avancen zu machen, wenn sie nicht ständig in ihren Büchern versunken gewesen wäre. Ihre rotgoldene Schönheit bestürzt mich noch heute. Aber dass ich mich anstecken ließ von ihrer Sucht und sie auf ihre im Kopf stattfindenden Entdeckungsreisen begleitete, statt mich im Hotelkontor dem Girlandisieren hinzugeben, kam wohl nicht in Frage. Wer weiß, ob ich Konstanze angesprochen hätte, wenn ich ihr nicht in der Oper begegnet wäre, sondern in ein Buch vertieft auf einer Bank im Tiergarten.

Noch immer im Lehnstuhl sitzend, fühle ich mich müde vom Weinen. Habe ich das Poltern geträumt? Kurz vor zehn ist es inzwischen. Eigentlich hätte ich einkaufen müssen nach meiner Rückkehr von Tegel, oder es gleich dort im Flughafen erledigen. Spätestens um Mitternacht werde ich Hunger bekommen und dann wieder einen der ewig geöffneten Läden frequentieren. Mir Chips kaufen oder anderes, mich dick machendes Junkfood. Der Bettzipfel schnappt nach dir, pflegte meine liebe ferne Mutter, zu sagen, wenn sie mich des Nachts unter dem Küchentisch hervorzog und in die Schlafkammer auf meinen Strohsack schickte. Weil sich Konstanzes Vater, der Baron von S., angekündigt hat, wage ich allerdings nicht, mich schon schlafen zu legen. Über seine genaue Ankunft lässt er uns prinzipiell im Unklaren, seine Besuche sind stets Überfälle. Abgesehen davon, dass sein Geburtstagsgeschenk schon in der Diele liegt. Da seine Tochter noch nicht wieder zurück sein wird, wenn er kommt, muss ich ihm die Radierung überreichen und den Champagner mit ihm trinken, den sie kaltgestellt hat. Das andere

Blatt, die *Werkstatt in der Drina* von Léon Saint Clair, das ich mir – zu einem Spottpreis! – einpacken ließ, habe ich zuoberst in Konstanzes Mappenschrank gelegt. Dort wird sie es irgendwann finden, wenn ich es demnächst geschafft haben werde, zu meinen Freunden in die Schweiz zu reisen. Durch Konstanzes Großzügigkeit wieder einmal unverhofft zu Bargeld gekommen, habe ich ihnen auf dem Heimweg gleich das Geld für ihre Dienste überwiesen; ein Drittel, genauer gesagt. Wie schwierig es doch ist, ohne Identität und Identitätsnachweis seine Geldgeschäfte zu regeln ...

Ich weiß nicht genau, warum ich weine, vielleicht ja, weil ich mir durch die von eigener Hand gemachte, so rührend hilflose Radierung selbst so nahegekommen bin. Ich habe lange nicht mehr geweint, das letzte Mal in Moskau, als sie Elsbeth mitnahmen und ich in der Kommunalka im Beisein ihres fürchterlichen Ehemanns ein paar Sachen zusammenpackte, die ich – nicht er – ihr zum Bahnhof brachte. Danach gelang es mir fast immer, meine Gefühle und die eventuell damit verbundenen Tränen – nein, nicht zu unterdrücken, sondern so lange hinauszuschieben, bis ein schlimmes Ereignis das andere schlimme Ereignis verdrängte. Das verhält sich so, wenn man nicht stirbt und nicht stirbt und nicht stirbt, man gewöhnt sich daran. Wenn man es fertigbringt, Gefühle ausklingen zu lassen wie den letzten Akkord einer Symphonie, können sie einen nicht mehr überwältigen, sie sind in eine homöopathische Verdünnung übergegangen. An die Melancholie, die man sich dabei zuzieht, gewöhnt man sich mit der Zeit. Man bleibt milde und heiter, es ist ein bisschen so, als sei man der Realität zu nichts mehr verpflichtet. Vielleicht finde ich mein Schluchzen im Bus deshalb so verstörend, ganz abgesehen von der Peinlichkeit, sich in der Öffentlichkeit so gehen zu lassen. Warum weint der Mann?, hatte das Kind auf dem Schoß der Frau neben mir gefragt. Und die Mutter hat *Er ist traurig* geantwortet und mir überraschend intensiv in die Augen geschaut, bestimmt hat er gerade Abschied genommen.

Auch über Daniel Chodowieckis Tod habe ich geweint, fällt mir ein. Und Doktor Zucker würde ich mitteilen – nur für den Fall der Fälle –, dass ich damals wohl noch nicht fähig dazu war, meine Gefühle im rechten Maß zu zügeln, und deshalb eine Niederlage einstecken musste. Ich weinte so sehr, dass seine Gesellen und Lehrbuben, vor deren Tür ich stand, sich nicht zu helfen wussten und mich – weil die Leute auf der Straße schon stehen blieben – in die Werkstatt hineinzogen. Dort setzten sie mich auf einen Drehschemel und fragten mich aus, alle durcheinander. Hast du den Meister denn gekannt? Bist du verwandt mit ihm? Ist er dir etwas schuldig? Das ist doch schon Jahre her, dass er tot ist. Da muss man doch nicht mehr weinen. Noch dazu bist du ein Fremder!

Da ich vor Schluchzen nicht antworten konnte, ließen sie mich einmal um mich selbst kreisen, bevor einer zu mir sagte: Jetzt wisch dir doch den Rotz von der Backe, *Kleener*! Worauf ich mir mit dem dreckigen Lappen, den er mir entgegenstreckte, prompt das Gesicht abrieb.

Weil sie meinen Akzent bemerkten und man sich in dieser schließlich von einem Hugenotten gegründeten Werkstatt ohnehin Französisch – und nicht etwa Polnisch – unterhielt, sprachen sie Französisch mit mir. Der Geruch nach Druckerschwärze und Eisenchlorid stieg mir zu Kopf und hätte mich gewiss glücklich gemacht, wenn ich nicht so traurig gewesen wäre. Ich war drei Jahre zu spät gekommen, *quel malheur*! Warum hatte ich mich nicht sofort auf die Suche nach dem großen Meister gemacht? Gleich nach meiner Ankunft in Berlin, als er sich noch in meinem Kopf befand? Danach nämlich begann die Drina mich zu verhexen und nicht zuletzt – wenn auch auf ganz andere Weise – mein Chevalier, sodass Chodowiecki und sein ja auch von mir einmal ansatzweise erlerntes Handwerk in geradezu rasender Geschwindigkeit dem Vergessen anheimfielen. Vielleicht hätte ich nie mehr an ihn gedacht, wenn ich Adelbert angetroffen hätte an jenem Oktobertag des Jahres 1805. Nur weil ich nicht zurückkehren wollte in die Drina, bevor ich nicht etwas Schönes erlebt hatte, etwas ähnlich Inspirierendes wie Adelberts Deutschunterricht oder die höchstpersönliche Rezitation seiner Gedichte, die mir halfen, eine weitere Woche ohne Henriette zu überstehen, kam ich überhaupt auf die Idee. Henriettes Entführung schien Ewigkeiten her zu sein, sie hatte nie mehr etwas von sich hören lassen. Meine Einsamkeit war grenzenlos, meine Zukunft öde. Warum also Chodowiecki nicht endlich Herrn Stangerls *untertänigste Grüße* ausrichten, die Grüße eines Verehrers, der vor dem Ruhm seines Berliner Kollegen auf den Knien lag? Und dessen Empfehlung für mich wenigstens mündlich überbringen, wenn er sie schon nicht schriftlich niedergelegt hatte?

Wie naiv ich gewesen war! Es gab zwar noch einen Chodowiecki in der Werkstatt, seinen Sohn Louis Guillaume, dem mich die fröhlichen Gesellen, die mich von der Straße aufgelesen hatten, als bedauernswerten, vor der Revolution geflüchteten Jüngling ans Herz legten. Er verhielt sich jedoch sehr reserviert mir gegenüber und fand mich wohl auch nicht begabt genug für die Druckanstalt seines berühmten Vaters, als er die Radierungen prüfte, die ich unter Anleitung von Gustav, einem freundlichen, jungen, unverheirateten Mann, der abends in der Werkstatt schlief, hatte herstellen dürfen. Louis lag völlig richtig, mir fehlten Talent und Ausbildung, um mich aus meinem unteren Mittelmaß befreien zu können. Nachdem er sich jedoch bei einem Vorstandsmitglied der ganz in der Nähe logierenden Berliner Singakademie vergewissert hatte, dass der Notenstecher Stangerl durchaus über ein gewisses Renommee verfügte, hatte er nichts mehr dagegen einzuwenden, dass ich alle paar Tage vorbeisah, um mich ein bisschen nützlich zu machen.

Es war eine Wonne, den Druckern bei ihrer Arbeit zuzusehen, ihrer Anstrengung, wenn sie das Schwungrad an der Presse in Bewegung setzten, ihrem Gleichmut, wenn etwas verrutscht, also schiefgegangen war, ihrer atemlosen Umsicht bei den Aquatintatönen. Ich half Gustav beim Reißen des handgeschöpften Papiers auf die richtigen Maße, wobei uns die Zuhilfenahme einer gezahnten Reißschiene nur ausnahmsweise gestattet wurde. Und wie einst mein Onkel Schani rieb ich mit wachsender Begeisterung die Kupferplatten aus und bewunderte die nur an der Schrift erkennbar seitenverkehrten kleinteiligen Bilder, die dabei allmählich in Erscheinung traten. Unvorstellbar, dass es lauter Chodowiecki-Originale waren, die ich da in meinen Händen hielt. Je nach Bestellung zog Louis Guillaume sie am Morgen mit schmerzlich verzogener Miene aus dem großen Wandschrank in seinem Büro hervor und verteilte sie an seine Gehilfen. (Die Radierung *Proposition de Mariage du Sac a Vent* war übrigens ein Hit, Chodowiecki muss sie wohl nach dem

Leben gestaltet haben!) Das Geschäft lief gut, das große Werk des großen Künstlers ernährte seine Familie und die etlicher Handwerker selbst nach seinem Ableben. Und auch die gleichfalls von ihm entworfenen Schmink-, Schmuck- und Tabaksdosen, auf deren Deckel nicht nur Blumenstillleben und Schäferszenen in den leuchtendsten Farben, sondern auch Porträts gemalt und dann gebrannt wurden, erfreuten sich trotz ihrer gepfefferten Preise größter Beliebtheit.

Schon Chodowiecki selbst hatte damit viel Geld verdient, und auch beim Sohn blühte das Geschäft, wie ich feststellen konnte, wenn ich an den Regalen entlangstrich, wo sich frühmorgens die immer wieder nachbestellten Tabaksdosen mit dem Porträt Friedrichs des Großen versammelten, bevor sie tagsüber sukzessive verschwanden. Auch der Deckel meiner sich in meinem Hosensack befindlichen, seit Langem nicht mehr gehenden Uhr war mit einem solchen Kunstwerk versehen, was die Wertschätzung noch steigerte, die ich dem Geschenk meines Vaters entgegenbrachte, nicht aber die für ihn persönlich. Es war jedenfalls kein Wunder, dass es Louis Guillaume maßlos verdrießte, als ihm sein Hauptemailleur eines Tages kündigte, nach Dresden abgeworben worden war vielmehr, und deshalb die Produktion der Dosen, die er in einem unscheinbaren Schuppen im Hinterhof der Werkstatt mit nur zwei Gesellen unermüdlich ins Werk setzte, versiegen würde.

Letztlich konnte ich es also gut verstehen, dass er fuchsteufelswild wurde, als er mich beim Diebstahl einer Tabaksdose ertappte, und mir die Haare gleich büschelweise ausriss, bevor er mich – in einem Moment bedrohlicher Anspannung – abtastete, meine Taschenuhr einbehielt, weil sie in seinen Augen wohl gleichfalls gestohlen war, und mich dann auf die Straße warf. Dort trat er noch einige Male auf mich ein und forderte seine Helfer auf, es ihm gleichzutun. Leute wie ich müssten aufgeknüpft werden, schrie er, während er mich attackierte und ich meine Arme vors Gesicht hielt, das er nicht verschonen wollte. Vor hundert Jahren sei das auch noch so gewesen, keine zwei Straßen von hier habe man ein Dienstmädchen an den Galgen gebracht, weil es einen silbernen Löffel entwendet habe. Wenn es nach ihm, Louis Guillaume Chodowiecki, ginge, könnte man diesen Brauch gerne wieder einführen ... Leute wie ich würden die *Refugiés* nur in Verruf bringen ...

Ich wehrte mich nicht, ich blieb einfach liegen auf dem Kopfsteinpflaster, das rötlich glitzerte, weil es inzwischen zu regnen begonnen hatte und sich Blut und Wasser vermischten. Die Tür ging noch einmal auf, Gustav warf meinen Mantel über mich – wie über einen Toten. Erst als ich mir sicher war, dass keiner mehr aus den wegen des Lärms geöffneten Fenstern auf mich herunterblickte, rappelte ich mich auf und wankte über den Schlossplatz hinweg und durch den Lustgarten zurück zum Spreeufer und zur Bosnischen Drina, wo mir Emmanuel erst nach heftigem Klopfen die Kellertür öffnete und mich an Obst- und Gemüsesteigen vorbei hereinschlüpfen ließ. *Ce qui s'est passé? Qui t'a cloué?*, fragte er, als er meine Wunden mit einigen Stoffresten verband, die noch aus Henriettes Nähkästchen stammten. Vielleicht hat er mich elendes Bündel sogar in seine starken Arme gezogen und mir ein haitisches Wiegenlied gesungen. Tatsächlich vermeine ich, mich daran zu erinnern – trösten aber konnte er mich nicht.

Schlimmer nämlich hätte es nicht kommen können. Gleichsam besinnungslos hatte ich mich selbst zum Dieb degradiert. Ohne dass ein Plan dahinterstand, war ich einem Reflex gefolgt, den ich weder moralisch noch praktisch rechtfertigen konnte. Dass ich die Dose nicht behalten, sondern Adelbert schenken wollte, machte die Sache nicht besser. Meinem Dichter, der in letzter Zeit eine Leidenschaft für Pfeifen aller Arten und Formen entwickelt hatte und sich dadurch – wenigstens in meinen Augen – eine viel männlichere Aura verlieh, fehlte zu seinem Glück nur noch ein schönes Behältnis zum Aufbewahren seiner Rauchware, wie ich fand. Dass ich beim schnellen Zugriff eine Schmuckdose mit einem Wildblumenstrauß erwischte und nicht eine der etwas größer dimensionierten Tabatièren mit dem Bildnis Friedrichs des Großen auf dem Deckel, spielte dabei keine Rolle. Die Dose war noch ganz heiß gewesen; frisch vom Emaillieren gekommen hätte sie eigentlich erst abkühlen müssen. Die in meiner Handfläche entstandene, sich bald entzündende Brandblase akzeptierte ich sofort als gerechte Strafe. Und als ich ein paar Tage später die Uhr fand, die mir der gute Gustav heimlich in meine Manteltasche gesteckt hatte, wollte ich das Schmuckstück vor lauter Reue in die Spree werfen – wenn Emmanuel mich nicht im letzten Augenblick daran gehindert hätte. Natürlich fragte er mich nicht, wie ich in ihren Besitz gekommen war, darauf erwartete man in unseren Kreisen keine Antwort. Aber er erinnerte mich daran, dass ich sie doch verkaufen könnte, wenn mir eines Tages das Wasser bis zum Hals stünde. *Quand l'eau est jusqu'à ta gorge … N'est-ce pas?*

Nun, es herrschten wirklich keine guten Zeiten, damals in der Drina. Das Justizpersonal und die Adligen blieben weg, sie fühlten Napoleon nahen, ließen sich versetzen oder machten sich aus dem Staub. Kaum einer wollte noch Punsch trinken, wenn die Nacht anbrach, keiner mehr mit Perücken werfen, wenn der Morgen graute, niemand knusperte mehr Spreegurken, eine Besonderheit, die Anna, ein Luckenwalder Küchenmädchen, zusammen mit ihrem Vater auf einem Leiterwagen nach Berlin gebracht hatte. Anna blieb, der besseren Verdienstmöglichkeiten wegen, ihr Vater ging wieder zurück. Einer weiteren Lieferung aber bedurfte es nicht, weil niemand mehr Lust auf Saures hatte. Einen großen Krach gab es, weil Emmanuel plötzlich auf seine Menschenrechte pochte und nicht mehr den Putzteufel spielen wollte, den man mit Tritten traktierte, ganz abgesehen von der Verweigerung seiner nächtlichen Darbietungen auf der Bühne, wo er um Mitternacht einen – heute würde man sagen – Striptease tanzen musste, bei dem ihn jeder anfassen, in den Po kneifen und am Glied ziehen durfte. Auch seine pompösen weißen Locken wollte er nicht mehr tragen, er hatte sie in den Ofen gesteckt, weshalb es tagelang nach verbranntem Haar roch. Christian, der Daumenlutscher, war ausgerissen und lebte eine Woche lang auf der Straße, bis ihn ein paar Gendarmen aufgriffen und zurückbrachten – weil sie in der Drina ohnehin etwas zu erledigen hatten. Zudem hatte sich mein Chodowiecki-Abenteuer herumgesprochen, dass ich in hohem Bogen aus dessen Werkstatt geflogen war beschämender Weise, wobei es niemanden interessierte, warum.

Am frühen Vormittag, wenn alles schlief und wir noch ein paar Stunden Zeit hatten, bevor wir mit dem Ausmisten der nächtlichen Überreste beginnen mussten, hockten Emmanuel und ich nicht selten total erschöpft auf einer Bank in der Werkstatt und trauerten Henriette nach, die es jetzt besser und uns wohl längst vergessen hatte. Unsere Mägen knurrten dabei so laut, dass wir es gegenseitig hören konnten. Dass sich mein schwarzer Freund deswegen manchmal doch eine Kerze schnappte, in den Keller lief und ein paar Gurken aus dem Fass mit der Salzlake holte, werde ich ihm nie vergessen. Daran kauten wir dann, ohne dass es unseren Hunger stillte. Ach, wir wurden dünner und dünner, während sich unsere fetten Kavaliere auf ihre märkischen Güter zurückzogen. Die Franzosen, die mit Napoleon in die Stadt einmarschiert waren, sahen deutlich schlanker aus als die Kundschaft in der Drina, sie waren ja schließlich im Krieg gewesen, während man sich im Preußen des Separatfriedens eine Wampe hatte anfressen können.

Bis der Kaiser kam, dauerte es noch eine Weile. Ohne mir ein Wort zu sagen, rüstete sich mein Chevalier währenddessen für seinen Feldzug ins Westfälische, wo er – wie ich später erfuhr – für die *fourrage*, die Fütterung der Pferde, zuständig war, eine Tätigkeit, die ihm wohl kaum Zeit ließ, Poeme zu schreiben. Natürlich kamen mir sein Schweigen und sein Verschwinden im Nachhinein wie Verrat vor, es tat weh, dass er sich nicht von mir verabschiedete, mir nichts hinterließ, keinen Brief, kein Buch mit Widmung, nicht einmal ein vollgeschriebenes Vokabelheft oder einen zerfledderten Atlas. Auch der bald nach dem Spaziergang im Tiergarten – wo Louis de la Foye und Chamisso auf ziemlich exaltierte Weise Federball gespielt hatten – unternommene Besuch bei Christian Friedrich Nicolai erscheint mir nicht dazu geeignet, mir meinen französischen Landsmann und seine Freunde in meiner Erinnerung in günstigem Licht zu zeigen, im Gegenteil. Die Vorstellung, die sie auf dem Weg in die Nicolai'sche Buchhandlung in der Brüderstraße gaben, war eines der unerquicklichsten Erlebnisse meines kurzen preußischen Lebens, obwohl ich doch so einiges gewöhnt war aus meinem Bordell. Freilich muss ich sagen, dass ich nicht verstand, warum sich die jungen Herren so echauffierten und was nun das Besondere an diesem Nicolai war, zu dessen Anwesen wir uns bei frostigen Temperaturen, aber strahlend blauem Himmel aufgemacht hatten.

Natürlich bereiteten sie mich unterwegs vor. Sie erzählten mir von Nicolais verlegerischem Genie, seinen Kontakten, die bis zur Zarin Katharina nach Russland und zum französischen Königshof reichten. Den vielen Bänden seiner mit tausenden von Rezensionen gefüllten *Allgemeinen Deutschen Bibliothek*, die er sich von seinen über ganz Deutschland verstreuten Korrespondenten hatte liefern lassen. Die Kosten für den luxuriösen Umbau des alten Hauses in der Brüderstraße habe er Maurermeister Friedrich Zelter, der dazu noch Direktor der nahen Singakademie sei, bar bezahlt, man munkle von einer ungeheuren Summe.

Ein Wahnsinn, dass man mit Büchern so viel Reibach machen könne, meinten die jungen Leute, ob da alles mit rechten Dingen zugegangen sei? Auf dreißig Zimmer bringe es das nach außen hin sich sehr bescheiden gebende Gebäude. Über dreißigtausend Bände befänden sich allein in Nicolais privater Bibliothek im ersten Stock, ganz zu schweigen von denen in seiner Buchhandlung im Erdgeschoß, wo man sich umsehen dürfe, ohne etwas kaufen zu müssen. Das sei in Berlin, wo es ja immer noch keine Universität gebe, von unschätzbarem Vorteil, führe aber natürlich auch dazu, dass so manches Buch auf Niederwiedersehen ausgeborgt werde.

Mir schwirrte bald der Kopf. Alle waren gleichermaßen guter Dinge, als sie so über den Schlossplatz schlenderten. Ihre Mäntel blähten sich im eisigen Wind, ihre Zylinder und Mützen hatten sie trotzig abgesetzt, weswegen sie bald rote Ohren bekamen. Adelbert in einer neuen Pelerine mit doppeltem Überwurf, die aus ihm einen feinen zivilen Herrn machte, zog im Gehen das Band aus seinem Zopf und ließ sich seine engelsgleichen Locken ums Gesicht wehen. Einige zirkelten mit ihren mit Silber beschlagenen Stöckchen imaginäre Trommelwirbel in die Luft, andere schlugen einander mit den Handschuhen auf die Schultern, lachten, gackerten und johlten, während ich mir Mühe geben musste, mit ihnen Schritt zu halten, neben ihnen her rannte wie ein Hündchen oder sie umrundete, wenn sie einmal stehenblieben. In ihre Mitte ließen sie mich nicht.

Es sei doch alles ganz einfach; wenn man die Buchhandlung besuchen wolle und zu diesem Zwecke die Glocke läute, werde einem ohne Weiteres aufgetan, sagte der zierliche Varnhagen, der größenmäßig besser zu mir gepasst hätte als mein baumlanger Chevalier, den ich aber wegen seiner kalten, mich regelrecht erkältenden Blicke nicht leiden konnte. Ob man dann in die oberen Gemächer und bis zu Nicolai selbst vordringen könne, werde man sehen. Von Gastfreundschaft nämlich könne bei Nicolai schon lange keine Rede mehr sein. Nachdem ihm Rahel Levins Dachstuben-Salon irgendwann den Rang abzulaufen begann, habe der Buchhändler seine literarisch-wissenschaftlichen Rederunden mangels Masse so gut wie eingestellt. Attackiert werde er zwar noch immer, und er selber sei in der Zwischenzeit ja auch nicht handzahm geworden.

Trotzdem, das Haus sei sehenswert, sagte ein schmaler, in Fähnrich-Uniform steckender Bursche mit runder Nickelbrille auf der Nase, der offensichtlich schon einmal drinnen gewesen war. Es sei prächtig, ohne zu protzen – doch ja, so könne man das umschreiben. Und die vielen Bücher machten aus dem Haus auf jeden Fall keine Gruft.

Die Stimmung stieg. In die tiefstehende Wintersonne blinzelnd und mit geröteten Wangen ließen die jungen Leute Likör-Fläschchen kreisen – ein Getränk, das sie *Persiko* nannten, liebten sie besonders –, ohne dass sie mir einen Schluck davon anboten. Als Adelbert den Anschein erweckte, fiel ihm einer seiner Kameraden in den Arm. Sie lachten, plauderten, unterbrachen und verbesserten einander, rezitierten Gedichte, imitierten Adelberts – und meinen – unmöglichen Akzent und sprachen über mir unbekannte literarische Größen, deren Feindschaft mit dem Verleger Stadtgespräch sei. Auch von Goethes Briefroman *Die Leiden des jungen Werther* erzählten sie und von Nicolais kurz darauf entstandener *Die Freuden des jungen Werther* genannten Parodie, die der Grund war für die Todfeindschaft, die seither zwischen den beiden herrschte. Immer wieder betonten sie, wie unbändig sie sich doch darüber freuten, den unseligen Kritikaster endlich *heimsuchen* zu können. Wobei mir das Wort *heimsuchen* unangenehm in den Ohren klang, mehr nach Krankheit denn nach Stippvisite.

Goethe war der Hausgott von Rahel Levin, wenigstens *seinen* Namen hatte ich in ihrem Salon öfter gehört. Er schien überhaupt ein Gott zu sein, den man ungestraft nicht beleidigen durfte. Genau dieses unerhörten Verbrechens aber hatte sich dieser Nicolai schuldig gemacht und seinem ersten Pamphlet sogar noch ein zweites folgen lassen, wie ich den Gesprächen entnahm, und zwar indem er sich so pietät- wie stillos über die Selbstmorde belustigte, die der in blaugelben Zwirn gekleidete junge Rechtsreferendar namens Werther wegen seines Liebeskummers europaweit ausgelöst hatte. Sogar Napoleon habe das Buch auf dem Nachttisch liegen, wie man wisse, und noch viele andere Berühmtheiten, die im Weltgeschehen mitmischten und sich auf diese Weise vor dem Einschlafen ein paar sentimentale Momente Weltschmerz gönnten, krähte ein zwischen Adelbert und Varnhagen laufender Student, der behauptete, erst gestern aus Jena gekommen zu sein, wo er einer gelehrten Runde beim Plaudern über Sinn und Zweck von Universalgeschichte habe lauschen dürfen. Angeblich. In Wirklichkeit sei es um die Revolution in Frankreich gegangen und um Napoleon, der sich inzwischen – wie jedermann wisse – auf dem Weg nach Berlin befinde.

Der Student war es denn auch, der noch einen zweiten Namen in die Debatte warf, einen zweiten Widersacher Nicolais, den Gelehrten Johann Gottlieb Fichte, der seinerseits einen Roman von Nicolai parodiert habe und sich seither in wildem Streit mit diesem befinde. Ihn mündlich und schriftlich *Narr*, *Kretin*, *Maulaffe* und *Stinktier* nenne ... und sich vor allem über Nicolais prosaische Natur echauffiere, der man in seinen endlos viele Artikel enthaltenden, vor Fußnoten wimmelnden Reiseberichten ständig begegne. Statt Poesie und Atmosphäre sei der unsensible, sich seiner Weltläufigkeit brüstende Buchhändler immer wieder auf Statistiken, Bruttoregistertonnen, Getreide- und Lebensmittelpreise, Grenzfestschreibungen und Meilenangaben ausgewichen, auf die doch jeder nach Poesie dürstende junge Mensch gut und gern verzichten könne, schließlich gebe es Fachbücher und politische Abhandlungen ...

Es sei doch aber schon so lange her, meinte Adelbert. *Ca fait si longtemps* ... Zwanzig Jahre und mehr, da seien sie alle kaum geboren oder noch gar nicht auf der Welt gewesen. Vielleicht sei es doch keine gute Idee, diesen alten Mann aufzusuchen. Heimzusuchen noch viel weniger ... Zu welchem Nutz und Frommen hätten sie sich aufgemacht? Wollten sie nicht eigentlich nur spazierengehen ...? Aber Chamisso war keiner, der zur Mäßigung beitragen konnte, dazu blieb er zu mild und zögernd, zu sehr auf die Zuneigung seiner Freunde angewiesen, zu schwerfällig in seinem Deutsch. Inzwischen hatten der Student und ein ebenfalls aus Jena stammender Kommilitone begonnen, mit verteilten Rollen Goethes auf Nicolai gemünztes Spottgedicht zu rezitieren, im Wechselgesang quasi. Vor den jungen Flaneuren rückwärtsgehend, sie mit Stöckchen neckisch dirigierend und sich zwischen den Versen immer wieder einen Schluck Persiko genehmigend, sprachen sie ihnen vor:

Ein junger Mensch, ich weiß nicht wie,
Starb einst an der Hypochondrie
Und ward denn auch begraben.
Da kam ein schöner Geist herbei,
Der hatte seinen Stuhlgang frei ...

Zeile auf Zeile reihten sie so. Bald konnten sie sich vor Lachen kaum mehr halten, zumal sich mittlerweile auch andere Spaziergänger in der Nähe aufhielten und zwischen den Kolonnaden hervortraten, die zwar vermutlich – so wie ich – nicht ahnten, worum es ging, sich aber dennoch köstlich amüsierten. Dass Adelbert seine Schritte bereits verzögert hatte, merkte ich erst, als er mich am Handgelenk packte. Offenbar wollte er verhindern, dass ich weiter zuhörte oder mich gar dem Chor anschloss, der sich in seiner Lautstärke steigerte und – von den beiden Studenten angefeuert – auf die Apotheose zubewegte. Schämte er sich? Spielte er mit dem Gedanken, Fahnenflucht zu begehen? Es war das erste Mal, dass ich mich gegen meinen geliebten Gönner sträubte: Weil ich mir den Schluss der Schmähung nicht entgehen lassen wollte, riss ich mich los. Da war etwas Radikales in der Luft, das mich faszinierte, etwas Unberechenbares, das mit den Orgien in der Drina und dem dortigen Vergnügen an den fliegenden Perücken nicht im Entferntesten zu vergleichen war. Der Marsch der jungen Leute, der sich nun am Spreeufer entlang auf die Brüderstraße zubewegte, hatte etwas Dynamisches, er beruhte auf der bösen Lust an Klatsch und Tratsch, es war ein Zungenwetzen am Rande der Ehrabschneidung, wie Adelbert dies später ausdrückte: *Une diffamation*. Er strebte nur noch fort; ich aber, der ich ohne ihn nicht weiterwollte und auch nicht konnte, zog ihn so lange an seiner Pelerine, bis er stehenblieb, aufseufzte und mit mir weiterging. Ich hatte meinen Willen durchgesetzt, zum ersten Mal, wie es mir vorkam. Falls es ein Triumph war, hatte ich freilich keine Zeit, darüber nachzudenken, geriet ich doch jetzt mit Adelbert, dem entschieden unbehaglich war, in die vorderste Reihe der Gruppe, sodass ich von der letzten Strophe jedes einzelne Wort verstand, akustisch zumindest:

Der gute Mensch, wie hat er sich verdorben!
Hätt er geschissen so wie ich,
Er wäre nicht gestorben!

Hatte da jemand auf ein Grab geschissen? Nicolai auf Goethes Grab? Oder Goethe auf das von Nicolai? Was war ein Stuhlgang? Ein Stuhl, der ging? Welch ein seltsames Wort! Ich traute mich nicht zu fragen. Fest steht, dass wir alle beschwipst waren, als wir vor Nicolais Haus ankamen – ja, auch mir hatte man inzwischen ein paar Mal eines der Likör-Fläschchen an die Lippen gesetzt; der Bittermandelgeruch, der ihm entströmte, erinnerte mich an die Geheimapotheke meines Vaters im fernen Frankreich. Und obwohl Adelbert die wilde Schar davon abhalten wollte, gemeinsam und mit einem Ruck an der Türglocke zu ziehen, geschah es doch.

Tatsächlich kam ein Kammerdiener und ließ uns ein. Mit seiner streng frisierten, silbergrauen Perücke und seinem dazu passenden dunkelgrauen Frack sah er aus wie ein Relikt aus der Vergangenheit, was die gut gelaunten jungen Männer dazu verleitete, sich schnell die Hüte aufzusetzen, nur um sie sich umso schwungvoller wieder vom Kopf zu reißen, was ihm kein Lächeln entlockte. Vermutlich kam es öfter vor, dass sich interessierte Menschen zu einem Besuch in der Nicolai'schen Buchhandlung verabredeten.

Ohne ein Wort zu sagen, führte er uns durch drei oder vier hintereinander gelegene, ringsum mit Bücherregalen ausgestattete Räume und auf dem gleichen Weg wieder zurück in die Eingangshalle, vielleicht in der Hoffnung, wir hätten damit genug gesehen. So schnell wollten sich die jungen Leute aber nicht abspeisen lassen. Während er an der Tür zum Innenhof wartete, wo im Frühling und Sommer wahrscheinlich ein grünes Paradies, jetzt aber nur ein kahles Walnussbäumchen zu sehen war, hatten einige schon wieder den Rückweg in die Buchhandlung angetreten, strichen an den Regalen entlang, fuhren die an Schienen befestigten Leitern hin und her, beugten sich über die Folianten, die aufgeschlagen auf großen Tischen lagen, schielten an den Buchrücken entlang mit seitwärts gelegten Köpfen und flüsterten sich gegenseitig die in goldenen Lettern geprägten Titel der Bücher zu. Eine gewisse Verlegenheit breitete sich aus, dem denunziatorischen Furor ging langsam die Luft aus, obwohl die Jenaer Studenten inzwischen mit der Deklamation eines zweiten Anti-Nicolai-Gedichts begonnen hatten und murmelnd und singend wie in einem Gottesdienst auf- und abgingen. Bald aber stockten die Verse, die Worte tröpfelten nur noch. Stille trat ein. Und keiner mochte – wie noch vorhin auf der Straße – schafdoof wiederholen, was Goethe sonst noch Hämisches über seinen Erzfeind gedichtet hatte.

Der Kammerdiener ließ uns zwar nicht aus den Augen, zeigte aber auch keine Anzeichen von Nervosität. Er kratzte sich nur am Ohr, wozu er seine Perücke ein bisschen anheben musste, und fragte, wie er uns helfen könne. Ob wir denn etwas Bestimmtes suchten oder ob er uns Herrn Parthey rufen solle, der sich im oberen Trakt des Hauses bei seinem Schwiegervater aufhalte. Da jedoch keiner den korrekten Titel eines Werkes im Kopf hatte und Adelberts Freunde wohl auch nicht hofften, dass sich im Haus des alten, aus der Zeit gefallenen *Kadavers der Berliner Morgue* – es war nicht ganz klar, von wem *diese* Beleidigung stammte – Bücher befänden, die der Mode entsprachen, wie sie sich zuraunten, besann sich der eine oder andere von ihnen auf sein Studium oder im Privatunterricht erworbenes Wissen und fragte nach bestimmten Zeitschriften, die sich auf Geografie, Bergbau,

Hüttenwesen und Mineralogie, Chemie oder noch abwegigere Themen bezogen. Was dem Diener freilich, anders als erwartet, keinerlei Missbehagen bereitete. Ein kurzes Zucken höchstens bewegte sein Gesicht, bevor er in einen Nebenraum schritt und die dort an mehreren Ständern aufgehängten Faszikeln durchblätterte. Hier, rief er, zu Ihrer gefälligen Bedienung. Bitte die jungen Herren allerdings dringend, die Seiten vorsichtig umzuschlagen. Von einigen Nummern gibt es nur noch wenige Exemplare, die können also weder verkauft noch ausgeliehen werden.

Grchgrchgrr – nicht einmal einen Schrei bringe ich zustande, nur ein elendes Krächzen. Es ist, als zöge mich jemand mit einem Bungeeseil aus meinen Erinnerungen, aus diesem ominösen Brunnen der Vergangenheit, von dem Konstanze immer wieder spricht, wenn sie mit ihren Senioren unterwegs ist. Es war jedoch nicht mein eigenes Schnarchen, das mich weckte, verehrter Doktor Zucker, würde ich zu meinem Therapeuten sagen, der ja nicht selten ein unfreiwilliges Röcheln von sich gibt. Im Gegenteil, ich höre wieder Lärm von unten, es rumpelt, etwas Schweres fällt aus großer Höhe und wird übers Parkett geschleift, Stimmen aus dem Treppenhaus klingen nach Streit. Nun wickle ich mich doch aus dem Plaid, gehe auf Zehenspitzen zur Tür, versuche, deren Schlösser so leise wie möglich zu entriegeln, und schleiche zur Brüstung, von wo aus ich einen guten Blick nach unten habe, auf den erleuchteten Fahrstuhl vielmehr, dessen schmiedeeisernes Gitter ein mir den Rücken zuwendender Mann aufhält, damit ihn zwei weitere Männer mit einem großen schlaffen Körper zwischen sich leichter betreten können. Sie geben sich Anweisungen, die Köpfe dicht beieinander. Manchmal werden sie lauter, aber nicht so, dass ich etwas verstehen könnte. Der, der die Tür aufgehalten hat, ein großer, kräftiger Bursche, bleibt zurück und steigt über einen auf der Schwelle der nächstgelegenen Wohnung abgestellten Koffer. Der Lichtstreifen, der mir für ein paar Sekunden den Blick in eine mit antiken Möbeln eingerichtete Diele gewährt hat, verschwindet, als er die Tür hinter sich schließt. Gerade noch kann ich beobachten, wie sich der Mann – quasi im Vorübergehen – ein Bild von der Wand greift.

Es ist stockdunkel jetzt, mein Herz rast, ich umklammere das Geländer mit beiden Händen. Ein Schluckauf droht mich zu überwältigen. Als der Lift wieder oben ist und den Flur erhellt, trete ich einen Schritt zurück, weil der Mann die Wohnungstür wieder öffnet. Ich sehe, wie er den Koffer zwischen sich und die Aufzugstür wuchtet und ihn schließlich zu sich hineinzieht, nachdem er das Gemälde vorsichtig an die Kabinenwand gelehnt hat. Ich erkenne ein Frauenporträt im goldenen Rahmen, in der Art, wie Franz Defregger sie gemalt hat. Mein Münchner Gönner, der Druckereibesitzer Portenlänger, besaß einige Werke dieses damals sehr en vogue gewesenen Künstlers, Bildnisse von seelenvoll schauenden jungen Frauen mit Trachtenhüten und bestickten Kropfbändern. Als er fallierte, musste er sie alle verkaufen, wobei sich mindestens zwei davon als Fälschungen erwiesen. Aus der erleuchteten Kabine blitzt noch ein bisschen Licht nach oben, nachdem sie sich wieder in Bewegung gesetzt hat. Von unten höre ich noch einen kurzen Wortwechsel der Männer, dann nur noch die allmählich zu mir zurückkehrenden Geräusche des Hauses. Wie gelähmt bin ich und brauche eine Weile, bis ich durchatmen und mich bewegen kann. Dann schleppe ich mich zurück in Konstanzes Wohnung und verriegle die Tür hinter mir. Alle drei Schlösser. Drinnen stolpere ich über meine Schuhe, entgehe gerade noch einer Bodenvase mit dunkelroten Astern und pralle mit meinem großen Zeh an den gläsernen Couchtisch, bevor ich mich rückwärts in den Lehnsessel fallen lasse.

Was hätte Konstanze getan, frage ich mich. Sie hätte die Treppenhausbeleuchtung betätigt und *Wer da?* geschrien. Oder sofort die Polizei alarmiert, selbst auf die Gefahr hin, dass sich die Männer als harmlos entpuppt hätten. Und was tue ich? Nichts Konstruktives. Ich zittere am ganzen Körper, jetzt, nachdem die Kerle aus dem Haus sind. Ein Brechreiz fliegt mich an, ich friere und schwitze zugleich, auch der Schluckauf stellt sich wieder ein, wie empfindlich ich doch geworden bin in den letzten paar Jahren. Drei Uhr ist es, zeigt mir der Blick auf mein Erbstück. Ich muss einige Stunden geschlafen haben, bevor mich der Lärm weckte. Konstanzes Vater wird jetzt wohl nicht mehr aufkreuzen. Ich kann ins Bett gehen, denke ich, endlich. Im Schlafzimmer stelle ich fest, dass es in der Zwischenzeit geregnet hat und ich – weil ich zu faul war, die Fernbedienung zu suchen – wieder einmal die Fenster nicht geschlossen habe. Jetzt ist das Bett nass und auch der Katalog mit Werken von Tamara de Lempicka, in dem Konstanze vor ihrer Abfahrt geblättert hat. Ich finde das Gerät auf dem Bettvorleger; ob ich den richtigen Knopf erwische, ist mir gleichgültig. Ich stürze mich kopfüber in die feuchten Kissen und schlafe sofort ein. Immerhin, mein mentaler Fluchtreflex funktioniert noch. Ich kann neben Toten schlafen, wenn es sein muss. Das habe ich mir auf meiner Reise durch die Schlachtfelder der Revolutionskriege immer wieder selbst bewiesen.

Was aber ist Traum, was ist Erinnerung? Ich kann es nicht mehr unterscheiden. Umstandslos finde ich mich in Nicolais Buchhandlung in der Brüderstraße wieder. Adelbert von Chamisso steht neben mir, streckt den Arm aus seiner Pelerine und reicht Karl Varnhagen aus der obersten Regalreihe ein Buch herunter, Montequieus *De l'esprit de lois*. (Natürlich habe ich noch nie davon gehört, nehme mir aber vor, den Chevalier nach der Bewandtnis der Abhandlung zu fragen, die so viele Leute in jenen Tagen zu zitieren vorgeben, aber es kommt nicht mehr dazu. Ich werde Adelbert nach dem Besuch im Nicolai-Haus nicht mehr wiedersehen.) Varnhagen beginnt zu blättern und ruft aus: Ah, *La séparation des pouvoirs* – die Zauberschrift fürs richtige Regieren, habe ich mir sagen lassen. Ein Anreiz, mein Französisch zu verbessern auf jeden Fall. Dort oben müsste auch noch einiges von Voltaire stehen, und bestimmt das eine oder andere von den Enzyklopädisten. Schau doch mal nach, *mon cher ami*, dann brauche ich nicht auf die Leiter zu steigen. Der unscheinbare blonde Mann ist zwei Köpfe kleiner als Chamisso, aber immerhin noch einen Kopf größer als ich, stelle ich fest, als ich die beiden so nebeneinanderstehen sehe. Das reicht auf jeden Fall aus, mich mühelos zu übersehen.

Wie es Adelberts Freunden schließlich gelang, den Diener zu überreden, sie in Nicolais Privaträume zu führen, weiß ich nicht mehr. Vielleicht haben die beiden Jenenser Studenten behauptet, Verehrer des Verlegers zu sein, oder bekundeten ihr Mitgefühl mit dem Kranken, der – wie man allgemein wisse – vor einem halben Jahr einen Schlaganfall erlitten habe und vorerst nur in seiner *Bergère* sitzend Gäste empfangen könne. Über eine Treppe mit aufwändig geschnitztem Geländer gelangten wir nach oben, jede Stufe knarrte unter unseren Schritten, inzwischen hatten sich uns noch andere Besucher angeschlossen, vielleicht war ja heute so etwas wie ein *jour fixe*, von dem wir nichts geahnt hatten. Fest steht, dass das erste Wohnhaus, in dessen Inneres ich gelangte, dieses Haus, in dem Menschen so selbstverständlich lebten wie ich seit Jahren im Bordell, in mir jene vertrackte Sehnsucht nach Sesshaftigkeit entzündet hat, die mich mein ganzes Leben lang plagen sollte. Ich kannte ja nur die Küche im Schloss meines Vaters, das Schlafzimmer des pfälzischen Winzers sowie den Ballsaal und die Werkstatt in der Drina, nicht zu vergessen die Koje, wo ich neben Daumenlutscher-Christian zu schlafen versuchte. Auch Adelberts Wachhäuschen hat mir zwei Jahre lang so etwas wie Heimat gewährt, den Kanonenofen dort konnte ich am Ende besser heizen als Bendel. Und erwähnen sollte ich vielleicht auch die luxuriöse Kutsche des Gentleman, in der ich nach Berlin gerollt war. Bevor ich im *Maison de Tolérance* landete, bot sie mir für einige Stunden Schutz.

Ich war der Letzte, der oben ankam, ich musste mich an dem Fähnrich mit der Nickelbrille und an dem schmächtigen Varnhagen vorbeidrücken, der zwei Bücher unter dem Arm trug und sich breitmachte, bis ich schließlich vor Adelbert zu stehen kam, der mir die Hände auf die Schultern legte. Seine Finger rochen nach der Pfeife, die er vor einer halben Stunde draußen auf dem Schlossplatz an einer Säule ausgeklopft hatte, und an ihrem wechselnden Druck merkte ich, dass mein Gönner nervös war, obgleich ihm das Ambiente, in dem Nicolai

Hof hielt, garantiert nicht so fremd war wie mir. Auch hier gab es Bücher in Hülle und Fülle, ganz wie im Erdgeschoß, bloß standen sie nicht so akkurat in Reih' und Glied und vermutlich auch nicht nach Alphabet und Sachgebieten geordnet, sondern lagen kreuz und quer, in Stößen und Stapeln, auf fahrbaren Etagèren und in Glasschränken, deren Türen offenstanden. Oder sie wuchsen vom Boden zu windschiefen Türmen heran, die man sorgsam umrunden musste, um sie nicht ins Wanken zu bringen.

Selbst über Nicolais Schreibtisch hing zwischen zwei Fenstern ein Bücherregal, dessen Bretter sich bogen von den Konvoluten, die man dort abgelegt hatte. Rechts neben mir standen in einem bis zur Decke reichenden Schrank die Bände der *Allgemeinen Deutschen Bibliothek*, von der vorhin die Rede gewesen war, sämtliche zu Büchern zusammengefassten Rezensionszeitschriften mithin, in denen die zeitgenössische deutsche Literatur einer sorgsamen Kritik unterzogen wurde, was manchmal, so erzählte mir Adelbert auf dem Rückweg, in bösen Verrissen endete, von denen die unerbittlichsten vom Hausherrn selber stammten. Ich wusste nicht, was eine Rezension war, und auch das Wort *Verriss* war mir kein Begriff, noch heute nicht, ehrlich gesagt, ich habe weder die eine noch die andere Textsorte je gelesen und werde wohl auch nicht in Versuchung geraten.

Selbst ein Clavichord befand sich im Zimmer, mit Paradiesvögeln und exotischen Blumen bemalt und auf zierlichen Beinen, einer der beiden frechen Studenten hatte sich sogar getraut, mit zwei Fingern einen Akkord anzuschlagen, von seinen Kameraden aber nur böse Blicke geerntet. Und direkt vor der gegenüberliegenden

Wand, vor der offenstehenden Türe vielmehr, die in einen weiteren Bibliothekssaal führte, saß – wie ein Museumsstück – Friedrich Nicolai in einem prächtigen, blau-gelb bestickten Schlafsessel, seine in Filzpantoffeln steckenden Füße schräg auf einen Extra-Schemel gelegt, neben sich, auf einem Beistelltischchen, ein silbernes Kännchen und eine Mokkatasse, an der er noch kein einziges Mal genippt hatte. Seine extrem fliehende Stirn sah man nur im Profil, sein Kinn ragte vor, vielleicht weil ihm die oberen Zähne fehlten. Keine Perücke kaschierte sein schütteres Haar, kein Haarteil befand sich in seiner Nähe, nicht einmal vorsichtshalber, wie bei so vielen älteren Leuten in jenen Tagen. Bei den Tönen vorhin hatte er kurz den Kopf gehoben, die gewölbten Augendeckel halb geöffnet wie ein Reptil. Das blondgelockte Knäblein, das an seiner Seite stand und sich mit beiden Händchen an der Sessellehne festhielt, nahm jedoch seine Aufmerksamkeit gleich wieder in Anspruch, immer wieder streichelte er ihm die Wangen oder zog es zärtlich an den Ohren und tat dann sehr überrascht, als ein großgewachsener Mann – sein Schwiegersohn vermutlich – es sich schnappte, mehrere Male in die Luft warf und wieder auffing, bevor er das fröhlich zappelnde Kind durch einen begehbaren Bücherschrank, der wohl in die hinteren Räume der Wohnung führte, hinaustrug. Die während der inszenierten Familienidylle entstandene peinliche Stille löste sich nach ein paar Sekunden, die Besucher begannen nun, sich im Raum zu bewegen, der eine oder andere näherte sich auch dem Hausherrn, bückte sich zu ihm nieder oder kniete sich neben ihn, um mit ihm eine – wahrscheinlich sehr mühselige – Unterhaltung zu führen. Denn Nicolais Mund stand schief, das merkte man, als er zu reden anfing; mit einer großen Leinenserviette wischte er sich immer wieder den Speichel von den Lippen. Gerade neigte sich auch Adelbert aus seiner großen Höhe zu dem Verleger hinab, um ihm seinen ersten, erst kürzlich privat verlegten Gedichtband in den Schoß zu legen. Ich blieb auf meinem Beobachtungsposten im Eingangsbereich des Salons, an den Kachelofen gelehnt, der mich durch meinen dünn gewordenen Mantel hindurch angenehm wärmte. Weiter traute ich mich nicht.

Aber ich merkte natürlich, dass sie Französisch miteinander sprachen, Adelberts kräftige, irgendwie freudig erregte Stimme drang deutlich zu mir herüber, wenn auch nicht das, was Nicolai erwiderte. Ich war nun hauptsächlich mit Schauen beschäftigt, ließ meine Blicke Varnhagen folgen etwa, der – überall da, wo keine Bücher waren – mit seinem Lorgnon bewaffnet die in wilder Ordnung ringsum verteilten Bilder betrachtete: Ansichten von Städten und Bauwerken sowie Porträts von mir unbekannten Leuten, wobei eine Phalanx von kleineren und größeren Schattenrissen sein besonderes Interesse erregte. Auch ein schmerbäuchiger, in ein Buch vertiefter Kammergerichtsrat fiel mir ins Auge, den ich aus der Drina kannte, ein Verehrer Henriettes, der ihre Entführung nie akzeptieren wollte, obzwar sie doch ursprünglich seinem Stand angehörte und er darüber hätte frohlocken können. Er hatte es immer geliebt, seine große Nase in ihr Dekolleté zu stecken, was ihm die immer jünger werdenden Damen in der Drina später verwehrten, obwohl er doch einer der treuesten Kunden war, auf dessen stets mit kleinen Geschenken verbundene Besuche sich vor allem die Küchenmädchen und Kellner freuten. Sein Blick blieb kurz an mir hängen, als er aufschaute. Dann nahm er beiläufig, aber unter allerlei komischen Verrenkungen einen der windschiefen Büchertürme ins Visier und platzierte jenes, worin er gelesen hatte, auf einer dreistöckigen Etagère in der Nähe.

Die entspannte Atmosphäre änderte sich, als – in Begleitung von Nicolais Schwiegersohn – eine schlanke weibliche Gestalt den Raum betrat, eine Bohnenstange in schwarzem Gewand mit weißer Schürze, auf dem Kopf eine gefältelte Haube und in der Hand einen gigantischen Wedel aus Straußenfedern, mit dem sie in aller Seelenruhe die Schränke und Regale und das darin gehortete Bildungsgut abzustauben begann und auch ohne Weiteres an die Gipsskulpturen heranreichte, die sich auf dem Sims oberhalb der Tür aneinanderreihten, vor der Nicolai thronte. Auf ihren Wangen blühten die purpurnen Narben einer erst kürzlich überstandenen Gesichtsrose, sie hatte einen Strich als Mund, zu lächeln wäre ihr gewiss schwergefallen. Stoisch drehte sie ihre Runde, allein das Gefühl, dass sich nun Staub auf uns niederließ, veranlasste mich zum Husten. Die Besucher wichen ihr aus, wo sie konnten, einige aber, die bereits öfter hier gewesen waren, verstanden sogleich, dass die Frau durch ihr Tun das Zeichen zum Aufbruch gab, und zogen sich ihre Handschuhe über. Spätestens, als sie sich Nicolais Schreibtisch näherte und auch dort zu wedeln begann, spürte jeder, dass der Abschied nahte. Der Verleger hob seine Hand und winkte, er sah immer noch aus wie ein Krokodil, das man in einen Sessel gesetzt hatte, mit seinem spitz zulaufenden Gesicht, und auch der Vater seines Enkelkindes fühlte sich bemüßigt, zu winken oder einigen Leuten die Hand zu schütteln, solchen zumal, die unten in der Buchhandlung bereits eingekauft hatten und nun noch für eine Widmung anstanden, die Nicolai ihnen großzügig, wenngleich mit zitternden Fingern gewährte.

Dann aber war Schluss. Adelberts Freunde verließen den Raum, Varnhagen, der sich seine Bücher ebenfalls hatte signieren lassen, lief an mir vorüber, die beiden Studenten versuchten es draußen auf dem Flur noch einmal mit einer halblauten Rezitation. Nur ich konnte mich nicht trennen. Ich stand da und beobachtete die Dienstmagd, wie sie Herrn Stangerl abstaubte, mit einem Pinsel sorgsam jede seiner Falten ausstrich, ihm die Augenhöhlen auswischte, ihm immer wieder über die Glatze fuhr. Kein Zweifel: Diesen Kopf hatte ich vor einigen Jahren vom Wiener Bürgerspital zusammen mit meinem Dienstherrn, dem Notenstecher, auf einem Handwägelchen zum Prater befördert. Die angeschwollene Ader auf der Stirn des bronzenen Kopfes, die von einer Anstrengung herrührte, der sich der Porträtierte viel zu lang schon hingeben musste, sein zusammengepresster Mund, der Stehkragen, der seine zerknitterte untere Gesichtshälfte umrahmte, kamen mir zutiefst vertraut vor.

Adelbert sagte *Viens, mon petit, dépêche-toi* und nahm meine Hand, ich aber riss mich zum zweiten Mal an diesem Nachmittag von ihm los und stürzte Nicolai nach, respektive seinem Schlafsessel, den sein Schwiegersohn und ein aus einer Tapetentür getretener Kammerdiener gerade hochgestemmt hatten, um den Kranken aus dem Raum zu tragen. Wer ist das?, fragte ich den Verleger mit bebender Stimme und deutete mit ausgestrecktem Arm in Richtung Schreibtisch, auf dessen äußerster linker Ecke im Schatten eines Vorhangs, als habe man es verbergen wollen, Franz Xaver Messerschmidts Kunstwerk stand. *Das ist der Verstopfte*, antwortete der Verleger, dessen Audienz eigentlich zu Ende war. Er kicherte vor sich hin, versuchte mir in die Augen zu sehen und wollte mir vielleicht noch etwas sagen, da aber hatte mich Adelbert schon an den Schultern gepackt und weggezogen. Ich stolperte hinter ihm die Treppe hinunter, und wir waren tatsächlich die Letzten, die das Haus verließen. Schweigend und fröstelnd liefen wir in die Dämmerung hinein, zusammen mit Varnhagen, der draußen auf Chamisso gewartet hatte. Dass ich meinen Abschied mit ihm teilen musste, er nach links abbog am Lustgarten und ich kurz danach nach rechts, ärgert mich noch jetzt, im Traum. Bei Rahel Levin gebe es bestimmt noch einen heißen Tee, sprach Varnhagen in Adelberts Richtung, sich in die kalten Hände hauchend. Worauf Adelbert – mehr für sich und nicht für ihn und ganz gewiss nicht für mich – murmelte: Es macht den Anschein, als hättest du dich in diese Salonière verliebt ... was aus mehreren Gründen seltsam ist ...

Nur zehn Monate später, am 27. Oktober 1806, an einem strahlenden Herbsttag, zog Napoleon in Berlin ein. Seinen Truppen voran ritt er unter Trommelwirbeln und Janitscharen-Musik in bescheidener grüner Gardeuniform auf einem kleinen arabischen Schimmel durch das Brandenburger Tor, die Adligen und auch der König mit seiner Luise und den Kindern waren längst weg, Unter den Linden standen Claqueure, die dem Kaiser zujubelten und – in seltsamer Verkennung der Umstände – *Vive la République* riefen. Der aus allen Waffengattungen bestehende Siegesmarsch der Franzosen, erzählte mir Emmanuel, der sich – als französischer Staatsbürger und offensichtlich ohne Angst, dass man ihm die Ohren abschnitte – ebenfalls zur Huldigung aufgestellt hatte, reiche bis ans Schloss und darüber hinaus. Schon Tage zuvor waren Gerüchte in der Stadt im Umlauf, die vernichtende Niederlage bei Jena und Auerstedt verbreitete sich wie ein Lauffeuer, auch der Tod von Prinz Louis Ferdinand, neben dessen aufgestellten langen Beinen ich vor kurzer Zeit noch gesessen hatte. An den Häuserwänden hingen Plakate mit der Botschaft *Der König hat eine Bataille verloren, Ruhe ist die erste Bürgerpflicht* – klar, wenn man selbst flüchtet, darf man seine Untertanen nicht zum Widerstand ermuntern, sagte Emmanuel. Vor der Drina und an den Ufern der Spree standen Wachposten mit aufgepflanztem Bajonett. Schon am Nachmittag zeigten sich die ersten Franzosen auch im Innern des Lokals, sie trugen den obersten Kragenknopf offen und keine Perücken mehr, kaum vorstellbar, dass ich noch einmal Haarteile von Kronleuchtern würde pflücken müssen. Das Personal hatte sich im Keller neben dem Fass mit den Spreewälder Gurken versammelt, auch der Patron der Drina, dem ich während meiner Berliner Zeit allenfalls drei oder vier Mal begegnet war, ein unscheinbarer, wie ein Beamter aussehender, aber einschlägig wohl weit herumgekommener Mensch. Er ermahnte uns, ruhig zu bleiben, so ruhig, wie es auf den Plakaten der Graf von der Schulenburg verlangt hatte, der immerhin im Namen des nach Memel geflüchteten Friedrich Wilhelm III. sprach, den man jetzt ungeniert *Demel* nenne, was sich auf *Memel* erstaunlich gut reime, haha. Ohne Liebe könne man nicht leben, genauso wenig wie ohne Essen, räsonierte der politisch neutrale und im Geschäftsleben flexible Mann, dessen Namen ich vergessen habe. Es wird jetzt erst einmal ein bisschen schlechter, aber bestimmt auch bald wieder besser. Das ist so in unserem Gewerbe … ihr werdet sehen. Worauf er – eine große hölzerne Gabel benutzend – für jeden von uns zum Trost und gegen das Magenknurren ein paar glitschige Gurken aus der Lake fischte. Christian, den Daumenlutscher, den er vom Fassdeckel weg auf seinen Arm gezogen hatte, nahm er mit sich, als er wieder nach oben stieg.

An den uns nicht beachtenden Soldaten vorbei, die in den Tanzsaal strömten und wohl so etwas wie eine Einquartierung vorbereiten wollten, gingen Emmanuel und ich dann doch noch zum Lustgarten vor, wo sich inzwischen – so schien es – die ganze *Grande Armée* breitgemacht hatte und dem heiligen preußischen, von importierten englischen Gärtnern hingebungsvoll gepflegten Rasen den Garaus machte. Der Mond stand am Himmel, hin und wieder musste er sich durch ein paar streifige Wolken kämpfen. Die Schlossfenster waren erleuchtet, die Feuerchen, an denen sich die französischen Helden ihr Essen wärmten, loderten und machten die Nacht zum Tag. Niemanden focht an, dass das Brennmaterial offensichtlich aus dem Gestühl einiger in der Nähe liegender Kirchen bestand. Es ging laut zu, man tanzte, man schrie *Liberté, Égalité, Fraternité* in wechselnder Reihenfolge oder sang die *Marseillaise*, was aus rauen Männerkehlen aufregender klang, als ich je vermutet hätte. Mein schwarzer Freund lief zwischen Grüppchen durcheinanderschreiender Rekruten hin und her, lässig ihr Gewehr auf der Schulter tragenden, pickligen Jünglingen, die ihm versprachen, ihn ihrem Vorgesetzten vorzustellen, sofern er dies wünsche. Es herrschte eine friedliche Stimmung zwischen all dem Kriegsgerät, das ausgebreitet auf dem Rasen lag, es roch nach nie gekannten Gewürzen und Getränken, nach Pfeifentabak aus fremder Substanz.

Als anschwellendes Geschrei verriet, dass der Kaiser vor dem Schlossportal gesichtet worden war und nun wohl beabsichtige, sich unter seine Soldaten zu mischen, erhob sich der eine oder andere von ihnen vom Rasen, aber nicht zackig Haltung annehmend, wie ich es von Adelberts Kollegen kannte, sondern gemächlich und in selbstsicherer Gewandtheit. Er reicht gerade unter meine Achselhöhle, meinte Emmanuel gut gelaunt. Vielleicht ist er gerade so groß wie du, Leon, im Unterschied zu dir aber wird er wohl nicht mehr wachsen. Was meinst du, soll ich mich bei denen bewerben? Sicher hätten sie keine Uniform für mich, die Franzosen sind ja alle so klein.

Während wir ungehindert durch die Menge streiften, badeten wir regelrecht in den französischen Nationalfarben, er und ich. Gelegentlich rissen wir uns ein Stück vom gerösteten Stangenbrot ab, das man uns hinhielt, oder bissen in eine fetttriefende Wurst am Stecken. Dass ich in dieser blau-weiß-roten Orgie meinen Gentleman entdeckte, erscheint mir noch heute ein Wunder. (Ihnen vielleicht nicht weniger, verehrter Doktor Zucker, würde ich Ihnen in Wirklichkeit davon erzählen.) Zumal er eine französische Uniform trug und eine Augenklappe. Selbst mir fiel auf, wie frisch und geschniegelt er aussah unter seinen verschmutzten Kameraden, wie akkurat in seinen blütenweißen Hosen, seinen blank gewienerten schwarzen Stiefeln, seiner kurzen blauen, seine Schlankheit betonenden Jacke mit den roten Biesen und den goldenen Epauletten. Seinen Dreispitz in der einen Hand, die andere auf seinen Degenknauf gestützt, schaute er einäugig zu mir herüber, so lange und intensiv anscheinend, bis ich ihn irgendwann bemerkte. Emmanuel neben mir erkannte ihn nicht, obgleich er ihm einige Male in der Bosnischen Drina begegnet sein dürfte. Er schlenderte einfach weiter, nachdem ich mich nicht rührte, und inspizierte ein paar Meter von mir entfernt einen riesigen Vorderlader, dessen Spitze ihm ein junger Füsilier gutmütig unter die Nase hielt. Ach, ich sah ihn nicht wieder, meinen schwarzen Freund, der in der Drina nicht selten die Hand über mich gehalten hatte, wenn mir adlige Herren Böses wollten. Er gehört zu den vielen Menschen, von denen ich mich nicht verabschieden konnte, selbst wenn ich es gewollt hätte. Denn der Gentleman winkte mir zu, er rief mich zu sich vielmehr, ohne dass er den Mund zu öffnen brauchte. Und während ich umständlich über einige am Boden kauernde Gestalten und deren Tornister hinwegstieg, verlor ich Emmanuel aus den Augen.

In der nächsten halben Stunde werde ich aufbrechen. Willst du mitkommen?, fragte mich der französische Offizier unbekannten Ranges leise auf Deutsch und kniff mir in die Wange. Vor drei oder vier Jahren war er für mich noch ein Engländer gewesen, und vor einigen Monaten, als er mal wieder beim Kartenspiel in der Drina saß, hatte er mich geflissentlich ignoriert. Wohin mitkommen?, hätte ich ihn gerne gefragt, wusste aber, dass ich nur mit Ja oder Nein antworten durfte. Als ich nickte, sagte er: Dann los!, und wandte sich um. Es war eine Angelegenheit von Sekunden wie immer bei ihm, schmerzlos und schnell, ich rannte hinter ihm her durch das fröhliche Gewimmel und kam sogar knapp an Napoleon vorbei, sah dessen klares griechisches Profil im Gegenlicht eines Lagerfeuers und versah seinen Kopf en passant mit Girlanden auf einer Münze, so wie ich es häufig tat mit

Leuten aus meinem Bekanntenkreis, von denen ich fand, diese Ehrung stünde ihnen zu. Ich kann nicht sagen, dass ich nachdachte, während wir gingen, über meine Vergangenheit oder über meine Zukunft, ich begab mich widerspruchslos in seine Obhut, wie schon einmal und dann ein zweites und jetzt ein drittes Mal. Ich brauchte ja nichts zu packen, höchstens um Schorschs schöne Reisetasche tat es mir leid, alles andere trug ich bei mir in meinen tiefen Manteltaschen: Ritter Skronskys alias Strunzens Auflistung der Messerschmidt-Köpfe, das Flugblatt mit der *Marseillaise*, die Uhr meines Vaters, sogar ein paar Stifte und einen kleinen Zeichenblock. Nicht zuletzt Henriettes kratzige Zahnbürste spürte ich an meinen Fingern, die nach Lage der Dinge zwar noch einen sentimentalen, aber keinen hygienischen Wert mehr besaß.

Bis mir der *Verstopfte* wieder einfiel, verging einige Zeit. Ich schlief meistens, und der Gentleman ließ mich schlafen, während wir gen Süden rollten, auch tagsüber. Die letzten Monate vor der Ankunft Napoleons waren aufreibend gewesen, die erotischen Eskapaden der preußischen Beamtenschaft und des altmärkischen Adels hatten mich viel Kraft gekostet. Weil der Chef des Etablissements auf die Idee verfallen war, mich in ein mit Silberfäden durchwirktes hellgrünes Pagenkostüm samt Kniebundhosen und weißen Strümpfen zu stecken, das meine jugendlichen, um nicht zu sagen knabenhaften Reize herausstellen sollte, konnte ich mich nicht mehr in die Routine meiner Putz- und Botendienste flüchten. Und auch Messerschmidts Skulptur auf Nicolais Schreibtisch musste ich schon am Abend nach meinen Erlebnissen im Haus in der Brüderstraße in die untersten Verliese meines Gedächtnisses verbannen, weil mich andere Dinge beschäftigten, Liebesdinge, Körperdienste, und das Zuknöpfen der unendlich vielen Knöpfe beim Anlegen meiner neuen Dienstkleidung im Beisein von Herrn Zitzewitz all meine Konzentration erforderte. Ungeduldig wippend, mit noch übergestülpter Perücke saß er auf seinem wackeligen hellblauen Sofa und sah mir mit glitzernden Augen zu. Dieses Mal war er jedoch nicht allein gekommen, sondern hatte einen jüngeren Freund mitgebracht, der – das ahnte ich gleich – für meine Geschichten aus der Französischen Revolution nicht das geringste Interesse aufbringen würde.

Wie bloß war Messerschmidts Skulptur von Wien nach Berlin gelangt?, fragte ich mich jedoch irgendwann in der Bequemlichkeit der gut gefederten, dieses Mal mit dunkelblauem Samt ausgeschlagenen, mit vielen Seidenkissen gepolsterten und sogar mit angeschraubten Fußbänkchen versehenen Kutsche. Wie kam Nicolai in den Besitz des *Verstopften*? Was hatte er mit dem Bildhauer zu schaffen gehabt? Kannte er ihn gar? Oder Strunz, dessen schlawinerhaften Galeristen? Und sollte der Grimassenschneider wirklich Stangerl darstellen, wie ich es damals fest zu wissen glaubte? Gab es mehrere *Verstopfte*? War Nicolais Skulptur ein Duplikat? Ich sah aus dem Fenster und ließ die Welt an mir vorüberziehen, während sich mein Gentleman in immer neue Akten vertiefte, die er aus einer neben ihm auf der Sitzbank stehenden hölzernen Kiste holte und um sich herum ausbreitete. Unsere Kutscher wechselten von Station zu Station, desgleichen unsere Pferde. In einem Landgasthof, wo ich die Nacht wie ein Hündchen zu seinen Füßen schlief, ohne dass er es mir verwehrte, kaufte er mir bei einem fliegenden Händler Hemd, Hose und Jacke, damit ich die unter meinem Wiener Mantel versteckte Kostümierung endlich loswurde. Er selbst nahm seine Augenklappe immer erst unmittelbar vor dem Zubettgehen ab. Wie froh ich jedes Mal darüber war, dass darunter keine blutige schwarze Höhle auftauchte.

Ich weiß nicht, wie viele Tage vergangen waren, bis ich es wagte, meinen Begleiter zu fragen, wohin die Reise gehe. Und als er *Nach Italien!* erwiderte, wäre ich gerne in Jubel ausgebrochen, wenn wir auf vertrauterem Fuß miteinander gestanden hätten. Von Italien schwärmten alle, denen ich in Berlin begegnet war, in den Salons, in den Vorlesungen; nach Italien wollten alle, wie oft hatten Adelbert und seine Freunde beim Dichten im Wachhäuschen am Brandenburger Tor von Italien gesprochen. Von einem Dichter namens Dante, an dessen *Divina Commedia* sie ihre poetischen Messer wetzten, von den Schriften eines in Stendal geborenen Brandenburgers namens Winckelmann, der in Rom als Aufseher der päpstlichen Altertümer tätig gewesen war, worunter ich mir prompt einen Feuer speienden Drachen vorstellte.

Apropos, je m'apelle Jérôme de Savigny, und du wirst in den nächsten Wochen mein französischer Mund sein, sagte der falsche Offizier zu mir; wir saßen uns in der Kutsche gegenüber und würden im Laufe des Nachmittags München, die Hauptstadt des von Napoleon neu errichteten Königreiches Bayern erreichen. Weil mir plötzlich die Tränen aus den Augen schossen, reichte er mir ein Taschentuch. Dass ich jedoch immer weiter weinte und nun auch zu schluchzen begann, lag nicht etwa daran, dass unsere Kutsche verunglückt und im Graben gelandet wäre, sondern an meiner Angst vor dem wütenden Wummern an der Wohnungstür und den lauten Stimmen auf dem Flur.

Ich komme, ich bin unterwegs, ich mach ja schon auf, rufe ich, aber die Männer hören nicht auf zu klopfen und zu lärmen, während ich mit fliegenden Fingern die Verriegelungen löse. Es sind zwei Polizisten und ein Beamter in Zivil, das habe ich schon durch den Spion gesehen. Nun stehen sie mir gegenüber und mustern mich ungnädig. Während ich geschlafen habe, muss ich mir meine Hose vom Leib gestrampelt haben, jetzt stehe ich in Boxershorts und Socken vor ihnen.

VI.

Da ich, seit ich Besuch von der Polizei gehabt habe, stets am frühen Morgen das Haus verlasse und es erst spät nachts wieder betrete, sitze ich im Untergeschoß des Hauptbahnhofs häufig auf einer Bank und sehe den Passagieren beim Einsteigen zu. Mehrmals am Tag fährt von Gleis 1 oder 2 ein ICE nach Interlaken ab, einem irgendwo zwischen Zürich und Bern gelegenen Ferienort. Meine Freunde von der Sterbehilfe besitzen in der Basler Innenstadt und im Umland einige Apartments, deren Adressen sie ihren jeweiligen Kunden logischerweise erst in der Endphase preisgeben. Das zweite Drittel der Kosten für die suizidale Assistenz haben sie schon von mir erhalten, den Rest gedenke ich in bar zu bezahlen. Je früher es mir gelingt, eine größere Summe abzuzweigen, desto besser. Noch allerdings brauche ich Konstanzes Zuwendungen zum Leben und kann sie nicht fürs Sterben ausgeben. Auch eine Fahrkarte möchte ich mir kaufen; die Zeiten, in denen ich als blinder Passagier durch Europa reiste, sind endgültig vorüber.

Immerhin musste ich nicht in Boxershorts und Socken aussagen. Die beiden Streifenpolizisten und der Kriminalbeamte hielten sich nicht lange auf, und ich bat sie natürlich auch nicht in die Wohnung. Auf meine Behauptung, nichts gehört zu haben von dem, was sich in der Nacht zugetragen hatte, gingen sie nicht ein. Stattdessen bestellte mich der junge Mann in Zivil – er war in Schwarz gekleidet, Konstanze hätte ihn als Existenzialisten bezeichnet – aufs Polizeirevier in der Friedrichstraße und reichte mir seine Visitenkarte. *Fritjof Meyer* stand darauf, darunter eine Abkürzung, die wohl seinen Rang kundtat, sofern man sich auskannte.

Am besten, Sie kommen noch heute, sagte er, spätestens morgen Vormittag. Es ist ja nur eine Formalität.

Ich hatte nicht vor, seiner Aufforderung Folge zu leisten, lächelte ihm aber höflich in sein keineswegs unfreundliches Gesicht. Wer weiß, was mir auf seiner Dienststelle alles blühte: Vielleicht würde man mir Fingerabdrücke abnehmen, mich fotografieren, in der Verbrecherkartei jemanden entdecken, der mir ähnelte, ja mich verdächtigen, an dem im Stockwerk unter mir begangenen Verbrechen, dem Raub oder Raubmord, beteiligt gewesen zu sein. Immerhin hatte ich beobachtet, wie zwei Männer eine leblose Person zum Aufzug schleiften, und auch den Diebstahl eines Bildes hätte ich bezeugen können, eines – wenn mich nicht alles täuscht – Defregger-Gemäldes mit einer jener jungen Schönen in Tracht, deren verschwenderische Fülle in Herrn Portenlängers Münchner Zimmerfluchten mich einst so entzückt hatte.

Seither finde ich keine Ruhe mehr. Von einer Sekunde zur anderen bin ich heimatlos geworden, das wurde mir sofort klar, obwohl sich ein Wort wie Heimat für einen wie mich von selbst verbietet. Ich stand mit nackten Beinen und nackten Füßen im Flur und spürte noch den Luftzug aus dem Stiegenhaus, als ich die Türe schloss, ich hörte die Schritte der Polizisten, die nicht etwa den Lift benutzten, sondern langsam, gemächlich geradezu, die vielen Stufen nach unten gingen. Ich spürte mein Herz schlagen, so unangenehm hart und schmerzhaft wie lange nicht mehr. Und als ich wenig später an der gewaltsam geöffneten Tür der unteren Wohnung vorüberging, verstärkte sich mein desolates Gefühl. Zwei Siegel klebten daran, ausgestellt vom *Polizeipräsidenten in Berlin*, so viel konnte ich im Vorüberlaufen entziffern. Vor das anscheinend ausgebaute Schloss hatte man zwei Bretter genagelt. Der Fahrstuhl war blockiert, Männer in weißen Schutzanzügen und mit allerlei Gerätschaft – ganz so, wie ich es aus dem Fernsehen kannte – machten sich darin zu schaffen. Das Eisengitter hatten sie ausgehängt.

Fahrstühle sind mir suspekt, ich gehe ohnehin lieber zu Fuß, also muss ich die Wohnung mindestens zweimal täglich passieren. Wobei ich mich nachts, nach der Rückkehr von meiner Kneipentour, wo ich regelmäßig viel zu viel Geld ausgebe, am meisten grusle. Vielleicht hält Fritjof Meyer schon die Handschellen für mich bereit, dort oben im Dunkeln, noch bevor ich den Schlüssel zu Konstanzes Apartment gezückt habe. Es ist eine Mutprobe, wenn ich die Treppen hochschleiche. Nicht selten will ich auf halbem Weg umkehren, weil ich glaube, ihn sich räuspern gehört zu haben. Und selbst drinnen bleibe ich nervös. Zwar schlafe ich vor Erschöpfung sofort ein, sobald ich mich in den Lehnstuhl gesetzt habe – er ist mittlerweile zu einer Art Refugium geworden. Ich wage es nicht mehr, mich ins Bett zu legen, geschweige denn, mich auszuziehen. Kaum dass ich noch die Kleider wechsle.

Dass Konstanze ihren USA-Aufenthalt verlängert hat, vergrößert mein Elend. Ihre Stimme auf dem Anrufbeantworter klingt täglich fremder, wenn ich nach Hause komme. Umgekehrt kann ich sie auf ihrem iPhone nie erreichen. Nur eine Woche, keine Angst, mein Liebling, allenfalls zwei, teilt sie mir in nur geringfügigen Variationen mit, der *Indian Summer* in Vermont ist so traumhaft wie nie. Und meine Gastgeber sind die nettesten Menschen der Welt. Immerzu fragen sie mich, weshalb ich dich nicht mitgebracht habe. Stell dir vor, irgendwo hier, nur einen Katzensprung entfernt, hat Solschenizyn gelebt, in Cavendish, morgen werden wir hinfahren ... Das Gerät unterbricht sie jedes Mal mitten im Satz; sich kurz zu fassen, hat meine Freundin nie gelernt.

Wer hat in der Nähe ihrer Freunde gewohnt? Dem Namen nach ein Russe. Wer sollte das sein? Kannte ich seinen Namen aus dem Hotel Lux? War er der ungehobelte Kerl namens Oleg, der die Ratten gejagt und sie ohne Scheu auf dem Schwarzmarkt als Hammelfleisch verkauft hatte? Brachte mich die versiegelte Wohnung auf diese Idee? Und die Tatsache, dass ich tatenlos der Verschleppung eines Menschen zugeschaut hatte, so wie damals, im Moskau des Jahres 1937, als ich Elsbeth verlor? Ganz zu schweigen von den Arbeitskollegen, die wie ich an der Moskauer Hochschule für Architektur und angewandte Grafik mit dem Ausmalen überlebensgroßer Lenin- und Stalin-Plakate beschäftigt waren und umstandslos von der Leiter geholt wurden, wo sie gerade Stalins Schnurrbart oder Lenins Glatze einfärbten? Halt dich zurück mit den Kringeln, Leonid, hatte ein Freund namens Löwy, den ich in der Öffentlichkeit vorsichtshalber mit *Genosse* anredete, zu mir gesagt. Lass nicht noch einmal eine Girlande aus Stalins Nase wachsen. Sonst kommst du ins Lager oder wirst an der nächsten Ecke liquidiert. Ein paar Wochen später wurde auch er wegen antisowjetischer Agitation verhaftet und erlitt vermutlich genau jenes Schicksal, vor dem er mich gewarnt hatte.

Der arme Löwy! Er stammte aus dem Berliner Wedding, war eigentlich Setzer von Beruf und mit seinem Buckel kein schöner Mensch. Mit dem kyrillischen Alphabet kam er schlecht zurecht, weshalb er immer nur zu – in seinen Augen niedrigen – Aushilfsarbeiten gerufen wurde. Weil er nicht auf seine in Stahl gefasste Brille verzichten wollte, die ihn Trotzki ähnlich machte, lebte er zusätzlich gefährlich, begann man doch in jener Zeit, Leute, die eine Trotzki-Brille trugen, auf der Straße anzugreifen. Aber er war derjenige gewesen, der mich von der Straße geholt und in der Gemeinschaftswohnung seinen Verschlag mit mir geteilt hatte, nachdem mich Rudi Kiefer, mein Freund aus den Lothringer Schützengräben, verraten hatte. Dabei war ich mit ihm nach dem Reichstagsbrand durch halb Europa geflüchtet, zwar von der Komintern mit falschen Pässen und diversen Empfehlungsschreiben versehen, nicht aus Sehnsucht nach dem Paradies der Arbeiter und Bauern jedoch, sondern aus Verlegenheit. Es war anscheinend mein Schicksal, ständig irgendwohin mitgenommen zu werden, häufig völlig willenlos und meist nicht sehr sicher in der Beurteilung meiner Reisegefährten. Äußerlichkeiten oder komplizierte sexuelle Orientierungen spielten keine Rolle. Portenlängers sadomasochistische Veranlagung etwa, die sich mit seiner tagsüber üblichen bayrischen Gemütlichkeit in einem gewissen Widerspruch befand, oder Rudi Kiefers hasenschartiges Gesicht, das mich nicht im Mindesten schreckte, hielt ich mich doch stets an seine seelenvollen braunen Augen, die mir zublinzelten, wenn es gefährlich wurde, oder sich komisch-drollig zur Decke rollten, wenn es etwas zum Lachen gab. Grenzenlos naiv und anpassungswillig war ich und fortwährend bereit, mich von Rudis flinkem Intellekt indoktrinieren zu lassen. Selbst in Moskau, wo eine merkwürdig gedrückte, jedenfalls keine euphorische Stimmung herrschte, musste ich meine Haltung ihm gegenüber nicht ändern. Wir blieben Tag und Nacht zusammen, schliefen in jedem neuen Wohnheim im selben Bett, schoben Hunger, teilten uns Piroggen und Kwas, bewahrten uns unseren Humor, ja retteten gemeinsam einen Stubengenossen, der auf seiner Baustelle einen Krug mit Methylalkohol entwendet und noch an Ort und Stelle in sich hineingeschüttet hatte, um – wie er stammelte durch den Schaum vor seinem Mund – sich endlich mal wieder einen richtigen Rausch anzusaufen.

Immerhin hat er dich nicht verpfiffen, sondern nur verstoßen wie einen von Flöhen befallenen Hund, meinte Löwy, das kannst du als Freundschaftsdienst werten.

Die Stalin-Karikaturen unter meiner Matratze – eigene und unter der Hand weitergegebene – verschwieg ich ihm wohlweislich, schon weil ich sie Rudi so vertrauensselig gezeigt hatte. Er wusste nur, dass ich gern zeichnete und mir in der Kommunalka gelegentlich ein paar Gramm Machorka-Tabak oder ein Päckchen Klopapier – es war rosafarben, warum bloß? – dazuverdiente, wenn ich Knaben und Mädchen porträtierte, deren Eltern mit der Lieblichkeit ihrer Kinder prunken wollten. Oder dass ich mir gegen ein kleines Entgelt missliebige Mitbewohner vornahm, indem ich sie mit dem Tintenstift auf ihre unangenehmsten Züge reduzierte und das Ergebnis zum allgemeinen Vergnügen ans Schwarze Brett im Flur oder an die Klotür heftete.

Elsbeth war Löwys Cousine und mit einem sehr viel älteren deutschen Emigranten verheiratet. Der drangsalierte sie so sehr, dass ihr Schreien in den letzten Winkel der Kommunalka drang. Nie kam ihr jemand zu Hilfe, man drehte höchstens die Polonaise aus *Eugen Onegin* lauter, die im Radio lief. Ihretwegen hatte ich mir einmal fast in die Hosen gemacht, weil sie die Toilette nicht verlassen wollte, vor der sich ihr Peiniger aufgebaut hatte. Als sie dann schließlich doch herauskam, weil er sonst die Tür eingetreten hätte, prallte sie so heftig gegen meinen Arm, dass mir das Klopapier aus den Händen fiel. Ich war der Nächste in der Schlange, es blieb mir also gar nichts anderes übrig, als sie ihrem Schicksal zu überlassen, wenn ich meine Notdurft noch rechtzeitig an der dafür vorgesehenen Stelle verrichten wollte. Aber ich schämte mich sehr für meine Feigheit, wann immer ich Elsbeth in den folgenden Wochen begegnete. Sie wäre mit ihren verschwollenen Augen gar nicht in der Lage gewesen, die Person, die nach ihr aufs Klo gegangen war, wiederzuerkennen, sagte sie mir später, als wir schon die ersten Küsse getauscht hatten. Außerdem kann ich mir keine Gesichter merken, weißt du. Ich dachte, es sei ein Kind gewesen, das es da so eilig hatte ... Aber selbst wenn du ein Riese gewesen wärest, hätte ich nicht erwartet, dass du Karl die Fresse polierst.

Wie schön, dass Sie wieder da sind, Doktor Zucker! Das muss ich Ihnen sagen, nachdem ich wieder auf Ihrer Couch liege! Tatsächlich spiele ich mit dem Gedanken, mein Schweigen zu brechen. Ja, Sie haben recht gehört, ich rede, Herr Doktor!, würde ich sagen, wenn ich denn redete. Obwohl ich mich seit Konstanzes Abreise fast manisch damit beschäftige, mithilfe diverser Suchmaschinen mein Leben zu rekonstruieren, und vorübergehend sogar zu der Ansicht gelangt bin, dass die aus der Vergangenheit angeschwemmten Fragmente meiner Biografie keine Bruchstücke bleiben müssen, ich mir auf diese Weise diese vermaledeite Redekur ersparen könnte also. Dieses fruchtlose Liegen! Aber die Einsamkeit, die aus dem Laptop strömt! Sie hat mich dazu gebracht, das Alleinsein in Ihrer gesichtslosen Gegenwart in einem neuen Licht zu sehen. Plötzlich kann ich mir vorstellen, aus meinen Gedanken Sätze zu formen, sie von der Kette zu lassen sozusagen, ins Freie, aus meiner trockenen Kehle in diesen tristen Raum hinein, wo ich mich seit Monaten über zwei scheußlich fleischfarbene Matisse-Plakate ärgere.

Vielleicht würde ich dann hören, wie Sie die Luft durch die Zähne ziehen oder leise stöhnen während meiner durch die Zeitläufte kurvenden Erzählungen. Und vermutlich damit rechnen müssen, dass Sie mich fragen, warum ich dauernd von einer Epoche in die andere springe. Ins Moskau der Schauprozesse. In die Nicolai'sche Buchhandlung in der Berliner Brüderstraße zur Zeit der Freiheitskriege. Nach Wien. Nach Bangkok. Zurück in die Gegenwart. Ich habe keine Ahnung, ehrlich gesagt. Aber ist ein Psychoanalytiker nicht zur Geduld verdammt? Und Reden nicht viel weniger langweilig als Schweigen? Ich jedenfalls kann mich vor- und zurückerinnern, und das macht mich doch für Sie zu einem interessanten Fall.

Näheres über diesen Solschenizyn herauszufinden ist wahrscheinlich ein Kinderspiel, genauso mühelos, wie es möglich war, mich innerhalb weniger Tage über Franz

Xaver Messerschmidt und seinen windigen Galeristen Strunz, genannt Ritter von Skronsky, zu informieren, nachdem mich die Polizei aus der Beschaulichkeit von Konstanzes Wohnung vertrieben und das Erinnerungsmühlrad in meinem Kopf wieder in Gang gesetzt hat. Irgendwann werde ich Ihnen davon berichten, Herr Doktor, oder Ihnen ein paar Seiten Geschriebenes in die Hand drücken, falls ich früher als gedacht in die Schweiz aufbrechen muss. Schließlich glaube ich herausgefunden zu haben, wie und warum einer von Franz Xaver Messerschmidts Charakterköpfen auf dem Schreibtisch des Buchhändlers Friedrich Nicolai landete. Und was es sonst noch auf sich hatte mit Stangerl, meinem Lehrmeister, und seinem Freund Strunz, der ausgerechnet mit den Kunstwerken eines Verrückten Geschäfte machen wollte. Ich kann allerdings nicht behaupten, dass ich in Italien, wohin mich mein Gentleman nach unserem zufälligen Zusammentreffen im Berliner Lustgarten mitgenommen hatte, noch lange darüber grübelte.

Als ich nämlich meine Nützlichkeit als französischer Mund von Jérôme de Savigny eingebüßt hatte, weil er am Hof der Fürstin von Piombino genügend Leute fand, mit denen er Italienisch und manchmal sogar in seiner eigenen Sprache parlieren konnte, verbannte ich nicht nur die Zeit der folgenden Demütigungen aus meinem Gedächtnis, sondern auch die letzten traurigen Monate in Berlin, wo ich ohne Adelbert auskommen musste und keinen seiner Freunde je wiedersah, nicht einmal zufällig im Bordell. Immerhin hatte Savigny in einer schwachen Minute ausgeplaudert – da glaubte er noch, auf meine Übersetzungskünste angewiesen zu sein –, dass die Fürstin Napoleons älteste Schwester Elisa war und er ihr Vertrauen nicht zuletzt deshalb gewinnen sollte, um ihrem Bruder Bericht darüber zu erstatten, welche Blütenträume die von ihm inthronisierte Herzogin der Toskana mit seinem Geld verwirklichen wollte. Auch politisch sei sie wohl nicht mehr besonders zuverlässig, meinte mein Gentleman und streckte seinen Kopf aus dem Kutschfenster in die milde Herbstluft hinaus, wo ihn aus der Ferne die Geschlechtertürme von Lucca grüßten, wie er seine Aussicht kokett kommentierte. Die Abendsonne ließ die Narbe auf seiner Stirn leuchten – wie genau er sie sich eingehandelt hatte, sollte ich nie herausfinden –, seine Züge waren heiter und entspannt, die Freude auf seine kommenden Aufgaben deutlich spürbar.

Es heißt, sie hat sich in das ihr zugeschanzte Herzogtum verliebt, gibt Unsummen von Geld für sogenannte Reformen aus und steht Frankreich nicht mehr ganz so loyal gegenüber!, rief er – mir für ein paar Sekunden ins Gesicht blickend. Was man verstehen kann. *This is a beautiful scenery, isn't it? A charming area, indeed.* Allerdings musst du mir vor dem Aussteigen noch die Haare kämmen, mein Freund, so kann ich mich in der Öffentlichkeit nicht zeigen. Und mich vielleicht auch noch ein bisschen maniküren.

Ihr Necessaire ist aber auf dem Dach unseres Gefährts, verehrter Sir, entgegnete ich sogleich, weil ich mir im Verlauf unserer langen Reise durchaus das eine oder andere Widerwort erlauben konnte. Kein Kamm befindet sich in unserer Nähe, weder Schere noch Rasierpinsel, geschweige denn ein Polierstab für Ihre hochwohlgeborenen Fingernägel. *I am so sorry!* Da habe ich beim Packen wohl nicht aufgepasst und dem Kutscher das falsche Gepäckstück in die Höhe gereicht.

Kein Zweifel, in gewisser Beziehung war er ein Kind, mein Gentleman. Wir waren schon fast in Lucca angekommen, als er immer noch die in der Nähe des Ponte Vecchio in Florenz erstandene Taschensonnenuhr aus dem Fenster hielt, um mit Hilfe des eingebauten Kompasses und eines Lots die Uhrzeit zu ermitteln; ein Ding der Unmöglichkeit in meinen Augen, da wir uns doch ständig fortbewegten. Er hatte mir den astronomischen Zusammenhang erklärt, erinnere ich mich, aber er war zu kompliziert für mich – für ihn selbst vermutlich nicht weniger. Auf jeden Fall war mir meine eigene mechanische Uhr lieber – sofern sie ging.

Am Ende heuerte ich im neu erbauten Palazzo von Napoleons Schwester als Küchenjunge an und schälte Kartoffeln, Äpfel und Spargel, je nach Saison, obgleich mich Savigny in das europaweit berühmte fürstliche Pagencorps stecken wollte, wo ich zwar eine wunderschöne Uniform hätte tragen können, wohl aber zu erotischen und vielleicht sogar militärischen Diensten verpflichtet gewesen wäre. Tröstlich war, dass ich irgendwann Speise- und Tischkarten gestalten durfte, nachdem mich Fürstin Elisas Zeremonienmeister zufällig in den Speiseplänen des Kochs herumkritzeln gesehen hatte, und mehrere Male sogar Visitenkärtchen und Programmzettel für Niccolò Paganini, der in der Zeit, da ich in Italien weilte, Operndirektor und Kammervirtuose der ihrem Bruder angeblich in jeder Hinsicht ähnlichen Herrscherin war – was immer die Tätigkeit eines Kammervirtuosen bedeutete. Gehört habe ich ihn nie, und gesehen auch nicht, aber seinen Namen gepinselt, in roter und in grüner und in blauer Tinte und mit vielen Schleifen und Girlanden versehen, die sich jeweils aus den drei i-Punkten in seinem

Vor- und Nachnamen entwickelten. Mein Gentleman befand sich zur Zeit meiner grafischen Erfolge längst nicht mehr in Lucca. Natürlich war er ohne Abschied gegangen. So einer wie er muss einem wie mir nicht Adieu sagen, auch wenn er mir während unserer Reise noch vorgegaukelt hatte, mit mir bis nach Neapel zu fahren. Dass er ein Spion war, wenn nicht gar ein Doppelspion, wurde mir in Lucca jedenfalls endgültig klar. Noch habe ich ihn nicht gegoogelt, den feinen Herrn, der meine Gedanken so sehr beschäftigte, dass es mich gefreut hätte, mit ihm – aus sicherer Entfernung – den Lava speienden Vesuv zu betrachten. Aber ich werde es demnächst tun, verehrter Herr Doktor. Mit dem Berliner Savignyplatz wird sein Name nicht in Zusammenhang stehen. Ganz abgesehen davon, dass er in Wirklichkeit bestimmt ganz anders hieß …

Konstanzes Abwesenheit demotiviert mich, daran besteht kein Zweifel. Sobald sie die Fäden aus der Hand legt, droht ihre Marionette, als die ich mich manchmal bezeichne, wenn ich wütend auf sie bin, ihren Antrieb zu verlieren. Dann versinke ich im Sumpf meiner Lethargie, liege tagelang im Bett, schlafe, schlafe, verschlafe meinen Verstand. Die Polizei jedoch – als abstrakte Größe, gar nicht einmal die drei Beamten, die vor meiner Türe standen – diszipliniert mich. Zwar lässt sie mich nicht strammstehen, nicht einmal innerlich, aber sie hält mich am Laufen, schärft mein Gehör und meinen Blick. Ich bin angespannt, meine Nerven beben, in meinem Kopf befindet sich ein Seismograf, der diffuse Schwingungen aufnimmt und leider ebenso diffus verarbeitet. Meine Füße zucken, ich kann nicht stillsitzen, von Zeit zu Zeit überläuft ein unerträgliches Jucken meinen Körper. Ich befinde mich in einem ähnlich unruhigen Zustand wie damals in Moskau, als man Elsbeth abgeholt hatte und ich durch die langen Korridore im Hotel Lux lief – manchmal mit den Ratten, die mir um die Beine strichen, manchmal in die Gegenrichtung. Wer weiß, wie lange ich die Treppenhäuser hinauf- und hinunterrannte oder mich in Besenkammern und Heizungskellern aufhielt, bis ich mich schließlich – ein paar Straßen weg vom Hotel – in das Labyrinth einer riesigen Baustelle retten konnte.

Dort reihte ich mich in eine Schlange ein, ohne zu wissen, worauf ich wartete, wie so häufig in der boomenden, von Baustellen übersäten Hauptstadt der Sowjetunion, atemlos aber dieses Mal und wie von Sinnen, bevor ich mit ein paar Arbeitern, die wohl gerade ihre Schicht begannen und noch ganz saubere Gesichter hatten, in einen Korb gepfercht und in die Tiefe hinabgelassen wurde. Die Fahrt schien kein Ende zu nehmen, es war ein Höllentrip, ein böser Traum. Keiner sprach, alle schauten aneinander vorbei. Erst unten, wo der Lärm der Maschinen kaum auszuhalten war, realisierte ich, wo ich mich befand: im Bauch von Moskau, irgendwo unter der Erde, in der Nähe des Kiewer Bahnhofs, wie ich später feststellte, als ich wieder ans Tageslicht gelangte, wo man eines der Prestigeprojekte des größenwahnsinnigen Politbüros vorantrieb, das mit dem lapidaren Wort *Metro* nur unzureichend beschrieben gewesen wäre.

Mit einigen sehr drahtig aussehenden jungen Tartaren abgestellt, einer ganzen Phalanx grün schimmernder Marmorsäulen den letzten Glanz zu verleihen, gab man mir eine Polierscheibe in die Hand und eine Schutzbrille, die mir prompt über die Nase rutschte. Natürlich hätte es nahe gelegen, mich am nächsten Tag gleich wieder in die Warteschlange zu stellen, es gab offensichtlich viele illegale Arbeiter auf Moskaus Baustellen, um deren Papiere man sich – in Anbetracht der Eile, mit der man die unterirdischen Prachtbahnhöfe fertigstellen wollte – nicht kümmerte. Ich entschloss mich aber gleich nach der ersten Schicht, einfach unten zu bleiben in dieser merkwürdig hohl tönenden, feuchtkalten Dunkelheit, in den Kisten zu übernachten, wo man das Werkzeug verstaute, oder unter die grauen Kautschuk-Planen zu schlüpfen, die man über die fertigen Kunstwerke zu legen pflegte, neben jene Marmor- und Bronzeskulpturen, die das ästhetische Empfinden der Volksgenossen künftig auch im Alltag schulen sollten, auf dem Weg zur Arbeit, auf dem Weg nach Hause, wenn sie die Züge wechseln mussten. Nicht selten erwachte ich neben dem kalten Metall-Körper eines Sowjet-Soldaten – einmal ertappte ich mich dabei, dass ich mich im Schlaf an seiner Kalaschnikow festhielt – oder neben dem Relief einer überlebensgroßen Landarbeiterin aus Sandstein, die ein Ährenbündel über ihrem Kopf schwenkte.

Fragen Sie mich nicht, Doktor Zucker, wie genau die Metro-Station heißt, an deren Entstehung ich kurzzeitig mitwirkte, ich habe sie nicht wiedererkannt unter den vielen prachtvollen Hallen in dem Bildband, den sich Konstanze kaufte, als sie vor zwei Jahren mit ihren Senioren nach Moskau flog. Noch viel weniger kann ich erklären, wie es mir gelang, eines Tages für weniger als eine Stunde in die Kommunalka zurückzukehren und meine Uhr aus Löwys Verschlag zu retten, in dem ich nach seiner Verhaftung mit einem anderen Genossen hauste, dieses Geschenk meines Vaters, das ich weder Stalins Schergen noch den nie definitiv identifizierbaren Spitzeln in der ehemals fürstlichen Sechzehn-Zimmer-Wohnung überlassen wollte. Die unter meiner Matratze versteckte, von Löwy einst heimlich an der Kunsthochschule hektografierte und handlich zurechtgeschnittene Anthologie mit romantischer Lyrik steckte ich gleichfalls ein. Diese Sammlung seiner Lieblingsgedichte ist inzwischen irgendwo auf der Strecke geblieben, auch zwei von Adelbert fand ich auf den verwischten, handschriftlich und wohl nach dem Gedächtnis beschriebenen Seiten, wunderliche, mir unbekannte Gebilde, die *Der Klapperstorch* und *Die kleine Lise am Brunnen* hießen.

Was ist Romantik?, hatte ich meinen Freund gefragt, ohne zu wissen, dass ich die Zeit, deren Gedichte er präferierte, aus eigener Anschauung kannte. Worauf er tatsächlich versuchte, mir jenes spezielle Lebensgefühl zu erklären, das hinter dem Schauer und der Angst immer auch um jeden Preis den Funken zum Entzünden von Gedankenlust und Schöpferkraft entdecken wolle. E. T. A. Hoffmann zum Beispiel, der schreibe wundervolle Gruselgeschichten, aber es seien halt nicht nur Gruselgeschichten. Man müsse sich nur anschauen, was heute geschehe, fuhr er fort – wie stets, wenn er einen seiner toxischen Vorträge hielt, sich seinen Buckel an der nächstgelegenen Wand wundscheuernd –, hier in diesem Land und bald überall in Europa oder auf der ganzen Welt, wenn die Leute von der Kommunistischen Internationalen Recht behielten. Kunst bemisst sich nur noch an der Wirklichkeitsnähe des Beschriebenen ... auf Schönheit kommt es nicht an, und genauso wenig auf die Geheimnisse, die sich hinter den Dingen verbergen ... Schriftsteller werden Seeleningenieure genannt, sagte er, und man schickt sie zu den Arbeitern in die Fabriken oder auf den Bau. Damit sie *denen* das Schreiben beibringen und *diese* dann selbst ihr Tun beschreiben können – bis in die Schächte der Metro hinunter sogar, wo man die kommenden Kathedralen der Sowjetunion baut, nachdem man die Kirchen darüber abgerissen hat. Kein Wunder, dass man keine Glocken mehr hört. Die werden nach und nach eingeschmolzen und beim Metrobau verwertet. Das Heilige muss dem Nützlichen weichen, weil das Nützliche heilig ist, sagte Löwy, verstehst du, was ich meine?

Ach Löwy, dachte ich damals, der ich mir allzu Defätistisches nicht gerne anhörte, und denke es heute, Herr Doktor, hier auf Ihrer Couch. Kein Seeleningenieur hat sich mir je genähert während meiner Zeit unter der Erde oder einen jener netten Tartaren angesprochen, die mich manchmal an der sauren Milch lecken ließen, die sie zur Schicht mitbrachten. Lieber, guter Löwy! In Deutschland wärest du im KZ gelandet und – allenfalls ein bisschen später – gleichfalls ermordet worden. Auf den Zeitpunkt kommt es nicht an. Traurig ist nur, dass du dich nicht retten konntest und unser Trauzeuge wurdest. Wo Elsbeths Scheidung von ihrem Tyrannen doch bloß noch eine Terminfrage war. Und wir uns wahrhaftig einbildeten, die bösen Zeiten in diesem Horrorstaat, der einmal unser Ideal gewesen war, als Ehepaar besser zu überstehen.

Sie haben nach dir gefragt, Leonid, sagte der kleine Junge, der an der Eingangstür an einem Tischchen sitzend das Telefon bewachte. Mehrmals schon.

Als ich – so harmlos wie möglich – durch den langen Korridor auf ihn zuschlenderte, hörten sich meine abgetretenen Schuhe auf dem Parkettboden der nachmittäglich leeren Wohnung wie Stiefel an. Er schaute gar nicht hoch, sondern studierte die Liste, auf der er die Anrufe für seine abwesenden Mitbewohner notiert hatte. Sein hellbraunes Haar war so kurz geschoren, dass seine verschorfte Kopfhaut durchschimmerte, seine abstehenden Ohren sahen von oben aus wie Fledermausflügel. Er sei kaum drei Jahre alt gewesen, als er lesen und schreiben konnte, so ging die Rede über ihn. Nun – längst der kleine Professor genannt – sitze er bereits an Gedichten und sogar an einem Roman, in dessen Mittelpunkt ein Komsomolze stehe, der in einer Moskauer Kommunalka ein Verbrechen aufdecke. Natürlich kämen wir alle darin vor, wenn auch unter falschen Namen. Vor ein paar Wochen hatte ich erlebt, wie man seine Eltern abgeholt hatte, überfallartig, in der Nacht. Da saßen wir in der Küche und sangen zusammen mit einigen anderen Bewohnern deutsche und russische Arbeiterlieder, leise, damit wir niemanden störten, das Radio hatten wir ausgedreht, vermutlich ging die Nacht schon in den Morgen über.

Ihr Söhnchen jedoch wohnte immer noch hier, sein triefäugiges, schwer erkältetes Schwesterchen stand neben ihm, dem er mit seinem schmutzigen Taschentuch immer, wenn es nötig war, den Rotz abwischte. Wie Hänschen und Fränzchen sahen die beiden aus in ihrer stillen Jämmerlichkeit, aus der Werkstatt meines Lehrmeisters Stangerl wiedergekehrt als kleine Gespenster. Sie hießen Ninel und Elektrifikazija, da ihre Erzeuger zumindest zum Zeitpunkt der Geburt ihrer Kinder noch eisern an den Sieg des Proletariats geglaubt hatten. Stell dir vor, Elektra und ich warten immer noch auf die Tante, die uns ins Kinderheim bringen soll, meinte Ninel, dessen Vornamen nicht nur Parteigenossen auch von hinten lesen konnten. Dabei freuen wir uns schon so darauf! Elektra findet dort Spielkameraden, und ich muss nicht mehr auf sie aufpassen. Weil Väterchen Stalin ein Auge auf uns alle hat. Du hast nicht zufällig ein Stück Brot bei dir oder einen Apfel? Warum riechst du so nach Teer und Öl? Und warum hast du grünen Staub im Gesicht?

Natürlich weiß ich, dass mir hier, im wiedervereinigten Berlin, keiner einen Genickschuss gäbe, mein Leben bedrohte, mich folterte, mir nichts geschähe also. Staatlicherseits wenigstens. Zweifellos aber müsste ich auf dem Polizeirevier meine Identität nachweisen. Sagen, wer ich bin. Erklären, woher ich komme, damit man mich gegebenenfalls zurückschicken kann – wohin auch immer. Wobei es da mehrere Möglichkeiten gäbe. Oder keine. Oder zwei. Nach Epochen oder Ländern. Was kann mir passieren? Das frage ich Sie, Herr Doktor. Wohin wird man heutzutage verfrachtet ohne Papiere? In einen zeitlosen, geschichtslosen Raum, wo lauter zeitlose, geschichtslose Menschen sitzen? In einen Wartesaal? Und nennt man das dann Abschiebehaft?

Warum will und muss man überhaupt wissen, wer ich bin? Und inwiefern weiß ich es denn selbst genau? Geboren 1780 oder 1782. Nie gestorben. Viele kleine Tode höchstens, nicht aber den einen großen. Kaum ernsthaft in Lebensgefahr gewesen. Krieg, Terror, Revolution, von allem etwas, Fahrten übers große Meer, Sturmfluten, Seekrankheit, aber keine Pest und Cholera. Nicht einmal die Spanische Grippe. Oder die Franzosenkrankheit. Die Rätselhaftigkeit meiner Existenz, deren peinliche Unerklärlichkeit macht mich zwar mehrere Male am Tag so schwindelig, dass ich mich am liebsten fallen ließe, wo immer ich mich gerade befinde, selbst beim Überqueren von Straßen oder Brücken. Auch nachts in meinem Lehnsessel schrecke ich oft vor dem Einschlafen noch einmal hoch, weil ich mich einvernommen fühle, Fritjof Meyer vor mir stehen sehe vielmehr, den Existenzialisten im schwarzen Rollkragenpullover, mit Bleistift und dem dazugehörigen Block. Viel Glück, viel Unglück, im Ganzen aber doch mehr Glück, gebe ich ihm dann zu Protokoll, mühsam meine Gedanken zusammenraffend, ohne dass er mir eine einzige Frage gestellt hätte. So war mein Leben, okay? Soviel ich weiß, habe ich keinen umgebracht. Damit kann man sich doch zufriedengeben, oder?

Anders als bei Ihnen jedoch, Doktor Zucker, der Sie meinem Schweigen schweigend lauschen, abgesehen davon, dass ich mich allmählich wohl, ja fast sicher bei Ihnen fühle, stelle ich es mir grässlich vor, auf einer Polizeidienststelle *nichts* zu sagen. Selbst wenn die Verhöre in einer Demokratie mit denen in der Lubjanka nicht zu vergleichen sind, wird man mich unweigerlich befragen. Wie würden meine Antworten lauten auf die Fragen, die man mir stellt, nachdem ich zugegeben habe, keine Papiere zu besitzen? Ja, eigentlich nie welche besaß? Jetzt, nachdem in Deutschland die sogenannte Flüchtlingskrise herrscht und Polizisten sich kein X für ein U mehr vormachen lassen wollen?

Wie haben Sie es fertiggebracht, so lange ohne Ausweis zu leben? Gingen Sie niemals einer Arbeit nach? Nie in Urlaub? Wollten Sie niemals Westberlin verlassen oder – umgekehrt – in die DDR einreisen? Haben Sie nie die vorgeschriebene Geschwindigkeit übertreten? Niemals eine rote Ampel überfahren?

Nein, würde ich antworten. Ich besitze doch gar keinen Führerschein. Ich war in den letzten vierzig Jahren nur hier, vorzugsweise in den westeuropäischen und dann, nach der Osterweiterung, auch in Polen und den baltischen Staaten. Mir hat das gereicht. Ich musste nicht auf die Antillen. Und fragen Sie mich bitte nicht nach meinem Alter, ich sehe auf jeden Fall jünger aus.

Nein, nein und noch einmal nein. Ich kann mich einer solchen Inquisition nicht ausliefern, mir schlottern die Knie, wenn ich nur daran denke. So setze ich meine ständige Bewegung gegen meine mögliche Arrestierung, hinter mich blickend den ganzen Tag aus Angst vor Verfolgung. Gehe frühmorgens aus dem Haus, kaufe mir bei Starbucks im Hauptbahnhof einen Milchkaffee und ein Croissant, setze mich im Untergeschoß auf eine Bank und lasse die Züge kommen und gehen. Gelegentlich steige ich sogar in einen ICE und im letzten Augenblick wieder aus oder fahre mit bis nach Spandau und mit der S-Bahn wieder zurück, um mich pünktlich zur Öffnungszeit vor dem Kulturkaufhaus Dussmann einzustellen, unter sorgfältiger Umgehung der zu diesem Zeitpunkt noch unter den Brücken schlafenden Obdachlosen allerdings, neben denen ich gelegentlich ein paar größere Scheine fallenlasse, um mein schlechtes Gewissen zu betäuben. Auch durch den einen oder anderen Lesesaal streune ich, sofern man mich ohne Ausweis einlässt. Wenn nicht, vertrödele ich ganze Vormittage in den Foyers diverser Universitätsinstitute, sehe den Studierenden zu, die sich – aus der Nähe betrachtet – ihres Lebens weniger freuen, als ich angenommen habe. Wie sie ihre Rucksäcke in den Schließfächern verstauen, in ihre Smartphones starren, einander mit Handschlag oder Küsschen begrüßen und sich auf eine Art und Weise in den Hüften wiegen, die sie von den jungen Leuten, die ich aus diversen Jahrhunderten kenne, nicht allzu sehr unterscheidet. Mit einigen von ihnen komme ich sogar ins Gespräch, ja ich zwinge mich dazu, weil mir meine Gesichtsmuskulatur sonst einfriert vom Schweigen. Ich reaktiviere mein marginales Russisch und mein eingerostetes Französisch, vereinbare hin und wieder ein Date für die Spätvorstellung im *Babylon*, ohne die Absicht, es einzuhalten. Keine Ahnung, was sie von mir halten, ob sie mich als Spätberufenen einschätzen oder als Langzeitstudenten. Ja, und einmal verabredete ich mich mit einer jungen Frau, die mich in ihrer blonden Unscheinbarkeit so heftig an Elsbeth erinnerte, dass ich tatsächlich aufkreuzte, sie aber dann nur aus der Ferne beobachtete: wie sie um Karten für die Filmreihe *Hundert Jahre Oktoberrevolution* anstand, einsam inmitten diskutierender Kommilitonen, die ich vom Sehen kannte, und suchend um sich blickend. Mit einem Elsbeth ähnlichen Wesen Eisensteins *Panzerkreuzer Potemkin* anzuschauen, wäre jedoch eindeutig zu viel der Symbolik gewesen. Vielleicht hieß sie sogar so, alles war möglich. Ich wandte mich ab, ließ mich zu einem amerikanischen Liebesfilm im Sony-Center hinreißen und musste wegen der riesigen Menge von Popcorn, die ich dort in mich hineingestopft hatte, nicht mehr beim Späti vorbeischauen, bevor ich zu Konstanzes Wohnung hochstieg.

Um die Mittagszeit fahre ich gern mit dem Bus durch die Stadt. Oder sitze im Tiergarten auf einer Bank, in der Nähe eines Denkmals mit Nicolais Intimfeind, dem ich nicht begegnet bin, obgleich es vermutlich möglich gewesen wäre. Am Nachmittag bin ich auf der Museumsinsel unterwegs, sehe dem neuen alten Berliner Schloss bei seiner Entstehung zu, schlendere durch die Alte Nationalgalerie und bleibe immer wieder bei Menzel hängen. Die *Ansprache Friedrichs des Großen an seine Generale vor der Schlacht von Leuthen* fesselt mich besonders. Dieses riesige Bild! Wo doch der Maler so klein war! Ein Zwerg fast, viel kleiner als ich. Friedrich, der Feldherr, ist ein großer weißer Fleck geblieben, ihn hat Menzel nicht vollendet, nur sein Schemen dräut auf dem Bild, als wollte der Preußenkönig gleich erscheinen und schaffte es nicht. Seinen ihn umringenden, ihn vermutlich um mehrere Köpfe überragenden Militärs steht die Skepsis ins Gesicht geschrieben, der Unwillen vielmehr. Es sei eine schwierige *Bataille* gewesen, erfahre ich später beim Googeln im Museumscafé. Friedrich habe sich eine neue, sogenannte schiefe Schlachtordnung ausgedacht und damit viel riskiert, dann aber glorreich gewonnen. 1757 war das, im Siebenjährigen Krieg, gegen das österreichische Heer unter Karl Alexander von Lothringen, vor meiner Geburt. Auch Menzel hat diese Zeit ja nicht selbst erlebt und das Bild erst hundert Jahre später begonnen. Bis kurz vor seinem Tod – 1905, in einem wiederum neuen Jahrhundert – soll er daran herumgedoktert haben, ohne dem preußischen Fritz endgültig Gestalt zu verleihen. Wollte er nicht, konnte er nicht, fürchtete er sich davor? Manchmal stehe ich vor dem Bild, bis mir die Knie weich werden. Und warte, dass Friedrich sich mir zeigt, der ja auch so klein war, sozusagen der Gegenentwurf der Langen Kerls seines Vaters, der seinen Wurm von Sohn vielleicht deshalb so hasste. Dass er das Farbgewölk sprengt, hinter dem er sich verbirgt, die Sporen seiner Stiefel sehen lässt. Oder seine Nasenspitze. Ja, das wünsche ich mir, Herr Doktor. Leute Ihrer Profession können das bestimmt gut verstehen, da Sie doch gleichfalls das Verborgene zutage fördern wollen. Wobei ja auch Friedrich sich selbst befreien müsste – wie Ihre Patienten, frei nach der Theorie Ihres Wiener Lehrmeisters.

An Nofretete in ihrem Glaskasten im Neuen Museum habe ich mich irgendwann sattgesehen, so vollkommen, so jung, so alterslos, wie sie aussieht. (Dafür würde mich Konstanze verachten, sie kommt keine vier Wochen ohne die Schönste aller Schönen aus!) Wohingegen ich vom nicht ganz so perfekten Liebreiz der Holz-Madonnen im Bode-Museum nicht lassen kann, die mir fast reflexhaft Elsbeths so tapfer lächelnde Verlorenheit ins Gedächtnis zurückrufen. Am späten Nachmittag in der Gemäldegalerie angekommen stehe ich lange vor den Alten Meistern, studiere die peniblen Porträts von Dürer, Holbein oder Rogier van der Weyden, den gleichsam vor meinen Augen wachsenden Bart eines dickbackigen Mönchs, gemalt vom Meister von Flémalle. Die kleine, zarte Blasse von Petrus Christus, mit der ausrasierten Stirn und den stillen, dunklen Augen. Dann gehe ich zur erotischen Magie von Caravaggios bräunlich gefiedertem Amor. Erst beim dritten oder vierten Mal des längeren Betrachtens ist mir aufgefallen, dass sein rechtes, mir zugewandtes, am Knie abgewinkeltes Bein wie amputiert aussieht. Dafür fehlt Botticellis Venus ein halber Ringfinger an der Hand, mit der sie sich die Ausläufer ihrer langen roten Haare vor die Scham hält. Und seiner von singenden Engeln umgebenen Madonna mit Kind hat der Maler gleich *zwei* Finger verstümmelt, wie abgeschnitten sehen sie aus. Jaaa, die Größten der Großen. War es Absicht oder die fehlende Bereitschaft zur Korrektur? Gewollte Unvollkommenheit kommt beiläufiger daher, denke ich draußen auf dem schräg zulaufenden Platz vor dem Kulturforum, wo die nur bei Schnee und Eis für ein paar Tage verschwindenden jungen Breakdancer sich freiwillig die Beine brechen. Vielleicht hätten die exquisiten Schnupfennasen der hübschen Jünglinge rund um Maria besser zum Spiel mit dem Makel gepasst, so wie die Tatsache, dass weder die Gottesmutter noch die Venus von Erkältung verschont geblieben sind, ja überhaupt keine einzige seiner Figuren, wie meine weitgereiste Konstanze behauptet.

Simonetta hieß die Frau, die Botticelli immer wieder malte. Während Savonarolas Terror- und Tugendregime in Florenz – so sagt mir die Suchmaschine – hat er am Ende seines Lebens nur noch Megären und Hexen gemalt und beim *Fegefeuer der Eitelkeiten* einige seiner schönsten Gemälde freiwillig den Flammen übergeben. Das war vor meiner Zeit – einerseits. Andererseits habe ich an Stalins Schnurrbart weitergepinselt, als man den direkt neben mir arbeitenden Löwy von der Leiter herunterholte. Was mache ich bloß aus meiner Verworfenheit, Herr Doktor? Aus meinen vergangenen und gegenwärtigen und zukünftigen Sünden? Hätten Sie denn einen Ratschlag für mich, wenn ich den Mund auftäte?

Wie sonst vertreibe ich meine Zeit während Konstanzes Abwesenheit? Einmal habe ich mir ein Fahrrad ausgeliehen und bin den sogenannten Mauerweg entlanggefahren, was mich – der ich erst spät das Radfahren erlernte – unverhältnismäßig anstrengte. Habe mich an der East Side Gallery unter die Touristen gemischt. Besonders gern erinnere ich mich an den netten grauhaarigen Herrn, dem ich immer wieder – an derselben Stelle sitzend – am

Rande des Stelen-Feldes begegne, das ich auf dem Weg zurück nach Mitte, in eine der Bars rund um den Gendarmenmarkt, kreuzen muss. Er gönne sich dort eine Pfeife, aber erst nachdem er fotografiert habe, wie er mir treuherzig versicherte, stundenlang manchmal, die Bäume, den Abendhimmel, die Männer, Frauen und Kinder, die Peter Eisenmans Mahnmal auf jeweils andere, manchmal auch empörende Weise, wie Konstanze findet, in Besitz nehmen. Jedes Mal will er auch mich ablichten, was ich ihm aber verwehre. Ich steh auf Kriegsfuß mit Fotos, sage ich ihm, ich kann mein Gesicht nicht leiden, wissen Sie! Worauf er nach einer Weile, als hätte er mich schon vergessen, mit seiner Pfeife Richtung Reichstag weist. Da hinten sammeln sich bereits die Stare! Bald geht es gen Süden. Die Wolke warte ich noch ab. Dann geh ich nach Hause.

Die Unruhe verlässt mich nie, verehrter Herr Doktor, dieses Herzklopfen. Was glauben Sie, wie viel Kraft es mich kostet, nicht dauernd mit den Fingerknöcheln zu knacken. Die Wohnung ist noch immer mit den Siegeln des Berliner Polizeipräsidenten versehen. Einmal habe ich in meiner Verzweiflung sogar den Fahrstuhl benutzt, um die über Kreuz genagelten Bretter nicht mehr sehen zu müssen. Die Lösung des Falls scheint nicht voranzukommen. Auch die auffällig unauffällig aussehenden, vor dem Hauseingang herumlungernden Männer in bunten Fleecejacken und ausgeleierten Jeans werden nicht abgezogen. Ständig wähne ich sie als Verfolger hinter mir, immer wieder setzt sich ein neuer verdächtiger Mensch auf meine Spuren, die Burschen scheinen sich abzuwechseln.

Erst in den Museen werde ich ruhiger; in die Gemäldegalerie kommen die wenigsten Leute, also ist sie mein

Favorit. Ausgerechnet dort allerdings blieb mir eines Tages fast das Herz stehen: Hinter einer der Säulen in der großzügigen Eingangshalle trat plötzlich ein schwarzgekleideter Mann hervor, der wie Fritjof Meyer aussah. Ich weiß bis heute nicht, ob er es wirklich war; ich hatte ihn inzwischen ja an so vielen Orten in der Stadt entdeckt oder zu sehen geglaubt, ohne dass er mich ergriffen und aufs Revier geschleppt hätte. Auch Existenzialisten gehen ins Museum, versuchte ich mich in Ironie zu üben, sie vielleicht vor allem. Anders jedoch als am wuseligen Potsdamer Platz oder auf der vom U-Bahn-Bau verstellten Straße Unter den Linden war sonst keiner da, nur er und ich und der hässliche, langgestreckte, von innen bläulich erleuchtete Brunnen, der nicht einmal plätscherte. Vorne, am Eingang, an der gläsernen Tür zum Rondell, wo die Stifter des Hauses verewigt sind, standen ein paar Museumsangestellte im Gespräch, unter ihnen ein großer, massiger Mann, der oft zu faul ist, die Museumspässe zu scannen, die die Leute ihm hinhalten. Auf dessen Bauch könnte Meyer auflaufen, wenn ich es richtig anstellte.

Den Gedanken, in einen der von der Halle abzweigenden Räume zu laufen und Meyer hakenschlagend abzuhängen, verwarf ich. Garantiert würden wir irgendwo aufeinandertreffen, es wäre nur eine Frage der Zeit, selbst wenn ich auf Anhieb die Stelle fände, wo es ins Untergeschoß geht, wo die *Zweite Wahl* hängt, wie Konstanze diejenigen Bilder nennt, die aus dem *Umkreis* oder der *Werkstatt von* ... stammen. Große Entdeckungen kann man da unten nicht machen, kein einziges Bild hat sich mir eingeprägt – das wiedergefundene und mit viel Tamtam in den Zeitungen begrüßte Mozart-Porträt höchstens, vor dem ich hin und wieder verharre, weil ich mir eine gewisse Ähnlichkeit mit dem gepuderten kleinen Herrn einbilde, der einst vor Stangerls Notenstecherei auf und ab stolzierte. Freilich ist der Mensch auf dem Bild so alt, wie Mozart nie wurde. Er hat Besenreißer auf den Wangen, sieht wie ein Trinker aus und schielt aus seinen trübseligen Augen so schräg an seiner Nase vorbei, dass man sich auf den Boden legen müsste, um seinen Blick zu erhaschen.

Ich entschloss mich also zur schnellen Flucht, drehte mich auf dem Absatz um und stürzte hinaus, an den verdutzten Männern vorbei, rannte durch das lange Foyer in die entgegengesetzte Richtung, die flachen Stiegen hinunter, wo die Garderoben und Toiletten sind, und dann immer weiter den roten Pfeilen nach, die wohl nicht ohne Sinn auf dem Boden kleben, direkt ins Kunstgewerbemuseum hinein, in dem ich nie zuvor gewesen war. Womöglich stieß Fritjof Meyer wirklich mit dem dicken Mann zusammen und verlor mich so aus den Augen, ich jedenfalls konnte ihn nirgendwo mehr entdecken. Außer Atem blieb ich stehen, zeigte meinen Museumspass und ließ erst einige der lautlos ihre Runden drehenden Angestellten an mir vorüberziehen, bevor ich – mich zur Ruhe zwingend – die Treppe hochstieg, die mich direkt vor den Pommerschen Kunstschrank führte.

Jetzt, verehrter Doktor Zucker, müsste Händels *Feuerwerksmusik* erschallen, in meinem Kopf jedenfalls erklingt pompöse Musik. Denn der Pommersche Kunstschrank war es, der mir das ultimative Erlebnis meiner erzwungenen Bildungsausflüge bescherte. Weder Botticellis verschnupfte Engel, so bezaubernd ich sie finde, noch Rogier van der Weydens Kreuzigungsszenen oder dessen abwesend freundlich blickende junge Frau in der aufwändig gefalteten Haube konnten mich so in Begeisterung versetzen.

Wobei ich unterscheiden muss: Den Pommerschen Kunstschrank selbst erlebte ich vorerst nur – mir nichts Schlimmes dabei denkend – in einem heftig flimmernden Schwarz-Weiß-Tonfilm, den das Kunstgewerbemuseum für seine Besucher in Endlosschleife bereithält und an dessen bewegten Bildern ich nicht vorbeikam: Ein weißhaariger, unaufhörlich dozierender Herr nimmt unter scheppernden Cembaloklängen Schritt für Schritt eine gewaltige Truhe auseinander, einen ihn überragenden, mehrstöckigen, mit Silberreliefs verzierten Schrank. Er selbst lässt sich nur einmal blicken, seine Hände dagegen sieht man die ganze Zeit. Wie sie mit behäbiger Akribie die Spitze des Möbelstücks – eine kriegerisch aufgerüstete Pallas Athene aus reinem Silber – abnehmen und sodann einen hölzernen Aufsatz, worin sich eine handschriftliche Gebrauchsanweisung befindet, die der weiteren Erkundung des komplizierten Möbels dient. Und sich dann unermüdlich weiterbewegen, nachdem sie die bemalten Seitenflügel des Prunkgehäuses aufgeschlagen haben. Kleine und große Schubladen herausziehen, Fächer auf und zu klappen, Deckel hochheben, Leisten herausschieben, das eine oder andere Hebelchen niederdrücken, worauf sich – an einer ganz anderen Stelle – eine Tür oder eine Lade öffnet.

Es ist ein Theaterstück, dem ich da beiwohne, wie ich bald feststelle, eine Inszenierung, in deren Mittelpunkt ein Gesamtkunstwerk steht sowie Stimme und Hände des Mannes, der daraus eine Überraschung nach der anderen hervorzaubert. So stellt er aus dem Inhalt mehrerer großer Schubladen eine sogenannte Badstube zusammen, mit allen Utensilien, die ein vermögender Adliger damals – 1614, kurz vor Ausbruch des Dreißigjährigen Krieges, wie er erläutert – zur Alltagstoilette brauchte: eine Barbiergarnitur mit Pinseln, Rasiermesser, Kamm, Bürste, Zungenschaber, Brennschere und Spiegel, aber auch – für den Fall einer Unpässlichkeit – Klistierspritzen, Schröpfköpfe, Aderlassbinden sowie eine Auffangschale für das dabei fließende Blut. Die nächste Lade enthält eine Hausapotheke mit Schachteln, Döschen, Waagen und Gewichten, die gleich daneben eine Werkzeugkiste mit Feuerzeug, Bohrer, Messer und Vorhängeschlössern sowie eine zusammengeklappte Laterne. Man brauche Licht bei eventuell anfallenden Operationen oder Reparaturen, sagt der Mann und erlöst schließlich – mit ganz besonderer Zärtlichkeit und einem gewissen Tremolo in der Stimme – die mechanischen Geräte zur Vermessung des Himmels und der Erde aus dem Dunkel ihrer Behältnisse: Zirkel, Winkelmesser, einen Meilenzähler, eine Mond- und eine Sonnenuhr sowie ein Astrolabium und einen mathematischen Löffel, deren Wirkungsweise mir trotz seiner Erklärungen ein Rätsel bleiben.

Was noch? Viel mehr, als ich Ihnen beschreiben kann, Herr Doktor. Herzförmige Teller aus Zinn, die sich vor meinen Augen zu gefälligen Arrangements fügen. Tafelsilber in mit Samt ausgeschlagenen Etuis. In Leinentüchern ruhende schwere Weinpokale. Etliche mit orientalisch anmutenden Intarsien geschmückte Brettspiele sowie ein Skatspiel aus graviertem Silber mit Szenen aus der griechischen Mythologie. Ein Ring gegen den bösen Blick im schönen Kästchen. Zum Schluss, sich der Rückseite des Kunstschrankes zuwendend, schließt der Mann, seine rechte Hand vielmehr, ein Behältnis auf, in dem sich eine Orgel befindet. Bevor er sie zum Laufen bringt, ist der Film jedoch zu Ende.

Ganze achtzehn Minuten hat er gedauert, Herr Doktor, und ich habe währenddessen die Zahnschmerzen, die mich seit Tagen quälen, völlig vergessen. Erst nachdem ich mir alles zum dritten Mal angesehen habe, reiße ich mich aus meiner Verzückung und lese die neben dem Bildschirm angebrachte Information. Den Pommerschen Kunstschrank gibt es nicht mehr, erfahre ich dort. Das seit 1611 in Augsburg von zwanzig Kunsthandwerkern im Auftrag von Philipp Hainhofer für den Herzog von Pommern angefertigte *Weltwunder*, wie es gar nicht unbescheiden von dem durch Europa reisenden Kunst- und Kuriositätenhändler genannt wurde, ist im Zweiten Weltkrieg einem Bombenangriff zum Opfer gefallen, obgleich man es im unterirdischen Tresorraum der Berliner Alten Münze gerade davor schützen wollte. Nur weil man den Inhalt getrennt aufbewahrte, konnten all die prachtvollen Gegenstände unversehrt erhalten bleiben.

Ein großer Teil davon ist denn auch in den Glasschränken gleich neben der Stelle zu sehen, wo der Film läuft, obgleich es eine Weile dauerte, bis ich willens war, in den dort ausgebreiteten Messinstrumenten, den luxuriösen Toilettenartikeln, den virtuos geschnitzten Spielfigürchen aus Elfenbein die Gegenstände zu erkennen, die der Mann so umständlich und feierlich zu Tage befördert hatte. Ich fühlte mich wie übers Ohr gehauen; die Kluft, die sich zwischen Schrank und Inhalt auftat, konnte ich kaum aushalten. Angesichts des nicht mehr existierenden Schrankes schienen die darin einstmals aufbewahrten Utensilien nichts weiter mehr als die verwechselbaren Exponate eines Kunstgewerbemuseums. Auch allerlei andere Betrachtungen gingen mir durch den Kopf, deren philosophische Essenz ich ahnte, ohne sie nur ansatzweise formulieren zu können, nicht einmal in Gedanken, Herr Doktor. Hatte ich doch ohnehin niemanden, dem ich meine Weisheiten hätte mitteilen können. Wozu also die Anstrengung!

Ganz so weit wäre Konstanze wohl nicht gegangen, aber doch in eine ähnliche Richtung. Diese sukzessive Sichtbarmachung einer der Wahrnehmung entzogenen Welt ist wirklich grandios, so ähnlich hätte sie es ausgedrückt gegenüber ihren zumeist akademisch gebildeten Senioren, dabei wie stets erst während des Redens zu ihren Erkenntnissen kommend, nicht vorher. Dieses perfekte Ineinanderpassen höchst unterschiedlicher Dinge nur durch handwerkliche Präzision, das kann man kaum fassen. Ganz abgesehen vom nicht enden wollenden Öffnen und Schließen, Herausholen und Hineintun, Verbergen und Entbergen, Verstecken und Finden … sagt uns das was? Müssten wir über Nützlichkeit und Metaphysik nachdenken? Über den Spieltrieb des Menschen? Darüber, dass man in diesem Schrank auch Folterinstrumente hätte aufbewahren können, oder Todesurteile? Leider, leider ist das Anschauungsmaterial nicht gut genug. Dieser so schlecht remasterte Film aus dem Ministerium für Volksaufklärung und Propaganda! Die hätten sich wirklich mehr Mühe geben können.

Damit hätte es mit dem Pommerschen Kunstschrank für meine Freundin wohl sein Bewenden gehabt. Mich aber befiel ein so heilloser Zorn über dessen Zerstörung, dass ich im Angesicht der ihres Wunders beraubten Ausstellungsstücke mit dem Fuß aufstampfte und mir mit zwei, drei unflätigen Sätzen Luft verschaffte. Was mir von der sich mir gerade nähernden mausgrau gewandeten Angestellten ein Stirnrunzeln samt der Bemerkung *Nu randalieren Se ma nich!* eintrug. Wahrscheinlich hatte sie mich auf die in wenigen Minuten bevorstehende Schließung des Museums aufmerksam machen wollen, weil mir die Durchsage offensichtlich entgangen war. Womöglich dachte sie, ich widersetzte mich ihr, weshalb sie mich fast zum Ausgang eskortierte, die Tür aufhielt und mir *Auf Wiedersehen und einen schönen Abend* zurief. Wünsche, die ich postwendend erwiderte. Wer weiß, was für einen Ehemann sie zu Hause hat und wie froh sie letztlich ist, ihm für ein paar Stunden zu entrinnen.

Seltsam, Herr Doktor, seit mir meine Liebste nach nunmehr vierwöchigem Fernsein ihre Ankunft angekündigt hat und mich auf dem Anrufbeantworter bat, sie in zehn Tagen, dann und dann und dann in Tegel abzuholen, kann ich mich zu keiner Bildungstour mehr aufraffen. Nur zum Pommerschen Kunstschrank wallfahre ich, den unerklärlichen Schmerz aufzufrischen, den sein Verlust mir bereitet, und die sich nur langsam abschwächende Empörung, geprellt worden zu sein. Die frühmorgendlichen Bahnhofsbesuche verkneife ich mir, den ICE nach Interlaken und die gelegentlichen Abstecher nach Spandau, und fahre – als könnte das meine Laune bessern – lieber gleich in den Westen, ins Café Einstein in der Kurfürstenstraße, in dessen Nähe sich seit den Zwanzigerjahren des letzten Jahrhunderts der Berliner Straßenstrich abspielt. Praktischerweise nicht weit weg vom Alliierten Kontrollrat, der sich 1945 in das Gebäude des Preußischen Kammergerichts einquartierte, wo zu Nazi-Zeiten wiederum der Volksgerichtshof mit dem tobenden Freisler tagte, wie mich Konstanze kurz und bündig in einem ihrer gedrechselten Sätze informierte. Jaja, die Kontinuität der Prostitution und deren Ansiedlung in der Nähe der Macht höret nicht auf, sagte sie tiefsinnig. So jedenfalls könnte man vermuten, wenn man nicht weiß, dass die heruntergekommenen jungen Mädchen, die dort auf- und abgehen, direkt aus Osteuropa importiert werden und nicht einmal mehr die Stipendiaten des Deutschen Akademischen Auslandsdienstes zu rühren vermögen, die sich nach schlaflosen Nächten und diversen Spaziergängen rund um den Block im Café Einstein zum Frühstück treffen. Danach steigen sie zu ihren Zimmern unter dem Dach der schönen Villa hinauf und arbeiten an ihren autobiografischen Romanen weiter. Nur wenige bleiben sitzen und befassen sich mit der Berliner Realität oder deren jüngster und allerjüngster Vergangenheit. Und kaum je hat einer ein Buch geschrieben, in dem das *Einstein* vorkommt, wie Konstanze behauptet.

Wie genügsam ich dagegen bin, Herr Doktor. Ich will in diesem pseudowienerischen Kaffeehaus nur die letzten Tage meines Alleinseins totschlagen, vielleicht sogar meines Lebens, wenn es sich so ergibt und mir mein Mut nicht ausgeht. Den Laptop vor mir auf dem Tisch im Internet surfen auf der Suche nach meiner verloren gegangenen Zeit. Eine Zeitung nach der anderen lesen, täglich aufs Neue vor dem deutschen Feuilleton kapitulieren. Und ohne Unterlass Kringel und Girlanden und Karikaturen von unbekannten oder mir aus der Oper und aus dem Fernsehen bekannten Personen in das mit einem marmorierten Umschlag versehene Skizzenbuch zeichnen, das ich mir in einem der schönen Papierläden in der Friedrichstraße gekauft habe. Was so manchen Kellner oder Gast veranlasst, neben mir stehen zu bleiben, um mit mir über das Wetter oder etwas ähnlich Belangloses zu plaudern. Meistens schweige ich. Beobachte. Stelle die Augenlider auf Halbmast und bin manchmal knapp vor dem Einschlafen.

Wie ich die Frau von der Organisation *Sterben dürfen* so lange übersehen konnte – beziehungsweise sie geflissentlich ignorierte, was sehr viel wahrscheinlicher, aber auch geradezu idiotisch wäre –, kann ich mir kaum erklären; jene kernige, ein bisschen vulgär aussehende junge Frau, mit der ich vor ein paar Wochen verabredet war. Genau, Herr Doktor! Sie scheint hier regelrecht Hof zu halten. Am Nachmittag vorzugsweise, wenn normale Leute bei Kaffee und Kuchen sitzen, empfängt und informiert sie ihre Kunden, ja gibt sogar Interviews, einmal habe ich einen jungen Mann gesehen, der eifrig mitschrieb. Wie damals liegt die *NZZ* gut sichtbar auf ihrem Tisch, es ist ihre private Ausgabe offensichtlich, keine auf einen Zeitungshalter gespannte, vielleicht ist es ja immer dieselbe, wer weiß. Konzentriert ihren Fruchtjoghurt löffelnd, gibt sie zwar vor zu lesen, fixiert aber trotzdem jeden, der das Lokal betritt. Ich hätte schwören können, ihr Haar war braun, als ich sie das erste Mal sah, dezent jedenfalls, jetzt ist es karottenrot und eigenwillig asymmetrisch geschnitten. Während sich unsere Blicke ineinander verhaken, recke ich kurz den Daumen hoch. Fast hätte ich das V-Zeichen gemacht; ich weiß nicht, warum.

Die blöde Siegerpose macht mich für ein paar Sekunden rasend glücklich, aber unmittelbar danach kreuzunglücklich. Seit mich die Polizei heimgesucht hat und mir zwangsläufig alte Zeiten ins Gedächtnis rief, falle ich von einem Extrem ins andere; mein Gleichmut schwindet, die schöne Wurstigkeit, in die ich mich so leichthin versetzen konnte. Selbstvergessen in den Tag hineinzuleben will mir immer weniger gelingen. Nicht nur Konstanzes Ankunft rückt näher, auch meine Reise in die Schweiz. Beides hängt zusammen, es lässt sich nicht mehr voneinander trennen. Ich bin meinem Todesengel wieder begegnet, er sitzt hier, er wartet auf mich, leibhaftig, in einem dicken, gelben, wie mit einem Strahlenkranz versehenen Mohairpullover. Und lächelt mich an, ohne mich zu kennen. Irgendwann muss ich ihn ansprechen. Demnächst. In allernächster Zeit. In wenigen Tagen. Übermorgen, morgen. Damit der Engel die Weichen stellt und ich Nägel mit Köpfen machen kann. Das habe ich schon öfter gesagt, stimmt's, Herr Doktor? Besser kann ich es nicht ausdrücken.

Und leider entkomme ich auch nicht so schnell meinem ewigen Kreisen um die eigentlich wichtigen Dinge, meinem Schlendrian, meinem vermeintlichen Überfluss an Zeit. Meiner elenden Prokrastination, wie es Konstanze nennt, die sich mit einem wochenlang auf ihrem Nachttisch liegenden Sachbuch namens *Dinge geregelt kriegen* über meine merkwürdige Saumseligkeit schlau gemacht hat. Vielleicht könnte sie mir den Grund dafür sagen, warum ich beispielsweise unfähig bin, auf die Spaziergänge in den nördlichen Tiergarten zu verzichten, abgesehen von meiner Flucht vor den Essensgerüchen um die Mittagszeit. Und mich so gerne zum Sowjetischen Ehrenmal treiben lasse, um mich unter die russischen Touristen zu mischen, die sich vor den gebogenen Kolonnaden zum Fotoshooting versammeln. Wobei ich es ja selber weiß: Ihre Nähe lindert meine Heimatlosigkeit, um es vorsichtig auszudrücken. Ich bin dann weniger allein. Selbst ihre pompösen feiertäglichen Gepflogenheiten irritieren mich weniger, als dass sie ein irgendwie nachsichtiges Gefühl von Vertrautheit erzeugen, was emotional verlogen und historisch falsch ist, wenn Sie mich fragen, Herr Doktor. Allein die gigantischen Kränze zu Ehren der gefallenen Sowjetsoldaten, je nach Jahreszeit oder Erinnerungswert! Am 9. Mai etwa, dem Tag des Sieges der Alliierten über die Faschisten, werden hier Berge von Blumen abgelegt – umflattert von den russischen Farben natürlich, nicht etwa den Bannern der Revolution mit Hammer und Sichel, die damals, als ich Elsbeth kennenlernte, praktisch die ganze Hauptstadt in fulminantes Rot getaucht hatten. Auch die Moskauer *Nachtwölfe* auf ihren schweren Maschinen steuern das Ehrenmal an. Letztes Jahr, als ich mit Konstanze zum Rhododendron-Hain im Tiergarten unterwegs war, sind sie am Großen Stern an uns vorbeigebraust, zweimal um die Siegessäule herum sogar, weil es ihnen Spaß machte, die Passanten zu erschrecken. *Sie* immerhin ließen die richtigen Flaggen in der Luft knattern und trafen damit den Kern der wahren Geschichte. Es war ein strahlender Tag, fast schon hochsommerlich, und natürlich musste ich an meinen russischen Freund vom Gendarmenmarkt denken, dem eine solche Pilgerfahrt vermutlich ein Graus gewesen wäre.

In meiner frühen Westberliner Zeit befand sich das bereits 1945 erbaute Ehrenmal im britischen Sektor, kurz vor dem unerreichbaren, im Dunkeln liegenden Brandenburger Tor. Man konnte hin, tat es aber doch nicht, der Todesstreifen war zu nah, täglich gab es sowjetische Paraden. Schon damals erzählte man sich, das gigantische Monument sei aus den Steinen der zerstörten Reichskanzlei erbaut worden, und das ist es gewiss auch, was die Lehrerinnen den Schulkindern erzählen, während diese stirnrunzelnd zu dem Rotarmisten hochstarren, der oben auf dem Obelisken über seine getöteten Kameraden wacht. Der Soldat, neben dem ich bisweilen die Nächte verbrachte, beim Metrobau in großer Tiefe unter den schwitzenden Kautschukplanen, erscheint mir wie ein Zwerg dagegen. Er schaute auch nicht so grimmig, sondern optimistisch und *der Zukunft zugewandt*, wie es dann in der DDR-Hymne hieß. Ob die rote Armee die Skulptur schon mit sich führte, als sie in Berlin einmarschierte? In der sicheren Annahme ihres Sieges gleich mehrere von ihnen, um sie unterwegs zu verteilen?

So etwas müsste ich googeln, denke ich, während ich zwei dicke Limousinen ankommen sehe, aus denen stämmige, schmuckbehängte Frauen steigen, die von ihren Chauffeuren vor die Pfeiler mit den goldenen Namen der gefallenen Krieger geführt werden, wo sie ihre Rosen arrangieren. Fotografieren lassen sich die Damen nie, denn sie wohnen in Charlottenburg oder im Grunewald, in Berlin also, wo man ihnen täglich im KaDeWe oder vor den Schaufenstern der Luxus-Geschäfte am Kurfürstendamm begegnen kann, oft neben ihren aufgetakelten Töchtern und Schwiegertöchtern, gemeinsam vertieft in die auch in kyrillischer Schrift ausgestellten Preisschilder international gängiger Waren, die auch in Moskau oder Petersburg in den Auslagen liegen.

Um herauszufinden, wie viel ich noch von ihrer Sprache verstehe, laufe ich gelegentlich eine Weile neben den Besuchergruppen her. Einmal habe ich mich sogar getraut, eine hypernervöse Mutter anzusprechen, die gerade ihren Jungen von einem der beiden das Ehrenmal flankierenden Panzer herunterzog. Da ihr Ehemann neben ihr stand, wagte sie nicht, mir etwas zu erwidern; vielleicht hat sie mich auch einfach nicht verstanden. Der Bodyguard der jungen Familie reagierte jedoch prompt und auf Deutsch: Er presste meine Schultern zwischen seinen Pratzen zusammen, dass es knackte, hob mich hoch, ließ mich unsanft wieder fallen und zischte mir *Verpiss dich* ins Ohr.

Keine Ahnung, warum ich darauf bestehe, auf dem Rückweg an den immer jünger werdenden Prostituierten vorbeizuschlendern. Mir wird flau, wenn ich ihre Gesichter sehe, ihre unreine Haut unter dem Make-up, ihre grell geschminkten, unendlich müde wirkenden Augen. Einige wenige halten sich gelegentlich auch im *Einstein* auf, wenn es draußen ungemütlich wird vor allem, in immer demselben, zur Verhüllung ihrer kurzen Höschen wohl reihum getragenen knöchellangen Mantel. Und – welche Überraschung – eine von ihnen ist eines Tages sogar mit der jungen Frau von der Sterbehilfe im Gespräch. Weiter hinten im Raum sitzen sie am mittleren Tisch vor dem großen, schlecht schließenden Kassettenfenster, beugen sich über eines der Formulare, das die Abgesandte aus der Alpenrepublik anscheinend immer bei sich hat, stecken die Köpfe zusammen, tuscheln und geraten sich beim Ausfüllen umgehend in die Haare. Hin und wieder gießen sie sich Weißwein aus der vor ihnen stehenden Karaffe in ihre Gläser. Irgendwann kramt die junge Prostituierte eine bunte Kaufhausbrille aus der Tiefe ihrer sackartigen Handtasche hervor und beginnt den Vertragstext noch einmal durchzulesen. Beim Näherkommen jedoch, als ich einen schweizerdeutschen und einen osteuropäischen Akzent höre und immer wieder deren brodelnde Vermischung, weist nichts darauf hin, dass sich die Frauen bald einigen könnten. Ratlos bleibe ich neben ihnen stehen, ohne dass sie mich wahrnehmen. Wie lange kann das noch dauern? Was soll ich machen? Ich kann nicht mehr warten, ich muss Nägel mit Köpfen ... Das Gefühl, keine Zeit mehr zu haben, droht mich zu überwältigen, das erste Mal in meinem Leben, es durchfährt mich wie ein Orkan. Besser, ein Zug rast mir durch den Kopf, der Zug nach Interlaken ... nein, es sind mehrere Züge, sie gehen dreimal am Vormittag, einer ganz in der Früh. Ich kann kaum an mich halten. Das ist *mein* Todesengel, möchte ich dem Straßenmädchen zurufen, das seine langen Beine übereinandergeschlagen hat und somit doch sein Höschen sehen lässt. Bei all deinem garantiert eintretenden Unglück, trotz deiner womöglich unheilbaren Krankheit! Du bist zu jung zum Sterben. Höchstens zwanzig bist du. Du musst mir den Vortritt lassen. Ich habe die älteren Rechte. Unterschreib nicht! Gib dein Geld für schönere Sachen aus.

Mühsam meine Ungeduld beherrschend, setze ich mich an den Nebentisch und warte, bis die beiden mit dem Schimpfen fertig sind. Wenn es ums Sterben geht, sollte man sich nicht mehr streiten, möchte ich ihnen zurufen, es kostet mich Überwindung, nicht dichter an sie heranzurücken. Eigentlich geht es doch um nichts mehr, oder? Um gar nichts mehr, genau genommen. Außer dass man in diesem speziellen Fall Kohle aufbringen muss, um die Schweizer Herrschaften zu bezahlen. Am teuersten ist die Bürokratie, der Kampf mit den Ämtern, habe ich im Netz gelesen, das Sterben an sich kostet gar nicht so viel. Ich werde Konstanze um Geld bitten müssen, ohne ihr mitzuteilen, wofür ich es brauche. Oder schlimmstenfalls meine Uhr versetzen, wenn nicht alles so läuft, wie ich es mir vorstelle. Warum hat mich keiner meiner Freunde jemals darauf aufmerksam gemacht, dass ich an einer Krankheit namens Entschlusslosigkeit leide? Warum hat mich keiner in den Hintern getreten?

Als sich mir ein Kellner nähert, wimmle ich ihn ab und schnappe mir den Stuhl der irgendwann doch davoneilenden Bordsteinschwalbe mit einer Beherztheit, die ich nicht von mir kenne. Die Sitzfläche ist noch ganz warm, ich spüre es an meinen Händen, auf die ich mich niederlasse, um einigermaßen ruhig zu bleiben. *Ich bin Léon Saint Clair*, stelle ich mich der Herrin über Leben und Tod vor und höre mir fortan beim Reden zu: Ich stand schon einmal auf Ihrer Liste, falls Sie eine solche haben. Zwei Drittel habe ich schon bezahlt für das assistierte Sterben Ihrer Organisation. Hier ist die Überweisungsquittung. Wir sind also bereits im Geschäft. Kommen Sie regelmäßig hierher? Auch morgen oder übermorgen? Ich möchte nämlich endlich Nägel mit Köpfen machen, wissen Sie. Wie lange brauchen Sie, um mich auf den Weg zu bringen? Und was muss *ich* dafür tun? Gibt es in eiligen Fällen auch Express-Verfahren?

Sie weicht ein bisschen zurück, reibt und zupft an ihrem Pullover, als wollte sie ihr Engelshaar aufpolieren, lächelt ironisch und hebt die Brauen. Deren markanter Schwung ist aufgemalt, das habe ich gar nicht bemerkt aus der Ferne, und ganz so jung, wie ich dachte, scheint die Dame auch nicht mehr zu sein.

Sie sind das also, antwortet sie. Der Mann mit dem schönen Namen. Mit Ihnen habe ich gar nicht mehr gerechnet. Es passiert häufig, dass Leute von ihrem Sterbewunsch zurücktreten, auch wenn sie schon bezahlt haben.

Sie spricht kehlig, mit dunkler Stimme, draußen, vor der Tür wird sie garantiert sofort mit dem Rauchen anfangen. Sie ist die erste Schweizerin, die ich kennenlerne. Und leider kann ich überhaupt keine Zärtlichkeit für sie empfinden, so wie es vielleicht angebracht wäre für einen Todesengel, der einen ins Jenseits geleitet. Im Gegenteil; die Kälte ihrer Professionalität raubt mir den Atem.

Dass ich keinen Pass besitze, erzähle ich ihr natürlich nicht. Der Grenzverkehr zwischen Deutschland und der Schweiz läuft ziemlich informell ab, soviel ich weiß, es gibt nur Stichproben im Zug oder, sofern man – nun, da es ans Sterben geht – dem weltberühmten Vitra Design Museum in Weil am Rhein noch einen Besuch abstatten will, in der Trambahn. Ich gewiss nicht, ich kann mit Design nichts anfangen, ich bin zu alt für Design und zu wenig flexibel, ich liebe Girlanden, Schleifen und barocke Formen, was Konstanze schon öfter bemängelt hat. Falls ich mich trotzdem ausweisen muss und von irgendwo her ein Fritjof Meyer auftaucht, dann trifft es mich halt. Mein Todesengel wird mich dann nicht retten können. Und was heißt auch retten! Es wäre einfach zu strapaziös, auf eine der zweifellos existierenden grünen Grenzen auszuweichen. Das treibt nur den Preis in die Höhe. Apropos Höhe! Die romantische, im Internet kursierende Geschichte über einen Skilift, mit dem man in Österreich hochfährt und in der Schweiz abfahren kann, ist nicht nur zu schön, um wahr zu sein. Da, wo ich die Grenze überquere, gibt es keine Berge, ungeachtet dessen, dass ich erst nach Österreich müsste, wo ich seit Menschengedenken nicht mehr war.

Dass ich mir nach meinen Ausflügen in den nördlichen Tiergarten stets einen anderen Tisch zuweisen lasse, gehört zu meinem Ritual: als Zäsur zum Beginn der zweiten Hälfte meines Aufenthalts im Café Einstein. An dem Tag, an dem ich mit Frau Schnürli, die sich Heidi nennen lässt, obgleich sie bestimmt nicht so heißt, die Modalitäten für meine Reise in die Schweiz bespreche und mit ihrem teuren Kugelschreiber, der ganz leicht übers Papier gleitet, meinen Sterbevertrag unterzeichne, bleibe ich jedoch einfach sitzen, nachdem sie gegangen ist. Vielleicht habe ich die eine oder andere Girlande zu viel um meinen Namen geschlungen, denke ich, als ich kurz vor Mitternacht das Lokal verlasse. Dafür steht schwarz auf weiß die Abfahrtszeit für den Zug nach Basel in meinem Skizzenbuch: Hauptbahnhof, 23.52 Uhr, Gleis 5. Nachts fahren die Züge im oberen Bahnhof ab, man muss dann auch einmal umsteigen, in Dortmund. Das passt. Über Dortmund zum Hades. Direkte Wege bin ich ohnehin nicht gewöhnt.

Wie immer zittern mir die Hände von den vielen Espressi und Cappuccini, die ich den ganzen Tag in mich hineingeschüttet habe. Heute aber erfasst mich auch ein Schwindel, als ich das Einstein verlasse, die Treppen in Richtung Kurfürstenstraße hinuntersteige und sorgsam die beiden vor der Villa eingelassenen Stolpersteine umgehe. Die Blumenfelds liegen da, bin ich jedes Mal versucht zu denken, obwohl sie vielleicht ja doch irgendwo in Berlin eine Grabstätte haben. Georg und Lucia, denen die Villa einst gehörte und die man enteignete. *Flucht in den Tod*, steht auf den beiden ins Pflaster eingelassenen kleinen Gedenktafeln, zu unterschiedlichen Zeitpunkten, ich kann es in der Dunkelheit aber nicht lesen. Vielleicht war es ja auch gar keine Flucht, sondern die einzige Art der Selbstbehauptung, zu der sie noch in der Lage waren.

Der Zucker, den ich in so unvernünftigen Mengen in meinen Kaffee schütte, tut meinen Zähnen nicht gut, Herr Doktor. Manchmal, wenn das Ziehen unerträglich wird, gönne ich mir einen Cognac, der betäubt den Schmerz. Auch später, in einer der Bars rund um den Gendarmenmarkt, der Newton-Bar vorzugsweise, weil ich es von dort aus nicht mehr weit habe, bleibe ich beim Cognac, obwohl ich nicht weiß, was mir daran schmeckt. Auf die Barkeeper hinterm Tresen mache ich damit gewiss einen altbackenen Eindruck, das weiß ich schon. Sie bieten mir bunt schillernde Cocktails an oder japanischen Whiskey; sie wissen nicht, wie gut alter Cognac zu mir passt und wie sehr mir daran liegt, mich an etwas festzuhalten, was ich kenne. Weil mein Leben sonst nicht auszuhalten wäre. Weil ich mich auf Geschmack und Geruch besser verlassen kann als auf flüchtige Bilder. Wenn ich leicht schwankend und mit zurückgelegtem Kopf in Richtung Hausvogteiplatz laufe, werde ich regelmäßig sentimental, ja ertappe mich dabei, die Sterne sehen zu wollen, die Milchstraße, den großen und den kleinen Wagen. Aber der Himmel über mir ist schlierig und verhangen, ich sehe dort nur den Abglanz der Scheinwerfer, die auf den deutschen und den französischen Dom gerichtet sind, keinen Andromeda-Nebel wie bei der Alpenüberquerung in Jérôme de Savignys geöffneter Kutsche. Und auch der Himmel über Moskau, während Stalins Tyrannei, wenn Elsbeth und ich zwischen der Kommunalka und dem Hotel Lux hin- und herpendelten, erscheint mir in meiner Erinnerung unvergleichlich klarer.

Eine Unmenge an Bargeld habe ich schon ausgegeben, seit Konstanze fort ist. Die in den letzten Tagen immer üppiger ausgefallenen Almosen für die Obdachlosen machen mich zusätzlich arm, ein im Hinblick auf meine Sterbekasse betrüblicher Umstand. Vielleicht könnten Sie, Herr Doktor, aus meiner widersinnigen Großzügigkeit die richtigen Schlüsse ziehen und es gibt einen lateinischen Namen dafür. Um über die Runden zu kommen, begleite ich jedenfalls seit einigen Tagen den einen oder anderen Politiker oder Geschäftsmann in sein Hotelzimmer. Noch immer weiß ich, wie das geht: Menschen zu bezirzen, Frauen und Männern schöne Augen zu machen. Nein, das leidige Körpergeschäft habe ich nicht verlernt, seit der Drina liegt es mir sozusagen im Blut. Und doch musste ich bald feststellen, dass ich mich und meine Kaltschnäuzigkeit überschätzte. Andris Johannsen, ein blonder Athlet mit großen blauen Augen und weiß schimmernden Zähnen, der es in meinen Augen wahrhaftig nicht nötig hatte, sich Liebe zu kaufen, sollte mich eines Besseren belehren, und zwar auf die schmerzhafteste Weise.

Dass ihm dies so leicht gelang, lag an der Sehnsucht nach der Uhr meines Vaters, an dem nicht aufschiebbaren Begehren, sie jetzt sofort bei mir zu tragen, obzwar ich mich bereits zu Anfang meiner notgedrungenen Aushäusigkeit dazu entschlossen hatte, das teure Stück in Konstanzes Sekretär einzuschließen. Aber spätestens nachdem Goebbels' Kunsthistoriker eine schöne Uhr nach der anderen aus den Geheimfächern des Pommerschen Kunstschranks gezogen hatte, wollte ich nicht mehr ohne die meine sein. Natürlich war es völlig irrational, am helllichten Tag in die Wohnung zu gehen, wo sich – schon von Weitem zu sehen – Polizisten in Räuberzivil vor dem Eingangstor unseres Hauses die Beine vertraten. Sollen sie mich doch fangen, dachte ich und ging an den

Jungs vorbei, ohne dass sie mich daran hinderten. Auch im spiegelverkleideten Entrée mit der neobarocken Deckenmalerei voller sich in die imaginären Flammen eines gerade ausbrechenden Vulkans stürzender Helden stellte sich mir niemand in den Weg, sodass ich vorsichtshalber – damit dies so blieb – den Lift benutzte.

Durch die Wohnung strömte das Licht, als ich die Tür aufschloss, die Helligkeit blendete mich, aus dem Fernseher im Schlafzimmer drang Philippe Jarousskys Stimme, die ich jetzt, am frühen Nachmittag, besser ertragen konnte als nachts, wenn ich – häufig beschwipst und schlecht gelaunt – nicht schnell genug den Knopf zum Abschalten finden konnte. Meine Laune verbesserte sich mit jeder neuen Koloratur, die der Sänger in Angriff nahm. Wie schön sich Konstanze doch eingerichtet hat, wie geschmackvoll und ideenreich, ohne einen bestimmten Stil zu favorisieren, dachte ich wehmütig. Zwar ist ihr Hang zu Nippes aus aller Welt nicht zu übersehen, selbst für die geschnitzten Salatbestecke ihres künftigen Adoptivkindes aus Afrika hat sie in ihrer Mini-Küche noch ein Eckchen gefunden. Wenn ich dort Möhren rasple oder Salat putze, verbindet sich deren Geruch jedoch nicht weniger angenehm mit ihrer Wohnung als das Parfüm, das sie sich – eigens für sie kreiert und hergestellt – aus Südfrankreich mitbringt. Und weiter, während sich meine Schwermut und mein Selbstmitleid unaufhaltsam vergrößerten und ich überschwemmt wurde von etwas, was sich wie Heimkommen und Abschied zugleich anfühlte: Die Zeit, die ich hier erleben durfte, war ein Geschenk, ein unverdientes Geschenk, genauso wie die Frau, die dazugehört. Vielleicht werde ich doch noch ein Bad nehmen ... bevor ich wieder hinaus muss ins kalte, feindliche

Leben … mit *ihrem* Duftgel. Und mich anschließend ein bisschen aufs Ohr legen … in sauberem, gut riechendem Zustand, mit der Herbstsonne im Gesicht, die durch die Oberlichter scheint.

Konstanzes Vater, der auf der Wohnzimmercouch saß, in roten Socken wie ein englischer Lord, mit baumelnder Krawatte auf nackter fetter Brust, riss mich jedoch aus meiner Schwelgerei. Er sah so verändert aus, dass ich ihn im ersten Augenblick gar nicht erkannte, mit seinem kahlen Schädel, seinen fehlenden schwarzen Schmalzlocken vielmehr, den dadurch so orientierungslos auf seiner Stirn schwankenden buschigen Brauen über Konstanzes Kohleaugen. Auf geradezu lächerliche Weise ähnelte er Baron von Skronsky, alias Strunz, dem Verkäufer der Messerschmidt-Köpfe, weswegen ich instinktiv nach seiner Perücke Ausschau hielt, diesem Ungetüm, dessen unvorhersehbares Auf- und Absetzen ich vor vielen Jahren so atemlos verfolgt hatte. Mit meiner Irritation hielt sich der Besuch aus Österreich allerdings nicht auf, obgleich er sie bestimmt bemerkt hatte.

Wie kann man diesem Heini bloß den Garaus machen?, fragte er stattdessen. (Selbst seine weinerliche Stimme erinnerte mich an den einst so hingebungsvoll meine übriggelassenen Nierchen schlabbernden Stangerl-Freund im Wiener Bürgerspital. Die Archive meines Gedächtnisses! Wie grausam zuverlässig sie mich doch immer wieder beliefern!) Wir haben uns schon einmal darüber unterhalten, ich weiß, aber ich habe mir den Trick nicht gemerkt. Letzte Nacht hat mich dieses Gesäusel fast um den Verstand gebracht … bis ich es doch noch schaffte, dem Kerl den Hals umzudrehen. Und jetzt hast du die Tortur wieder in Gang gesetzt! Wo warst *du* übrigens letzte Nacht? Wo beliebte der Galan meiner Tochter sich herumzutreiben, während sie arbeiten geht?

Er nahm einen großen Schluck aus der Flasche, die neben ihm auf dem Boden stand, und wischte sich – wie in einem schlechten Film – mit dem Handrücken den Mund ab. Natürlich war es der Champagner, den ich ihm zu seinem Geburtstag beim Überreichen der Chodowiecki-Radierung hätte kredenzen sollen. Dass mir das so ganz und gar entfallen konnte! Hatte er sich angesagt? Etwa auf den Anrufbeantworter gesprochen? Wann war überhaupt sein Geburtstag? Und warum hatte der Mann keine Haare mehr auf dem Kopf? War er krank? Litt er an einem Ekzem? Er schien in keiner guten Verfassung, so viel stand fest. Aber er redete immer weiter, während ich vor ihm stand, unfähig, mich zu rühren, wie ich das ja schon von ihm kannte, immer weiter. Bis ich hellhörig wurde.

Sie haben nach dir gefragt, mein Junge, lallte er. Heute früh um sechs haben mich die Bestien aus dem Schlaf geklingelt. Zwei, drei Männer im Gammellook, mit über den Knien aufgeschlitzten Jeans. Wie von einer Gang sahen die aus. Tschetschenen vielleicht, Syrer. Libanesen, *ad libitum*. Handelst du mit Rauschgift, mein Lieber?

Tatsächlich brachte ich es fertig, mich einigermaßen glimpflich aus der Affäre zu ziehen. Er war schließlich Konstanzes Vater, und ich, ich liebte seine Tochter. Also blieb ich noch zwei Stunden in der Wohnung, wusch mich wenigstens und reinigte meine Fingernägel, bevor ich mich mit einem gewissen Widerwillen neben ihn setzte, hörte seiner Suada zu, ohne das Geringste zu kapieren, trank den einen oder anderen Schluck aus der Flasche, wenn er sie mir hinhielt, und sonderte ein paar hilflose Sätze ab. Als er den hinter einem Kissen deponierten Wodka aus der braunen Späti-Tüte holte – für eine Sekunde dachte ich wirklich, er griffe sich seine Perücke –, begann ich jedoch von ihm abzurücken, stand auf und holte eine Decke aus dem Schlafzimmer. Die legte ich über ihn, nachdem er sich freiwillig und mit abgewandtem Gesicht wie ein erschöpftes Riesenbaby auf die Couch gelümmelt hatte. Ich schlich mich von dannen, völlig zermürbt und mit schlechtem Gewissen, ihn in einem solchen Zustand zurückzulassen. Dass meine Taschenuhr, die ich doch hatte holen wollen, noch im Sekretär lag, fiel mir erst im Treppenhaus ein, ich wollte aber nicht mehr umkehren; ich musste meine Verabredung einhalten, meine Verabredung mit Andris, den ich am Abend zuvor in der Newton-Bar kennengelernt hatte. Er schien mir so frisch, so ganz und gar ohne Altmännerschweiß. Und trotzdem sollten wir ein bisschen warm miteinander werden, bevor ich ihn nach Hause begleitete.

Bestimmt bist du älter, als du aussiehst; mein Leben lang ging es mir genauso, sagte er, nachdem ich mich neben ihn an die Bar gesetzt und er für mich, ohne dass ich einen Wunsch geäußerte hätte, einen besonders alten Cognac bestellt hatte. Im Erdgeschoß fand nur unser Präludium statt, ein Beschnuppern mit den Nasen regelrecht, weil wir von einem Touristenschwarm so rabiat an die Ecke des Tresens gedrängt worden waren, dass wir die Stirnen aneinanderlehnen mussten und uns sozusagen direkt in die Münder sprachen. Einmal glaubte ich Fritjof Meyer zu sehen, im Spiegel hinter uns, wie er sein Handy in die Luft hob, aber ich ließ mich nicht stören, es gab hier zahlreiche Existenzialisten, die sahen sich alle gleich. Später stiegen wir zu den langbeinigen, hochhackigen *Nudes* hinauf, vorbei an dem Selbstporträt von Helmut Newton. Der trug in der rechten Hand ein unsichtbares Schießeisen und bezeichnete sich in der Widmung als *Bankrobber*.

Es lag also nahe, dass wir über Newton redeten, Andris und ich, nahe auch insofern, als es hier, im ersten Stock, bald gleichfalls drangvoll eng wurde und wir uns irgendwann einen der runden roten Fauteuils teilten, rechts und links auf den Lehnen von einem Pärchen flankiert, das sich über unsere Köpfe hinweg die intimsten Komplimente zurief. Andris fühlte sich hart und muskulös an, wie eine Statue, weichere Männerkörper mag ich lieber, sie machen den Unterschied geringer und mir weniger Angst. Draußen vor dem Panoramafenster glitzerte der nächtliche Gendarmenmarkt, hier drinnen schien – trotz der vielen Menschen – alles gedämpft und kühl und glatt, die hoch aufgerichteten Frauenleiber über uns mit ihren spöttischen Gesichtern, die Wände aus grünem Marmor, der seltsam antiquiert wirkende dunkel gebeizte Holzboden, der mich – weil er mich an ein Schiff erinnerte – schon vom Hingucken seekrank machte. Die Decke ist mit Blattgold belegt, und die Lampenschirme sind aus Alabaster!, schrie die Frau dem Mann zu in ihrem süddeutschen Dialekt, einmal nicht ihre erotischen Bedürfnisse artikulierend, sondern nur die luxuriöse Realität. *Isch dees net absolut irre?* Der Mann ergänzte: Es soll sogar einen Humidor geben, wo man Zigarren aus aller Welt vorrätig hält, und zwar so feucht und frisch wie nötig ... Cohiba, Clarissimo, Gran Corona, Hauptsache *du bisch ... oder bisch net ...*

Newton hat große Frauen geliebt, obwohl er selbst so klein war, flüsterte ich in Andris' Ohr. Er hieß Neustädter und seine Eltern besaßen eine Knopffabrik im Wedding. Er aber wollte ständig fotografieren und hatte nur Weiber im Kopf. Mit achtzehn entschloss er sich zur Flucht, weil man die Besitzerin des Fotoateliers, wo er Lehrling war, enteignete und ins Lager schickte. Er ging nach Singapur und dann nach Australien und dann ... hat er vor zehn oder zwanzig oder dreißig Jahren in Hollywood oder Las Vegas ... seine Luxuslimousine an eine Mauer gefahren und ist gestorben.

Dass wir ausgerechnet unter diesem Busen- und Popogeschwader sitzen müssen, setzte Andris jedoch missgelaunt dagegen; nur wenn er seine Stirn runzelte, sah er so alt aus, wie er vielleicht war, ansonsten glich sein sonnengebräuntes Gesicht der makellosen Maske eines falschen Jünglings. Mich lassen diese künstlichen Wesen völlig kalt. Die sehen aus wie Spielzeug ... Okay, wie große Puppen, überlebensgroße Puppen. Dann schau ich mir schon lieber Gemälde von Rubens an ... oder die dicken Weiber von Botero, kennst du die?

Musste ich ihm nun offenbaren, dass ich große Frauen ganz außerordentlich schätzte und Helmut Newton gut verstehen konnte? Ich tat es, wenngleich ich nicht sicher war, ob er mich akustisch verstand. Ich erzählte ihm von Konstanze und von Gertie und von Henriette, ohne ihre Lebensdaten zu erwähnen freilich. Von ihrem souveränen Blick auf die Welt ... von der schlafwandlerischen Sicherheit, mit der sie sich durchs Leben bewegten.

Worauf er lachend erwiderte: So einer bist du!, um dann doch zum Aufbruch zu drängen. Bereits unten, am Tresen, hatte er mir mitgeteilt, er unternähme gerne etwas gegen meinen Mundgeruch, er sei Experte. Zahnarzt. Du musst da aufpassen, das mindert deine Attraktivität enorm. Sprich: Du solltest dir unbedingt die Weisheitszähne ziehen lassen. Vielleicht hast du ja noch alle vier, so kommt es mir fast vor. Der Geruch potenziert sich dadurch, auch wenn das nicht jeder riecht, das gebe ich zu. Dens sapiens, so heißt man die Dinger. Dens intellectus hat man sie zu Beginn der Neuzeit in der Übersetzerschule in Toledo genannt, was irgendwie schicker klingt, findest du nicht … Dens intellectus. Nein, ein Intellektueller bist du wohl kaum.

Mir geht es ganz genauso. Was für ein kryptischer Satz, Herr Doktor! Wieso soll es Andris so ergangen sein wie mir? Ich bin garantiert älter als er und älter als alle, die sich in der Newton-Bar so lautstark unterhielten, dass man sein eigenes Wort nicht verstand. Ihre Tage sind gezählt, meine anscheinend nicht. Ich bin gezwungen, sie mir selber auszuzählen, habe für deren konkrete Anzahl aber immerhin schon einen Vertrag unterschrieben und sogar die Abfahrt des Zuges nach Basel notiert. Heidi, wie sie leuchtete in ihrem gelben Mohairpullover! Ihr Gesicht kann ich mir im Moment nicht vorstellen. Genauso wenig wie ich mir vorstellen kann, dass Andris meinte, was er sagte. Diese Erfahrung machte ich den ganzen Abend über mit ihm. Er hatte es eilig und er trödelte. Er machte mir Komplimente und ließ mich seine Verachtung spüren. Er behauptete, Berlin zu lieben, und hasste es gleichzeitig von ganzem Herzen. Diese dreckige, eklige Stadt, so voller Touristen, so voller Penner. Er sei reich, aber unsagbar arm. An Liebe, an Zuneigung. Niemand finde ihn sympathisch. Aber wenn ich wolle, könne er mir meine Zähne richten, kostenlos. Wir könnten heute Nacht schon damit anfangen. Dazu brauche er kein Krankenkassenkärtchen.

Ab Zehlendorf Mitte waren die Straßen menschenleer. Die Fahrt auf der Potsdamer Chaussee schien geradewegs in die Ewigkeit, oder besser: in die Vergangenheit zu führen. Der Wind ließ meine Augen tränen in dem offenen, angeblich über dreißig Jahre alten Porsche-Cabrio, wohingegen Andris wie ein Rennfahrer aussah, eine Sonnenbrille trug, eine Lederkappe mit Ohrenklappen und Lederhandschuhe ohne Finger, das perfekte Klischee. Nachdem er in eine Seitenstraße eingebogen war, erkannte ich auch allmählich die Gegend wieder. Hier, im Südwesten Berlins, ganz in der Nähe des Grenzübergangs Marienborn, hatte ich ein halbes Jahr lang gelebt, übernachtet eigentlich mehr, im Studentendorf der Freien Universität, bei einem Kumpel namens Wolf oder Wulf in einem klitzekleinen, holzvertäfelten Zimmer auf dem Fußboden. Als sein Bettvorleger, wie er dies nannte. Meist schliefen wir bis zwölf Uhr mittags, oftmals weckte uns der Briefträger, der Wulf oder Wolf Einschreiben brachte, die er quittieren musste. Er bekam viele Einschreiben und ich chronisch zu wenig Schlaf.

Das Leben unter den Studenten war anstrengend. Es wurde endlos diskutiert und Aufrufe wurden gedruckt, Reden aufgesetzt, gekifft, geschrien, geflüstert, intrigiert. Man trug Schwarz, die Mädchen dicke Lidstriche und getuschte Wimpern, die Jungs lange Haare, die sie viel zu selten wuschen. Manchmal kam auch die Polizei vorbei und nahm Wehrdienstverweigerer aus Westdeutschland fest. Und Wulf – hiermit lege ich mich fest – begann immer, wenn ich gerade eingeschlafen war, zu schreien und zu stöhnen, weil ihm wechselweise seine Mutter oder sein zehn Jahre jüngeres Schwesterchen Susi erschien. Die beiden hatten es nicht mehr bis zum Ende des ewig langen Tunnels geschafft, der ihn selbst und eine ganze Reihe anderer Menschen in die Freiheit führte, sie mussten aus welchen Gründen auch immer zurückbleiben. Susi lebte jetzt – wie er annahm – bei Pflegeeltern, die Parteibonzen waren. Seine Mutter saß im Gefängnis, noch wusste er nicht, wo. Und sein schon vorher geflüchteter Vater arbeitete bei der Straßenreinigung und wollte am liebsten wieder zurück. Es war eine böse, böse Geschichte.

Ich bin jedenfalls froh, dass Sie mich eingelassen haben, Herr Doktor, wenn auch erst nach mehrmaligem Klingeln, unten an der Haustür und oben an der Wohnungstür. Ich weiß ja nicht, ab wann Sie sich hinter Ihre Couch setzen, vermutlich nicht frühmorgens um fünf. Ich kenne den Fall eines Suizidgefährdeten, der bei einem Ihrer Kollegen hilfesuchend, aber unangemeldet vor der Tür stand und abgewiesen wurde. Was nicht gut endete, der Arme brachte sich um, hinterließ seinem Analytiker aber einen Beschwerdebrief, den seine Witwe später unter seinen Dokumenten fand.

Ich war ja so naiv! Ohne zu zögern, setzte ich mich auf den Zahnarztstuhl. Während er sich hinter mir ausführlich die Hände schrubbte, spülte ich meinen Mund aus und öffnete ihn brav, damit er mir die Spritzen setzen konnte. Das alles tat überhaupt nicht weh, er war sehr geschickt. Dass er erst das Medizinische erledigen wollte, obwohl er mich bereits im Auto, während des Fahrens, gestreichelt und geküsst hatte, sprach für ihn. Und ich? Ich würde nie wieder so problemlos eine Zahnbehandlung ergattern, dachte ich, ich musste ihn an mich ranlassen, so oder so. Meine Sterbehelfer in der Schweiz sollten sich mir ohne Ekel nähern können, das bin ich meinem Vater schuldig, der sich zu Zeiten, als man noch nicht wusste, was Karies ist, um die Zahnpflege seiner ehelichen und unehelichen Kinder kümmerte. Ganz abgesehen von meiner lieben Konstanze! Die sich doch nie beklagt hat! Oder vor mir zurückgewichen ist! Erst jetzt kommt mir in den Sinn, dass die Sache mit den Weisheitszähnen vielleicht zum Geschäftsmodell des Zahnarztes gehörte, mit dem Mundgeruch vielmehr, der ja in jedem Zahnpasta-Werbespot eine Rolle spielt.

Der Sex kam jedenfalls erst hinterher. Ich war bereits wieder halbwegs bei mir, als ich seinen Kopf in meiner geöffneten Hose spürte. Kabelbinder schnitten mir bei jedem Ruck und Stoß, den er über und in meinem Körper vollführte, ins Fleisch. Nie und nimmer hatte es sich bei den Spritzen, die er mir gab, nur um eine örtliche Betäubung gehandelt, ich fühlte mich schwer und benommen wie nach einer Narkose. Die Figuren auf dem Riesen-Comic, der über dem Behandlungsstuhl hing, wurden plötzlich dreidimensional. Das heißt, Tim und Struppi, Kapitän Haddock und die Sängerin Castafiore seilten sich nach und nach von oben auf mich ab, ohne je anzukommen, immer wieder vor und zurück, manchmal auch Schulze und Schultze, während ganz in meiner Nähe ein Papagei so hektisch auf und nieder flatterte, dass die Federn flogen. Ich konnte ihn riechen, er war echt und an seine Stange gefesselt wie ich an meinen Stuhl. Ein Ara aus dem Bilderbuch; blau, gelb, rot, wunderschön. *Ready, steady, go!*, kreischte er. *Ready, steady, go!* – was den Zahnarzt anzufeuern schien. Je mehr ich mich aufbäumte, desto mehr setzte er mir zu, biss und kratzte mich und hat mir wohl auch mit seinen Geräten Verletzungen zugefügt, mich angebohrt, als wollte er mich tätowieren.

Ich weiß nicht, wieso ich mich dann doch befreien konnte, vielleicht gehörte es ja zu seinem Spiel. Mich jagen zu können, durch ein zweites Behandlungszimmer in den Flur, aus der Praxis hinaus, die Treppe hinauf, in den Keller hinunter, zurück in ein Labor mit Röntgenapparat, gegen den ich mit der Schulter prallte. Wir waren anscheinend allein in der Villa, wo er seine Praxis hatte, er brüllte und raste und schimpfte hinter mir her. Wie gut, dass ich den Lift in unserem Haus – einen jeden in der ganzen Welt – geflissentlich missachte. Andris rechnete offenbar nicht damit, dass ich mich so handfest wehrte, auch mir selbst kam es wie ein Wunder vor. Derart heftig hatte ich mich noch nie in meinem langen Leben mit jemandem geprügelt, selbst für Elsbeths rabiaten Ehemann hatte meine Wut nicht gereicht. Ohne lange zu fackeln, schleuderte ich meinem Vergewaltiger den Galgen mit dem Bohrgerät entgegen; seine Instrumente mitsamt dem Tablett warf ich ihm ins Gesicht, das Wasserglas, die Karteikästen, die auf dem Fensterbrett standen, trafen seinen Oberkörper. Und der Ringkampf, den ich ihm dann lieferte, erschien mir vollends surreal. Ich sah mir selber zu. Sah mich ins Fernsehen versetzt, in die martialischen Computerspiele, zu denen ich mich auf Konstanzes großem Rechner manchmal hinreißen lasse. Wie aus dem Nichts wuchsen mir Riesenkräfte, ich warf den Kerl auf den Boden, dass es krachte, trat ihm diverse Male auf seine Finger und in seinen Zwölfer, wenn Sie wissen, was ich meine, Herr Doktor, und am Ende in sein nacktes Hinterteil, und dies, obwohl ich die ganze Zeit aus dem Mund blutete und mir – wie auch ihm übrigens –

beständig die Hose rutschte. Ich war ein Held, daran gab es keinen Zweifel.

Sogar die Geistesgegenwart, mir eine Schachtel Papiertaschentücher zu greifen, besaß ich noch, bevor ich auf die Straße stürzte und in die hellrosarote Morgendämmerung hineinlief, und konnte so verhindern, dass der Taxifahrer, in dessen Auto ich irgendwo einstieg in der Spanischen Allee, mich wieder auf die Straße setzte, als er sah, in welchem Zustand ich war. Ich ließ mich in die Mohrenstraße bringen, zu Ihnen, Herr Doktor, nicht an den Hausvogteiplatz, weil in Konstanzes Wohnung womöglich noch der Herr Baron auf dem Sofa liegt. Mein Herr Schwiegervater, wie ich ihn manchmal scherzhaft nenne, obzwar es dazu nicht mehr kommen wird. Vielleicht warten auch die Helfer des Kommissars auf mich, draußen auf der Straße oder oben im Flur. Bislang waren sie ja durchaus keine Frühaufsteher, ich habe sie immer ausgetrickst.

Kurz bevor Sie mir öffneten, haben Sie sich noch Tweedjacke und Hose über den Schlafanzug gezogen, während die neben Ihnen stehende kleine Frau im weißen Nachthemd geblieben ist und eine Bronze-Statuette in der erhobenen Hand hielt, mit der sie mich bei Bedarf garantiert niedergeschlagen hätte. Das habe ich sehr wohl gemerkt und hätte gerne lächeln mögen, wenn ich fähig dazu gewesen wäre. Ihre Gemahlin war es denn auch, die mich in den Flur hineinzog – nachdem sie die Figur auffällig sorgsam neben das Telefon auf der Kommode gestellt hatte –, gleich rechts die Tür zu Ihrem Behandlungszimmer öffnete, mich dort umstandslos auf Ihre heilige Couch bettete, wütend nach ihrem Medikamentenkoffer schrie und so Sie selbst aus Ihrer Erstarrung erlöste.

Danken Sie ihr also bitte für das Pflaster auf meiner Stirn und die Mullbinden um meine Handgelenke. Und die Eisbeutel auf den Backen. Und die Schmerztabletten … Wer weiß, wie viele Weisheitszähne er mir gezogen hat, mein Mund kommt mir vor wie eine schmerzende Höhle, jetzt, wo die Betäubung nachlässt.

Alles, alles tut mir weh! Mein Rücken, mein verdrehtes Knie, der Kopf, mein Hintern, das Gesicht, sogar mein linkes Ohr, weil er mich daran zu sich hinuntergezogen hat, dieser Wüstling, während ich auf seinem Folterstuhl lag. Und jetzt bekomme ich ein Veilchen, so nennt man das doch im Deutschen? Wie heißt es im Französischen, im Russischen? Ach, ich weiß es nicht mehr. Ich bin verwirrt. Jedenfalls spüre ich, wie es anschwillt, mein Auge, wie es wächst, mein Veilchen, während ich selbst immer kleiner werde, zu schrumpfen beginne auf das Format einer Puppe, die sich im Pommerschen Kunstschrank aufbewahren lässt. In einem Geheimfach, in einer Schublade. Aber es gab dort nichts für Kinder. Auch nichts für Frauen.

Noch nie war ich so erschöpft. Meine Erschöpfung ist mehrere Jahrhunderte alt, ich werde mich wohl nicht mehr davon erholen. Wenn Sie erlauben, Herr Doktor, möchte ich gerne ein bisschen schlafen auf Ihrer Couch. Vielleicht könnte mir Ihre Frau Gemahlin etwas Aufbauendes servieren, einen Brei, eine Brühe … etwas Tröstliches …

Demnächst werde ich Ihnen von Elsbeth erzählen, meiner kleinen, zarten, hellblonden Freundin. Von ihrem wunderbaren, tödlichen Eigensinn. Wenn ich es noch einmal schaffe, meinen Mund zu öffnen. Ich weiß ja nicht, wie es weitergeht mit mir. *Mon dieu!*

Das sage ich wirklich, ich höre meine eigene Stimme.

VII.

Am späten Vormittag, nach der zweitschrecklichsten Nacht meines Lebens, empfingen mich Herr Doktor und Frau Zucker in ihrer Küche, die mehr ein Museum war. Überall, wohin ich schaute – auf dem Sims über der Tür, zwischen den Kakteen auf den Fensterbrettern und dem Geschirr im Schrank –, standen die Götterstatuetten aus Ton und Bronze, mit deren Existenz mich Konstanze am Anfang unserer Liebschaft in seine Praxis hatte locken wollen. Wie bei Freud, weißt du ..., hatte sie gesagt. Dabei war mir von Freud nicht mehr bekannt, als unter meinen Daumennagel ging. Sie musste schon einmal hier gewesen sein, schlussfolgerte ich, als Freundin der Familie, vielleicht als Reiseführerin einer Seniorengruppe, der die beiden angehörten. So etwas hätte sie sich nicht aus den Fingern saugen können, abgesehen davon, dass sie meine Allgemeinbildung gewaltig überschätzte und mich die Existenz von antiker Kleinplastik nicht sonderlich berührte.

Das Behandlungszimmer dagegen hat sie wohl nie betreten, diesen kargen, unfreundlichen Raum. Der Schreibtisch ist leer, außer der hässlichen kunstledernen Ablage liegen dort nur ein Brieföffner aus geschnitztem Elfenbein und ein kitschiges Paperweight aus dem Museumsshop. Nirgendwo ein Blatt Papier, auf das ich eine meiner Girlanden hätte setzen können.

Jetzt, da der Abschied naht, dachte ich, als ich mich an den ramponierten Ohrentisch mit den gedrechselten Beinen setzte, wo man mir auf einem Set mit verblassten englischen Jagdmotiven einen Teller, ein Messer, einen Löffel, einen Becher und eine Papierserviette gerichtet hatte, bekomme ich endlich die griechischen und ägyptischen Götter zu sehen, von denen Konstanze mir vorgeschwärmt hat. Vielleicht hätten sie mich ja inspiriert, über meine Langlebigkeit nachzudenken; sie waren schließlich höhere Wesen, die schon ewig existierten, während mir die Männer und Frauen, die aus meinen geliebten Gemälden blickten, genauso gegenwärtig erschienen wie ich selbst.

Was für eine Idylle! Hier also saßen einander die Eheleute gegenüber, wenn sie frühstückten oder zu Mittag aßen, sofern sie nicht in ihrem Wohnzimmer speisten, wo sich vermutlich der Rest der antiken Figuren befand. Ich konnte mir kaum vorstellen, dass sie ihre Mahlzeiten *nicht* zusammen einnahmen. Schon seit sie mich heute früh gemeinsam versorgt hatten, waren sie mir nicht mehr von der Seite gewichen; auch jetzt blieben sie beide vor mir stehen und sahen mir beim Essen zu. Und redeten gleichzeitig, obzwar fast nie im Dialog und Frau Zucker zumeist einen Tick schneller als ihr Mann. Während sie also sagte: Verzeihen Sie, dass es nur koscheres Knäckebrot gibt und ein bisschen Marmelade. Wir beide mögen morgens nichts zu uns nehmen; selbst einen Kaffee können wir Ihnen nicht anbieten, weil wir nur Tee vertragen ..., fragte ihr Mann, weil er wohl gespürt hatte, dass ich ins Grübeln geraten war: Gefallen Ihnen unsere Reliquien? Tatsächlich gab es in unserer Biografie eine Zeit des permanenten Reisens, gezwungenermaßen oder freiwillig. Götterdarstellungen haben uns immer fasziniert. Aus anderen Ländern besitzen wir gleichfalls …, worauf ihm seine Frau ins Wort fiel und zu bedenken gab: Ich sollte deinen Patienten frisch verbinden, bevor ihr euch zurückzieht. Deine heilige Couch hat er ohnehin schon befleckt. Weshalb ich mich folgsam vor sie hinstellte und mein blutiges, unter der Achsel aufgeplatztes Hemd hochzog.

Vermutlich haben Sie sich eine Rippe gebrochen, diagnostizierte sie, nachdem sie mich abgeklopft hatte. Dagegen kann man nichts machen, so höllisch weh es auch tut. Aber ich möchte Ihnen gerne eine Tetanus-Spritze geben, wenn Sie nichts dagegen haben. Man sollte gewisse Vorkehrungen treffen nach einer solchen Schlägerei. Wann sind Sie denn das letzte Mal geimpft worden?

Als ich ratlos den Kopf schüttelte, lachte sie fröhlich: Nicht schlimm. Die wenigsten Menschen können sich daran erinnern. Dafür gibt es schließlich auch Impfpässe. Bei Ihnen scheint es mir allerdings so lange her zu sein, dass man den Schutz ruhig auffrischen darf. Mit Wundstarrkrampf ist nicht zu spaßen. Die Impfung, die ich Ihnen gleich verabreiche, enthält auch Komponenten zum Schutz vor Keuchhusten, Diphterie und Kinderlähmung, nur damit Sie Bescheid wissen. Arm oder Po? Was ist Ihnen lieber?

Frau Zucker war rund, klein und herzlich, sie gehörte zu den wenigen Menschen, denen ich direkt in die Augen sehen konnte. Um einiges jünger als mein Analytiker und ungleich lebendiger, besaß sie einen flinken, hellen Blick, der die Dinge in Sekundenschnelle erfasste. Während sie mich untersuchte, hatte sich ihr Gatte ungeduldig unter der Tür zum Flur postiert und fuhr ihr gelegentlich mit ein paar Halbsätzen in die Parade, sodass ihre Stimmen eine Zeitlang übereinanderlagen.

Im Grunde müsste dein Patient zum Arzt, sagte sie, ohne sich beirren zu lassen. Auch zum Zahnarzt. Dem Armen wurden zwei Backenzähne gezogen und nur unzureichend versorgt. Eine Organquetschung könnte gleichfalls vorliegen. Und an mich gewandt: Sie sollten unbedingt zur Polizei gehen! Die könnten vielleicht rauskriegen, wer Sie so zugerichtet hat.

Ich bin überzeugt, dass er das ganz genau weiß, antwortete ihr Gatte an meiner Stelle. Die Frage ist eher, ob er es der Polizei mitteilen möchte. Kommen Sie, junger Mann. Heute Nacht haben Sie mir mitgeteilt, dass Sie am Nachmittag keine Zeit haben, weil Sie eine Dame vom Flugplatz abholen müssen. Wenn Sie sie nicht zu Tode erschrecken wollen, sollten Sie sich davor aber noch säubern und umziehen ... also ...

War das die Hühnersuppe Ihrer Frau heute Nacht, beziehungsweise heute früh? Ist sie gleichfalls Analytikerin?, fragte ich, nachdem wir in sein Sprechzimmer gegangen waren und er sich mindestens ebenso mühsam in seinen Sessel gesetzt wie ich meinen geschundenen Körper auf seine harte Couch gerollt hatte.

Einmal Ja und einmal Nein, erwiderte er. Bevor Sie sich entschlossen haben, doch noch in einen Weinkrampf zu verfallen, hat die Gute Ihnen alles eingeflößt, was im Teller war. Wir haben immer Hühnersuppe da. Es ist unser Penicillin, müssen Sie wissen ... Und nein: Meine Frau mag handfeste Krankheiten lieber. Sie arbeitete jahrelang als Chirurgin in diversen Krankenhäusern, und jetzt ist sie häufig als Notärztin für die Caritas unterwegs.

Ich hätte ihn gern noch viel mehr gefragt. Warum er mir erlaubt hatte, auf seiner Couch zu schlafen, und mich nicht sofort ins Krankenhaus schickte, jetzt aber zur Behandlung Decke und Kissen wieder fein säuberlich weggeräumt hatte, so als habe die Entweihung seines Therapieutensils nie stattgefunden. Wieso er und seine Frau – was ich durchaus mitbekam – abwechselnd durch den Türspalt gelugt hatten, auch wenn ich gerade nicht vor Schmerzen schrie. Warum er oder sie mir einmal sogar über die Wange strich, als mir mitten im Schlaf mein Elend wieder einfiel und ich erneut zu schluchzen begann, es aber in übertriebener psychoanalytischer Verklemmung nicht zuließ, seine oder ihre Hand zu ergreifen und zu küssen.

Nach dem Frühstück ist es mit der Fürsorglichkeit leider vorbei. Außer dass sich die Bahnhofsuhr wieder an ihrem alten Platz befindet und ich hören kann, wie die bislang nicht existent gewesene Frau meines Therapeuten die Wohnung verlässt, ist alles so wie immer. Dass ich sie vermutlich nicht mehr wiedersehen werde, stimmt mich traurig. Als ihr Mann sich hinter mir räuspert, ist mir, als hätte ich eine Verbündete verloren. Sie haben mich ergriffen in der kurzen Zeit, die ich sie zusammen erlebte; ihr zärtlicher Ton brachte mich fast zum Weinen nach der Gewalt, die mir immer noch buchstäblich den Brustkorb zuschnürt. Wogegen mich auf Doktor Zuckers Couch sofort der bekannte kühle Wind anweht, trotz der Hitze, die der altmodische, endlich einmal voll aufgedrehte Heizkörper verbreitet.

Sie haben mir angekündigt, mündlich zu werden, insistiert mein Therapeut sanft und ohne das geringste Anzeichen von Ungeduld, nachdem ich aus alter Gewohnheit schon eine Viertelstunde lang geschwiegen und ihn so gut wie vergessen habe. *Soweit ich mich erinnere, wollten Sie mir von Elsbeth berichten.*

Wie gern würde ich mich dumm stellen und fragen: *Habe ich das wirklich gesagt? Laut und vernehmlich?* Aber ich muss noch ein paar Gedanken zu Ende bringen, bevor ich zu sprechen beginne, bin ich mir doch plötzlich nicht mehr sicher, ob mir Elsbeths Name nicht einfach als Katalysator dient, bevor ich mich mit Heidi nach Basel begebe und dort endlich Nägel mit Köpfen mache. Ist es wirklich notwendig, so schonungslos zum Kern meiner Verworfenheit vorzudringen und jene Feigheit zu offenbaren, die das Böse in mir ausmacht? Jene chronische Feigheit, die mich so zuverlässig überleben ließ – rein körperlich zumindest? Dass mir jetzt ausgerechnet Lenins ominöser Spruch in den Sinn kommt, ist mir unangenehm. Diese abgegriffene, inzwischen von den größten Dummköpfen benutzte Formel, die mir mein Freund Löwy zuzuflüstern pflegte, wenn er abends unseren Verschlag verließ und wir nicht wussten, ob er die Nacht überlebte.

Die Wahrheit ist immer konkret.

Damals in Moskau hatte ich keinen Schimmer, was er mir damit sagen wollte. War Wahrheit nicht sowieso konkret? Ließ etwa Herr Stangerl die Wahrheit immer nur am Samstagnachmittag konkret werden und fühlte sich deshalb so sichtbar erleichtert, wenn er nach dem Beichten hüpfend und springend wie ein Moriskentänzer aus der Michaelerkirche in seine Werkstatt zurückkehrte? Der Gedanke infiziert mich. Soll ich meine erste echte Analysestunde als Beichte benutzen, jetzt, wo es zum Sterben geht, heute Abend, um 23.52 Uhr, um genau zu sein? Und: Wird mein jüdischer Psychoanalytiker denselben Effekt erzielen wie Stangerls Beichtvater, auch wenn er für seine therapeutischen Mühen von Konstanzes Vater bezahlt wird und ich ihn seit Monaten so schweigend wie störrisch am langen Arm verhungern lasse?

Ganz sicher bin ich mir nicht, ob die Selbstentblößungsrituale der katholischen Kirche und die der Psychoanalyse zu vergleichen sind. Man muss sich nur vorstellen, dass ich mich einmal pro Woche für längere Zeit sprachlos in einen Beichtstuhl gekniet hätte. Kein Priester hätte dies so langmütig hingenommen wie Doktor Zucker, sondern mich vermutlich mit Stentorstimme darauf hingewiesen, dass auch noch andere Leute ihre Sünden loswerden wollten. Vielleicht wäre er auch irgendwann wütend aus seinem geschnitzten Kabuff herausgestürzt, um mir eine Ohrfeige zu geben. Das soll es durchaus gegeben haben in katholischen Gotteshäusern, wie mir Adelbert, mein vom Glauben abgefallener französischer Freund, vor langer Zeit erzählt hat. Man musste das Richtige beichten für die geistlichen Herren, so wie es im Sündenregister mit vorgefertigten Worten aufgeschrieben ist, und kein bisschen anders.

Selbstverständlich kann Doktor Zucker mir keine Absolution erteilen, so wie ein Kaplan oder Prälat seinen jeweiligen Schäfchen, stellvertretend für den jeweils angebeteten Gott, mir also auch keine drei Vaterunser oder den Schmerzensreichen Rosenkranz als Buße auferlegen. Ob Stangerl derlei Strafen ernst genommen hat, scheint mir fraglich, wenn ich daran denke, wie bald nach der Preisgabe seiner Verfehlungen er wieder über seinen

Kupferplatten saß, vor sich hin stichelte und pfiff und dazu sichtbar aufgeräumt und amüsiert die Refrains seiner Bußübungen einfließen ließ. *Jesus, der für uns Blut geschwitzt hat* etwa, *Jesus, der für uns mit Dornen gekrönt worden ist*. Oder *Jesus, der für uns gekreuzigt wurde.* Hänschen und Fränzchen, die ihn mit leuchtenden Augen beobachteten, durften lange händchenhaltend vor ihm stehen bleiben, bevor er sie wegscheuchte und wieder auf die Straße zum Pferdeäpfelsammeln schickte.

Wie Doktor Zucker reagiert, wenn ich ihm offenbare, dass ich 1937 im Moskauer Gorki-Park zwischen der Kleinkunstbühne für Laien und der großen Lachmühle, direkt hinter der öffentlichen Toilette am Platz des Fünfjahresplanes den griechischen Übersetzer Nikiforos ans Messer geliefert habe? Es gibt eigentlich nur zwei Möglichkeiten: mich hinauszuwerfen oder abwartend zu schweigen. Wobei ich mir das Erstere wohl mehr als moralisches Statement wünsche. Keinesfalls wird er fragen, wie ich all die Jahre mit meinem Gewissen zurechtkam und wie ich überleben konnte unter dieser übergroßen Schuld. Ganz unabhängig vom Problem meines Nichtsterbenkönnens, über das er gnädig oder schlau – wie man es nimmt – wohl erst einmal hinwegsehen wird.

Oder täusche ich mich? Was ist der Preis dafür, dass ich nun rede? Neutralität? Zuwendung? Absolution? Wie fremd mir meine Stimme vorkommt, Herr Doktor, so blechern. Aus meinen mühevollen Sätzen klingen alle Sprachen und Dialekte, die ich je benutzt habe. Und dass ich mit Elsbeth beginnen muss, nun, da ich mich zum Beichten entschlossen habe, und ich nicht erst ins Allgemeine abschweifen darf, macht es noch schlimmer.

Dieser Sprung zurück, mitten in die Küche der Moskauer Kommunalka, droht mir das Herz zu zerreißen.

Nach Stalins Reden, die wir häufig zusammen in der Küche anhörten, blieb sie jedenfalls gerne noch ein bisschen vor dem Radio sitzen, die Liebe meines Lebens, wenn man von Konstanze absieht, an die ich in der nächsten Stunde nicht denken will. Lauschte den Musiksendungen, die danach kamen, oder drehte am Knopf, um auf internationalen Kurzwellen zu reiten, die – wie sie behauptete – bis nach Paris, London oder Tokio reichten. Ursprünglich hatte der Apparat einem deutschen Emigranten gehört, der mit seiner Frau aus dem Hotel Lux geflüchtet war und hier, kaum zwei Tage nach ihrer Ankunft, dann doch verhaftet wurde. Noch in derselben Nacht kamen Karl und Elsbeth in die Kommunalka, froh, so schnell eine Bleibe zu finden. Auch sie hatten ein halbes Jahr in der Komintern-Herberge logiert. Mit dem Radio, das sie neben ihrem Bett unter einem mottenzerfressenen Mantel entdeckten, wollten sie allerdings nichts zu tun haben; lieber stellten sie es der Allgemeinheit zur Verfügung. Als *Instrument für den kollektiv in Gang zu setzenden Enthusiasmus*, wie Karl dies ausdrückte. Ob er es ironisch meinte, ließ sich schwer beurteilen.

Dass es jedoch keinesfalls der allgemeinen Belustigung dienen sollte, stand für ihn fest. Damit der Apparat nicht die ganze Zeit dudelte, stellte Karl ihn auf das breite Brett über den beiden Küchenherden, wo man nicht nur die Löffel und die Bratpfannen überwinden musste, die daran baumelten, sondern auch den heißen Dampf aus den Kesseln mit der Kochwäsche, die dort die ganze Zeit über brodelte. Das heißt, Elsbeths Mann, der sehr groß war und überproportional lange Arme besaß, sodass ich ihn unwillkürlich mit einem Affen verglich, als ich ihn das erste Mal sah, holte den Apparat mit dem magischen grünen Auge immer nur dann herunter, wenn er *gebraucht* wurde. Zum Zeitpunkt der direkt neben der gerahmten Hausordnung im Flur auf wechselnden Zetteln angekündigten speziellen Sendungen also, die der bolschewistischen Bewusstseinsformung dienten. Sprich: wenn die Fünfjahrespläne oder Politbürobeschlüsse verlesen und Konzerte und Klavierwettbewerbe aus dem Bolschoi-Theater übertragen wurden. Oder Berichte kamen über die Fortschritte beim Bau des ohne Stahl, Beton und Maschinen entstehenden Belomor-Kanals, des wichtigsten sowjetischen Prestigeprojekts neben den Untergrundbahnhöfen, unter Nichtberücksichtigung der täglichen Toten natürlich. Auch die Direktübertragungen der Urteilsverkündungen wichtiger Prozesse aus dem Oktobersaal des Gewerkschaftshauses konnte man in Karls den Kommunalka-Bewohnern zur Verfügung gestelltem Rundfunkempfänger hören, was deutlich bequemer war, als sich bei Schnee und Kälte auf der Straße unter einen Lautsprecher zu stellen.

Während des Tribunals gegen das *Sowjetfeindliche trotzkistische Zentrum*, dessen Mitgliedern man Sabotage, terroristische Aktivitäten und Spionage für deutsche und japanische Geheimdienste vorwarf, lief das Radio vom 23. bis zum 30. Januar 1937 fast ununterbrochen, auch in den Abendstunden, wenn während der Beratungspausen Tanzmusik, Zigeunerweisen, Foxtrott und Tango erklangen, um die Genossen und Genossinnen bei Laune zu halten. Das pompöse Gehäuse aus Mahagoniholz stand während dieser Zeitspanne auf dem großen Tisch vor dem Fenster, zum Verdruss der Frauen, die auf der dort ausgelegten Leinendecke Hemden, Kleider und Blusen zu bügeln pflegten, die sie sukzessive von den im Flur ausgespannten Wäscheleinen nahmen. Dafür versammelten sich jetzt Klassik-Fans um das manchmal arg knatternde Gerät, junge und alte Menschen gleichermaßen, denn auch Beethoven konnte man hören, wenn es gegen Mitternacht ging, seine Sonaten und Symphonien, den ersten Satz der *Eroica* oder die *Coriolan*-Ouvertüre – sogar gleich mehrere Male hintereinander.

Zu sagen, dass ich mich in der Küche der Moskauer Gemeinschaftswohnung zum Musikliebhaber entwickelte, ist jedenfalls keine Übertreibung, lieber Herr Doktor. Wobei ich stets goutierte, was gesendet wurde, und nicht besonders wählerisch war. Selbst eine sowjetische Form des *Dzaz* gab es ja in den späten Dreißigerjahren, eine Zeitlang waren mir die Schlager und Filmmusiken von Isaak Dunajewski – sein *Mondscheinwalzer* vor allem – mindestens genauso lieb wie die fünfte Symphonie von Schostakowitsch, deren Marschfinale als Verherrlichung der Sowjetunion galt. Elsbeth erzählte mir während einer unserer Nächte im Hotel Lux, dass Dmitri Dmitrijewitsch mit seiner fünften, auch auf den dortigen Fluren zu hörenden Symphonie dem ihm von Stalin höchstpersönlich angekreideten Chaos ein für alle Mal abgeschworen habe. Elsbeth wusste sehr viel von solchen geheimen Sachen, und ich wusste gar nichts und war – wie schon mein ganzes Leben lang – auf diejenigen angewiesen, die mehr wussten als ich. Fest steht, dass ich in eine gute musikalische Schule ging in jenen Tagen, ausgestattet mit den besten Solisten, Orchestern und Dirigenten. Mein in der Sowjetunion trainiertes Gefühl für Qualität verlor ich nie, die damals entwickelten Vergleichsmöglichkeiten trugen mich bis in die New Yorker Carnegie Hall und die Berliner Philharmonie. Vermutlich bin ich deshalb so starr in meinen Ansichten und kann mit bestimmten, allzu nüchternen, sprich: leidenschaftslosen Dirigenten zu Konstanzes Entsetzen nichts anfangen.

Sobald das Radio lief, wich der Geruch von Seifenlauge dem von Zigaretten und Stumpen. Für die Zubereitung von Soljanka und Borschtsch kamen noch die Ausdünstungen von Blaukraut und Roter Bete hinzu – man kochte das, wofür es gerade die Zutaten gab. Zwar bekamen die meisten Leute dort zu essen, wo sie arbeiteten, aber natürlich wurde auch eine gewisse Vorratswirtschaft betrieben. Gläser mit saurem Gemüse, Maiskolben, Gurken oder Heringen standen abgezählt in den Regalen, niemand hätte gewagt, sich daran zu vergreifen. Staunend beobachtete ich, was da vor sich ging, wie geschäftig man war, wie man sich vor den Gasherden und Schränken drängelte mit müder, nervöser Energie, aber auch kampflos kapitulierte, wenn man entschlossen genug weggeboxt wurde. Keiner fragte, zu wem ich gehörte, noch, was ich hier zu schaffen hätte oder wo ich wohnte, in welchem Loch. Dass Löwy mir seit Wochen Unterschlupf gewährte, wusste keiner, der Grad der Anonymität in dieser intimen Hölle war furchterregend, was nicht hieß, dass mir nicht hin und wieder jemand aus Barmherzigkeit mit abgewandtem Gesicht eine Kartoffel oder Kürbisschnitze zusteckte. Letztlich war es mir egal, wovon ich mich ernährte. Einmal biss ich in der Dunkelheit in ein Stück Kernseife und verschluckte Tabakreste, die man in einen Teller gebröselt hatte, um daraus neue Papyrossi zu drehen. Ich war ein armer Hund, abgemagert und mit vor Hunger glasigen Augen, und lebte in einer seltsamen Verwirrung, was die Aromen der Kommunalka-Küche anbetraf. Müffelte es doch nicht nur nach Kohl, Tabak und Seife je nach Tageszeit, sondern auch nach dem Schweiß der Männer und Frauen, die direkt von ihrer Arbeitsstelle zum Radio geeilt waren. Wenn sie kurz zuvor eine Verhaftung beobachtet hatten – auf der Straße, in der Metro, im Treppenhaus –, roch es auch nach Angst. Die Ätherwellen besaßen keinen Geruch, vergifteten aber unsere Herzen. Und je länger wir uns ihnen aussetzen, desto kränker werden wir, behauptete mein Freund Löwy. Beethoven hin, Schostakowitsch her.

Dann kriech doch hinein, verdammt!, blaffte Karl seine Frau an, wenn er zwischen zwei Todesurteilen wütend die Küche verließ. Sie aber blieb bis zur Hymne sitzen, bis zum Sendeschluss also. Und nahm – zusammen mit anderen Beharrlichen – sogar die drögen Marxismus-Leninismus-Lehrgänge in Kauf sowie den einen oder anderen Vortrag über die erfolgreichsten Methoden bei der Schacheröffnung. Dass es dazwischen auch Nachrichten aus aller Herren Länder gab, vorzugsweise Horrormeldungen vom Klassenfeind, der sich in England und den Vereinigten Staaten aufhielt, Berichte russischer Korrespondenten über die Freizeitaktivitäten der Hitler-Jugend an oberbayerischen Seen, aber auch die täglichen Pressemeldungen aus der *Prawda* und *Iswestija* sowie deren Leitartikel, machte Elsbeth – so schien es Löwy und mir, die wir oft neben ihr saßen, ohne dass sie uns beachtete – zu einer sich stets um lückenlose Information bemühenden, lupenreinen Kommunistin.

Dreizehn Angeklagte wurden zum Tode verurteilt an jenem 30. Januar 1937, vier weitere zu hohen Gefängnisstrafen. Nach der Übertragung des Gerichtsurteils und dem Bericht über die sofortige Urteilsvollstreckung wurde die b-Moll-Sonate von Chopin mit dem *Marche funèbre* gespielt, daran erinnere ich mich noch genau. Auch daran, dass alle Zuhörer entgeisterte Gesichter machten. Sollte jetzt nicht Freudenmusik erklingen, nachdem man die antisowjetischen Verräter überführt und verurteilt hatte? Borodins *Polowetzer Tänze*, oder wenigstens Tschaikowskis *Ouvertüre 1812* statt dieser elegischen Klänge? Auch die *Internationale* hätte doch gut gepasst.

Tatsächlich wusste man nie genau, welcher Komponist gerade tabu war, wie die Menschen konnten auch die beliebtesten Melodien von einem Tag zum anderen verschwinden. Wer bestimmte das Programm? Wer die Reihenfolge der Musikstücke? Waren die Leute alt oder jung, die so beständig auf uns einredeten? Wie man Radio machte, war rein technisch gesehen kein Geheimnis, ideologisch aber schon. Radio-Redakteure lebten genauso gefährlich wie andere Leute auch: Derjenige, der sich für Chopins an Tragik nicht zu überbietenden *Marche funèbre* entschieden hatte, kam hinterher ins Straflager. So etwas sprach sich schnell herum.

Mich erreichten die Horror- und Klatschgeschichten ohnehin nur in der Übersetzung meines Freundes Löwy, und wer weiß, wie viel er wegließ oder hinzufügte. Auch die Urteile waren mir von ihm zugeraunt worden, stundenlang, wie mir schien, mit nur kurzen Unterbrechungen, nicht in korrekter juristischer Diktion zwar, aber in erstaunlich flüssigem Deutsch, die kommunistische Rhetorik bereitete ihm keinerlei Schwierigkeiten. An diesem Abend geschah es auch endlich, dass er mir Elsbeth als seine Cousine vorstellte, obgleich wir schon mehrere

Male in ihrer unmittelbaren Nähe gesessen hatten, ich zumeist hinter ihrem schmalen Rücken, beständig in der Versuchung, an ihren blonden Zöpfen zu ziehen, die über ihrer irgendwie alpenländisch aussehenden roten Strickjacke hingen. Manchmal blitzte ein bisschen Profil auf, ab und an sah ich ihre etwas zu spitze, von Sommersprossen übersäte Nase, ihre linke Schläfe, durch die sich zwei klitzekleine blaue Adern schlängelten, ihre hellen Wimpern, die sich während der klassischen Klänge regelmäßig senkten. Gerade hatte ihr Mann die Küche verlassen, ihr noch ein Schimpfwort zugebellt, das ich nicht verstand, meinem Freund auf die Schulter geklopft, knapp oberhalb seines Buckels. Vielleicht war sie gar nicht Löwys Cousine, im Nachhinein zweifle ich manchmal daran. Allerdings versendeten beide – hellblond und blauäugig – ähnlich deutliche Blicke, so klar und rein und unschuldig, als wollten sie ihre Mitmenschen beständig zur Rede stellen.

Wir waren ja beide klein, Löwy und ich, wir passten gut in seinen Verschlag, der vermutlich früher eine Wäschekammer gewesen war, und verstanden uns auch sonst nicht schlecht. Wobei er nachts häufig auf Achse war, als Kurier unterwegs von einem Literaturzirkel zum anderen, was er mir freilich erst nach einer gewissen Zeit, nach Prüfung meiner Vertrauenswürdigkeit, erzählte, bei der Arbeit auf dem Gerüst, über meine Schulter gebeugt ins Leere wispernd, vor Stalins linkem Auge passenderweise, in dessen Pupille er dabei einen Lichtpunkt setzte. Manchmal fahre er mit der Elektritschka bis nach Peredelkino hinaus, wo ihm der Kinderbuchautor Kornej Tschukowski, falls er ihn in seiner Datscha antreffe, eine Tasse heißen Tees serviere. Leider überlebte *Das Krokodil am Telefon*, ein auf durchscheinendes Papier gedrucktes, später wohl international bekannt gewordenes Bilderbuch, das Löwy von ihm geschenkt bekommen und an Ninel, unsere kleine Intelligenzbestie, weitergegeben hatte, nicht lange. Irgendwelche Erwachsene rissen es auseinander und benutzten die bunten Seiten für ihren Toilettengang, was die Kinder mit erstaunlichem Gleichmut hinnahmen.

Löwy pflegte mit so manchem gefährdeten oder irgendwann *abgeholten* Schriftsteller Kontakt, immer wieder erwähnte er bekannte oder geheime Namen, ohne dass es je bei mir klingelte, geschweige denn, dass ich sie heute noch präsent hätte. Darüber, dass *er* es war, der sein Leben aufs Spiel setzte, wenn er deren Botschaften quer durch die Stadt trug, und nicht ich, der ich es vor Hunger kaum aushielt, wenn er nicht nach Hause kam, dachte ich nicht nach. Zwar hatte er mir ausdrücklich erlaubt, mich von seinen Vorräten zu bedienen, oft aber gab es nichts Essbares mehr in seinem Fach, weswegen ich in meiner Verzweiflung auch in fremder Leute Töpfe und Schüsseln griff, aus Flaschen trank, die mir nicht gehörten, Reste von nicht abgewaschenen Tellern kratzte – in jenen magischen zehn Minuten, wenn alles schlief, im Morgengrauen in der Küche. Während ich mir die Taschen mit Möhren und erfrorenen kleinen Zwiebeln vollstopfte, die mir regelmäßig die Verdauung durcheinanderbrachten, schlotterten mir die Knie vor Angst. Mundraub war gefährlich, dafür konnte man denunziert werden. Einmal stand ich sogar daneben, als es passierte, es ging um einen Löffel Mehl, der – zum Andicken einer allzu dünnen Soße genutzt – in eine grundsätzliche politische Unzuverlässigkeit umgemünzt wurde. Gleichgültigkeit gegenüber Kakerlaken, Silberfischchen, Dreck, Staub und Mäusekot erfuhr dagegen keine Bestrafung, Reinlichkeit unterlag keiner ideologischen Maxime, trotz ausgeklügelter Hausordnung und wöchentlich wechselnder Putzpläne. Pünktlich vor der Verkündigung der neuesten Politbürobeschlüsse vor dem Radio zu sitzen, war ungleich wichtiger.

Bisweilen blieb ich nach meinen Raubzügen in der Küche hängen, weil dort ein alter Mann mit buschigen grauen Haaren und ebensolchen Augenbrauen saß und unter der Glühbirne am dreimal verknoteten Kabel, die über dem Tisch am Fenster hing, Euripides' Dramen ins Russische übersetzte. Ein Herr war er nicht, eher ein der deutschen Sprache ziemlich mächtiger griechischer Bauer, wie er sich selbst beschrieb, mit einem Quadratschädel jedoch, der es in sich hatte. Tagsüber sah man ihn nur, wenn er in seiner seltsam zischenden Muttersprache lärmende Kinder vor seinem Zimmer verjagte, wo er allen Ernstes zu schlafen versuchte, während seine Mitbewohner ihrer Arbeit nachgingen. In jungen Jahren habe er in Berlin studiert, erzählte er mir gleich bei unserer ersten Begegnung, und dort mit großer Begeisterung die Vorlesungen eines berühmten Gelehrten besucht, der Simmel – oder Kimmel? – hieß. *Die Philosophie des Geldes*, sein wichtigstes Werk, sei mindestens so bedeutend wie Karl Marx' *Kapital* und viel leichter zu lesen, wenngleich man dies natürlich hierzulande nicht laut sagen dürfe.

Kurioserweise kannte Nikiforos auch München und die Druckerei Portenlänger, da er in der Nähe zur Untermiete gewohnt hatte, irgendwo in einem der Außenbezirke. Und am Rand sei er auch in den sehr kurzfristigen Versuch involviert gewesen, aus dem bayerischen Freistaat eine Räterepublik zu machen. Er glaube nicht, dass Stalin dieses Experiment gutgeheißen hätte, fügte er hinzu, die Stimme senkend, obgleich sich niemand sonst im Raum befand. Da waren einfach zu viele Juden dabei. Immerhin aber, weil sich die Revolutionäre ja nicht dauerhaft an der Macht halten konnten, sei nur ein Bruchteil der Verhaftungen von heute zu zählen gewesen. Alles war kleiner, weniger doktrinär, anarchisch. Und außerdem, junger Mann, denken Sie bloß nicht, dass es verboten ist, Äpfel mit Birnen vergleichen. Das ist es nämlich, was ich gerade tue: griechische Dramen auf ihre kommunistischen Gehalte abzuklopfen und die richtigen Stellen für sowjetische Schulbücher aufzubereiten.

Da steckt mehr drin, als man denkt, fuhr er fort. Viel mehr. Auf dem letzten Komintern-Kongress zum Beispiel sei er einem extrem starrsinnigen, im Grunde unbelehrbaren Briten begegnet, der seit Jahren Shakespeare'sche Dramen auf ihre Verwertbarkeit für die Erziehung des wahren sozialistischen Menschen überprüfe, *Hamlet* vor allem. Ein in meinen Augen völlig untaugliches Unterfangen. Dieser ewig zweifelnde, weinerliche Prinz in seinem grenzenlosen Subjektivismus, wie solle der als Vorbild dienen. Da seien die alten Griechen doch von ganz anderem Kaliber. Optimistisch in ihrer Weltanschauung, nicht totzukriegen ... Dabei lachte Nikiforos und zwinkert mir zu, wie so oft. Ich traute mich allerdings nie, zurückzuzwinkern, weil ich nicht wusste, ob es nicht ein Tic war, der ihn quälte. Auch wenn er sich die Haare raufte, sodass sie ihm vom Kopf abstanden, als stünde der ganze Mann unter Strom, wandte ich – weil er so wild und verrückt aussah – lieber den Blick ab.

Aber ich dachte mir meinen Teil, verehrter Herr Doktor, über Nikiforos' nächtliches Treiben in der Küche dieser Moskauer Kommunalka, die – wie tausend andere vergleichbare Wohnungen – ein Marktplatz war und zugleich ein Ort der ständig neu in Angriff genommenen Gehirnwäsche. Dank Löwys Aufklärung konnte ich deuten, warum er keine Ruhe fand, war doch auch er einer dieser ominösen Seeleningenieure im Dienst des Bolschewismus, nicht mehr und nicht weniger, dazu geboren geradewegs, wenngleich er als Knabe auf dem Peloponnes für seinen Vater die Ziegen molk und erst mit zwanzig zu lesen begann. Zwar stieg er nicht in die Metro-Schächte hinunter oder agitierte die Fabrikarbeiter, sondern kämpfte mit Küchendünsten oder dem nicht nachlassenden Getöse auf dem Flur vor seinem Zimmer, aber er tüftelte und schraubte ohne Unterlass an der Bildung der künftigen Generationen und machte die europäische Geistesgeschichte ideologisch sozusagen kompatibel. Ob alle Schulbuchautoren sich wie Missionare fühlen? Ich jedenfalls schlug über Nikiforos' Blauäugigkeit keineswegs die Hände über dem Kopf zusammen, im Gegenteil. Ich bewunderte seinen Scharfsinn bei der Interpretation der im Kern offenbar sozialistisch gesinnten Götter, von deren grausamem Tun er mir im Märchenton erzählte. Wie eindrucksvoll er sie auf- und niederfahren, sie einander beschlafen und umbringen ließ, bis mir vor Erschöpfung die Augen zufielen und mein Kopf auf die Tischplatte sank. Wer war wer? Wer war wessen Tochter oder Sohn? Natürlich konnte ich nicht einschätzen, wie sich seine Mühen in russischen Schulbüchern niederschlugen – wenn überhaupt je. Aber seine Indoktrination auf mich wirkte, eine Zeitlang träumte ich eher von Herakles als von Stalin. Was wohl etwas aussagt über meine grenzenlose Naivität, nicht aber über meine Linientreue und die Überforderung, der er mich aussetzte.

Ob ich begriff, was er mir aus seinen Wissensschätzen offerierte, berührte ihn wenig. Anders als meine übergescheite Konstanze wollte er auch nie testen, ob ich seine Erkenntnisse im Gedächtnis behielt oder gar ein besserer Mensch dadurch wurde. Seine Unterrichtsstunden erschienen mir ähnlich plan- und ziellos wie Adelberts Erziehungsversuche im Wachhäuschen am Brandenburger Tor, er orientierte sich ausschließlich an seinen eigenen Interessen. Von der Athener Philosophenschule über die Kunst des Kanalbaus in der Epoche des französischen Absolutismus und kalligrafische Grundfiguren der griechischen und deren vermeintliche Berührungen mit der kyrillischen Schrift ging es quer durch die Fachgebiete und Zeitläufte hin bis zu Tolstois *Anna Karenina* und *Krieg und Frieden*, zwei Romane, deren deutsche Übersetzungen mir in Dünndruckausgaben mit Goldschnitt zu Beginn des dritten Jahrtausends in Konstanzes Bücherschrank wieder begegneten.

Manchmal, wenn wirklich alles zu schlafen schien, las mir Nikiforos auch Passagen aus einem damals kursierenden, von Löwy in Fortsetzungen vorbeigebrachten Manuskript vor, indem er sie mir beim Rezitieren gleichsam simultan aus dem Russischen übersetzte. Es ging um einen Schriftsteller, der sich Meister nennen lässt, und um Margarita, seine Geliebte. Bürokratie und Liebe, Leidenschaft und Lethargie. Und den Teufel höchstpersönlich. Ehrlich gesagt verstand ich nur Bahnhof. Aber die Ehrfurcht, die Nikiforos den mürben, von verschmutzten Schreibmaschinentypen durchschossenen Durchschlägen entgegenbrachte, beeindruckte mich sehr. Natürlich kam mein nächtlicher Lehrer nicht umhin, mich auf die Analogie des Romans zu Goethes *Faust* aufmerksam zu machen, obwohl ich von Faust nicht mehr wusste, als dass er Gretchen verführt und ihr ein Kind gemacht hatte. Dass ich dem Dichterfürsten hätte begegnen können in Berlin, verkniff ich mir natürlich. Obwohl sich Nikiforos vielleicht gar nicht darüber gewundert hätte, so langfristig, wie er die menschliche Entwicklung und deren innere Zusammenhänge betrachtete. Wie Sie, Doktor Zucker, der Sie offensichtlich beabsichtigen, auf diese meine Monstrosität – oder wie soll ich meine Unsterblichkeit sonst nennen? – nicht einzugehen.

Nikiforos plauderte immer so lange, bis die Frühaufsteher kamen, die sich – in Anbetracht der Schlange, die sich vor dem Badezimmer zu bilden begonnen hatte – über dem Spülstein noch schnell die Zähne reinigten, bevor sie zur Arbeit gingen. Auch Ninels damals noch anwesende Eltern befanden sich darunter, Elektra, sein Schwesterchen, lag häufig daumenlutschend über der Schulter des Vaters. Gerne hätte ich die beiden Kinder in meinen Verschlag mitgenommen, wo ich mich nach den langen lehrreichen Nächten manchmal noch ein bisschen schlafen legte. Sie wollten aber nicht, lieber taumelten sie Hand in Hand durch den dunklen Flur, bevor sie irgendwo einschliefen, aneinander gekuschelt, schicksalsergeben, und die Kommunalka-Bewohner auf sie traten, ohne es zu merken.

Da haben wir mal wieder die Nacht zum Tag gemacht, junger Mann, halbwegs wenigstens, aber doch ertragreich, sagte der Grieche jedes Mal, wenn er sich ächzend erhob. *Junger Mann*, so hieß ich bei ihm, wie auch bei

Ihnen, Herr Doktor, und bei Ihrer liebenswürdigen Frau. Dabei war ich doch schon damals nicht mehr jung, so wenig wie heute. Ich war es zu keiner Zeit meines Lebens, wenn ich es genau betrachte, ebenso wenig wie ich jemals erwachsen wurde. Für meinen Namen hat sich Nikiforos nie interessiert, er blieb beim Sie und nannte mich nie *Genosse*, was er wohl richtig einschätzte. Wie alt er war, weiß ich nicht. Ziemlich alt vermutlich. Er rauchte ohne Unterlass während der Unterrichtsstunden, gar keine schlechten Sorten, Belomor, oft auch Herzegowina Flor, jene Marke, die Stalin bevorzugte. Seine Fingerkuppen waren gelb vom Nikotin, sein Husten klang fürchterlich, am liebsten hätte ich mir die Ohren zugehalten, so keuchte und pfiff er. Dass ich ihn zu seinem *Wohnort* begleitete, wie man die Stelle nannte, wo man sich in der Kommunalka – meist vergeblich – zur Ruhe begab, wurde zur Gewohnheit; ich trug ihm seine Bücher und Papiere, während er sich auf mich stützte. Beim Abschied strich er mir dann über die Wange und sagte: Bis zum nächsten Morgengrauen.

Ob er es doppeldeutig meinte? Mit derlei Ambivalenzen tu ich mich nach wie vor schwer. In der Tat spricht einiges dafür, musste der Arme sich doch direkt gegenüber der Toilette schlafen legen, im lautesten und unbeliebtesten Zimmer in der ganzen Wohnung. Die Leute in der Warteschlange standen dicht gedrängt vor seiner Tür, laut schimpfend, schon früh schlecht gelaunt. Und auch die Gerüche, die aus dem Abort drangen, waren kein Pappenstiel, viel schlimmer als die auch andere Leute belästigenden, aber zwangsläufig endenden Beischlafgeräusche, am schnellsten bei eingeschleppten Huren, die keine großen Umstände machten. Dass sein Zimmer nicht allzu weit vom Treppenhaus lag, wohin man flüchten konnte, nachdem die grauen NKWD-Agenten erst einmal nach hinten in die Küche gestürmt waren, schien dagegen ein schwacher Trost. Es gab Wochen, da kamen sie täglich, um die Angst zu steigern, ohne zu klingeln oder zu klopfen. Während der Schauprozesse verschloss allerdings sowieso keiner mehr seine Tür.

Obwohl wir immer wieder Besuch von solchen Herrschaften bekamen, fand Löwy meine Vorsicht übertrieben. Du kannst dich doch nicht tagelang in unserem Loch aufhalten, sagte er. In dieser Wohnung leben über dreißig Menschen, von denen ziehen immer wieder welche aus und andere kommen hinzu. Am besten, du benimmst dich so natürlich wie möglich. Hier sprechen viele kein Russisch, hier leben Genossen aus der ganzen Welt, Moskau ist voll von Emigranten. Es schadet auch nicht, wenn du dich während der Radiosendungen in der Küche aufhältst, im Gegenteil. So prägt man sich dein blödes Gesicht ein, beziehungsweise vergisst es, weil man es kennt. Und ein paar russische Standardsätze kann ich dir beibringen. Wenngleich du so wenig wie möglich sprechen solltest; deine Stimme ist einfach zu tief für deinen kleinen Körper, im Grunde müsstest du dir ein Kieksen zulegen, so wie die Jungs im Stimmbruch, bevor sie aus dem Kinderchor fliegen.

Und was ist mit Rudi Kiefer? Wenn der hier auftaucht?, fragte ich.

Wir lagen nebeneinander auf der Matratze in unserer Wäschekammer, es zog durch die Ritzen der Sperrholztür, die man davorgenagelt hatte, wie immer wollte Löwy sich mehr als die Hälfte unserer dünnen Decke kapern und ich musste wie immer um die andere kämpfen.

Ach der, wiegelte er ab. Den habe ich vor Kurzem im Hotel Lux gesehen, im Eingangsbereich, als er sich in den Fahrstuhl drängeln wollte. Man hat ihn wieder weggeschickt, weil er keinen gültigen Passierschein hatte. Diesen *Propusk* … oder wie der Wisch heißt. Ich habe ihn an der Hasenscharte erkannt und an seinem Akzent. So viele deutschsprachige Hasenscharten wird es in Moskau nicht geben, oder? Und als er wieder ging, liefen ihm mindestens drei Geheimdienstler hinterher … Vielleicht wurde er ja längst verhaftet. Manchmal ist das so: dass derjenige, der einen verpfiffen hat, selbst verhaftet wird und sich das Problem dadurch in Luft auflöst.

Nach einer kleinen Pause fragte er ins Blaue hinein: Wieso trägst du eigentlich einen französischen Namen? Du sprichst doch eher norddeutsch.

Er ließ sich aber wie immer schnell ablenken, als ich ihn nach seinem Vornamen fragte und er *Carl Maria, nach dem Komponisten*, antwortete, um – ohne Überleitung, wie es seine Art war – seinen Vortrag über die Weltwirtschaftskrise und deren Einfluss auf Deutschland wieder aufzunehmen, mit dem er mich seit ein paar Tagen quälte. Die Weltwirtschaftskrise war sein Steckenpferd, daran konnte er mir die marxistische Ökonomie und den schwindelerregenden Stimmengewinn der Nationalsozialisten am besten erklären; wie alle Kommunisten hatte er einen Hang zur Theorie. Seine Jugenderlebnisse aus dem roten Wedding gab es gratis dazu. Die Demonstrationen, die Straßenschlachten zwischen Kommunisten und Nazis. Ein paar leise, im Dunkeln gesummte Arbeiterlieder. Und den sympathischen Abgeordneten Heinz Neumann, der meinem Freund und einigen anderen Kindern handgemachte Karamellen zusteckte, nachdem er in den Hinterhöfen der Mietskasernen Reden gehalten hatte, auf Mülltonnen vorzugsweise, weil man ihn sonst nicht sehen konnte.

Irgendein Neumann wohnt auch im Hotel Lux, aber ich weiß nicht, ob es derselbe ist, fiel Löwy noch ein, als er sich auf die Seite rollte.

Gute Nacht, Carl Maria, wünschte ich ihm schnell, bevor er einschlief und umstandslos zu schnarchen begann. Das heißt: *Pokoynoy nochi*, so wie er es mir beigebracht hatte. Aber natürlich habe ich ihn weiterhin Löwy genannt. Weil es so arglos klang und so freundlich, während mich *Carl Maria* an Chamissos adlige Freunde erinnerte, die mir stets die kalte Schulter gezeigt hatten.

Ich muss auf Elsbeth zurückkommen, warum fällt mir das bloß so schwer? Haben Sie eben ihren Namen gerufen, Herr Doktor? Mehrere Male sogar in der letzten halben Stunde? Ich habe nichts gehört, war abgelenkt von den schlimmen Schmerzen an meinem Hinterteil. Und dem widerlichen Blutgeschmack in meinem Mund, den ich noch ein paar Stunden aushalten muss, weil Ihre Frau mir verboten hat, die Zähne zu putzen. Mir läuft der Sabber, vielleicht hätten Sie ja ein Papiertaschentuch für mich. Dann werde ich auch sofort weiterkramen im Archiv meines Gedächtnisses und sehen, ob ich Betty finde. Betty, wie ihr Ehemann sie genannt hat, weswegen ich lange annahm, sie heiße Bettina. Vielleicht fand er ja auch, dass Elsbeth allzu bieder klang, was ich mit ihm teilte.

Anders als Konstanze mit ihrer Phalanx von Alben kann ich für die Rekonstruktion meiner Erinnerungen nicht auf Fotos zurückgreifen. Selbst jene in Extra-Umschlägen verwahrten Bilder, auf denen sie zwischen ihren

Eltern steht und eigentlich noch ein kleines Mädchen ist, obgleich sie ihre Mutter um fast einen Kopf überragt, hat sie nicht eliminiert, sondern tapfer vor mir ausgebreitet. Das gehöre halt zu ihrem Leben, sagte sie, da habe man gerade begonnen, sie mit Antiwachstums-Hormonen zu traktieren. Dass man andererseits nicht darauf verzichten wollte, ihr eine monströse Propeller-Schleife ins Haar zu stecken, weil dies damals üblich war, sei die andere Seite der Medaille gewesen. Alle Kleidchen, die die Mütter kleiner Mädchen in ganz normalen Läden kauften, wurden dagegen extra angefertigt. Von einer Schneiderin, die abends ins Haus kam und von Baron von S. wohl irgendwann auch geschwängert wurde. Ich habe vermutlich viele Halbgeschwister, meinte Konstanze, während sie die Bilder wieder verstaute, mein Vater ist und bleibt promiskuitiv. Nicht zuletzt deswegen will ich ein Kind adoptieren, niemand soll mir diesbezüglich in die Quere kommen. Wobei ich natürlich auch dich an Kindes statt annehmen könnte!

Wenn ich – in den Frühzeiten der Fotografie vor allem – zufällig in den damals üblichen Bann des zwanghaft lächelnden Stillsitzens geriet, habe ich die Aufnahmen vernichtet, sobald ich sie in die Finger bekam, Bier darüber geschüttet, ein Streichholz darangehalten, wie meine Kumpane lange nicht wissend, dass diese Abbilder der Wirklichkeit grenzenlos wiederholbar waren. Für die Zerstörung der Dokumente eines wirklich gemütlichen Beisammenseins hätten mich die Füchse einer Aachener Studentenverbindung einmal fast gelyncht; während der Wirren der Rheinlandbesetzung war das, als ich versuchte, mit einem gefälschten Abiturzeugnis ein Studium zu beginnen. Anders als ich waren die Sprösslinge reicher

Eltern von der Brillanz ihrer fotografischen Erscheinung absolut überzeugt, immer wieder und bis zum Erbrechen wollten sie sich mit der falschen Würde ihrer eingefrorenen Haltungen ins rechte Licht setzen.

Es ist schlimm, was mir alles einfällt, Herr Doktor, nur um nicht zum Punkt zu kommen – und dieses Mal nicht nur innerlich vor mich hin reflektierend. Frankreich jedenfalls hatte für seine Besatzungstruppen schwarze Afrikaner rekrutiert, viele, hunderte, die mit aufgepflanztem Bajonett durch die Straßen flanierten und mit deutschen Mädchen Kinder zu machen drohten. Und ich? Ich glaubte eines Abends, meinem allerliebsten Freund Emmanuel zu begegnen, im Halbdunkel des Doms, vor dem Thron Kaiser Karls des Großen. Sie wissen schon, den schwarzen Hausmeister aus der Bosnischen Drina, diesen baumlangen Kerl, der seine weiße Lockenperücke in den Ofen steckte und bei Napoleon anheuern wollte. Im Berliner Lustgarten, kurz nach dessen Triumphzug durch das Brandenburger Tor, habe ich ihn aus den Augen verloren, weil ich meinem Gentleman folgte wie ein Hündchen.

Natürlich wissen Sie es nicht.

Wann hat diese manische, im Vergleich zu den heutigen Selfies so harmlose Fotografiererei angefangen? Ich hasste es, dingfest gemacht zu werden, auch wenn es manchmal nicht zu vermeiden war. Tatsächlich besaß ich während des Ersten Weltkriegs einen sogenannten Militärpass, auf dessen Foto mir ein fremder junger Mann in Uniform entgegenblickte, ohne besondere Kennzeichen, blaue Augen, ohne Pickelhaube, hundertsechzig Zentimeter groß. Irgendwann warf ich den Pass weg, ich weiß nicht mehr wo. Es haben auch Fotos mit Gertie existiert, aufgenommen von Somerset Maughams Freund Gerald vor dem Hoteleingang und in der Loggia des Schriftstellers, wohin mich Gertie einmal eingeladen hatte, weil sie wollte, dass ich den teuren Darjeeling-Tee kostete, den Maugham sich zubereiten und auch den Angestellten anbieten ließ. Ich kann mich allerdings noch erinnern, wie wütend es mich jedes Mal machte, wenn ich mit mir nicht sonderlich sympathischen Menschen auf das berühmte Vögelchen warten musste. Wie kam es zu der Vorstellung, dass aus Kameras Vögel entweichen? Ist eine Kamera eine Kuckucksuhr? Oder nur das Nest, aus dem die falschen Bilder schlüpfen? Entschuldigen Sie, Doktor Zucker! Jetzt, da ich rede, wird mein Hang zur Albernheit mir zunehmend peinlich.

… *Elsbeth, Elsbeth*, insistiert Doktor Zucker und reicht mir von hinten ein gebügeltes Stofftaschentuch mit Monogramm. Seine Stimme klingt erschöpft, ein bisschen zittrig sogar. Draußen im Flur höre ich seine Frau rumoren. Vielleicht werde ich sie ja doch noch einmal wiedersehen.

Elsbeths Foto habe ich jahrelang in meiner leeren Brieftasche getragen, direkt über dem Herzen, fahre ich also fort und schlucke das Blut hinunter, das sich zwischen meinen Zähnen angesammelt hat. Zu Hochzeitsfotos, wie sie auch in der Sowjetunion üblich waren, kam es ja nicht mehr. In meinen Gedanken sehe ich sie ohnehin klarer als auf diesem verwischten, mir irgendwann abhanden gekommenen Bildchen, das ein Schnellfotograf gemacht hatte. Im Wägelchen einer Achterbahn im Gorki-Park, die Haare zerzaust, der Mund noch offenstehend vom Schreien, in das sie ausgebrochen war, als wir in die Tiefe stürzten. Löwy gab es da nicht mehr in meinem Leben, ich musste mit irgendwelchen jungen Menschen die Propagandaplakate ausmalen, für jeden abgeholten Genossen kam alsbald ein neuer, der die vorgezeichneten Flächen auspinselte: Stalins Augen, seinen Mund, seine Wangen, seinen Schnurrbart. Wir arbeiteten schweigend vor uns hin, Reden war gefährlich. Einmal zwar forderte ich das Schicksal noch einmal heraus nach Löwys theaterreifem Abgang von der wackligen Leiter der Weltgeschichte und malte die Andeutung eines Kringels unter Stalins linkes Nasenloch. Aber das Schicksal interessierte sich nicht für mich.

Ich habe schon immer entwischen können, auch unbeschadet die Schützengräben von Verdun überstanden, anders als Rudi Kiefer etwa, dem ein Senfgasangriff – wie Deutschlands oberstem Verbrecher – wochenlange Blindheit bescherte. Entkam dank ihm auch den brutalen Straßengangs der SA, die mich als Zwerg verunglimpften und auf dem Kieker hatten, ganz abgesehen von der langwierigen Flucht in die Sowjetunion, die er ganz alleine organisierte, indem er uns von Dorf zu Dorf, von Unterkunft zu Unterkunft, von Kellerloch zu Kellerloch in eine wenigstens vorübergehende Sicherheit brachte. Es ist das erste Mal, dass ich darüber rede. Es liegt bestimmt an meiner Dummheit, dass ich mich immer wieder retten konnte. An meinem Glück, das sich dem Unglück widersetzte. Oder an meinem geradezu blödsinnigen Vertrauen in die Menschen, das mir nicht auszutreiben war.

Ein Leben ohne Löwy erschien mir dennoch unmöglich. Eine Zeitlang hätte ich mich am liebsten ebenfalls verhaften lassen. Mit Elsbeth im Gorki-Park herumzustreunen kam mir wie Verrat an ihm vor, er war es schließlich gewesen, der mir dieses einzigartige, mitten in der Stadt und nur zur Freude und Belehrung der Sowjetbürger errichtete Areal erschlossen hatte. Auch muss ich bekennen, dass ich Elsbeth, so ganz ohne ihren echten oder falschen Cousin, erst einmal misstraute, obwohl ich mich schon in sie verliebt hatte, als ich noch hinter ihr saß und nur ihr halbes Profil kannte und die paar Sommersprossen auf ihrer Nase. Und es umgekehrt doch nicht nichts bedeutete, dass sie es zuließ, wenn ich mir ihre dünnen Zöpfe scheinbar selbstvergessen um die Finger wickelte. Ansonsten hielten wir Abstand voneinander, war sie doch mit Karl verheiratet, einem berühmten Genossen, der noch Rosa Luxemburg und Karl Liebknecht gekannt hatte und darüber hinaus an der gleichnamigen Exilanten-Schule Lehrer und Respektsperson war. Den man verehrte, von dessen Heldentaten man sich erzählte, weil er von den Nazis gefoltert worden war, ohne je einen Genossen zu verraten. Dass er gleichfalls zur Gewalt neigte, wie wir alle feststellen sollten, schon am zweiten Tag nach seinem Einzug vor unser aller Augen seine Frau verprügelte und dann immer wieder, schmälerte die Bewunderung nicht.

Vielleicht hatte Elsbeth ja schon öfter ein blaues Auge gehabt, noch während ich nur auf ihre rote Strickjacke blickte. Irgendwann jedoch, als wir zu den Letzten gehörten, die in der Küche auf den Beginn eines Beethoven-Quartetts warteten und uns einander zuwandten, konnte ich ihre Verletzungen kaum mehr ignorieren. Dass ich es nicht wagte, mich Löwy anzuschließen, als er ihr zuflüsterte: Eines Tages werde ich deinen Göttergatten so verdreschen, dass er nicht mehr weiß, wie er heißt, geschweige denn, mit welchen berühmten Genossen er befreundet ist – das gehört zu den Formen meiner multiplen Feigheit, gegen die ich seit Jahrhunderten anzukämpfen versäumt habe. Wobei es ohnehin ein bisschen lächerlich war, sich vorzustellen, wie der kleine, bucklige Löwy den mächtigen großen Karl vertrimmte.

Seit Juri Borissowitsch Lewitan Stalins Reden verlas und sie verzückt und mit geschlossenen Augen seiner Stimme lauschte, schien sie Karls Misshandlungen – sofern sie sich nicht zur Flucht entschloss und einfach aus der Wohnung rannte – über sich ergehen zu lassen wie einen Graupelschauer. Während Lewitan sprach, kam ich nicht einmal gedanklich an sie heran. Geschweige denn, wie ich es mir ausmalte kurz vor dem Einschlafen, dass ich ihr einen Finger auf ihre verbundene Hand legen oder ihr über die rechte oder linke Wange hätte streichen können – ausreichend entfernt natürlich von ihrem jeweils zugeschwollenen Auge, das anzusehen ich tunlichst vermied.

Ach, es ist schwierig, von Elsbeth zu reden, lieber Herr Doktor, wenn ich nicht einmal von ihr träumen kann. Das ist so, seit ich bei Ihnen auf der Couch liege und mir von meinem Leben erzähle – zumal mir die Rekapitulation der eigentlichen Katastrophen unmittelbar bevorsteht. Stattdessen suchen mich dubiose Männer heim, sobald ich mich schlafen lege, mit denen ich kämpfen und gegen die ich argumentieren muss, Konstanze ist meine Zeugin. Sie haben Zähne aus Elfenbein und tragen verrottete Perücken wie der alte Baron Skronsky alias Strunz, der die Wahnsinnsfratzen des großen Messerschmidt aufgekauft hat, die immer den Höhepunkt bilden, bevor ich in Schweiß gebadet aufwache. Auch Konstanzes Vater taucht auf, regelmäßig versucht er, mich in eine Zwangsjacke zu stecken. Und in Zukunft wird mich wohl auch Andris Johannsen nicht verschonen. Dieser Schuft, der mir vor Kurzem fast den Garaus gemacht hat. Ich habe ihn aber gleichfalls ordentlich vermöbelt, dies möchte ich in aller Bescheidenheit feststellen!

Natürlich war ich nicht halb so vernarrt in Lewitan wie Elsbeth, die ja gut Russisch sprach und den Kleinen im österreichischen Emigranten-Kindergarten, wo sie arbeitete, die Sprache ihres Gastlandes beibrachte und auch russische Bücher lesen konnte, wenn es darauf ankam, nicht nur Erzählungen von Maxim Gorki, auch Feuchtwangers alsbald übersetztes Essay *Moskau 1937*, in dem er voller Begeisterung sein Gespräch mit Stalin schildert und seine Eindrücke vom zweiten Moskauer Prozess, eine Broschüre, die stapelweise zum Mitnehmen in den öffentlichen Bibliotheken auslag und gelegentlich auch auf unserer Toilette auftauchte. Immerhin klang Lewitans Stimme in meinen Ohren weniger hart und kaum je roh agitatorisch – ganz anders jedenfalls als die der übrigen Rundfunksprecher oder gar der Politiker, wenn sie sich selbst vor die Mikrofone setzten –, sondern weich und zärtlich, füllig fast, manchmal mit einem angenehmen Tremolo versehen. Während die Männer konzentriert auf ihre Füße schauten, als er die Todesurteile vom 30. Januar vorlas in all ihrer Ausführlichkeit, hingen Elsbeth und die anderen Frauen in der Küche an seinen Lippen – gewissermaßen – und ließen ziellos ihre Blicke schweifen. Für sie schien er die Fakten zu liebkosen, während er die Verbrechen der Genossen aufzählte, für die sie zu Recht mit dem Tode bestraft oder für Jahrzehnte ins Gefängnis geschickt wurden, nicht mehr und nicht weniger. In Zeiten der *Verschärfung des internationalen Klassenkampfs* war jedes Mittel recht, keiner durfte sich dem Kampf entziehen. Dass Lewitan daran keinen Zweifel hegte, konnte man hören, dafür musste er weder geifern noch schreien.

Elsbeth war ihm übrigens schon einmal begegnet, als er in irgendeiner Metro-Station den Zug wechselte, wobei *begegnen* wohl kaum der richtige Ausdruck ist. Sie kämpfte sich so schnell und entschlossen durch die Menschentraube, die sich um ihn gebildet hatte, dass sie unter denjenigen war, die verhinderten, dass er in die nächste Bahn einstieg. Juri Borrisowitsch, Juri Borrisowitsch!, riefen die Frauen und Männer, wie sie später in der Küche erzählte. Einige versuchten sogar, ihm die Hände zu küssen oder wenigstens seinen Mantel anzufassen. Nein, sie selbst nicht, antwortete sie mit einem Hauch von Verachtung, als man sie fragte. Sie müsse Lewitan nicht berühren, weil sie ja täglich seine Stimme höre. Außerdem könne man nicht behaupten, dass er besonders gut aussehe, eher unscheinbar, nicht groß, nicht klein, nicht hübsch, nicht hässlich. Kurzsichtig sei er, trage eine starke Brille und habe einen empfindsamen Mädchenmund.

Im Grunde war sie also vergeben, die blonde Madonna aus dem Berliner Wedding, sie war in Lewitan verliebt, *ätherisch* zumindest, radiotechnisch gesehen, dagegen konnte ich nichts ausrichten. Auch deswegen traute ich mich erst lange nach Löwys Verhaftung, sie zu einem Spaziergang im Gorki-Park zu überreden, den sie selbstverständlich kannte, weil sie dort mindestens zwei Mal pro Woche mit den ihr anvertrauten Kindern aus Wien und Graz die Spielplätze frequentierte, das Kinderstädtchen besonders, wo es alles im Kleinstformat gab, sowie die Märchenburg, wo sie ihre Schützlinge auf dem davor lagernden grünen Drachen reiten ließ, damit sie selbst ein bisschen verschnaufen konnte.

Löwy und ich hatten ganz andere Stätten bevorzugt: das Planetarium, den Autoscooter, die fliegenden Menschen im Zirkus, die Eisbahn im Winter, wo ich ihm – frierend am Rand stehend und von den Klängen Tschaikowski'scher Ballettmusik in angenehme Einsamkeit getaucht – nur mit den Augen folgte, weil ich mich nicht auf Schlittschuhe traute. Wobei es mir auf dem Übungsplatz für Diensthunde ähnlich erging, auch da war ich nur passiv dabei und beobachtete aus der Ferne, durch den Zaun, mit welchem Vergnügen sich mein von den Dompteuren ins Areal gelassener Freund seiner Liebe zu den seltsamsten Vierbeinern hingab, von klein bis groß, von Rassehund bis Pinscher, denen man alles Mögliche beibrachte. Unbegreiflicherweise wollte er sogar jene streicheln, die ihn erbarmungslos gejagt hätten, wenn man sie auf ihn gehetzt hätte, Weimaraner, deutsche Schäferhunde und deutsche Doggen, ewig kläffende weiße Spitze, Terrier, denen man eine besondere Giftigkeit nachsagte. Umgekehrt berührte man gerne Löwys Buckel, weil selbst aufgeklärte Sowjetmenschen glaubten, dies bringe Glück. Er ertrug es geduldig, schlug die Hände niemals weg, die sich auf seinen Rücken legten, im Gegenteil, blieb ruckhaft stehen und blickte den Leuten ins Gesicht. Manchmal schnitt er dabei heftige Grimassen, sodass sich besonders Frauen und Kinder mit Grausen abwandten. Dann lachte er so laut und ausgelassen, wie er sonst nie lachte, und ließ es sich nicht nehmen, ihnen wie ein Kratzfüße vollführender Hofnarr noch eine Weile hinterherzuhüpfen.

Auch Nikiforos konnte man im Gorki-Park begegnen, am Nachmittag meist, wenn er halbwegs ausgeschlafen war, häufig beim Billard oder Schach, mit wechselnden Partnern. Nicht selten saß er traumverloren auf einer Bank vor den zahlreichen Konzertmuscheln, aus denen Volkslieder und Tänze erklangen, gespielt von Militärkapellen oder kleinen Orchestern für ein freudig aufgeregtes, vorzugsweise junges Publikum, das sich immer wieder spontan zum Tanz erhob und meinen alten Lehrer mit sich riss, dass ihm die Holzpantinen von den nackten Füßen flogen. Einmal entdeckten wir ihn weit draußen, auf einem mit Seerosen überwucherten Teich in einem Tretboot, zusammen mit einem jungen Mann, dem er offensichtlich einen Vortrag hielt, so wie mir nachts in der Küche. Während sich das Gefährt, das die Form eines Schwans besaß, vorwärtsbewegte, ließ er eine Hand (die rechte oder die linke?, würde Gertie fragen) durchs Wasser gleiten. Löwy und ich winkten ihm zu und versuchten ihm deutlich zu machen, dass wir auf ihn warten würden, wenn er an Land kam. Er aber sah an uns vorbei und ließ sich auch durch seinen Begleiter nicht stören, der ihn auf uns aufmerksam machte.

Dass er vorgab, seine Kommunalka-Genossen nicht wahrzunehmen, obgleich er mit so vielen anderen Menschen in Kontakt kam, war für Löwy und mich nicht leicht zu verstehen. Im Grunde konnte man ihm nämlich kaum entgehen, er tauchte überall und nirgends auf, im Gewächshaus unter einer Palme sitzend, bei einem Empfang vor dem Haus des jungen Technikers, von Rekruten umringt, mit Zeitschriften unter dem Arm im Vorraum der Leninbibliothek, die im Gorki-Park eine Filiale betrieb, auf immer einer anderen Bank in den Grünanlagen am Ufer der Moskwa, ein Buch auf dem Schoß und ins Gespräch vertieft, mit einem jungen Mann zumeist, der ihm atemlos lauschte. Auch im Kino sahen wir ihn, Elsbeth und ich, wo ich meiner Angebeteten näher kommen konnte als anderswo, ihre Hände hielt und an ihrem klobigen Ehering drehte. Die von seltsam manisch und wild wirkenden Pianisten untermalten Stummfilme – *Das neue Babylon*, *Oktober. Zehn Tage, die die Welt erschütterten* oder *Der Aufstand der Fischer* – spielten dabei so gut wie keine Rolle, obwohl Elsbeth den Roman von Anna Seghers gelesen hatte, nach dem der Streifen gedreht worden war, und schließlich dann doch ein bisschen weinen musste, als er so tragisch endete. Nikiforos vergaßen wir, sobald wir uns gesetzt hatten und unter den Rauchschwaden, die den Vorführraum durchzogen, verschwanden. Vielleicht blieb er gar nicht bis zum Ende, es war ein ewiges Kommen und Gehen bei diesen Vorstellungen. Während er im Kindertheater, in das mich Elsbeth häufig hineinschmuggelte, wenn sie für ihre Schützlinge Karten für ein bestimmtes Stück ergattert hatte, nicht zu übersehen und zu überhören war.

Er saß meist in der letzten Reihe, unter Beleuchtern, Schauspielern und Komparsen, und dozierte gut gelaunt über seine liebsten griechischen Heldengestalten. Ehrlich gesagt renommierte und schwadronierte er ein bisschen mehr, als es meiner Sympathie für ihn guttat. Dass die Männer, die um ihn herumsaßen, unbedingt wissen wollten, warum er sich ausgerechnet für Medea erwärmte, diese in ihrer Leidenschaft nicht zu bremsende Königstochter, die Jason half, das goldene Vlies zu stehlen, und ihre gemeinsamen Kinder ermordete, als er ihr im Exil abtrünnig wurde, intensivierte den Lärm. Wir saßen ein paar Reihen vor ihm an jenem Nachmittag, und ich fühlte mich – stellvertretend für die Kinder – gestört, immer wieder drehte ich mich um und versuchte seinen Blick zu erhaschen, aber er sah konsequent an mir vorbei. Elsbeth, die mir brockenweise seine Suada übersetzte, verteidigte ihn; es sei den Kindern doch völlig egal, dass da einer so lautstark sein Wissen ausbreite, auf der Bühne gehe es doch gleichfalls hoch her. Dort werde ja auch gemordet – sieh dir den fliegenden Mörser der Hexe Baba Jaga an, der mäht reihenweise die Leute um.

Dass Elsbeth aber auch so dünn und durchscheinend und hellblond sein musste, Herr Doktor! Im Grunde entsprach sie gar nicht meinem Typ, nur einen halben Kopf größer höchstens, fast auf Augenhöhe mit mir. Eigentlich sah sie krank aus, genauso wie ich mir Mimì in *La Bohème* oder Manon in *Manon Lescaut* vorstelle, wenn sie auf der Bühne sterben, obwohl sie es selten sind. Im Grunde will ich immer nur meine kleine Moskauer Freundin sehen bei den Klängen von Puccinis hinreißender Musik, und nicht die Sängerinnen, deren rosige Fülle der von den Librettisten behaupteten Krankheit zum Tode Hohn spricht. Wobei Elsbeth in der realsozialistischen Wirklichkeit durchaus nicht hustete und weder hungerte noch dürstete, da sie und ihr Ehemann vermutlich vitamin- und kalorienreicher ernährt wurden als jeder sowjetische Stahlarbeiter – sie in ihrem Kindergarten, er in seiner Schule, von der Komintern also. Ordinäre Warteschlangen vor den Geschäften und Ämtern mussten den beiden keine Sorgen bereiten, sie hatten alles, was sie brauchten. Dass sie dennoch Obst und Gemüse mitbrachten am Abend, manchmal sogar Essensreste, die die lieben Kleinen übriggelassen hatten, rechnete man ihnen hoch an.

Das Einkaufsnetz trug freilich Karl, und er war es, der den Wohngenossen die Köstlichkeiten zuteilte. Um Gerechtigkeit ging es ihm dabei kaum, eher um ideologische Übereinstimmung oder andere Nützlichkeitserwägungen. Ninel, der kleine Professor, der in seiner Freizeit Telefonate entgegennahm und sie in eine Kladde eintrug, wurde bestens versorgt, natürlich auch sein Schwesterchen, das ohne ihn keinen Schritt tat. Sogar Nikiforos, dessen Sprachkünste gefragt waren, bekam bisweilen etwas ab, oder der schweigsame Elektriker, der sich immer wieder um den lästigen Wackelkontakt an unserem Radio kümmerte. Dass Elsbeth Löwy und mir, zwei unbedeutenden Plakatmalern, mehrmals in der Woche je eine Apfelhälfte überreichte mit beredtem Lächeln, lässt sich deshalb fast als ein Akt des Widerstands betrachten. Wenngleich sie versäumte, sich nach Löwy zu erkundigen, als er von einem Tag zum anderen verschwand. Wo sie doch seine Cousine war. Keiner fragte nach ihm, weil alle wussten, was los war. Für ein paar Wochen herrschte Funkstille zwischen uns, buchstäblich, da ich aus Enttäuschung das gemeinsame Radiohören vermied. Kein Blickkontakt fand statt, nicht einmal ein Gruß in der Küche. Die Apfelzeremonie hatte sich erledigt. Wenn wir uns auf der Straße begegneten, schauten wir aneinander vorbei. Ihre Zöpfe ließ ich ohnehin in Ruhe, da ich nicht in ihre Nähe kam.

In dem Verschlag, der nun der meine geworden war, nistete sich bald ein neuer, ebenfalls sehr schmal gebauter Genosse ein. Im Unterschied zu Löwy war er nachts nie unterwegs. Er sprach kein Deutsch, wir konnten uns nur auf Russisch verständigen. Wer ihm von dem freien Platz erzählt hatte, wusste ich nicht. Es hätte Karl gewesen sein können, mit dem er manchmal im Treppenhaus stand und gestenreich diskutierte. Sympathisch war er mir nicht mit seinen schweren schwarzen Locken, die mir nachts übers

Gesicht glitten, wenn wir uns zu nahe kamen, und seinen hängenden Lidern, die ihm ein verschlagenes Aussehen verliehen. Kein Lächeln des Einverständnisses erhellte je seine Miene, nicht die kleinste ironische Regung zeigte sich in seiner Körpersprache. Einen seltsamen Geruch verströmte er außerdem; irgendetwas hing in seinen Kleidern, wenn er abends nach Hause kam. Kein Dreck, kein Bauarbeiterschweiß, er roch nach Chemikalien, nach Krankenhaus, vielleicht sogar nach Tod.

Erst Wochen nach seinem Einzug, als Elsbeth und ich uns zufällig zwischen zwei Stockwerken begegneten und es wagten, länger als ein paar Minuten beieinander stehen zu bleiben, erfuhr ich, dass der neue Bewohner in der Pathologie der Setschenow-Universität arbeite, vor langer Zeit einmal Medizinstudent gewesen sei und jetzt Leichen zur Sektion herrichte und den Gerichtsärzten assistiere, wenn sie Brustkörbe öffneten oder Gewebeproben entnahmen. Sie steckte mir auch, dass er sich brennend für Mumifizierung interessiere und sich auf eine Stelle bei der sagenumwobenen Mausoleum-Gruppe beworben habe, bei jenen Biochemikern, Chirurgen und Anatomen mithin, die sich um die Verbesserung der Leichenkonservierung und der effektiveren Haltbarmachung von verdienstvollen Menschen bemühten.

Stalin ist ja noch jung, aber auch er kann nicht ewig leben, sagte Elsbeth, als wir uns das nächste Mal trafen. Dabei hielt sie sich die Hand vor den Mund, weil sie vor ihrer eigenen Rede erschrak. Immerhin hat sich bei Lenin inzwischen so mancher Defekt gezeigt, der womöglich an den unzureichenden Methoden der damaligen Wissenschaftler liegt. Er hat künstliche Wimpern, stell dir vor, wisperte sie nach einer Pause, weil sie das Thema nicht losließ. Wer weiß, ob seine Nase noch die seine ist. Bei Stalin muss das auf jeden Fall anders werden, ganz anders. Mein neuer Schlafgefährte sei übrigens Armenier, heiße Hakob, und seine Eltern seien 1916 von den Jungtürken in die Wüste geschickt worden, während er unter dem Bett seiner totgeschlagenen Großmutter überlebte und später von einem für den Bolschewismus glühenden Ehepaar adoptiert und erzogen wurde. Irgendetwas scheint schief gegangen zu sein bei seiner Aufzucht, meinte sie mit ungewohnt sarkastischem Unterton. Warum sonst muss er in deinem Verschlag übernachten? – Erst unter der Erde, in einem der prächtigen Metro-Bahnhöfe, biss ich krachend in den Apfel, den sie mir in die Hand gedrückt hatte. Zwei Hälften für mich! Lieber, armer Löwy!

Dass ich mich ausgerechnet Hakob auslieferte, um meine Sehnsucht nach Elsbeths Haut zu stillen, erscheint mir im Nachhinein der reinste Irrsinn, verehrter Herr Doktor. Hakob war der Beelzebub, der das Böse in mir freilegte, der Mitwisser meiner Liebe, der Zeuge meiner chronisch gewordenen erotischen Erregung, der schlussendliche Auslöser der Katastrophe. Alles, rein alles registrierte er mit seinen dunklen, scheinbar nur mäßig interessierten Blicken. Vor allem die Initialzündung nahm er wahr, jene erste echte Berührung zwischen uns, als mir Elsbeth – auf der Flucht vor Karls Hieben im Foyer angelangt, das ich gerade durch die große Drehtür betreten hatte – völlig aufgelöst in die Arme lief. Hakob kam Sekunden später unten an und konnte so – lässig ans Geländer gelehnt, auf den letzten Treppenstufen verharrend, quasi von oben herab – dem Fortgang einer Geschichte beiwohnen, die über einen Zeitraum von ein paar Wochen geradewegs in unser Verderben führte.

Vielleicht erschien ich ihm nicht weniger angriffslustig als Karl. Tollpatschig, wie ich selbst mein Verhalten beschreiben würde, Herr Doktor, dumm, überschwänglich. Denn ungeachtet dessen, dass Elsbeth zunehmend wütend versuchte, sich von mir loszumachen, konnte ich nicht aufhören, ihr Gesicht mit Küssen zu bedecken. Ich hätte auch ihre in ihren Schürzentaschen vergrabenen Fäuste geküsst, wenn ich sie zu fassen bekommen hätte, oder wäre zu ihren Füßen niedergesunken, ich hatte völlig den Verstand verloren. Als sie schließlich – nach einem Tritt gegen mein Schienbein – hinaus auf die Straße rannte und dabei kurzfristig in die Fänge der Drehtür geriet, bevor sie im Getümmel verschwand, im dünnen Kleid, mit karierten Filzpantoffeln, bei Minusgraden, Wind und vereisten Straßen, stand ich neben Hakob und hatte ihr Blut überall im Gesicht. Während der Armenier in den bösen Traum hinein, den ich zu träumen glaubte, sagte: *Neudach, Towarisch* – so ein Pech, Genosse. Hat dich die Sanfteste der Sanften unsanft zurückgestoßen. Unsere *Krokaya*, unsere Elsbeth. Ist sie also doch eine kleine Furie …

So oder so ähnlich wenigstens hätte er sich ausdrücken können, der grausame Verführer, der zu meinem Russischlehrer wurde, nachdem mein Freund Löwy die Rolle nicht mehr hatte übernehmen können. *Die Sanfteste der Sanften hat dich unsanft zurückgestoßen* … wie das klingt, Herr Doktor! Dabei war es gar nicht so. Vielmehr … war es schon so, aber es sollte nicht lange so bleiben. Sie verzieh mir sofort, nur einen Tag später, als ich mich neben ihr in die Toilettenschlange gemogelt hatte und ihr zuflüsterte, wie leid es mir tue, sie gegen ihren Willen festgehalten zu haben. Und dass ich mir das nie vergeben könne, nachdem doch ihr Mann …

Es war heikel, diesen Sachverhalt auf einen sprachlichen Nenner zu bringen. Von Karl redeten wir nie. Unsere Strategie bestand darin, ihm auch verbal aus dem Weg zu gehen, ihn für nicht existent zu erklären, was seine Gegenwart anbelangte zumindest, wenn auch nicht seine glorreiche Vergangenheit, über die Elsbeth nicht schweigen wollte, weil sie schließlich zu ihrem Leben gehörte. Über ihre Zeit bei der *Roten Fahne*, zu deren Gründungsmitgliedern Karl gehörte. Er habe sie aus ihrem Berliner Hinterhof gerettet und aus ihr seine Sekretärin gemacht, die schließlich selbst zu schreiben begann, mehrere Artikel für die Sonderbeilage *Die proletarische Frau* sogar. Frauen seien ein Nebenwiderspruch, das sei ihr wohl bewusst. Sie habe Karl gerne geheiratet, sie sei stolz auf ihn gewesen, obgleich sie einige Genossen gewarnt hätten, wegen des Altersunterschieds, vor allem aber wegen seiner Wutausbrüche – trotzdem, wer weiß, wo ich ohne ihn gelandet wäre, als Nutte am Nollendorfplatz oder als Zigarettenverkäuferin in einem Etablissement am Kurfürstendamm. Frag mich nicht, Leon, frag mich nicht.

Heute bin ich überzeugt davon, dass wir Karl nie etwas vormachen konnten. Dass er unsere Annäherung erfasste, die Spannung, die zwischen uns herrschte, unsere bemüht absichtslosen Berührungen, unsere halben Sätze, die wir in die Gespräche unserer Mitbewohner warfen, zwanglos vermeintlich, aber wohl bedacht. Diese Schmuggelware, für die ich jedes Mal meine angeborene Schüchternheit überwinden musste: Oistrach hat die Allegro-Passage in Beethovens Violinkonzert etwas zu schnell genommen, findest du nicht? Aber ich liebe Beethoven, ich kann gar nicht aufhören, ihn zu lieben, bemerkte ich, den Ton anderer Leute nachahmend, die sich vor mir geäußert hatten. Oder Elsbeth sagte: Was für eine belegte Stimme Lewitan heute hat, da hätte Stalin besser selbst gesprochen. Trotzdem macht es keiner besser als er, ich bete ihn an. Und so weiter. Es kam immer öfter vor, dass Karl bis zum Sendeschluss sitzen blieb. Seine Blicke schärften sich mehr und mehr, wenn ich im Korridor meine Hemden oder Unterhosen von der Leine nahm etwa oder er mir mit seiner aggressiven Anwesenheit die Gelegenheit nahm, auch tagsüber etwas Essbares in der Küche zu stibitzen. Als ich ihm einmal half – weil ich gerade in der Nähe stand –, ein Fahrrad von der Decke herabzulassen, das wohl seinem verschwundenen Vormieter gehört hatte, entdeckte ich auch seine verschiedenfarbigen Augen, ein braunes und ein grünes, die beide gleichermaßen böse glitzerten.

Der Schrecken war groß, die Furcht noch größer, aber weder Furcht noch Schrecken kurierten mich von der Sehnsucht nach Elsbeths Nähe. Unsere erste Umarmung hatte bewirkt, dass ich dem Duft ihrer süßen Haut verfiel. Das ist nicht extravagant gemeint, Herr Doktor, kein bisschen. Vermutlich kennen auch Sie den Film aus den sechziger Jahren, von einem dieser Franzosen. Truffaut, Godard, egal. Ich habe ihn nie gesehen, nur die Kinoplakate, aber ich glaube zu wissen, worum es darin geht. Der waidwunde Blick des Hauptdarstellers sprach Bände. Ich kenne diese Gefühlsturbulenzen, auch Elsbeth hat sie mir beschert. Die Euphorie über ein flüchtiges Lächeln, das lähmende Warten auf einen Blick, die niemals zu stillende Sucht nach Berührung, das sinnlose, aber berauschende Wissen, wie dicht ihre Haut über ihrem Innersten lag, nur wenige gefährliche Millimeter entfernt von ihrem pulsierenden Blut. Noch heute, hier auf Ihrer hässlichen

Couch, Doktor Zucker, während meine Hände schmerzen, die ich in Andris Johannsens solariumgebräuntes Gesicht gerammt habe, und meine Rippen mich stechen, bin ich elektrisiert. Von Elsbeths so leicht errötenden Wangen, ihrem zarten Nacken, den je nach Lichteinfall ein blonder, manchmal silbrig schimmernder Flaum bedeckte. Den bläulichen Schatten unter ihren Augen, ihren Schläfen mit den zwei Flüssen, deren Verzweigungen mich völlig verzückten.

Vielleicht würde man heute sagen: Ich war verrückt nach ihr, was aber nicht stimmt. Es müsste heißen, ich verzehrte mich nach ihr. Mein Gesicht an das ihre zu schmiegen, meine Nase zwischen ihren Hals und ihr Ohr. Ihre nach Lavendel duftende Sauberkeit zu riechen, wenn sie frisch gewaschen aus dem Badezimmer kam; wer weiß, wie sie das machte, es war ein Wunder, und ich konnte es immer wieder einrichten, dass dieses Wunder mich streifte. Indessen sich die stinkende Küche der Moskauer Kommunalka in ein Fegefeuer verwandelte für mich, zum fragwürdigen Tempel meiner Leidenschaft, meiner Schmerzen und meines Hungers wurde nach und nach, eines Hungers, der ein anderer schien als der, den ich hauptsächlich nachts zu stillen gezwungen war, weil sich mir Karl tagsüber in den Weg stellte, dieser baumlange Kerl mit dem festen Tritt und den ewig verschränkten haarigen Unterarmen, dem vorgereckten Kopf mit dem Sträflingshaarschnitt, den Elsbeth ihm alle zwei Wochen erneuerte, in der Küche, in aller Öffentlichkeit also, und es dabei sichtlich genoss, seinen Kopf hierhin und dorthin zu dirigieren.

Im Winter trug er eine Pelzmütze, wer weiß, woher er die hatte. Wenn er von draußen, aus der Kälte kam, stülpte er sie Ninel über, dessen kleiner Fledermauskopf darunter verschwand. Gelegentlich erlaubte er dem über Nacht elternlos gewordenen Knaben auch, sich in seinen muskulösen Körper hineinzubohren, nachdem er ihm zuvor an den Ohren den kleinen Kopf ausgerichtet, die Schultern gestrafft und sich selbst in die richtige Positur gestellt hatte. Komm her, mein kleiner Stier, *toro toro*, lockte er, damit du spüren kannst, wie bretthart mein Bauch ist. Ja, die beiden verstanden sich gut in der drögen Zeit, die Ninel zu überstehen hatte, bevor er mit seinem Schwesterchen ins Waisenhaus kam und sie sich gänzlich unter Stalins Schutz begaben. Karl war ihm Vaterersatz und Lehrerersatz, er griff den Kleinen auch niemals an, im Gegenteil. Seine Zuwendung war ausschließlich konstruktiv. Immer wieder spitzte er ihm mit seinem Solinger Messer die Bleistifte an, besorgte das schüttere graue Papier, das in der Sowjetunion die Regel war, oder brachte ihm Lehrbücher aus seiner Schule mit. Manchmal, wenn sie in der Küche keinen Platz mehr fanden, saßen sie im Taubendreck auf einem Fensterbrett im Treppenhaus und beugten sich über ein paar mit Kinderschrift übersäte Seiten. Wer nah genug an ihnen vorbeiging, bekam mit, worüber sie sich unterhielten: Ninels Roman, das bestgehütete Geheimnis der Kommunalka. Und vielleicht das gefährlichste dazu.

Dass Elsbeths Ehemann trotz seines durchtrainierten Körpers ein Intellektueller war, irritierte Löwy und mich wohl am meisten. Wobei ihm die unter den Emigranten geschätzte *Rote Fahne* stets voranflattere, wie mein Freund es ausdrückte. Noch immer stehe Karl in Kontakt mit deren nunmehr im Untergrund wirkenden Redakteuren, und nach wie vor betrachte er sich als Moskauer Korrespondent der legendären Parteizeitung, die man übrigens – von der Geschichte immer um einige Wochen überholt – in den Aufenthaltsräumen des Hotel Lux lesen könne, wenn man einen *Propusk* habe.

Soviel ich weiß, sagte Löwy, arbeitet Karl nicht als Sportlehrer an der Karl-Liebknecht-Schule. Er unterrichtet das Fach Marxismus-Leninismus, das auch die Geschichte der KPdSU und der deutschen Arbeiterbewegung umfasst. Dass er seine Schüler im Gorki-Park so häufig zum Fallschirmspringerturm führt, finden alle, die ihn kennen, sehr ... merkwürdig, gelinde gesagt. Ausbilder der Roten Armee instruieren dort Jungen und Mädchen, wie man sich verhält beim Sprung in die Tiefe, wie man die Reißleine zieht, wie man sicher unten ankommt. Es wird gemunkelt, dass Karls Schüler erst springen müssen, bevor sie bei ihm ein Examen bestehen. ... Eigentlich haben sie ihre Mutproben doch schon hinter sich gebracht, oder? Mit ihrer Flucht aus Berlin oder Wien? Jedenfalls hat er einen komplizierten Charakter, der Karl. Schwächlinge wie Nikiforos, die in der griechischen Mythologie ertrinken, verachtet er. Ganz abgesehen von bucklichten Männlein wie mich und zu klein gewachsenen aschblonden Jungs, die seiner Frau nachstellen wie du. Seiner heiligen Betty, die zu seinem Geschöpf wurde, damals in der Reichshauptstadt.

Dass ich Konstanze noch einmal um Geld bitten muss, damit ich meine Schweizer Pläne realisieren kann, finde ich entsetzlich, lieber Herr Doktor. Zwar fragt sie garantiert nicht, weshalb ich schon wieder eine so große Summe brauche, geschweige denn will sie Heidi kennenlernen und die näheren Umstände, die mich mit ihr verbinden. Frei und offen und reich, wie sie ist, belästigt sie ihre Mitmenschen selten mit ihrer Neugier. Weil ich ihr dieses Mal aber wenigstens ein bisschen Auskunft schuldig zu sein glaube, werde ich wohl in Versuchung geraten, mein Finanzdesaster auf die Penner unter der S-Bahn-Brücke zu schieben. Meine im Vorübergehen blind in ihre Elendsquartiere geworfenen Spenden könnte meine Liebste nämlich noch am ehesten verstehen. Wogegen ich es wohl kaum über mich bringe, ihr zu bekennen, wie grausam ich mich selbst überschätzte, wie wenig mir mein Körper, mein Charme, meine Knabenhaftigkeit nutzten! Wie stümperhaft ich mich verhielt beim Verkauf meiner außergewöhnlichen Persönlichkeit, wie idiotisch. Vor allem Andris, diesem Schweinekerl, hätte ich gerne eine größere Summe abgeknöpft. Und ausgerechnet er zeigte mir dann, wo der Barthel den Most holt, wie die Pfälzer sagen. Ja, ich muss es zugeben, es war ein Scheißzahnarzt, der mich so zurichtete, Herr Doktor. Er hat mich auf seinem Marterstuhl fixiert und vergewaltigt, nicht mehr und nicht weniger. Wohingegen die Liebesdienste, die Sie und Ihre Frau mir zuteilwerden ließen, zu den schönsten Zuwendungen gehören, die mir je widerfahren sind. Die Hühnersuppe vor allem, die Hühnersuppe …

Es hilft nichts, ich muss mutig sein. Handeln oder mich ergeben, bevor ich mich heute kurz vor Mitternacht meinem Todesengel ausliefere. Zum Hausvogteiplatz zurückkehren, an meinen Feinden, den verkleideten Polizisten, vorbei, erst die vier Treppen und dann die letzten zwanzig Stufen hoch bis unters Dach. Falls Fritjof Meyer dort auftaucht, muss ich das halt hinnehmen. Wenn nicht, und auch der Baron von S. inzwischen das Weite gesucht hat, was ich inständig hoffe, werde ich mir ein Schaumbad genehmigen, mich säubern von Andris' schauderhaftem Geruch, das Blut unter meinen Fingernägeln entfernen, meinen geschundenen Körper eincremen, nach allen Regeln der Kunst. Um schließlich Blumen besorgen zu gehen in dem edlen, selbst im Winter eisgekühlten Laden an der Ecke, mehrere Male hintereinander wahrscheinlich, weil ich nicht alles auf einmal schaffe und die Zeit für eine telefonische Bestellung nicht mehr reicht.

Ich liebe es, Blumen zu kaufen und sie in den vielen Vasen, Töpfen und Krügen zu verteilen, die es in Konstanzes Haushalt gibt. Wohlriechende große Chrysanthemen-Gebinde und kleine Biedermeiersträuße. Langstielige rote Rosen, Orchideen, Azaleen, Lilien und Levkojen. Sonnenblumen, die sie besonders liebt. Astern, nun, da der Herbst da ist. Es wartet ja auch noch ein Trostpflaster auf mich: meine Uhr im rechten oberen Geheimfach von Konstanzes Sekretär. Wie lange habe ich nicht mehr an die zierliche Malerei gedacht, die ihren Deckel schmückt. Frei nach Watteau, hatte mein Gentleman kennerisch geäußert, als ich vor zweihundertfünfzig Jahren zu ihm in die Kutsche stieg. Eine Dame im weit ausgeschnittenen gelben Kleid zusammen mit zwei Komödianten, die ihr bestimmt gerne an die Wäsche gingen. Wo war meine Uhr in Moskau? Wo hatte ich sie versteckt?

Die Zeiger von Doktor Zuckers Bahnhofsuhr fressen die Zeit. Ich fange an zu schwitzen, die Heizung spuckt und gluckert wie verrückt an diesem spätsommerlichen Oktobertag. Meine Verletzungen machen mir zu schaffen, meine Wunden. Die Wirkung der Schmerzmittel lässt nach. Aus meinem Mund stinkt es nach Blut. Ihr schönes Taschentuch ist voll damit, Herr Doktor. Ich werde allmählich unruhig. In zweieinhalb Stunden landet Konstanze in Tegel.

Nur noch eine letzte Bemerkung, Herr Doktor: Inzwischen zweifle ich, was Karls verschiedenfarbige Augen anbelangt. Wie hätte ich dies im Zwielicht unseres Kommunalka-Flurs erkennen können? Vielleicht war es ja ein anderer und gar nicht Karl, der an dieser merkwürdigen Anomalie litt. Natürlich misstraue ich meinen Erinnerungen, ich bin doch nicht blöd. Aber ich würde niemals bestreiten, dass mir die wöchentlichen Stunden auf Ihrer Couch gutgetan haben. Herrgott, du musst ja zu deiner Seelenhygiene, hat Konstanze immer gesagt, wenn ich mitten im Gespräch davonstürzte, weil mir der Termin bei Ihnen mal wieder viel zu spät einfiel. Wie sie meine Unpünktlichkeit hasst! Und wie leid es mir jetzt tut, ihre Geduld so sehr strapaziert zu haben.

Dass ich Sie hinter mir leise schnarchen höre, erfüllt mich mit Sympathie. Soll ich mich aus dem Zimmer schleichen? Noch einmal kurz bei Ihrer liebenswürdigen Frau vorbeischauen? Nein, ich habe keine Zeit mehr. In sechzig Sekunden werde ich mich erheben.

VIII.

First things first. Das sagte schon mein New Yorker Freund Gary, der inzwischen vielleicht die hundert überschritten hat und es nicht ausstehen konnte, wenn ich trödelte. Für meine ersten Sätze setze ich mich aufs Fensterbrett, noch ist es einigermaßen hell, ich schaue auf einen seltsam schmalbrüstigen, rechtwinklig verzogenen spätgotischen Marktplatz hinaus, irgendwann werden die verkitschten Laternen angehen, ich spreche *eins, zwei, drei* in das kleine Aufnahmegerät, das angeblich für mindestens drei Stunden Geständnis ausreicht, und komme mir schrecklich unbeholfen vor. Heidi hat mir beim Kauf geholfen. Noch vor unserer Abreise gingen wir zusammen ins Elektrogeschäft im Hauptbahnhof, sie wollten gerade schließen, Heidi ließ sich nicht abweisen, an einer Kasse saß noch eine Verkäuferin, es war eine Sache von fünf Minuten. Das richtige Handling muss ich noch lernen, obwohl ich das doch eigentlich ganz gut können sollte nach den Stunden bei Ihnen, Herr Doktor. Das Vor- und Zurückspulen – der Epochen, meine ich. Seit ich bei Ihnen auf der Couch gelegen habe, ist mir das in Fleisch und Blut übergegangen. Heidi kennt sich gut aus mit elektronischen Geräten. Sie kann sogar Zeitungsseiten bauen auf dem Computer und Fotos bearbeiten, denn bevor man sie als Werberin für Sterbehilfe anstellte – das mit der Werbung würde sie heftig bestreiten –, war sie

Journalistin in einer Lokalredaktion. Immerzu habe sie sich mit starrsinnigen Bürgermeistern, unterkomplexen Handballtrainern und stinkenden Klärwerkbesitzern herumplagen müssen. Erst als sie das Gerät mitlaufen habe lassen, sei es besser geworden. Nicht etwa heimlich, sagte sie kurz vor der Einfahrt in den Basler Bahnhof (die Grenzbeamten hatten die vor sich hin dösenden Reisenden nicht weiter gestört und waren quasi auf Zehenspitzen durch die Abteile gelaufen), diese Idioten platzten fast vor Stolz, wenn ich mich mit dem Mikrofon vor ihnen aufbaute. Gut aber war es vor allem für mich selbst, so konnte ich stets den Beweis antreten für das, was meinen Interviewpartnern unfreiwillig entschlüpft war.

Lebensmüde Leute in die Schweiz zu bringen, sei bedeutend einfacher, und lukrativer natürlich auch, fuhr sie fort. Mit der Zeit habe sie gelernt, die richtigen Gesprächsthemen anzuschlagen während der langen Fahrt und das Schweigen auszuhalten, in das ihre Kunden irgendwann doch verfielen. Die Reise mit mir falle jedenfalls eindeutig aus dem Rahmen. So *luschtigg* sei es noch nie gewesen. Und eine so irre Vita habe ihr kein Mensch je erzählt. *Summa summarum* könne sie gut verstehen, dass ich die Nase gestrichen voll habe. Irgendwann müsse einfach mal Schluss sein. *Summa summarum* sagte sie häufig im Verlauf unserer Unterhaltungen, es ist ja auch durchaus kein unpassendes Wort für eine Dame, die in den Diensten einer so finalen Organisation steht.

Noch in Berlin versprach Heidi, Ihnen das Band nach meinem Tod zuzuschicken, Herr Doktor, will ich doch nicht ohne ein letztes Wort von Ihnen scheiden. Zumal ja noch etwas fehlt! Das Ende des Moskauer Kapitels! Auch wenn es im Buch meines Lebens nie zu einem wie auch immer gearteten Ende gekommen ist, ich weiß. Nun, da die Ferne zwischen uns liegt und ich nicht mehr auf Ihrer Couch, müssen Sie erfahren, wie schlecht ich bin. Dass mir die Jacke näher war als der Rock und ich einen Menschen opferte für vergängliche Begierde. Dass ich meine Reisebegleiterin bat, auch eine Tafel koschere Schokolade ins Päckchen zu tun, für Ihre liebe Frau, ohne deren medizinische Hilfe ich womöglich eine Sepsis bekommen hätte, ist sentimental, das ist mir bewusst! In Gefühlsdingen bin ich nicht zurechnungsfähig, nicht ausrechenbar, wie die Studenten manchmal sagten, mit denen ich im Foyer der Staatsbibliothek ins Gespräch kam. So ganz verstanden habe ich sie nie in ihrer aufs normale Leben heruntergebrochenen Computersprache, und auch sie ließen eigentlich keinen Zweifel daran, wie sehr sie mich als aus der Zeit gefallen empfanden.

Morgen oder übermorgen, wenn ich alle Papiere beisammenhabe, sagte Heidi (an ihrem Pappbecher nuckelnd, in dem kein Nescafé mehr war, und so unerträglich selbstzufrieden wirkend, dass mir ganz übel wurde), werde ich dich jedenfalls in kürzest möglicher Zeit in der Pension abholen, wo ich dich sofort nach unserer Ankunft abliefere. Weil du mich nur unzureichend mit Dokumenten ausgestattet hast, werde ich ein bisschen tricksen müssen. Dass du kein Handy besitzt, ist wirklich suboptimal ... Vielleicht können wir dir ja noch eines kaufen, erreichbar solltest du schon sein.

Zwischen Hauptbahnhof und Spandau waren wir – ohne dies zu thematisieren – zum *Du* übergegangen, aber es handelte sich um eine falsche, technische Nähe, die wir da herstellten, sie hing nur mit meinem Tod und mit ihrer Sterbehilfe zusammen und hatte nichts damit zu tun, dass wir uns für ein echtes existenzielles Abenteuer verschworen hätten.

Wann genau ich den Plan fasste, mich keinesfalls von ihr abliefern zu lassen, und überhaupt Abstand nahm vom assistierten Gnadentod, weiß ich nicht mehr. Vielleicht als sie *luschtigg* sagte und ihren grell geschminkten Mund so weit aufriss, dass ich ihre Plomben hätte zählen können. Oder als sie anfing, ihre Liebesaffäre mit einem sehr viel älteren Mann vor mir auszubreiten. Rotz und Wasser habe sie geheult, als er sich von ihr trennte und einer noch jüngeren Frau zuwandte – und ja, in der Tat, mit dem Gedanken gespielt, in den nächstbesten Fluss zu springen. Ihr Berufswechsel zur Sterbehilfe ließe sich gut als die logische Folge ihrer Verzweiflung beschreiben, *summa summarum*. Von irgendetwas musste sie ja schließlich leben; der Lokaljournalismus habe nicht einmal zum Sterben gereicht.

Inzwischen hat Heidi die Suche nach mir wohl aufgegeben, denke ich, gegen einen unangenehm bohrenden Hunger kämpfend, dem ich einstweilen nicht nachgeben will. An die Polizei wird sie sich gewiss nicht gewandt haben mit der kruden Geschichte eines viel zu jung und gesund aussehenden Sterbewilligen, der einfach nur Schluss machen wollte mit der ihm drohenden Ewigkeit. Wie kann einer unsterblich sein und dabei so fröhlich bleiben, hat sie mich während der Fahrt immer wieder gefragt, ohne je eine Antwort zu erhalten. Dabei spielte ich ihr etwas vor, seit wir kurz vor Mitternacht in den erstaunlich voll besetzten ICE gestiegen waren. Ich gab für sie den Clown mit den ungeweinten Tränen, wie hätte sie also anders reagieren sollen? Zumal sie während der kommenden Stunden, inklusive der Wartezeit in Dortmund, und sogar nachdem ich sie über mein Sterblichkeitsproblem aufgeklärt hatte, nicht aufhörte, ihr schrankenloses Faktenwissen über mir auszugießen – davon sprach, wie sich die Lebensgier im Angesicht des Todes ganz schnell um ein Vielfaches vergrößere, Krebskranke auf Kreuzfahrtschiffen Legion seien, Magenkranke besonders gerne Haxen und Eisbein verzehrten und selbst Leute in der letzten ALS-Phase einen Flug zum Mond buchen würden, hätten sie das Geld dazu.

Ob die beiden Zigaretten, die der garantiert an einem Lungenemphysem leidende Nikiforos in meinem Beisein auf einer Bank zwischen der Kleinkunstbühne für Laien und der großen Lachmühle, direkt hinter der öffentlichen Toilette am Platz des Fünfjahresplanes rauchte, auch in diese Kategorie gehörten? In der Gewissheit, dass ihm seine Häscher auf der Spur waren und ich sie gerade zu ihm geführt hatte? Darüber grübelte ich nach, während der Zug durch die Dunkelheit raste und ich versuchte, meine Blicke festzuhalten, was gar nicht so einfach war. Wie gierig er den Rauch in seine Brust sog, vielleicht ja wegen des stechenden Uringeruchs, der sich hier breitmachte. Sein rasselnder Husten. Seine ihm über die Augen wuchernden Brauen, die wie Trauertücher aussahen, die man über Spiegel hängt. Seine Kleider rochen so sehr nach Schweiß, dass ich es kaum aushielt, trotz meiner Abstumpfung durch Moskauer U-Bahnen und Kommunalka-Küchen. Seine Finger zitterten, auf seiner Stirn sammelte sich Schweiß, seine schütteren Locken waren elektrifiziert wie eh und je. Als ich aufstand und ihm in künstlicher Lustigkeit erklärte, ich müsse mich nun schleunigst wieder zu Stalins Barthaaren verfügen und wie schön es gewesen sei, ihn hier zu treffen, nachdem es kaum mehr zu *gelehrten* Nächten gekommen sei in den letzten Wochen, zerriss mir sein kräftiger, unverbrüchlicher Händedruck fast das Herz.

Eigentlich hätte ich erst gehen sollen, wenn der junge Mann, den Löwy und ich häufig mit ihm rudern gesehen hatten, neben ihm Platz genommen hatte, war mir von Hakob eingeschärft worden. Ganz am Anfang hatte er sogar verlangt, ich solle meinem Lehrer noch einen Wangenkuss geben, bevor ich ging, als wäre er nicht eindeutig zu erkennen gewesen in seinem wirren, wilden Aussehen. Was es bedeutete, einen ohnehin schon ausgehandelten Verrat in aller Öffentlichkeit mit einem Kuss zu besiegeln, lieber Herr Doktor, wusste ich damals noch nicht, ein Judas Ischariot war mir unbekannt. Dass meine Liebesnächte mit Elsbeth quasi die dreißig Silberlinge symbolisierten, die der Verräter für seinen Verrat erhielt. Ich dachte in anderen Begriffen. An Nikiforos als Seeleningenieur, der die griechische Götterwelt mit dem freudlosen Leninismus des kommunistischen Jugendverbandes versöhnen wollte – wenn es denn nicht anders ging, die Komsomolzen an europäisches Bildungsgut heranzuführen. Lächerlich fand ich das keine Sekunde, weder gefährlich noch kleinbürgerlich oder reaktionär; im Gegenteil. Liebend gerne wäre ich neben ihm sitzen geblieben und hätte mir vom Trojanischen Pferd erzählen lassen, wenn ich nicht ein Rendezvous im Hotel Lux gehabt hätte, vielleicht das letzte, das Hakob mir verschaffen konnte. (Es war das vorletzte. Beim letzten wurde Elsbeth verhaftet.) Erst anschließend, nach den vormittäglichen Liebeswonnen, kehrte ich zu Stalins Bart zurück, um mich nur ein paar Tage später unmittelbar nach der Katastrophe, nach einem kurzen Besuch in der Kommunalka, den Ninel gewiss in seiner Kladde notiert hatte, in der Moskauer Unterwelt zu verstecken.

Im Vergleich zu Nikiforos' Brennen für das Paradies auf Erden erscheint mir die immer wieder aufgewärmte Erzählung von den auf dem Weg zur Guillotine mit Inbrunst die *Marseillaise* singenden Männern und Frauen wie billige Propaganda. Und der Gott sei Dank kaum eine Viertelstunde währende *Gesang der Jünglinge im Feuerofen*, zu dessen Rekonstruktion mich Konstanze in die Staatsoper Unter den Linden geschleppt hat – in unserer Frühzeit, als mir noch vieles zuzumuten war –, allerhöchstens wie kalte, genau kalkulierte Avantgarde, obwohl ich Stockhausen oder wie er auch hieß damit gewiss Unrecht tue. Auch Nikiforos hat sich aufgeopfert, darüber bin ich mir inzwischen im Klaren. Doch für wen oder was? Für mich und Elsbeth? Für die reine Lehre? Für Stalins Doktrinen? Oder Lenins ideologisches Überleben? Im Weggehen sah ich aus dem Augenwinkel noch einen kleinen, sich von seiner Mutter losreißenden Jungen, der sich Nikiforos' Bank näherte, Anlauf nahm und auf seinen Schoß hüpfte. Ich verbot mir, mich noch einmal umzusehen.

Vielleicht hätte ich meiner Reisegefährtin nicht an ihre spitzen Knie fassen sollen, denn das hat sie prompt missverstanden. Jetzt schäme ich mich dafür, während ich allmählich merke, wie kalt es durch die Scheiben zieht – nicht nur für den plumpen Annäherungsversuch, sondern auch für den fehlenden Widerstand, den ich ihrem verrutschten Zungenkuss und ihrem Angebot entgegensetzte, in der Pension, die ich dann doch nicht mehr betreten sollte, noch einen gemeinsamen Drink zu nehmen. Just in dem Moment, als draußen auf dem Platz die in schmiedeeiserne Körbe gesperrten Lampen angehen und ich in deren gelbem Schein fein schimmerndes Schneegestöber erkenne, ergreift mich der Jammer. Über meine Heuchelei, meine Lügen, meine fehlende Moral. Meine sich über Jahrhunderte selbst befruchtende Feigheit. Natürlich ist diese gut ausgeleuchtete Bühne, die sich da plötzlich vor mir auftut, einer Zeituhr geschuldet und von einem Rechner gesteuert, aber dies raubt der Szene nicht ihre Magie, diesem wie aus dem Mittelalter zu mir gekommenen Platz nicht seinen Zauber, über dessen sich allmählich in eine weiß karierte Fläche verwandelndes Kopfsteinpflaster Menschen vorwärts- und rückwärtslaufen. Männer, Frauen, Mädchen und Jungen, die ausrutschen, auf dem Boden sitzen bleiben, wenn sie hingefallen sind, weiterschlittern. Sie scheinen mir bekannt. Sie tragen Perücken und Uniformen, Fräcke und Pickelhauben, führen Pferde am Zügel, ziehen Schleppen hinter sich her, Leiterwägen, Kinderschlitten. Laufen auf Schlittschuhen wie auf einer Eisbahn. Mitten unter ihnen läuft Charlie Chaplin, sorgsam einen Fuß vor den anderen setzend, seine übergroßen Schuhe sind ja auch wirklich nicht ungefährlich. Er lüpft seinen Hut und schaut zu mir hoch, als wüsste er, dass ich gerade dem Tod von der Schippe gesprungen bin. *Summa summarum*. Konstanze sehe ich nicht unter ihnen, obgleich ich fühle, dass sie ganz nah ist, vielleicht gleich um die Ecke biegt. Ach, meine Allerliebste, wie warm und weich du dich doch anfühltest! Welch schöne runde, gepolsterte Knie du dein eigen nennst, trotz deiner stattlichen Größe. Und wie wunderbar es wäre, mich jetzt an dich zu schmiegen, ohne an Abschied und Ankunft zu denken.

Bis zum letzten Augenblick war ich mir nicht darüber im Klaren, wie ich meine Flucht bewerkstelligen sollte. Einfach im Zug sitzen bleiben? Nach Interlaken weiterfahren in einem anderen Abteil? Mich in die Toilette einschließen? Ich konnte mich nicht entscheiden; ich war entschlusslos wie eh und je. Dass mir Heidi nach dem Aussteigen aus dem Blickfeld geriet, rettete mich. Die ganze Zeit über hatte ich mich im Mittelgang des Großraumabteils, eingeklemmt zwischen Koffern und Menschen, dicht hinter ihr befunden, jetzt verlor ich sie schnell aus den Augen. Es war reiner Zufall, dass es so kam, absichtlich aber wollte ich daran nichts mehr ändern. Und als ich dann doch ihren karottenroten Schopf entdeckte zwischen all den wuselnden Menschen auf dem überfüllten Bahnsteig, sprang ich mit einem Satz in den abfahrtbereiten Zug auf dem gegenüberliegenden Gleis. Keine Sekunde später schlossen sich die Türen.

Jetzt bin ich in Chur, aber es war gleichgültig, wo ich landen würde. Das Bedürfnis, in Zürich auszusteigen – wo ich mir die berühmte Spiegelgasse hätte ansehen können, wo Lenin von der Revolution träumte, wie jedes Kind in Moskau wusste –, streifte mich jedenfalls keine Sekunde. Dass ich die Leute, die mit mir ausstiegen in dieser ältesten Stadt der Schweiz, nicht verstand und sie mich auslachten, als ich sie fragte, ob ich mich etwa schon in Italien befände, irritierte mich. (In Graubünden spricht man Rätoromanisch, das wurde mir erst nach ein paar Tagen klar. Es ist die vierte oder fünfte Sprache, die ich lerne, ohne sie je vollständig zu beherrschen.) Kein Schaffner behelligte mich während der mir nicht sehr lang erscheinenden Fahrt. Einmal flüchtete ich panisch und grundlos in ein blitzblank sauberes WC, das ich – da ich nun schon einmal drinnen war – sogleich benutzte. Meinen Koffer ließ ich leichtsinnigerweise stehen, fand ihn aber schnell wieder, ins Gepäckfach gehievt von einem baumlangen Schweizer, der Mitleid empfunden hatte mit einem so klein gewachsenen Menschen wie mir und grinsend nach oben zeigte.

Das Band muss ich nun selbst zum Postkasten bringen, Herr Doktor, die Speicherkarte vielmehr, die in einen einfachen Briefumschlag passt. Anstatt der Frau Doktor Schweizer *Schoggi* zu senden, weil das die postalischen Bedingungen verkomplizieren würde, werde ich Ihnen nur lapidar mitteilen, dass Sie sich erstens ein Aufnahmegerät zulegen müssen, um meine Beichte zu Ende anzuhören, und ich Sie zweitens von Ihrer Schweigepflicht entbinden möchte. Denn auch Ihre liebe Frau soll über mich Bescheid wissen, sie scheint mir gnädiger und geneigter zu sein als Sie, mein gestrenger Analytiker. Wobei Sie das Gerät nicht auf die Couch zu legen brauchen, wenn ich mir diesen dummen Scherz erlauben darf. Es ginge auch in Ihrer Küche, in Gegenwart der schweigenden Götter in Handtellergröße, und Sie könnten auch einen schwarzen Tee trinken, während Sie meine Stimme hören, und koschere Zwiebacke dazu essen. Das hätte ich mir übrigens auch gewünscht, wenn ich Heidi nicht entwischt wäre und morgen oder übermorgen tot. Aber selbst jetzt, da es weitergehen wird, wenngleich ich noch keinen Schimmer habe, wie, ist es eine mich geradezu verzückende Vorstellung.

Tja. Es ist zwar alles einfacher geworden mithilfe der elektronischen Medien, aber auch viel schwieriger, wenn einem die dazu nötige Hardware fehlt. Ich hoffe, man berät Sie gut, Herr Doktor, Sie müssen nicht das teuerste

Teil kaufen, meines hat nicht mehr als einen Appel und ein Ei gekostet, wie Heidi erklärte. Konstanzes heldenhaft in Berlin zurückgelassenen Laptop zu ersetzen dürfte dagegen ungleich problematischer sein. Nicht nur, weil sich alle Links darauf befinden, die mir zur Erhellung meiner Vergangenheit dienten, während ich im Café Einstein immer besser darauf zu navigieren lernte, nein: Es ist mir auch ans Herz gewachsen – irgendwie. Es war die Verkörperung meiner erst spät – zu spät? – erwachten Wissbegierde. Es hat mich stolz gemacht, unter all den Intellektuellen und Pseudointellektuellen zu sitzen und ihnen – historisch gesehen – so viel voraus zu haben.

Das Bündel Geldscheine, das ich aus der großen Bodenvase im Flur angelte, ist nur ein unzureichender Ersatz für den Datenverlust, aber es kann mir erst einmal über die Runden helfen. Ich werde aber doch in den nächsten Tagen in ein günstigeres Hotel umziehen müssen; wer weiß, wie lange ich bleibe und diese Übergangszeit dauert. Allerdings möchte ich betonen, Herr Doktor, Frau Doktor, dass mir der Aufbewahrungsort der Scheine erst eingefallen ist, als ich einen vor Nässe glitzernden Chrysanthemenstrauß hineinstellen wollte.

Ja, einszweidrei. Testtesttest. Weiter geht es. Nicht rasten, Leon, erzählen. Unsere Tage und Nächte in den Betten des Hotel Lux bedurften eines Regisseurs, unser Bad im Drachenblut der nunmehr ziemlich frei praktizierten Liebe eines Bademeisters. Es war Hakob, der die Anweisungen gab, nachts, in unserem Verschlag, wenn ihm die Gelegenheit günstig erschien. Oft lag ich stundenlang neben ihm wach und wartete vergeblich darauf, dass er den Mund öffnete. Manchmal ging es jedoch auch ganz schnell. Innerhalb der folgenden Tage und Nächte würden gleich mehrere Zimmer frei werden, flüsterte er mir zu und versetzte Elsbeth und mich damit jedes Mal in aberwitzige Hektik. Wobei die Vorteile sehr ungerecht verteilt waren. Während es mir relativ leicht fiel, mich für ein paar Stunden aus der Hochschule für Gestaltung davonzustehlen, musste sie in ihrem Kindergarten nicht nur für eine vertrauenswürdige Vertretung sorgen, sondern auch eine sie immer wieder schachmatt setzende Übelkeit simulieren – die irgendwann die Legende gebar, sie sei schwanger, und sie außerdem dazu zwang, ihrem nach wie vor gewalttätigen Ehemann immer neue Lügenmärchen aufzutischen.

Am schwierigsten war es, zur gleichen Zeit aus zwei verschiedenen Richtungen das Hotel Lux zu erreichen, wo der Armenier am Hintereingang der im Souterrain gelegenen Wäscherei wartete, um uns zu unseren wechselnden Unterkünften zu führen. Zwar gab es auch im Lux auf allen Stockwerken Besen- und Wäschekammern, die *fremdbenutzt* werden konnten, wie Hakob dies ausdrückte, und wo wir manchmal tatsächlich für eine gewisse Zeit landeten, wenn die Gäste nicht rechtzeitig ihre Zimmer geräumt hatten. Im Ganzen aber erlebten wir unser getaktetes Glück in für uns unvorstellbarem Luxus – nicht nur im Hinblick auf die immerhin mit Kattun überzogenen Federbetten, sondern auf die im Vergleich zur Kommunalka fast überirdische Ruhe, vor allem, wenn wir im hinteren Trakt des riesigen Komplexes untergekommen waren.

Bis wir das Motorengeräusch richtig deuten konnten, das in den frühen Abendstunden für längere Zeit den Hof erfüllte, dauerte es allerdings eine Weile, und Elsbeth kapierte schneller als ich. Es sind die Männer von der Geheimpolizei, sagte sie, vom Fenster zurücktretend, das sie nicht öffnen konnte, weil es – gegen die Kälte und, wie ich später erfuhr, wegen der bei den Verhaftungen zu erwartenden Fensterstürze – mit Kitt verkleistert war. Da hat sich gerade einer eine Zigarette angesteckt, die hat sein Gesicht erleuchtet. Der zweite guckt auf die Uhr. Die warten auf ihren Einsatz. Dass sie auch hier ihr Unwesen treiben, war mir nicht bekannt. Ich dachte, hier wohnt die Elite, die Hundertfünfzigprozentigen.

Natürlich war das ein Schock. Noch aber triumphierten Elsbeths nach Lavendel duftende Brüste nicht nur über alle schlechten Gerüche, die auch im Lux aus den verstopften Toiletten und nur unzureichend gereinigten Gemeinschaftsküchen drangen, sondern auch über meinen Angstschweiß, der mir den Rücken hinunterrann, sobald ich mich unter Stalins inquisitorischen Blicken zur Unzeit an den malenden Kollegen vorbeidrängen und vom Gerüst heruntersteigen musste. Selbst mein Grauen vor den durch die Gänge huschenden Ratten löste sich in Luft auf durch Elsbeths überwältigende Art, mich an sich zu ziehen und aus den Winterkleidern zu schälen, sobald sie die Tür hinter sich geschlossen hatte. Meine Freundin indes blieb erstaunlich gelassen angesichts der Nager, die sich bisweilen direkt vor unseren Betten blicken ließen. Aus ihren Berliner Hinterhöfen war sie Schädlinge gewohnt und der fatalistischen Meinung, man könne ihnen nicht entgehen. Immerhin spielen die Kinder mit ihnen, sagte sie, in Ermangelung anderer Haustiere; sie bringen ihnen sogar Kunststückchen bei. Die Kakerlaken, die bei uns durch die Küche toben, finde ich weitaus ekliger.

Zuerst glaubte ich, mich verhört zu haben, als Hakob eines Nachts das Angebot machte, Elsbeth und mir ein

Liebesdomizil zu besorgen. Gemeinsam hatten wir nach einer Radioübertragung die Küche verlassen und uns wie ein altes, einander in tiefer Feindschaft verbundenes Ehepaar zur Ruhe begeben, Hakob mit finster zusammengezogenen Brauen und merklichem Abscheu mir gegenüber, ich immerhin noch voll der Adagio-Klänge aus dem mittleren Satz von Tschaikowskis Klavierkonzert, unter deren Eindruck ich mich mit zärtlichen Blicken von Elsbeth verabschiedet hatte, die – neuerdings von ihrem Mann in ostentativen Klammergriff genommen – gezwungen war, sich noch die letzten Nachrichten anzuhören. Anders jedoch als sonst drehte Hakob mir nicht sofort den Rücken zu, sondern bettete sein Gesicht so dicht an meins, dass ich seinen schlechten Atem spürte.

Sie müssen sich unser einseitiges Gespräch in gebrochenem Russisch vorstellen, verehrter Herr Doktor, und geflüstert, ja kurz vorm Verstummen, auch deshalb lief ich einige Tage mit dem Gefühl durch die Gegend, mein Gegenüber nicht richtig verstanden zu haben. Die am Anfang stehende infame Quintessenz allerdings schon: Dass er unser beider gegenseitiges Anschmachten nicht mehr aushalte und sich deshalb entschlossen habe, uns die Gelegenheit zu verschaffen, einander näher zu kommen, flüsterte er. Ganz nah sogar, so nah, wie es näher nicht mehr geht. Es klang wie eine Drohung.

Wo?, fragte ich die Schlange, die mir das Paradies verhieß.

In einem der Zimmer des Hotel Lux, in den Zeiten des Wechsels, wenn gerade niemand drin wohnt oder plötzlich jemand verhaftet worden ist, antwortete Hakob leise lachend. Frag mich nicht, woher ich das weiß. Als Etagenkellner kriegt man so einiges mit und kann auch so einiges mitnehmen von dem, was allzu hastig aufbrechende Gäste in den Zimmern vergessen. Das Bauchaufschneiden in der Pathologie ernährt mich jedenfalls nicht, das kannst du mir glauben. Man hat mir Löwys Stelle angeboten, fuhr er fort. Auch Löwy, diese Ausgeburt der Hässlichkeit, der man glücklicherweise das konspiratorische Handwerk gelegt hat, karrte im Lux die Wägen mit dem schmutzigen Geschirr über die Flure, säuberte die Zimmer, putzte die Klos. Und hielt die Augen offen. Ich wundere mich, dass er dir nie davon erzählt hat. Und ehrlich gesagt wundere ich mich auch, dass dir dieser Schwächling nicht denselben Vorschlag gemacht hat, wo er doch dein Freund gewesen ist. Ein Freund muss wissen, was ein Freund braucht, finde ich. Löwy hätte wissen müssen, wie dir zu helfen ist.

Du bist nicht mein Freund, erwiderte ich, von ihm abrückend, du ganz bestimmt nicht.

Aber ich deiner, ich habe sehr wohl registriert, wie es um dich steht, *Towarisch*! Wie gierig du dieses verheiratete Miststück mit Blicken entkleidest. Wie du Karls Frau immer wieder anzufassen versuchst. Ich habe Mitleid mit dir. Und mit ihr auch, die dich gleichfalls zum Fressen gernhat. Wo können zwei Liebende, die gezwungen sind, in einer Kommunalka zu vegetieren, sich unbemerkt an die Wäsche gehen? Nicht unter der Erde, hinter den Zementsäcken einer Metrobaustelle! Oder im Leichenschauhaus der Anatomie! Männer können ihre Bedürfnisse nun einmal nicht ausschwitzen, so zwergenhaft sie auch geraten sind. Das ist meine heilige Überzeugung.

Nachdem er mich aus kurzem Abstand heftig in den Bauch geboxt und mich eine Weile mit unverständlichen Schimpfworten belegt hatte, nannte er mir einen konkreten Termin, verbunden mit der Ansage, er gewähre mir die Chance nur einmal und keine Bedenkzeit. Es lebten noch mehr unglücklich Liebende in Moskau, wenn auch nicht in unserer beschissenen Kommunalka. Da gebe es höchstens noch einen vom anderen Ufer. Aber *dem* wolle er wahrhaftig nicht behilflich sein, zumal der sich zu helfen wisse, er brauche nur durch den Gorki-Park zu streunen.

Ich will gar nicht wissen, wen du meinst, jammerte ich nach Luft ringend. Aber ich weiß, dass ich weder Beziehungen noch Geld habe. Ich bin nur ein armer Plakatmaler.

Und ich antworte dir, dass ein Freund einem Freund niemals etwas schuldet. Stell dir vor, Löwy wäre auf die rettende Idee gekommen, wenn es dir so leichter fällt. Elsbeth würde das gefallen, da bin ich mir sicher. Der Bucklige war schließlich ein Verwandter von ihr. Außerdem: Wer sagt, ob es vielleicht nicht doch eine Gelegenheit gibt, dich zu revanchieren? Keiner weiß, wie lange wir noch in unserem Verschlag nächtigen müssen. Wir sind uns näher, als du denkst. Ich kann dich hören, wenn du im Schlaf sprichst. Ich weiß, wovon du träumst.

Vermutlich können Sie nicht annähernd ermessen, lieber Herr Doktor, wie schwer es mir fällt, über unser Liebesglück zu sprechen, jetzt, nachdem das Hotel Lux zum Synonym für Terror und Denunziation geworden ist. Ein Dreivierteljahrhundert später! Ich befinde mich an den äußersten Grenzen meiner Erinnerung, das spüre ich, weiter geht es nicht zurück. Tiefer, sollte ich besser sagen. Schon das Wort *Liebesglück* ist unsagbar kitschig, obgleich es genau den Fakten entspricht. Liebes ... glück

… das schmeckt wie Gift inzwischen. Denn ich wusste ja, was mit den Emigranten passierte, die in Moskau die Nazizeit abwarten wollten. Mit ganz vielen jedenfalls. Dass sie in der Realität vom Regen in die Traufe gerieten, ermordet wurden oder deportiert … nein, so einfältig war ich nicht, dass mir das nicht aufgefallen wäre. Man hat es jeden Tag gesehen, an so vielen … Verhaftungsszenen ist man täglich vorbeigekommen … mit gesenktem Kopf, damit man das Elend in den Gesichtern nicht sah. Es war eine Choreografie der vermiedenen Blicke, nach der wir uns bewegten. Die Angst, am nächsten Morgen gleichfalls abgeholt zu werden, machte taub und blind. Elsbeth und mich. Uns alle. Wir waren Behinderte, wie wir durch die Geschichte stolperten. Wir sahen nur uns selbst.

Dabei hatte ich es ja nicht wirklich schwer, wenn man von meinen Hungerattacken absieht und meiner chronischen Unterernährung, und war niemandem verpflichtet, so anspruchslos, wie ich in den Tag hineinlebte. Weder Katholik noch Kommunist gewesen, musste ich mich nie von einer Heilslehre abnabeln. Wieder einmal mitgenommen worden, von Rudi Kiefer dieses Mal, meinem Kameraden aus dem Schützengraben, der mich mit dem großen und kleinen Einmaleins des dialektischen Materialismus vollquatschte, hatte ich nur bedingt daran geglaubt, dass die Sowjetunion der Garten Eden sei, als er mir eines Tages meinen falschen Pass überreichte. Kein vernunftorientiertes, dem Ende aller Ausbeutung verpflichtetes Märchenland, wo man über meine nur geringfügig über dem Kleinwuchs rangierende Größe oder über meine fehlende Bildung hinwegsah, noch – was viel gravierender war – meine leicht mit Blödheit zu verwechselnde Arglosigkeit ausnutzte. Ich ging nur mit, weil ich nicht wusste, wohin ich gehen sollte in diesem Moment, wie so oft in meinem Leben. Von Menschen mit festen Meinungen ließ ich mich besonders gern an der Hand nehmen, mich mitreißen von ihrem Schwung. Irgendwann, wenn ich gleichgültig wurde und mich zu entziehen begann, weil sich andere in mein Leben drängten, was stets nur eine Frage der Zeit war, ließen sie mich los, verließen und verstießen mich, wie nicht wenige meiner jeweils zeitgenössischen Freunde.

Elsbeth dagegen wurde ihre Eierschalen nie richtig los. Ohne dass sie je darauf zu sprechen kam, schien sie mir immer noch davon überzeugt zu sein, dass es nicht Karl, sondern die richtige Weltanschauung gewesen war, die sie aus ihrer proletarischen Dumpfheit befreit hatte. Auch jetzt, inmitten des Unglücks, das uns umgab, geriet sie nicht ins Wanken. Nach wie vor und trotz aller Anfechtungen glaubte sie an den Kommunismus – wie ich an sie. Die Stiefel, die sich draußen auf den Gängen auf- und abbewegten, während wir aneinandergeschmiegt in unseren wechselnden Betten lagen, wollten wir nicht hören, weil wir sie aus der Kommunalka kannten. Stattdessen verguckten wir uns in die in unseren Augen so schick angezogenen, Italienisch, Spanisch, Tschechisch oder Französisch sprechenden Männer und Frauen, denen wir auf den Fluren begegneten, manchmal kamen sie direkt vom Friseur und Eau-de-Cologne-Duft umwehte sie. Auch an den in so vielen deutschen Dialekten schreienden Kindern erfreuten wir uns. Wiegten uns im Rhythmus der klappernden Schreibmaschinen, der aus den nur angelehnten, manchmal gepolsterten Türen drang, genossen die Stille, wenn die in der Komintern-Zentrale arbeitenden Übersetzer und Sekretärinnen morgens das Haus verlassen hatten. Selbst die Spannung, nicht zu wissen, wo uns Hakob unser nächstes – noch von keinem NKWD-Siegel versehrtes – Domizil anweisen würde, machte uns froh. Während wir die durchgelegenen Matratzen, die Brandflecken auf den Nachttischen, die abgerissenen Tapeten, das durchgelaufene Parkett übersahen und die Wanzen, die uns besprangen und einen infernalischen Gestank absonderten, wenn wir sie zerdrückten, nur so lange zur Kenntnis nahmen, wie es nötig war.

Wenn wir in den einsamen, von ihren Besitzern getrennten Büchern schmökerten, die Zettel zu entziffern versuchten, die darin zurückgelassen worden waren, die Anmerkungen und Unterstreichungen, vergaßen wir die Zeit. Vor allem Elsbeth, die wie alle mich beeindruckenden Frauen nicht nur von staunenswerter Bildung war, sondern auch an so etwas wie Lesesucht litt, fiel es schwer, sich aus ihrer Versunkenheit zurückzuholen. Und natürlich kann ich mir vorstellen, dass das Lux auch für meinen eigentlich für die deutsche Romantik schwärmenden Freund Löwy eine Fundgrube war, Herr Doktor. Eine Leihbibliothek womöglich nur, wie für Gertie das Oriental in Bangkok, weil er rettungslos rechtschaffen war und sich niemals an fremdem Eigentum vergriffen hätte.

Der entscheidende Grund, weshalb wir das, was wir taten, niemals in Frage stellten, war wohl unser Kontrastprogramm, das heißt, die paradoxe Tatsache, dass wir stets in unseren Alltag zurückkehren mussten, in unsere Gemeinschaftswohnung, die deutlich schäbiger war als das Lux. Die Euphorie über die eben vergangenen Stunden ließ sich nur deswegen immer wieder neu entfachen, weil wir, sobald wir uns vor dem Hotel getrennt hatten und separat zu unseren Arbeitsstellen zurückkehrten, an Entzugserscheinungen zu leiden begannen. Warum also sollten wir die Gedanken an künftige Freuden unterdrücken, wenn wir abends vom Fäkaliengeruch umweht in der Kommunalka Schlange standen oder erschöpft und mit knurrenden Mägen vor dem Radio hockten? Vernünftig sein, obwohl wir das Unheil kommen sahen? Vernunft war sinnlos unter solchen Umständen. Dass Hakobs teuflische Zuverlässigkeit unsere Angst betäubte, kam hinzu. Selbst wenn er tagelang unsere Blicke mied, konnten wir uns doch sicher sein, dass er irgendwann mit einem neuen Termin herausrückte. Noch durchschauten wir seine Machtspielchen nicht, noch hatte er weder von Elsbeth noch von mir eine Gegengabe gefordert oder erhalten, abgesehen von Obst oder Süßwaren, die ihm meine Geliebte – an Karl vorbei – aus ihren eigenen Beständen zusteckte. Nicht einmal dass ich ihm den Vortritt ließ beim Toilettengang, verlangte dieser Mistkerl, was mir keine Kleinigkeit schien, wenn man den ganzen Tag unterwegs war und dringend musste. So war ich nach einer gewissen Zeit widerwillig bereit, ihm seinen Altruismus abzunehmen, seine Menschenliebe. Ich, der ich vor den problematischen Wohltaten der Französischen Revolution geflohen war, vor den falschen Kameraden im Schützengraben, vor Adelberts mir nicht gewogenen Freunden. Es gab einfach keinen Anlass, an ihm zu zweifeln, im Gegenteil: In einer Atmosphäre des allgemeinen Misstrauens kam mir das Gute, das er Elsbeth und mir gewährte, wie ein einziges großes Wunder vor. Und weil es nicht enden durfte, rührten wir nicht daran und redeten auch nicht über seine Dauer.

So waren wir also Gäste der Komintern, wie unser Quartiermacher unseren fliegenden Zimmertausch nannte. Heimlich und jeweils zeitlich beschränkt bezogen wir in fast allen Stockwerken des prunkvollen Gebäudes kleine Wohnungen, Doppel- und Einzelzimmer und vorübergehend auch Wäschekammern, die uns das Atmen schwermachten. Meistens geschah es am Tag, Nächte, die uns unsere komplizierten Arrangements erleichtert hätten, gab es leider kaum, weil man Hakob, dem nur stundenweise tätigen Etagenkellner, die besser bezahlten Nachtschichten verwehrte. Immer saß uns die Zeit im Nacken. Niemals dröselte Elsbeth ihre Zöpfe auf, nie sah ich sie mit offenem Haar. Und als sie Remarques *Im Westen nichts Neues* einmal wie im Reflex unter ihre Bluse stecken wollte, weil es mal wieder nicht für die letzten zehn Seiten gereicht hatte, die sie in allen Büchern lesen wollte, die ihr im Hotel Lux begegneten, konnte ich dies nur mit Mühe verhindern.

Dass wir keine Routine entwickeln konnten in der konspirativen Art, wie wir zu unseren Liebesnestern fanden, lag an Hakobs von Tag zu Tag sich ändernden Direktiven. Wie am Gängelband liefen wir hinter ihm her, benutzten auf sein Signal hin zwischendurch das Treppenhaus und trafen ihn einen Flur weiter unten oder oben, wo er oft schon die Zimmertür geöffnet hatte, durch die wir dann schlüpfen konnten. Er selbst benutzte natürlich den Fahrstuhl, aber es gab nicht nur einen pro Stockwerk, weshalb wir nie wussten, ob wir unser Quartier am Ende oder in der Mitte des Gangs zu orten hätten. Bisweilen notierte unser Cicerone die Zimmernummer auch auf einem Zettel, deponierte ihn auf einem Servierwagen unter der Teekanne oder steckte ihn in die Zuckerdose. Und nicht selten geschah es, dass wir oder Hakob uns in der Etage irrten und das Unternehmen im letzten Augenblick abgeblasen werden musste.

Als suchten wir einen immer wieder anderswo versteckten Schatz, so kam es uns vor, wenn wir durch die Etagen hetzten, hilflos, desorientiert, krampfhaft bemüht, nicht aufzufallen. Sicher ist aber auch, dass ich mich nie wieder so lebendig gefühlt habe, dass jede Nervenzelle in mir vibrierte und meine Sinne so geschärft waren, dass ich sämtliche nur möglichen Gefahren zu wittern glaubte, viel schneller als Elsbeth, die manchmal überrascht aufschrie, wenn ich sie in eine Nische riss, weil ich die Schritte eines vermeintlichen NKWD-Agenten hinter mir spürte, der dann, ohne uns auch nur eines Blickes zu würdigen, vorüberging.

Vielleicht lag es ja daran – und das klingt jetzt wirklich pathetisch, Herr Doktor –, dass ich mich dem Tod so nahe fühlte. Was wäre geschehen, wenn ich es hätte darauf ankommen lassen? Standgehalten hätte und nicht geflüchtet wäre? Der Gedanke hat seinen Reiz, wenn man bedenkt, warum ich in die Schweiz gereist bin. Berücksichtigen sollten wir dabei allerdings auch die Jahre, die seither vergangen sind. Womit ich auf die Stopptaste drücke. Ich muss mir ein Päckchen Erdnüsse aus der Minibar holen.

Einzweidrei. Die Nüsse waren keine gute Idee, meine Wunden im Mund beginnen wieder zu bluten. Tatsächlich fehlen mir die Worte, um Ihnen unser Dasein zu schildern, Herr Doktor, diese Intensität, in der Elsbeth und ich unserer Vereinigung entgegenfieberten, diese schnell ekstatisch werdenden Zustände, dieses bebende Verlangen. Für Alfred Kinsey wären wir in meinen Augen gewiss dankbare Untersuchungsobjekte gewesen. So wie unser Herz klopfte, unser Puls raste, unsere Augen flackerten, unsere Ohren rauschten, unsere Münder austrockneten in der Dampfheizungsluft unserer Unterkünfte, sodass wir uns immerzu küssen mussten, küssen und küssen. Was meinen Sie, Herr Doktor? Anders als mein Freund Gary, der vor der Macht des Geschlechts einknickte, obwohl Kinseys Bestreben, Sex statistisch in den Griff zu kriegen, ihn eine Zeitlang vor dem Verhungern bewahrte, hätten wir nur allzu gern der Wissenschaft gedient – empfanden wir unsere niemals nachlassende Lust doch selbst als ein Wunder der Natur und waren hingerissen von der Wonne, die uns so erfüllte. Ich für meine Person mit gewissen Einschränkungen allerdings, auf die ich noch zu sprechen kommen werde.

Zweimal lang und viermal kurz, so wollte Hakob klopfen, wenn Gefahr drohte, ein viel zu kompliziertes Signal, wie wir beide bald herausfanden, weil wir in unserer Aufregung kaum die Geistesgegenwart aufbrachten, genauer hinzuhören. Ein- oder zweimal hat unser Maître de plaisir, wie ich ihn nannte, obgleich er doch mehr der Herr der Finsternis war, auch tatsächlich geklopft; wir waren noch nicht fertig mit dem Zählen, als er die Tür aufriss, hereinstürmte, uns unsere Kleider zuwarf und – sehr viel gemächlicher und nicht ohne einen Blick auf Elsbeths marmorblasse Nacktheit – das Zimmer wieder verließ. Als wir uns zitternd und falsch zugeknöpft in der Düsternis des langen Flures wiederfanden und die Tür zum Treppenhaus suchten, konnten wir ihn nirgends mehr entdecken.

Dafür stießen wir auf Oleg, den kahlköpfigen Rattenfänger, den Elsbeth ins Herz geschlossen hatte, weil er einer der armseligen Figuren aus Dickens' Roman *Little Dorrit* ähnelte, mit dessen Hilfe Karl sie einst – passagenweise und immer nur nachts, in der nach Prag ausgewichenen Redaktionsstube der *Roten Fahne* – in die Tiefen der Literatur eingeführt hatte. Nicht zum ersten Mal unterhielt sie sich mit dem Mann, wenn er Wache vor dem Müllschlucker schob, wie jetzt, weil sich genau dort, durch dessen Luke, wie er behauptete, die Ratten ins Innere des Gebäudes zwängten und er sie abfangen und totschlagen konnte. Worüber die beiden redeten, verstand ich nie, aber sie hatten offensichtlich einen Draht zueinander. Dass Oleg die Rattenkadaver als Hammelfleisch an Moskauer Metzgereien verkaufte, wie Hakob behauptete, schien sie nicht zu bekümmern, so wenig wie die Gefahr, dass ein Untier durch die Luke springen und ihr in die Kehle beißen könnte.

Ja wirklich, Herr Doktor, es war nicht zu begreifen! Sobald wir das Lux betraten, schien Elsbeth wie ausgewechselt, durch nichts zu erschüttern und nicht zu vergleichen mit der gequälten jungen Frau, deren Zöpfe ich mir um die Finger gewickelt hatte. Selbst die Tatsache, dass sie einmal beinahe – ein paar Sekunden, nachdem wir die Zimmertür hinter uns geschlossen hatten – in einen von Karls Kollegen hineinrannte, einen der zwei Mathematiklehrer aus der Liebknecht-Schule, brachte sie nicht um ihre Zuversicht. Na und! Und *wenn* er uns gesehen hat, erklärte sie zornig mit bebenden Nasenflügeln, Karl ist nicht beliebt. Und wer weiß, was dieser Herr Bogner treibt im Lux. Vielleicht hat er ja ebenfalls Dreck am Stecken, dieser bajuwarische Fettsack. Wie konnte der überhaupt so fett werden in diesen schlimmen Zeiten?

Das Glück im Kern des uns umgebenden Unglücks machte uns dumm und verantwortungslos. Das allein war schon böse, Herr Doktor. Und dass wir uns so besinnungslos liebten, schien nicht weniger verachtenswert. Wie schlimm das endete, können Sie sich denken, Herr Doktor, darüber gibt es Memoiren, Dokumente, Filme! Dass mich Elsbeth *genant* nannte im Verlauf unserer Liebesakte, unbeholfen also und prüde, erscheint mir im Nachhinein wie eine komische Fußnote: Sie wusste ja nicht, dass ich aus einem anderen Jahrhundert stamme, aus den letzten Tagen des *Ancien Régime*, zwischen dessen offiziell so frivolen Sitten und dem katholisch geprägten Schamgefühl seiner Dienstboten Abgründe klafften, die die Herrschenden aus einschlägigen Gründen nicht überwinden wollten. Dass ich meinem Vater in der Küche immer wieder beim öffentlichen Kopulieren zusehen musste, umweht vom Blutgeruch der Fasanen und der Vielfalt der Kräuter, die meine Mutter und andere Hausmädchen kleinhackten während der Penetration, empfand ich als Schande, als Qual, als höchstpersönliche Beleidigung. Natürlich waren mir nicht zuletzt deshalb Scharmützel unter der Bettdecke lieber.

Mildernde Umstände sind das freilich kaum, Herr Doktor, war ich doch nicht weniger blind und willig. Dabei möchte ich keinesfalls die Psychologie bemühen, denn die ist *Ihr* Metier. Aber vielleicht lässt sich diese meine – wie würde Konstanze sagen? – frühkindliche Prägung auf diese Weise ja erklären. Weshalb ich vor Elsbeths Schönheit immer erst die Augen verschloss, bevor ich mir erlaubte, sie zu bewundern. Und selbst mit Konstanzes Lockerheit meine Schwierigkeiten hatte, wenn sie von ihren Seniorenreisen zurückkam und mich sofort verspeisen wollte.

Ach, Elsbeth! Zart und zäh, übertraf sie mich an Freizügigkeit und Fantasie. Ihre Tollkühnheit verleitete sie sogar dazu, immer wieder den Fahrstuhl zu benutzen, weil sie den Uringeruch der durchs Treppenhaus streunenden Katzen nicht mehr aushielt. Und auch die kreischenden Kinder brachten sie nicht aus dem Konzept, die – während sie mich ohne Weiteres passieren ließen, vielleicht weil sie mich für ihresgleichen hielten – nicht selten auf Elsbeth losstürmten, um ihr die ungeheuerlichsten Geschichten zu erzählen. Von alten Männern mit Schlitzaugen, die sich vor anderen Männern mit Schlitzaugen verneigten, als wollten sie Götter anbeten, von Frauen, die sämige Milch aus dem Loch in einer Dose tranken. Und ganz zuletzt, dass sie dort hinten, in der Besenkammer am Ende des Ganges, ein erhängtes Kind gefunden hätten, wie der Anführer der Horde behauptete. Er war rothaarig und hatte Sommersprossen und hätte als Elsbeths Sohn durchgehen können. Ob Elsbeth vielleicht Ärztin sei und ihnen helfen könne, fragt er sie.

Nein, bin ich nicht, antwortete sie kaltblütig, indem sie mich an der Hand packte und weiterzog. Komm Leon, komm Liebster, komm. Wir müssen die nächste Tür ins Treppenhaus finden, bevor es hier einen Aufstand gibt. Guck geradeaus, dreh dich nicht um.

Vor dem Hotel, wo es ganz ruhig war und nichts auf einen Notfall hinwies, als wir uns trennten, kam sie zu dem Schluss, dass es wahrscheinlich die Kinder selbst gewesen waren, die das Kind aufgehängt hatten – nicht etwa, dass es sich um eine Lügengeschichte handelte. Das kommt vor heutzutage, meinte sie, während sie sich kurz an mich lehnte. Davon habe ich schon gehört. Die Verrohung schreitet fort. Nur der Kommunismus kann uns retten.

Ach, ach. Wie kann es sein, dass ich nicht einmal mehr weiß, wie lange sie währten, unsere selbstvergessenen Stunden im Lux, Herr Doktor! Ein Vierteljahr, zwei Monate, drei Wochen? Wir bewegten uns in einer Traumwirklichkeit, Elsbeth und ich, durch die Hakob uns dirigierte. Vom Tag des toten Kindes, wie ich den 8. März 1937 fortan nannte, dauerte es jedenfalls keine zwei Wochen mehr, bis er uns daraus vertrieb und unsere Realität zum Alptraum machte.

Eines Nachts nämlich teilte er mir mit, nun doch etwas für seine Dienste haben zu wollen. Nichts Schwieriges, versicherte er, etwas, was mir bestimmt leichtfiele. Und obwohl ich mich anfänglich krümmte und wand, ließ er nicht locker. Hatte es von Anfang an so kommen müssen? Ich befürchte: Ja. Spätestens als er anders zu riechen begann, nicht mehr nach Leichen, sondern nach einer englischen Seife, deren Namen er mir sogar verriet, als ich danach fragte, spätestens da schritten Elsbeth und ich unaufhaltsam auf den Abgrund zu.

Unsere gemeinsame Zeit wird demnächst enden, flüsterte er mir zu, seinen Mund an meinem Ohr, sodass es mit der Zeit ganz feucht wurde. (Selbst sein Atem roch nun frisch, plötzlich durchzogen gute Düfte unseren Verschlag.) Wir müssen uns überlegen, wie deine Affäre mit Elsbeth weitergehen kann, deine Freundin scheint dir und auch mir aus dem Ruder zu laufen. Jüngst kam sie mir im Hotelfoyer aus dem Fahrstuhl entgegen ... und drehte sich vor dem großen Spiegel. Hin und her, her und hin. Aber auch *meine* Situation hat sich inzwischen geändert ... wenn du verstehst, was ich meine. Die Zeit für wechselseitige Geschenke ist gekommen. *Ich* habe mich entscheiden müssen ... und jetzt musst *du* das auch. Hast du mal in Karls Gesicht geschaut in der letzten Zeit? Und gesehen, wie der arme Kerl leidet? Das darf nicht so bleiben. Dagegen will ich was tun. Für den Sieg der Weltrevolution ist kein Opfer zu groß, das weißt du … Und auf Karl können wir nicht verzichten. Nicht nur für seine Schüler ist er wichtig, auch für seine Zeitung … Wer dagegen braucht Nikiforos? Diesen schwabbeligen warmen Bruder, den wir im Verdacht haben, mit der Konterrevolution in Kontakt zu stehen? Du, der du nächtelang mit ihm in der Küche gesessen hast? Oder irgendein anderer Mensch? Seit du Elsbeth flachlegst, vernachlässigst du ihn. Aber du kennst bestimmt die jungen Leute, mit denen er sich im Gorki-Park trifft … Vorwiegend männlichen Geschlechts und eigentlich noch Kinder … Bevor wir den schmierigen Griechen aus der Partei ausschließen, soll er noch ausgewrungen werden … das bist du mir schuldig.

Die Erinnerung an des bösen Hakobs duftende Nähe sorgt plötzlich dafür, dass ich meinen eigenen Geruch nicht mehr ertragen kann. Seit ich Konstanze kenne, ihre ausgeprägte Badekultur vor allem, bin ich diesbezüglich immer empfindlicher geworden. Es wird Zeit, dass ich mich dusche und umziehe, ich muss mich nicht einschränken, ich habe genug Klamotten und Toilettenartikel in den Handkoffer geworfen, den ich meiner Geliebten stibitzt habe. Wobei es ein edler Koffer war, den ich da erwischte, den kleinsten aus einer ihr von ihrem Papa zum fünfunddreißigsten Geburtstag geschenkten fünfteiligen Louis-Vuitton-Garnitur, während sie selbst mit dem größten und zweitgrößten auf der Rückreise aus Neuengland war. Das Designerstück trug zweifellos dazu bei, dass ich mir hier, in einem der besten Hotels des graubündischen Städtchens, ganz problemlos eine Suite mieten konnte, ohne Anmeldung, ohne Vorauszahlung.

Irgendwie erfüllte es denselben Zweck wie die eleganten schweinsledernen Behältnisse meines Gentlemans auf seiner Tour durch Europa, die allerdings manchmal in den Dreck fielen, wenn sie vom Kutschdeck fielen.

Für Monsieur de Savigny musste ich an den Poststationen häufig noch in tiefster Nacht einen Waschzuber organisieren, in dem er sich mindestens eine Stunde lang niederließ, bevor ich mich in das kalt gewordene Seifenwasser setzen durfte. Hier in Chur empfing mich hingegen ein hellblau-weiß gekacheltes großes Badezimmer mit einem herzförmigen Whirlpool, in welchem ich meine Glieder ganz ausstrecken könnte. Noch will ich mich jedoch vom Anblick des Marktplatzes nicht losreißen. Den schmalbrüstigen, bunt verputzten, schiefen Häusern mit den roten Dächern, die wie aufgeblähte Jakobinermützen aussehen. Es schneit immer noch, sanfter jedoch. Dahinter ein tiefblauer, bestirnter Himmel. Das Gewusel hat aufgehört, nur vereinzelt geht eine Gestalt von hier nach dort, Fußspuren hinterlassend im Schnee, eine Schrift vielleicht sogar, die man entziffern könnte, wenn man klüger und findiger wäre als ich.

Während ich die bunten Sträuße in Konstanzes Wohnung schleppte, glaubte ich draußen auf dem Treppenabsatz, wenn auch nur für ein paar Sekunden, Fritjof Meyer gesehen zu haben, lässig ans Geländer gelehnt, eine unangezündete Zigarette im Gesicht. Seltsamerweise machte ich mir keinerlei Gedanken darüber, ob er mich dort oder unten vor dem Haus erwarten, ja mich eventuell sogar daran hindern würde, in mein vorbestelltes Taxi nach Tegel zu steigen. Auch dass der Herr Baron sich nicht mehr in der Wohnung befand, nahm ich fast gleichgültig zur Kenntnis. Die Champagnerflaschen hinter dem Sofa räumte ich weg, die Krümel, die er verstreut hatte, fegte ich auf. Wenn ich jetzt an ihn denke, trägt er wieder schwarz pomadisierte Locken, nicht die Glatze, mit der er mich so erschreckt hat.

Wie stets fühlte ich mich leicht und aufgeräumt bei Philippe Jarousskys automatisch in Gang gesetzten Händel-Arien, Heidi war weit weg, ich freute mich auf das Wiedersehen mit Konstanze; das bängliche Gefühl, sie bald um das Geld für meinen beabsichtigten Tod bitten zu müssen, belastete mich weniger als angenommen; spätestens nachdem ich die Scheine aus der Bodenvase geholt hatte, löste es sich sowieso in Luft auf. Und die Idee, mir ein paar Sachen einzupacken, kam mir tatsächlich erst, als ich nach dem Duschen noch einmal nackt durch die Räume lief und die nach Farben geordneten, wirklich bombastischen Arrangements in ihrer ganzen Blütenpracht begutachtete. Diese künstlich hergestellte botanische Gleichzeitigkeit. Sie verbreitete Kälte, da sie anscheinend direkt aus dem Kühlhaus kam. Aber ich dachte nicht an meinen Tod, wenn ich sie streifte. Und den Gedanken, mich in die Rosen zu stürzen oder sie zu umarmen wenigstens, ließ ich nicht zu.

Natürlich brauchte ich nicht mehr viel für die letzte Spanne meines Lebens. Da ich es jedoch schon immer gehasst habe zu frieren und nun ja doch in die Berge fahren würde, holte ich mir außer einem blauen Blazer, einem hellblauen Hemd und einer schwarzen Gabardinehose, die ich zum Sterben anziehen wollte – eine Krawatte habe ich nie besessen –, auch meinen grauen Norweger-Pullover mit den gelben Hirschen aus dem Schrank, nebst einer mit rotem Teddyfell gefütterten schwarzen Kapuzenjacke, die ich mir später über den Arm legen konnte. Danach erst putzte ich mir die Zähne, vorsichtig, ohne meine Wunden zu berühren. Erneuerte das Heftpflaster an meiner Schläfe. Besah mein linkes, grün und blau verschlagenes Augenlid, das ins Gelbliche überzugehen begann.

Wie schade, dass es für ein Schaumbad in einem von Konstanzes kostbaren Elixieren aus Rosenblättern und Lavendel nicht mehr reichte. Stattdessen besprühte ich mich mit einem ihrer nicht weniger zahlreichen Duftwässer, dezent, nur an Handgelenken und Schläfen, damit ich den Kommissar nicht unnötig auf mich aufmerksam machte. Seltsam, wenn sie mit ihren Senioren unterwegs ist, bevorzugt meine Liebste *Farina Gegenüber*, ein unglaublich altmodisches Parfum, für das die Professorenfrauen und Unternehmergattinnen sie lieben, weil es sie an ihre Großmütter erinnert. Dass sich in Konstanzes Sammlung auch ein in den letzten Jahren wieder aufgelegtes Parfum namens *Krasnaja Moskwa* befindet, fiel mir leider zu spät auf, sie muss es erst nach ihrer letzten Russland-Reise gekauft haben. Für das *Rote Moskau*, jene bereits in den Revolutionsjahren für die sowjetische Frau von der Firma Chanel kreierte Essenz, hätten Elsbeth und ihre Kolleginnen vom österreichischen Kindergarten ihre Seele verkauft, daran erinnere ich mich noch, auch dass man auf dem Schwarzen Markt damit handelte, weil es, wie man munkelte, immer noch heimlich hergestellt oder gar aus Frankreich importiert wurde. Tatsächlich spielte ich im Treppenhaus kurz mit dem Gedanken, für das Fläschchen mit dem roten Etikett noch einmal umzukehren. Aber wer weiß, wie sich *Krasnaja Moskwa* auf meiner Haut entwickelt hätte, vielleicht hätte ich bald alt und muffig gerochen wie die untergegangene Sowjetunion.

Stattdessen fühlte ich das Präsent meines notgeilen Vaters auf dem Grund meiner Hosentasche, meine heißgeliebte, wieder einmal – weil ich so lange nicht nach ihr geschaut hatte – stehengebliebene Uhr mit dem bunten Emailbild auf dem Deckel. Erst am Ende meines Rundgangs hatte ich sie aus dem Geheimfach des Sekretärs befreit. Es waren die letzten Minuten in Konstanzes Wohnung, in der ich doch drei oder vier Jahre gelebt hatte, oft allein und auf sie wartend. Den Gedanken, die künstlerisch nicht weiter bemerkenswerte Radierung eines gewissen Léon Saint Clair aus der obersten Kommodenschublade zu holen und auf dem Esstisch zu platzieren, verwarf ich. *Für das Jewesene jibt der Jude nüscht*, pflegte Löwy zu sagen, wenn er sich auf dem Gerüst neben mir an Stalins Nasenflügel drastisch vermalt hatte oder ihm irgendetwas geklaut worden war, ein Buch, ein Bündel Karotten oder ein paar schrumpelige Äpfel aus seinem Fach in der Küche der Kommunalka. Da er selbst Jude war, wusste er vermutlich, wovon er sprach, während ich diesen Spruch nie so bemerkenswert fand, dass man ihn nicht auch für nicht jüdische Menschen hätte in Anspruch nehmen können.

Ich merke, dass ich wieder mal beim Prokrastinieren bin. Das wird Ihnen bestimmt nicht gefallen, lieber Herr Doktor! Ein nebensächliches Detail um das andere reiht dieser Mensch aneinander, werden Sie denken. Kommen Sie doch endlich zur Sache, junger Mann, was sollen diese Parfums! Krasnaja Moskwa! Farina Gegenüber. Und dann immer diese Uhr!

Plötzlich müde geworden lasse ich mich vom Fensterbrett hinabgleiten, lümmle mich auf die Couch und mache den Fernseher an. Vielleicht wird ja in den Abendnachrichten darüber berichtet, dass ein junger Sterbewilliger seinem Todesengel entwichen ist. Schlafe ein, wache wieder auf, weil ich auf den Boden gefallen bin. Viel später lege ich mich doch ins Bett. Wickle mich in zart riechende Satinbettwäsche, decke mich bis zur Nasenspitze zu, weil ich plötzlich friere. Und träume von Gertie und Bangkok, vom Hotel Oriental, vom scheißenden malariakranken Somerset Maugham, von seinem mich immer etwas argwöhnisch beobachtenden Freund und Geliebten. Vom Englischen Garten in München, wo ich mit einem Ganoven namens Ringeisen verabredet bin, der Defreggers Unterschriften fälschte, weil er einen Maler an der Hand hatte, der diesen täuschend echt kopieren konnte. (Von ihm müsste ich ausführlicher berichten, jetzt, da ich beschlossen habe, weiterzuleben!) Trinke am Odeonsplatz mit dem in bayerische Tracht gewandeten Fritjof Meyer einen Cappuccino, kann nicht genug kriegen und bestelle mir noch einen Eisbecher mit einem roten Schirmchen, das sich im Wind dreht. Renne vor dem sich nähernden Portenlänger weg, der Fahrradklemmen an seinen Hosenbeinen trägt und mich davontragen will wie ein Paket, stromere mit Rudi Kiefer über von Mohnblumen übersäte Schlachtfelder an der Somme, wie gut haben wir uns inmitten der Poppys noch verstanden. Der Pommersche Kunstschrank mit seinen Fächern und Schubladen, aus denen der Kunsthistoriker aus dem Nazi-Film mich immer wieder neu als fesch angezogenes Wachspüppchen hervorholt. Nichts Gefährliches geschieht, der Verrat bleibt im Hintergrund, das Elend, die Tränen, die Hetzjagden durchs Hotel Lux. Selbst beim Träumen prokrastiniere ich. Ich könnte ewig träumen, bei dem, was ich erlebt habe, und immer nur Gutes, unter

Ausschaltung des Bösen, wenn Sie es genau wissen wollen, Herr Doktor. Das fällt mir nicht schwer! Es ist ja nur ein Bruchteil meiner Vita in meine Therapie eingegangen … Freuds Prinzip der freien Assoziation hat mich immer wieder auf Um- und Abwege geführt.

Morgens jedoch, als ich die Augen aufschlage und anscheinend doch ein bisschen geschlafen habe, wenngleich es mir nicht so vorkommt, muss ich sofort an Konstanze denken. Während der Zugfahrt kam sie mir kaum in den Sinn, weil ich nicht aufhörte, mit Heidi zu blödeln, und irgendwann mit dem Gedanken beschäftigt war, wie ich meinem selbstverordneten Tod entkommen könnte. Und auf dem Weg nach Chur war ich zu aufgeregt, weil ich lange nicht wusste, wohin dieser Zug fuhr. Aber jetzt sehe ich sie vor mir, wie sie in Tegel aus dem Gate kommt und sich nach mir umsieht. Ihre Blicke schweifen lässt, ihre Umgebung abscannt, sich lange Zeit nicht irritieren lässt, mich hinter meinem Zeitungsständer nicht entdeckt. Dabei hätte sie nur zwei Schritte nach vorne gehen und den Kopf ein bisschen drehen müssen. Wie sie immer wieder geherzt und geküsst wird von den sich von ihr verabschiedenden Senioren und denjenigen vorgestellt, die die Alten abholen kommen, den Söhnen und Töchtern und Enkeln, an deren Stelle Konstanze mit Opa und Oma in den Bildungsurlaub geflogen ist. Allesamt sind die kleiner als sie, sie muss in die Knie gehen, um die Umarmungen und Wangenküsse zu erwidern, sie kann nicht genug bekommen von den Komplimenten, von der Dankbarkeit. Leider habe ich sie noch nie abgeholt, wenn sie von ihren Reisen kam. Es ist ein Erlebnis.

Warum sie es nicht lassen kann, mit alten Leuten durch die Weltgeschichte zu gondeln, will sich mir auch jetzt nicht, hier in Chur im Hotel *Schneeleopard*, erschließen. Es gibt doch wahrhaftig genug Unternehmen, die ältere Herrschaften zu internationalen Bildungsstätten karren. Ganz abgesehen davon, dass die Tochter von Baron S. doch selbst einen dicken Geldbeutel besitzt und auf den der Senioren gut verzichten kann. Warum will Konstanze nirgendwo bleiben, warum will sie immerzu weg? Ist sie auf der Suche nach einer guten Mutter, einem guten Vater, nach einer Art von Liebe, die sie von ihren Liebhabern nicht bekommen kann? Dass ich ihr eines Nachts in einem Anfall unverantwortlicher Redseligkeit meine sich gleichsam den Epochen anpassenden fiktiven Erzeuger geschildert und sie in einem so schönen Licht gemalt habe, dass ich selber aus dem Staunen nicht herauskam, hat ihr ihren Mangel womöglich erst bewusst gemacht. Als ich von meiner herzerfrischenden Mutter erzählte, einer Hauswirtschaftslehrerin, die mir angeblich nicht nur Nähen und Kochen beigebracht hatte, sondern auch das Weltvertrauen, das ich vorgab zu besitzen, wurde Konstanzes Gesicht ganz weich. Und mein seine Familie vergötternder Vater, der sich zeit seines Lebens – als Privatdozent, aber auch im stillen Kämmerlein – mit expressionistischer Lyrik befasste, selbst jedoch zurückhaltend und schweigsam war, flößte ihr wohl gleichfalls eine gewisse neidvolle Sympathie ein. Ach, er war von so liebenswürdig arglosem Charakter! Kein so verkommenes Subjekt wie der Marquis. Und nicht so berechnend wie der lärmende österreichische Baron, der nicht aufhört, davon zu träumen, sich den Gendarmenmarkt oder andere bedeutende Plätze auf dieser Welt unter den Nagel zu reißen.

Gary ähnelte meinem erfundenen Vater, nach seinem Bild hatte ich diesen geschaffen, es wäre wundervoll gewesen, ihn und Konstanze miteinander bekannt zu machen, sie hätte ihn als Vater adoptieren können und nicht mehr weiter suchen müssen unter den gebrechlichen Professoren, Ärzten und Ministerialräten, die sie samt Gattinnen in Palermo vor Graf Lampedusas Palazzo führte, ins Peggy-Guggenheim-Museum am Canal Grande oder auch mal in die Liebermann-Villa am Wannsee. Unbeschadet dessen, dass sie ja einen sie liebenden Vater besaß, der sie großzügig unterstützte.

Ich schäme mich immer so für ihn ... und nehme trotzdem sein Geld, sagte Konstanze zerknirscht, wenn die Rede auf ihn kam, wobei sie ihre schwarzen Augen genauso verdrehte wie er. Ich finde das sehr unmoralisch von mir. Ich hoffe bloß, dass du mich nicht dafür verachtest.

Letztlich beobachtete ich eine Unbekannte, während ich hinter dem Zeitungsständer stand und das Verabschieden kein Ende nahm. Die Tatsache, dass ich in Konstanzes Abwesenheit regelmäßig ihre Wohnung durchstöberte, Schränke und Schubladen öffnete, ihre private und geschäftliche Korrespondenz unter die Lupe nahm, die erledigten und unerledigten Rechnungen, ihre Zeugnisse, ihre Studienbücher und Seminarscheine, ihre Praktikumsbescheinigungen, die dokumentierten Aufenthalte in den Flüchtlingslagern dieser Welt, den Briefwechsel über die Adoption eines afrikanischen Waisenkinds, rührende Liebesbriefe an Schulkameradinnen, Liebesbriefe an ältere Männer, von denen sie Abschriften angefertigt hatte, ihre alten Notizbücher, änderte daran nichts. Und all die Atteste und Gutachten über die Behandlung ihres abnormen Wachstums, inklusive einer über vierzehn Jahre fortgeführten Fotostrecke in Form eines Leporellos, mit dem ihre Eltern alle paar Monate zu Ärzten pilgerten.

Sie war auf geradezu furchterregende Weise ordentlich, als wollte sie mir den Weg zu sich ebnen.

Ich wusste bereits, bevor sie landete, dass es zu spät für mich werden könnte und das Flugzeug aus Boston enorme Verspätung hatte. Schon dass ich sie noch einmal sehen wollte, bevor ich aufbrach, gefährdete meine Verabredung mit Heidi. Ich musste Konstanze stehen lassen, um meinen Todesengel nicht zu versetzen, durfte mich ihr nicht nähern, sie nicht berühren, sie nicht ein letztes Mal auf den Mund küssen, auf Zehenspitzen vor ihr stehend. Den Ausschlag aber, Herr Doktor, dass ich ging, gab Fritjof Meyer, der auf der anderen Seite des Zeitungsständers stand, was ich erst wahrnahm, als er daran zu drehen begann. Er sah mich allerdings nicht, er hatte die ganze Zeit Konstanze im Blick und filmte sie dreist mit dem iPhone, völlig versunken. Woher wusste er, dass sie – nach dem x-ten Aufschub – heute in Tegel ankommen würde? Hatte er den Anrufbeantworter abgehört? War er in ihrer Wohnung gewesen? Oder verhielt sich alles viel weniger kompliziert? Musste er mir einfach nur folgen?

Epilog

Auf Rat des in eine elegante dunkelblaue Uniform gewandeten, dezidiert Hochdeutsch und sehr langsam sprechenden Portiers, der sich trotz einer sich vor seinem Tresen drängelnden Reisegruppe sehr viel Zeit nahm, beschloss Léon Saint Clair am nächsten Morgen, mit der Rhätischen Bahn Richtung St. Moritz bis Samedan zu fahren und dort in den Zug nach Pontresina zu steigen. Die Fahrt würde knapp zwei Stunden dauern, der Wetterbericht sei gut, der werte Gast würde dort oben – aufgrund der Schneefälle heute Nacht – eine grandiose Alpenlandschaft entdecken können, die vermutlich morgen schon – weil ein umfangreiches Tiefdruckgebiet angesagt sei – für den Zug- und Autoverkehr gesperrt wäre.

Während seines Rundgangs durch das idyllische Städtchen Chur hatte Léon den vom Rezeptionisten ausreichend frankierten Umschlag mit dem Speicherchip für Herrn Doktor und Frau Zucker in einen Briefkasten geworfen. Es gab wunderschöne kleine Läden in den engen Gassen, Léon konnte Juwelieren, Geigenbauern, Edelsteinschleifern und Herrenschneidern bei der Arbeit zuschauen. Sein Koffer befand sich im Hotel. Er würde sich vielleicht noch ein, zwei Tage Luxus gönnen, aber dann wäre er für ein neues Leben bereit. Als spätberufener Auszubildender, wie man heutzutage sagte, Schnittmuster ausrädeln in der Maßschneiderei, Holz zurechtschneiden beim Instrumentenmacher. Im allerschlimmsten Fall könnte er sich auch an irgendeine Kasse setzen, im Getränkemarkt, im Supermarkt, im Bioladen.

Im Atelier Adam trugen selbst die Lehrlinge Anzüge, fiel ihm ein, als ihn die rote Bahn über das Landwasserviadukt bei Filisur trug und die Luft kälter zu werden begann. Die gelben Maßbänder hatten die Jungs locker um den Hals gelegt, durch die offene Tür warfen sie ihm Blicke zu. Im Schaufenster lag ein Buch, dessen Titel ihn ansprach: *The Gentleman's Guide to Grooming and Style*. Wenn es ihm in der Schweiz zu eng wurde, könnte er nach England weiterziehen, überlegte er. Als er bemerkte, dass er sich um einige Jahrhunderte vertan hatte, musste er lächeln – auf ein paar weniger oder mehr kam es wirklich nicht an. Der Gedanke, dass die ihn plötzlich durchströmende Sehnsucht mit einem gewissen Jérôme de Savigny zu tun haben könnte, mit dessen Kutsche vielmehr, in der er in die Welt hinausgefahren war, erfüllte ihn mit Zuversicht. Auf den Anfang kam es ihm an. Nichts musste so bleiben, wie es war.

Postscripta

Was für eine Wonne wäre es, all jenen zwangsläufig zu kappenden Fäden nachzugehen, denen ein Roman, der mit historisch verbürgten Persönlichkeiten spielt, nicht folgen kann. Selbst wenn es Léon Saint Clair, den Titelhelden des vorliegenden Romans, vermutlich kaum interessiert hätte, was aus den Menschen wurde, denen er begegnete, sollen einige von ihnen – weil sie es verdient haben – hier wenigstens gestreift werden.

In zwei Fällen handelt es sich auch um das Geraderücken schiefer Bilder, zu deren korrekter Ausrichtung Leon aufgrund jugendlicher Unbedarftheit nicht fähig ist. Dabei von Ehrenrettung zu reden, wäre keine Übertreibung, meint die Autorin und gesteht ihre Zerknirschung ein.

Franz Strunz, Ritter von Skronsky (1756–1805)

Für Léon Saint Clair ist *Strunz, Ritter von Skronsky* am Anfang nur der flüchtig hingekritzelte Name auf einem Zettel, der Name der Kontaktperson, die Meister Stangerl seinem Lehrling zu treffen aufgibt, ein alter Schulfreund, der im Wiener Bürgerspital im Begriff stand, eine Ausstellung mit den Charakterköpfen des Franz Xaver Messerschmidt (1736–1783) auszurichten. Das geschah zehn Jahre nach dem Tod des im Zeitalter Maria Theresias hochgeschätzten Bildhauers, der sich nach der Enttäuschung, nicht zum Akademiedirektor ernannt worden zu sein, nach Pressburg, in die Nähe seines Bruders Johann Anton, zurückzog und dort in einer einsamen Hütte am Donaustrand ganz anders und viel spektakulärer zu arbeiten begann, als er es je zuvor getan hatte.

Johann Anton war ein sogenannter bürgerlicher Bildhauer, kein akademischer wie Franz Xaver, er versorgte Architekten und Friedhöfe, und er war es auch, dem Franz Strunz die Charakterköpfe abkaufte, weil er sich entschlossen hatte, sie gewinnbringend zu verkaufen. Ausstellungen richtete man damals im Umkreis von königlichen Residenzen oder Fürstenhöfen aus, nicht in Bürgerhäusern und schon gar nicht unterm *gemeinen Volk*, in einer eigens zu diesem Zweck angemieteten Wohnung über einer Gaststube. Franz Strunz' Unterfangen avantgardistisch zu nennen, ist insofern nicht ganz falsch.

Strunz scheint es in dieser Zeit finanziell nicht gut gegangen zu sein, wie die österreichische Historikerin Anna Schirlbauer in ihrem Aufsatz *Der erste Aussteller der Cha-*

rakterköpfe von F. X. Messerschmidt: der bekannte Anonymus namens Strunz (2013) vermutet. Vielleicht brachte er deshalb die Broschüre mit dem Lebenslauf des den Wienern aus dem Gedächtnis verschwundenen Künstlers sowie die Auflistung und Beschreibung seiner Werke nicht unter seinem eigenen Namen heraus, sondern gab sich als *Verfasser der Freymüthigen Briefe über Böhmens und Österreichs Schaafszucht* zu erkennen, wodurch ihn seine Zeitgenossen allerdings hätten identifizieren können, wie Schirlbauer konstatiert – sei diese Publikation doch 1788 in einem renommierten Wiener Verlag erschienen.

Auf der Titelseite der 228-seitigen landwirtschaftlichen Abhandlung im Oktavformat steht denn auch der Name des Anonymus: Franz Strunz, der sie seinem aristokratischen Mäzen Johann Fürst von Schwarzenberg widmete. 1756 geboren, war Strunz das fünfte Kind der Eheleute Jakob und Katharina, sein Vater ausgebildeter Fasanjäger, der ab 1761 mit seiner Familie in Postelberg lebte. Der an der Straße von Prag nach Leipzig liegende Ort gehörte zum Schwarzenbergischen Fideikommiss, besaß eine barocke Kirche und ein großes Schloss, in unmittelbarer Nähe befanden sich Gutshöfe mit intensiver Schafzucht und Schäfereien. Ab 1768, nachdem die Stadt während des Siebenjährigen Krieges und des Bayrischen Erbfolgekrieges fast zerstört worden war, wohnte die Familie Strunz innerhalb des Schlossareals, wo Jakob Strunz nicht nur zwei Fasangärten, Weinberge und das Jagdrevier versorgen, sondern auch die herrschaftlichen Jagden vorbereiten musste.

Für Sohn Franz bedeutete dies frühe Anschauung und genug praktische Erfahrung, um sich kompetent, anschaulich und auch unter volkswirtschaftlichen Aspekten über die Schafzucht in Böhmen auszulassen. Nicht zuletzt den direkten Zusammenhang der Schafzucht mit der Tuchproduktion und deren Auswirkungen auf die Volkswirtschaft beleuchtete er, zog Vergleiche mit England, Holland, der Schweiz und einzelnen Ländern der Monarchie und offenbarte sich als glühender Anhänger der Modernisierung und neuer, wissenschaftlich orientierter Züchtungsmethoden. Strunz' flott geschriebene *Freymüthige Briefe* zeugten von hohem Kenntnisstand, betont Schirlbauer, und wurden in mehrere Fachlexika aufgenommen.

Dass die auf historische Rätsel spezialisierte Wissenschaftlerin ihn beim Recherchieren in den Archiven der 1753 gegründeten Militärakademie als *Traiteur* wiedergefunden hat, ist kein Wunder. Mit neunundzwanzig Jahren war Strunz Pächter eines hochprofessionellen Betriebs, zuständig für die Verköstigung von vierhundert Zöglingen zwischen neun und achtzehn Jahren und musste, um dies zu bewerkstelligen, eine Bäckerei unterhalten sowie Tierzucht und Fleischbänke betreiben, konkret: die Logistik eines Gutshofs mit sechzig Rindern, Schweinen und großen Schafherden managen. Auch in Pressburg entdeckte Schirlbauer Strunz: Zwischen 1788 und 1791 war er Traiteur im dortigen General-Seminarium, einem von Joseph II. für die Bildung der ungarischen Geistlichkeit gegründeten Institut. Dort lernte er auch Johann Anton Messerschmidt kennen und stieß auf die Charakterköpfe.

Die Broschüre, mit der Strunz seine Ausstellung ankündigte und bewarb, bringt der junge Leon heimlich an sich und trägt sie eine Zeitlang durch sein Roman-Leben, irgendwann und irgendwo verliert oder vergisst er sie. Im digitalisierten Archiv der Wiener k. k. Hofbibliothek kann man sie sich mittlerweile in aller Ruhe durchlesen, die *merkwürdige Lebensgeschichte* Messerschmidts studieren sowie die Titel der Büsten. Sie waren Charakterzuschreibungen und passten auf den ersten Blick perfekt zur exaltierten Mimik, die der Künstler seinen Physiognomien verlieh.

An dieser Namensgebung hat man bis heute nichts verändert – *Ein Erzbösewicht*, *Ein mürrischer Soldat*, *Der*

Hipochondrist, Ein naseweiser, spitzfindiger Spötter –, sie sprechen sozusagen für sich, wobei Schirlbauer in einem zweiten Aufsatz – *Miscelanaea zu Messerschmidt: ein Ausstellungskatalog 1793* (2016) – in Erwägung zieht, dass auch Christoph Ludwig Seipp, der mit Strunz gut bekannte damalige Pressburger Theaterdirektor, an der Titelei beteiligt war und in der jeweiligen Messerschmidt'schen Ausdruckskraft theatralische Rollenzuschreibungen erkennen wollte und *nicht etwa pathologische Artefakte*.

Wie dem auch sei: Strunz' Verkaufsausstellung, die später auch noch an anderen Orten stattfand, war nicht erfolgreich, keinen einzigen Kopf wurde er los, die Wiener waren nicht bereit für die verstörenden Gesichter, niemand wollte sich eine Fratze ins Wohnzimmer stellen, auch kein Messerschmidt-Boom wollte sich ergeben. Dass Strunz seinem Freund Stangerl mit zwei Skulpturen seine Schulden bezahlen wollte, ist für den Roman frei erfunden, so frei erfunden wie Strunz selbst, der ja aus dem flüchtigen Sand von Leons Erinnerungen besteht und im normalen Leben vermutlich – wie Anna Schirlbauer ihn charakterisiert – ein angesehener, erfahrener, ja progressiver Unternehmer und Gastronom war, den wohl nur gerade eine finanzielle Flaute erwischt hatte. Kein Hallodri also war er, wie Leon ihn empfand, und auch kein Relikt des *Ancien Régime*, sondern ein findiger Mensch, der mit Kunst Geld machen wollte und damit am Beginn einer Bewegung stand, die freilich noch Zeit brauchte, bis sie in Gang kam.

Denn Jahrhunderte später ging die Rechnung auf: 2005 ersteigerte der Pariser Louvre im New Yorker Auktionshaus Sotheby's die Skulptur *Schlecht gelaunter Mann* für den Rekordpreis von 4,8 Millionen Dollar, eine zweite Büste mit dem Titel *Unfähiger Fagottist* wurde im selben Jahr einem unbekannten Käufer für 2,48 Millionen Dollar zugeschlagen. Messerschmidts Charakterköpfe sind im

Metropolitan Museum of Art und in der Österreichischen Galerie in New York und im Wiener Belvedere zu finden, Aufsätze sonder Zahl entstanden und entstehen weiterhin über ihn und sein außergewöhnliches Werk, es entzündeten sich wissenschaftliche Fehden, Psychoanalytiker zerbrechen sich nach wie vor die Köpfe.

Strunz hätte sich das vorstellen können, insofern jedenfalls, als er die Hoffnung, durch Messerschmidts Charakterköpfe reich zu werden, lange nicht aufgeben wollte. Friedrich Nicolai, der Berliner Buchhändler und Verleger, der Messerschmidt auf seiner ausgedehnten Europareise besuchte und detailliert Auskunft über dessen Arbeitsweisen erhielt, war vermutlich sehr viel skeptischer, was den Verkauf der Büsten betraf. Warum soll sich ein normaler Mensch das Abbild eines Geisteskranken in den Salon stellen?, hätte der unverbesserliche Aufklärer fragen können, dem Exaltationen zutiefst zuwider waren. Leon, der Messerschmidts *Verstopften* auf Nicolais Schreibtisch entdeckt, macht sich darüber keine Gedanken; eine Verbindung zu Goethes Spottvers über Nicolais Stuhlgang herzustellen, den er kurz zuvor von den bösen Studenten gehört hat, fällt ihm nicht ein. So wird das Rätsel, wie die Skulptur in Nicolais Besitz kam, im Roman nicht gelöst. Nun, er hätte sie kaufen und mit nach Berlin nehmen können, in der Wirklichkeit wäre dies ganz einfach gewesen …

Adelbert von Chamisso (1781–1838)

Als Chamisso den Roman verlässt, ist er fünfundzwanzig Jahre alt. Wir wissen nicht, ob er schon eine Andeutung von *Peter Schlemihls wundersamer Geschichte*, seinem zum Weltbestseller gewordenen, in viele Sprachen übersetzten Märchen, im Herzen trug. Ähnlich zerrissen, wie er Schlemihl schilderte, dürfte sich Louis Adélaide Chamissot de Boncourt, der in Preußen den Namen Adelbert von Chamisso annahm und ein deutscher Dichter wurde, gefühlt haben. Die Jahre als Groupie der Madame de Staël, die ihn mit den führenden Geistesgrößen Europas zusammenbrachte, im Sommer 1810 in den Schlössern Chaumont und Fossé, später – von Napoleon aus Frankreich vertrieben – in Coppet am Genfer See, machten ihm nicht nur sein Schwanken zwischen Deutschland und Frankreich bewusst, sondern auch seine berufliche Ziellosigkeit. Eine auf Französisch geschriebene Komödie misslang, er zerstreute sich mit nutzlosen Degenkämpfen und fruchtlosen Diskussionen. Einzig die wilden Ausritte mit Staëls neunzehnjährigem Sohn Albert, mit dem er sich ein Zimmer teilte, verschafften ihm Befriedigung. Sie lasen zusammen Reiseberichte, lernten Englisch, träumten von der Südsee. Chamissos Freund aus Berliner Tagen Louis de la Foye, inzwischen Professor in Bayeux, schrieb besorgt: *Wie kann man in der Schweiz Englisch lernen! Lerne doch lieber die Blumen kennen und lieben, dann bist du nicht allein, dann haben die schönen Gebirge Reiz für dich.* Er regte sogar einen Pflanzenaustausch an: Kann Adelbert ihm nicht Alpenpflanzen verschaffen? Er selbst gäbe Seepflanzen dafür. Dass in Genf zwei führende Botaniker Europas lebten – Horace-Bénédict de Saussure und Augustin-Pyrame de Candolle –, nahm Chamisso erst durch diesen Weckruf wahr. Er begann, Pflanzen im Hochgebirge zu sammeln, und bestieg den Mont Blanc. Als Napoleons Scheitern 1812 absehbar wurde, zog Chamisso zurück nach Berlin und schrieb sich an der neugegründeten Universität für die Fächer Zoologie, Anatomie, Physiologie, Mineralogie und Botanik ein.

Das Signal zur allgemeinen Volkserhebung gegen die französische Fremdherrschaft, die Aufrufe eines Ernst Moritz Arndt, der keine Preußen, keine Bayern, keine Schwaben oder Sachsen, sondern nur noch Deutsche und Deutsche für Deutsche haben wollte, fanden starke Resonanz. Major von Lützow stellt in Breslau ein Freiwilligenkorps auf, zu dem nicht nur Joseph von Eichendorff und Theodor Körner stießen, sondern auch als Männer verkleidete Frauen. Und nachdem Friedrich Wilhelm III. sein Volk zu den Waffen gerufen hatte, die Universität geschlossen und der Kanonendonner schon zu hören war, konnte sich auch Adelbert Chamisso nicht mehr zurückhalten; schließlich fühlten sich er und seine Familie Preußen unendlich verbunden.

Seinem Wunsch, wieder preußischer Offizier zu werden, konnte jedoch wegen seines französischen Passes nicht stattgegeben werden. Während befreundete Intellektuelle und Künstler – Schleiermacher, Fichte, Iffland, auch Schadow – bis zu den Zähnen bewaffnet exerzierten und dabei keine allzu gute Figur abgaben, wie so mancher zeitgenössische Karikaturist feststellte, und der Dichter Friedrich de la Motte Fouqué als Freiwilliger in das Jägerbataillon des Brandenburgischen Kürassierregiments eintrat, wurde Chamisso in das brandenburgische Kunersdorf im Oderbruch zu Peter Alexander von Itzenblitz geschickt. Dieser, einer der reichsten Männer Preußens, betrieb mit seiner Frau Henriette Charlotte ein modernes landwirtschaftliches Unternehmen, führte ein offenes Haus, empfing Künstler, Schöngeister und Naturforscher und nahm auch den verarmten französischen Grafensohn bei sich auf, der weder ein Reitpferd noch einen Diener bei sich hatte – und sich zum Abendessen nicht einmal umziehen konnte.

In Kunersdorf freilich geschahen wegweisende Dinge. Adelbert begann seine naturwissenschaftliche Laufbahn: Zusammen mit dem Obergärtner Friedrich Walter untersuchte er die Wasserpflanzen im Schlosspark, sammelte Kräuter in den Feuchtgebieten der Oderniederungen und vervollständigte das 1803 von Carl Ludwig Willdenow aufgestellte *Verzeichnis der auf den Friedländischen Gütern cultivierten Gewächse.* Mindestens genauso wichtig ist allerdings, dass Chamisso im Kunersdorf'schen Bibliothekszimmer *Peter Schlemihls wundersame Geschichte* zu schreiben begann. Dass sie plötzlich aus ihm herausbrach und er sie in kurzer Zeit – als *Blitz-Prosa*, wie er es nannte – zu Papier brachte, spricht für ihre längst schon vorhanden gewesene Existenz.

Vom 30. Juli 1815 bis zum 3. August 1818 umsegelte Adelbert Chamisso als Botaniker des russischen Kriegsschiffs *Rurik* unter dem Kommando von Otto von Kotzebue die Welt. Dass seine Erzählung sich quasi in seiner Abwesenheit zum Weltbestseller entwickeln würde, nachdem sie 1814 erschienen und sehr bald ins Französische, Englische, Spanische und Italienische übersetzt worden war, hätte sich Chamisso in seinen kühnsten Träumen nicht vorstellen können. Ebenso wenig wohl, dass künftige Größen wie Thomas Mann und Franz Kafka sich für den Mann ohne Schatten so sehr begeisterten, dass sie ihn und seinen Schöpfer immer wieder als Inbegriff der Entfremdung bezeichneten und logischerweise die jüdische Konnotation der Kunstfigur betonten.

Nach seiner Rückkehr verfasste Chamisso einen Bericht über die ihn über England nach Teneriffa, Südamerika, Kamtschatka, die Beringstraße, weiter nach Kalifornien, auf die Sandwich-Inseln, nach Manila und Russland führende Reise. Der 1821 erschienene, *Bemerkungen und Ansichten einer Entdeckungsreise* genannte Aufsatz verknüpfte auf nie dagewesene Weise ethnografische mit kultur- und sprachwissenschaftlichen Überlegungen, bezog sich auf Forschungsliteratur und Poesie und verband Naturbeschreibungen sowie ornithologische Bestimmungen und Tierdarstellungen mit Fakten wie Ortskoordinaten, Reisedaten und Wetterverhältnissen. Die Gratwanderung zwischen seiner poetischen und seiner naturwissenschaftlichen Existenz gelingt Chamisso perfekt.

Der die Reise begleitende Maler Ludwig Choris porträtierte den jungen Adelbert: seine Locken unter der Mütze versteckt, gekleidet in eine Jacke mit Knebelknöpfen und Bordüren, die Pfeife in der Hand, verträumt in die Ferne schauend. Als er wieder in Berlin lebte, wissenschaftlich anerkannt und als Kustos des Botanischen Gartens und Leiter des Herbariums unermüdlich weiterarbeitend, verheiratet mit einer bürgerlichen Frau und Vater von fünf Kindern, schien er diesen sogenannten altdeutschen Rock noch zu tragen, wenn man ihm begegnete: groß gewachsen, seine gewaltige, nunmehr graue Mähne immer noch bis auf die Schultern reichend, heftig rauchend und schmauchend.

Seit einer Grippe fühlte sich Chamisso nicht mehr richtig gesund, er hustete stark und hielt dies für eine hartnäckige Erkältung, obgleich die Ärzte längst einen Lungentumor diagnostiziert hatten. Ein Jahr nach seinem Tod am 21. August 1838 im Alter von 57 Jahren widmete der spätere Paulskirchen-Parlamentarier Heinrich Laube ihm einen biografischen Essay, in welchem er ihn als *liberalen Demokraten* feierte und damit den Protest von Chamissos hochadeliger Schwester Louise hervorrief, die mit dem Werdegang ihres Bruders nie einverstanden gewesen war.

Ab 1831 begann Chamisso wieder Lyrik zu veröffentlichen und wurde mit seinen Erzählgedichten und Balladen zum Lesebuchdichter, auch war er mit Gustav Schwab Herausgeber des Musenalmanachs, unter dessen Dach Chamisso – harmoniesüchtig und rettungslos optimistisch – den unterschiedlichsten deutschen Dichtern, auch solchen, die sich bekriegten wie Heinrich Heine und August von Platen, Publikationsmöglichkeiten gewährte. Als er Heinrich Heine aufs Titelblatt hob, verließ Gustav Schwab wutentbrannt die Redaktion und kündigte Adelbert die Freundschaft. Ohnehin stand die Literaturzeitschrift unter der Kuratel der Zensur, Metternichs Spitzel-Wesen hatte sich längst auch in Preußen verbreitet.

Bis 2017 wurde übrigens der Chamisso-Preis verliehen an verheißungsvolle junge Schriftsteller, deren Muttersprache nicht die deutsche war und die man gerne *Chamissos Enkelkinder* nannte …

Chamissos Gedicht *Das Dampfroß*, geschrieben 1830 – vier Jahre vor der ersten Eisenbahnfahrt von Nürnberg nach Fürth und noch in Unkenntnis dessen, dass man die Lokomotive, die das Züglein zog, einmal so nennen würde – zeugt von seinen antizipatorischen Fähigkeiten. Abgesehen davon, dass er in dem in fünfhebigen Jamben, in Paarreimen und Strophen geformten Gebilde Einsteins Relativitätstheorie präludiert, wie Gerhard Stadelmaier in der *Frankfurter Anthologie* beschreibt, ist es außerdem ungemein witzig. Immerhin konnte der bereits todkranke Dichter 1837 auf der ersten Teilstrecke Leipzig–Dresden das Dampfross in Augenschein nehmen. Und auch Eisenbahnaktien kaufte er, was für seinen Optimismus spricht.

Chamissos *Dampfroß* hätte unser Romanheld lesen sollen auf seinen Reisen, in der Eisenbahn, im Flugzeug, in seinem Lotterbett. Es ist furios, und es passt gut zu Léon Saint Clairs unendlichem Leben.

Adelbert von Chamisso: *Das Dampfroß*

Schnell! schnell, mein Schmied! mit des Rosses Beschlag!
Derweil du zauderst, verstreicht der Tag. –
„Wie dampfet dein ungeheures Pferd!
Wo eilst du so hin, mein Ritter wert?“ –

Schnell! schnell, mein Schmied! Wer die Erde umkreist
Von Ost in West, wie die Schule beweist,
Der kommt, das hat er von seiner Müh’,
Ans Ziel um einen Tag zu früh.

Mein Dampfroß, Muster der Schnelligkeit,
Läßt hinter sich die laufende Zeit,
Und nimmt’s zur Stunde nach Westen den Lauf,
Kommt’s gestern von Osten schon wieder herauf.

Ich habe der Zeit ihr Geheimnis geraubt,
von gestern zu gestern zurück sie geschraubt,
Und schraube zurück sie von Tag zu Tag,
Bis einst ich zu Adam gelangen mag.

Ich habe die Mutter, sonderbar!
In der Stunde besucht, da sie mich gebar;
Ich selber stand der Kreißenden bei
Und habe vernommen mein erstes Geschrei.

Vieltausendmal, der Sonne voran,
Vollbracht’ ich im Fluge noch meine Bahn,
Bis heut ich hier zu besuchen kam
Großvater als glücklichen Bräutigam.

Großmutter ist die lieblichste Braut,
Die je mit Augen ich noch erschaut;
Er aber, grämlich, zu eifern geneigt,
Hat ohne weitres die Tür mir gezeigt.

Schnell! schnell, mein Schmied! mich ekelt schier,
Die jetzt verläuft, die Zeit von Papier;
Zurück, hindurch! es verlangt mich schon,
Zu sehen den Kaiser Napoleon.

Ich sprech' ihn zuerst auf Helena,
Den Gruß der Nachwelt bring' ich ihm da;
Dann sprech' ich ihn früher beim Krönungsfest
Und warn' ihn, – o, hielt' er die Warnung fest!

Bist fertig, mein Schmied? nimm deinen Sold,
Eintausendneunhundert geprägtes Gold.
Zu Roß! Hurra! nach Westen gejagt,
Hier wieder vorüber, wann gestern es tagt! –

„Mein Ritter, mein Ritter, du kommst daher,
Wohin wir gehen, erzähle noch mehr;
Du weißt, o, sag' es, ob fällt, ob steigt
Der Kurs, der jetzt so schwankend sich zeigt?

Ein Wort, ein Wort nur im Vertrauen!
Ist's weis', auf Rothschild Häuser zu baun?" –
Schon hatte der Reiter die Feder gedrückt,
Das Dampfroß fern ihn den Augen entrückt.

Friedrich Nicolai (1733–1811)

Mobbing gab es schon immer. Der in böser Absicht erfolgte Besuch der Berliner Dichter und Studenten bei Friedrich Nicolai, dem unter den Romantikern in Verruf gekommenen Buchhändler und Verleger, kann also kaum als dessen Frühform bezeichnet werden, schon weil er erfunden ist. Leon fehlt für die Sottisen über den alten Herrn, die Anspielungen auf seine Kritiker und deren lustvoll zitierte Beleidigungen jedwedes Verständnis. Wobei sie aus der Sicht der jungen Leute durchaus verständlich waren, schien doch der berühmte Aufklärer im Lauf der letzten zwanzig Jahre seines Lebens von einem furiosen und sich immer wieder schriftlich äußernden Hass gegen alles *Romantische* besessen. Gefühle verachtete er, auch wenn sie sich in Dichtung äußerten, Überschwang war nicht erlaubt, Sentimentalität oder Pathos schon gar nicht. Nur im Lichte der Vernunft und unter dem selbst verordneten Diktat eines strikten Rationalismus wollte Nicolai die Welt betrachten. Das hatte zur Folge, dass er sich dem Berliner Kulturleben immer mehr entfremdete, Schiller und Goethe ihn in ihren polemisch aufgeladenen *Xenien*, die natürlich mitnichten *Gastgeschenke* waren, heftig bekämpften, Professoren sich in ihren Vorlesungen über ihn lustig machten und die *romantische* Generation in ihm ein aus der Mode gekommenes, nicht ernst zu nehmendes Fossil sah. Für die *Stürmer und Dränger* jener Jahre war er ein kleinbürgerlicher, engstirniger Mensch, der seine Mitmenschen ständig verbessern und belehren musste. Kurz: der perfekte Philister.

Dabei sind Nicolais Verdienste so bedeutend für die europäische Kulturgeschichte und die deutsche Literatur, dass man sie nicht unter den Tisch fallen lassen sollte. Christoph Friedrich Nicolai wurde als jüngstes von acht Kindern eines Berliner Verlagsbuchhändlers geboren. Er besuchte das Joachimsthal'sche Gymnasium in Berlin, danach die Lateinschule des Waisenhauses der pietistischen Francke'schen Stiftungen in Halle sowie die 1747 gegründete Ökonomisch-Mathematische Realschule in der Berliner Kochstraße. Letztere beeinflusste mit Fächern wie Mathematik, Naturlehre und Anatomie sowie durch Besuche von Manufakturen und Fabriken maßgeblich die weitere Entwicklung des jungen Mannes, war er doch an allen Aspekten des Lebens interessiert.

In Frankfurt an der Oder absolvierte er eine Buchhandelslehre, schloss Freundschaft mit englischen Studenten und erlernte – damals sehr ungewöhnlich – eifrig deren Sprache. 1752, kurz nach seiner Rückkehr nach Berlin, starb sein Vater, der älteste Bruder übernahm die Buchhandlung. Erst 1758, nach dessen Tod, trat Friedrich Nicolai in das Geschäft in der Brüderstraße ein und entwickelte sich alsbald zu einem versierten, bestens informierten Kaufmann. Obwohl er nie eine Universität besucht hatte, war seine Wissbegier so grenzenlos wie seine Meinungsfreude notorisch. Bereits 1755 kamen seine *Briefe über den itzigen Zustand der schönen Wissenschaften in Deutschland* heraus. Sie machten ihn weithin bekannt und öffneten ihm den Zugang zu intellektuellen Kreisen. Er lernte Gotthold Ephraim Lessing und Moses Mendelssohn kennen und freundete sich mit ihnen an. Mit der 1757 gegründeten *Bibliothek der schönen Wissenschaften und der freyen Künste*, die er mit den beiden initiierte, begann seine Karriere als Herausgeber kritischer Zeitschriften.

1759 folgte die Wochenschrift *Briefe, die neueste Literatur betreffend*, 83 der nur mit einem Kürzel versehenen

Buchbesprechungen stammten von Mendelssohn, Nicolai war mit 63 vertreten und Lessing kam auf 55 Beiträge. Die stets sehr angriffslustigen, so pointiert wie angelegentlich im Plauderton formulierten fiktiven *Literaturbriefe* wurden anfangs immer donnerstags in der Nicolai'schen Verlagsbuchhandlung ausgegeben, sie waren aber auch in den Postämtern und Buchhandlungen anderer Städte zu erwerben. Die einzelne Ausgabe kostete einen Groschen, ein vierteljährliches Abonnement zwölf. Selbstbewusst ließ Nicolai die *Briefe* von Anfang an zu Büchern binden. Berühmt wurde vor allem der siebzehnte Literaturbrief: Darin wandte sich Lessing gegen Johann Christoph Gottscheds *normative Poetik* und befreite die deutsche Literatur von ihren Fesseln.

Natürlich gab es Proteste, man schrieb sich die Köpfe heiß. Der Staatswissenschaftler und Ökonom Johann Heinrich Gottlob von Justi beschwerte sich zum Beispiel bei Friedrich II.: *In dieser Schrift werden ... aus gewinnsüchtigen und schwarzen Absichten die würdigsten und verdienstvollsten Gelehrten unserer Zeit mit einer bis hierher in dem Reiche der Wissenschaften noch nie erhörten Unverschämtheit und Frechheit angegriffen.*

Bis 1765 erschienen die so leidenschaftlich subjektiven *Briefe, die neuere Literatur betreffend*, noch im gleichen Jahr sollte Nicolai, der Unermüdliche, sein eigentliches Lebenswerk starten und das Wesen der Kritik damit auf die Spitze treiben. Für die *Allgemeine Deutsche Bibliothek (ADB)*, eine bis 1805 herausgegebene Rezensionszeitschrift für Literatur, die sich bald zum führenden Organ der deutschen Aufklärung entwickelte, war er der einzige Herausgeber. Ein Mitarbeiterstab von 433 wechselnden Autoren besprach mehr als 80.000 literarische Neuerscheinungen.

Dass es ein Projekt von enzyklopädischen Dimensionen war, dürfte Nicolai klar gewesen sein, machte er sich doch anheischig, sämtliche im deutschsprachigen Raum erscheinenden Bücher aller Wissensgebiete (einschließlich der Übersetzungen!) zu besprechen. Dass das in viele Kleinstaaten zerrissene Deutschland dadurch eine Art kulturelles Zentrum erhielt, zeigte sich erst mit der Zeit, aber dann doch sehr eindrucksvoll. Bis 1806 erschien die *Allgemeinen deutsche Bibliothek* in 256 – mit Zusätzen und Registern in 268 – Bänden.

Johann Erich Biester (1749–1816), Jurist, Philosoph und Großredner der *Großen Landesloge der Freimaurer von Deutschland*, seinerseits ein unangepasster Geist und leidenschaftlicher Aufklärer, der mit seinem Aufsatz *Vorschlag, die Geistlichen nicht mehr bei der Vollziehung der Ehen zu bemühen* Furore machte, würdigte Nicolais *Deutsche Bibliothek* bereits 1784 in ihrer Bedeutung. Er sah in ihr *ein Werk … über unser gemeinschaftliches deutsches Vaterland und von solchem Einfluss auf alle Provinzen desselben, wie keine Nation eines ähnliches aufzuweisen hat. Nun erst erfuhr Deutschland, was überall litterarisch in ihm vorging, es lernte sich selbst kennen …*

Günter de Bruyn, *der* Preußen-Experte unserer Tage, geht mit Biester *d'accord*; dass Nicolai alles niedermachte, was ihm anti-aufklärerisch vorkam, nimmt er dem Verleger jedoch übel. Dafür, dass er gegen Herders Volkslieder polemisierte, Klopstocks Bardengesänge verschmähte, gegen Goethes *Die Leiden des jungen Werthers* (1774) seine missratene Parodie *Die Freuden des jungen Werthers* (1775) setzte, hat er kein Verständnis.

Zwischen 1783 bis 1796 entstanden zwölf Bände mit der *Beschreibung einer Reise durch Deutschland und die Schweiz*, der Nicolais auch von de Bruyn kritisierte Akribie unerhört zugutekam. Nicht nur, dass er detailliert über Regionen, Menschen, deren Konfessionen, Tätigkeiten und Sitten berichtete. Von Nicolai erfahre man auch – so de Bruyn –, was die Reise gekostet habe, wie viele Meilen er zurückgelegt habe, wie die Straßen gepflastert gewesen seien und wie die Leute sich kleideten. Da er weder auf Gefühlserhebung noch auf Abenteuer Wert legte, sondern den Tatsachen huldigte, wurden die Reisen sorgfältig geplant, Routen festgelegt, Reisewagentypen gegeneinander abgewogen und nicht zuletzt Briefe an Bekannte und Freunde geschrieben, die ihm Auskunft geben konnten. Auch ein Schrittzähler für Fußmärsche und einer für Wagenfahrten gehörten zu seinen Reiseutensilien sowie ein neu erfundener Füllfederhalter, bei dem aus der Metallkapsel Tinte in den Gänsekiel floss. Auf diese Weise konnte er an Ort und Stelle alles notieren, brauchte dann aber doch – wie de Bruyn maliziös anmerkte – dreizehn Jahre, um die Detailmassen in den zwölf Bänden mit insgesamt fünftausend Seiten unterzubringen.

Über Nicolais schöngeistige, häufig didaktisch getönte Werke wollen wir hier nicht sprechen. Vermutlich haben sie es verdient, vergessen worden zu sein, aber die *Allgemeine deutsche Bibliothek* war progressiv im wahrsten Sinne des Wortes. Keiner hat nach Nicolai ein solches gigantisches Unterfangen noch einmal riskiert.

Nicolai und Messerschmidt

Um zu erfahren, dass Nicolai den Bildhauer persönlich kannte, hätte Leon nur den sechsten Band von dessen *Reise durch Deutschland und die Schweiz* aus dem Bücherregal ziehen müssen.

Nicolai lernte Messerschmidt nicht etwa zufällig kennen, sondern suchte ihn 1783 ganz gezielt auf, um mit dem als Kuriosität betrachteten Künstler ins Gespräch zu kommen. Auf welche Weise er in den Besitz des *Verstopften* gelangte, lässt sich damit nicht erklären, die Möglichkeit eines solchen Kaufs aber bestand. Ungleich bedeutender – weil real – erscheint ohnehin der Umstand, wie ausführlich, detailreich und zugewandt Nicolai in jenem sechsten Band, der sich *Kleine Nebenreise nach Ungarn* nennt, schilderte, was er sah und hörte. Er war der einzige Zeitgenosse Messerschmidts, der versuchte, sich auf dessen Rückzug aus seiner akademisch-höfischen Wiener Welt einen Reim zu machen. Erst Jahre später gelangten die Auskünfte des Ausnahmekünstlers an die Öffentlichkeit. Nicolai bereitete allen nachgeborenen Interpreten der Messerschmidt'schen Kunst eine Basis. Auf ihn, über den ein paar unreife Bürschchen im Jahre 1806 glaubten, sich in dessen eigenem Haus lustig machen zu können, beziehen sich fast alle Forschungen, die sich im zwanzigsten und einundzwanzigsten Jahrhundert mit Franz Xaver Messerschmidt, seinen Charakterköpfen und seiner rätselhaften psychischen Krankheit beschäftigten. Die allermeisten Katalog-Texte der Museen, die ihm eine Ausstellung widmeten, sowie die Beiträge vieler Feuilleton-Journalisten nahmen auf Nicolais Messerschmidt-Interview Bezug.

Ernst Kris etwa zog 1932 aus Messerschmidts exzessiver Kunst psychoanalytische Schlüsse und diagnostizierte aufgrund der krampfhaft zusammengepressten Lippen der meisten Köpfe eine sexuelle Neurose. Maria Pötzl-Malikova vermutete 1982 eine Psychose. Phasenweise stritt man heftig über Messerschmidts vermutete Homosexualität. Und erst Behr/Grohmann/Hagedorn erkannten in ihrer Monografie von 1983 *Die Kunst der Mimik: Franz X. Messerschmidt und seine Charakterköpfe*, dass es sich in Messerschmidts Fall um ein Paradebeispiel für den bornierten Umgang mit den außergewöhnlichen Werken eines außergewöhnlichen Künstlers handelt.

So seien hier wenigstens kursorisch die äußeren Umstände sowie der Gesprächsverlauf nachgetragen, die sich Nicolai damals notierte.

Ein Mann von ungemeiner Stärke des Geistes und des Leibes, sei Messerschmidt gewesen, schrieb der Gast aus

Berlin; *im gemeinen Leben ein wenig zur Sonderbarkeit geneigt, welche hauptsächlich aus seiner Liebe zur Unabhängigkeit entstand. Er wollte wenige Bedürfnisse haben, liebte nichts außer seiner Kunst, und hatte in derselben alles sich selbst zu danken.* Nur weil er nicht unterwürfig genug habe sein können, sei Messerschmidts Karriere gescheitert. Von damit zusammenhängenden Intrigen des akademischen Betriebs und der angeblichen *Verwürrung im Kopf* des Künstlers ist die Rede. Nicolai, dem Aufklärer, kam Messerschmidt allerdings eher als in falsche Gesellschaft geratener Mensch vor. Er stehe unter dem Einfluss von Esoterikern und Geistersehern, die den Bildhauer mit ihren Lehren und geheimen Weisheiten infizierten und in seiner Misanthropie bestätigten.

Von Franz Anton Mesmer (1734–1815), der mit seinen unorthodoxen Heilmethoden ganz Europa in Aufregung versetzte, erwähnt Nicolai nichts. Messerschmidt scheint ihm nicht erzählt zu haben, dass er mit dem charismatischen Arzt befreundet war und sogar eine Zeitlang bei ihm auf dessen stattlichem Wiener Anwesen wohnte. Mesmers Experimente mit dem angewandten *tierischen Magnetismus* konnten ihm also nicht entgangen sein, sondern könnten ihn im Gegenteil Jahre später durch die physiognomischen Exzesse, die sie bei seinen Patienten hervorbrachten, inspiriert haben.

In dem *einsamen Häuschen*, in dem Nicolai den Künstler antraf, hatte er alles, was er zum Leben brauchte: *Sein ganzes Hausgeräth bestand aus einem Bette, einer Flöte, einer Tabackspfeife, einem Wasserkruge, und einem alten italiänischen Buche von den Verhältnissen des menschlichen Körpers. Dies war alles, was er von den Sachen, die er ehemals besaß, hatte behalten wollen. Außerdem hing am Fenster, auf einem halben Bogen die Zeichnung einer ägyptischen Statue, die er nie ohne Bewunderung und Ehrfurcht ansah.*

Sie wurden bald *ziemlich vertraut* miteinander, kommt Nicolai nicht umhin zu konstatieren. In großer Ausführlichkeit lieferte ihm sein Gesprächspartner all jene Auskünfte, worauf die Psychologen und Psychoanalytiker später ihre Theorien aufbauten: die Selbstversuche vor dem Spiegel, bei denen der sich von Dämonen geplagt Fühlende Nadeln an bestimmten Stellen in seinen Brustkorb stach, die auf seinem Gesicht immer wieder andere Muskeln reizten. Deren spezielle Verzerrungen gaben Franz Strunz, alias Ritter von Skronsky, sowohl in der Realität als auch im Roman dann die einfältigen Titel ein, mit denen er die Porträtbüsten versah. Dass dem Künstler aufgrund seiner akademischen Ausbildung und der damit einhergehenden anatomischen Kenntnisse stets korrekte, hochrealistische Zeichnungen gelangen, um die in Mimik gegossenen extremen Gefühle so authentisch wie nur möglich in Skulpturen zu übersetzen, ist ein großes Glück.

Das heißt, ohne Messerschmidts überragendes handwerkliches Können wäre es nie zu seinen Charakterköpfen gekommen. Nicolai interpretierte ihn als Genie, nicht als krank jedoch, und vor allem nicht geisteskrank. Dass sich ein Genie wie ein Beamter verhalten musste, wäre dem fanatischen Empiriker nie eingefallen. Er kam mit Messerschmidts Unangepasstheit erstaunlich gut zurecht, viel besser als die höfische Administration, die sich vor dessen Provokationen fürchtete.

Abgesehen davon: Es gab schon vorher Anzeichen, dass der zum Akademie-Vorsitzenden designierte Künstler seinen Stil änderte. Noch im letzten Drittel des achtzehnten Jahrhunderts betonte er den Status seiner Auftraggeber mit Rokoko-Perücken und höfischen Prachtkostümen. Seine überlebensgroße Statue Maria Theresias (1766) im wild bewegten Krönungsornat gefiel der Kaiserin so gut, dass sie ihn mit dem Auftrag für eine Porträtbüste ihres Leibarztes Gerard van Swieten auszeichnen wollte.

Überraschend war, dass Messerschmidt bei seinem Porträt auf höfische Insignien des Staatsdieners verzichtete. In der Realität des Künstlers zeigte sich der Mediziner niederländischer Herkunft, der sich für eine Universitätsreform und für verbesserte Heilanstalten und Spitäler eingesetzt, die Wiener Hofbibliothek auf Vordermann gebracht sowie in Schönbrunn ein kaiserliches Forschungslabor einrichtet hatte und später als Kulturpolitiker in den Diensten Josephs II. den armen Mozart mit ihn von seiner wahren Arbeit abhaltenden Aufträgen quälte, völlig auf sich selbst zurückgeworfen. Schockierend und lapidar: nackt. Für Messerschmidt war der verdienstvolle Arzt nicht mehr als ein korpulenter Mann mit fleischigen Schultern und Doppelkinn, etwas aufgequollenen Gesichtszügen, uninspiriert und wenig bedeutsam blickend. Selbst seine Perücke wirkt wie echtes Haar, weit davon entfernt, Illusionen zu wecken. Von diesem Kopf zu den Charakterköpfen war es nicht mehr weit – wenngleich sich der Künstler kurz zuvor in Rom Anregung aus der antiken Bildhauerei geholt und vielleicht geglaubt hatte, in deren Tradition zu arbeiten. Heroisch jedoch wie Gaius Julius Cäsar, im ersten Jahrhundert nach Christus von einem Anonymus geschaffen, wirkt Gerard van Swieten kein bisschen; eher so, wie er sich vielleicht abends, vor dem Zubettgehen, ausgekleidet und übermüdet, im Spiegel wiederfand.

Karl August Varnhagen von Ense (1785–1858)

Varnhagen war noch jung, als Leon ihn kennenlernte, kaum zweiundzwanzig Jahre alt, nur wegen des Altersunterschieds kam er unserem Helden so erwachsen vor. An der Stelle, wo der Freund Chamissos unseren Roman verlässt, am Berliner Lustgarten also, hat er noch sein ganzes interessantes Leben vor sich, wobei nicht verschwiegen werden soll, dass er Rahel Levin, seine künftige Ehefrau, zu diesem Zeitpunkt noch gar nicht persönlich kannte, vom Romanverlauf und dessen Betreiberin also buchstäblich dazu gezwungen wurde.

Karl August Varnhagen von Ense, geboren zu Düsseldorf am 21. Februar 1785, war der Sohn des aufklärerisch gesinnten Arztes Johann Jacob Varnhagen, der seiner Obrigkeit stets suspekt blieb, weil er mit der französischen Revolution sympathisierte. Ein unruhiges Wanderleben führend, zog er mit seiner Familie zuerst nach Brüssel und dann in die Geburtsstadt seiner Frau nach Strassbourg, lebte zeitweise in einem stillen Dorf bei Düsseldorf, wo er sich ausschließlich Karls – nach den Maximen des Jean-Jacques Rousseau ausgerichteten – Erziehung widmete. Ob auch seine Tochter Rosa Maria dieser teilhaftig wurde, weiß man nicht, sicher ist, dass Varnhagen seine Schwester liebte und zumindest der briefliche Kontakt ganz auf Augenhöhe standfand.

Bereits als Kind war Varnhagen nicht nur ein manischer Leser, sondern auch ein genauer Beobachter. Er liebte es, seine Umgebung zu beschreiben, und die Leute, denen er bei seinen häufigen Ortswechseln begegnete, erfuhren nicht selten eine schriftlich und in Hexametern gefasste Charakterisierung. In Hamburg war dies nicht anders, wohin ihn sein Vater 1794 verbrachte – da lebt Leon noch in Wien in der Werkstatt seines Meisters Stangerl. Da der kleine Karl August Arzt werden sollte, besuchte er schon als Zwölfjähriger die Anatomie, las den *Christus patiens* von Hugo Grotius, dessen religiöse Toleranz ihn prägen sollte, und füllte fleißig seine Herbarien, nicht anders als der später eng mit ihm befreundete Alexander von Humboldt.

1799 starb Varnhagens Vater. Freunden gelang es, dem Sohn einen Studienplatz an der 1795 für die preußischen Wundärzte gegründeten medizinisch-chirurgischen Pépinière in Berlin zu verschaffen. Das üble Institut, das an Schillers Stuttgarter Karlsschule erinnerte, sorgte dafür, dass sich der junge Varnhagen schließlich von der Medizin ab- und der Literatur zuwandte. Er begeisterte sich für Klopstock und Kant, Schiller und Goethe, besuchte lieber Wilhelm Schlegels Vorlesungen für zwei Friedrichs d'or als Leichenschau zu halten, und schnitt sich eines Tages den in der Anstalt vorgeschriebenen Zopf ab, um ihn an die Tür derselben zu nageln.

Das Zopfabschneiden war vielleicht die letzte spontane Handlung in Varnhagens Lebens. Denn dass er sich den Frühromantikern annäherte und im Verlauf der nächsten Jahre Adelbert Chamisso, Ludwig Robert, den (getauften) Bruder der Rahel Levin, Friedrich de la Motte Fouqué, Julius Eduard Hitzig und den später als Magnetiseur und Modearzt bekanntwerdenden David Ferdinand Koreff kennenlernte und mit ihnen den Nordsternbund und einen Musenalmanach gründete, geschah zwar fast zwangsläufig im damals noch sehr ländlichen Berlin. Er ließ sich jedoch von seinen mehr oder minder himmelstürmenden Freunden nicht den Kopf verdrehen und blieb weitgehend auf dem Boden der sich ihm täglich bietenden Tatsachen, so beschrieb er es in seinen 1837 erscheinenden *Denkwürdigkeiten aus dem eigenen Leben*.

Vielleicht hinderte ihn seine früh erworbene Welt- und Menschenkenntnis daran, allzu schnelle, überschießende Entscheidungen zu treffen. Selbst für den Entschluss, Rahel Levin zu heiraten, nahm er sich – nachdem er ihr schon einige Anträge gemacht hatte – viel Zeit. Das heißt, obzwar er sie liebte und verehrte, für sie eintrat in der Öffentlichkeit und sein ganzes Talent in ihren Dienst stellte, war er nicht der Typ, sich ihr zu Füßen zu werfen. Was keineswegs heißt, dass er sich nach dem Tod seiner Frau (1833) für ihren Nachruhm nicht leidenschaftlich einsetzte. Sie wäre gewiss bald vergessen worden, hätte der sie um drei Jahrzehnte überlebende Witwer nicht tausende ihrer Briefe in drei Bänden herausgegeben.

Hannah Arendt, Rahel Varnhagens Biografin, findet an Varnhagens *Rahel. Ein Buch des Andenkens für ihre Freunde* so manches auszusetzen, sie entdeckt viel Schönfärberei und sogar Fälschungen, wirft ihm vor, dass er das Jüdische in Rahels Korrespondenz verschleierte, und ist überhaupt auf den Ehemann der Kultur-Multiplikatorin nicht gut zu sprechen. Für sie ist er ein *Mann ohne Eigenschaften*, was angesichts seiner Verdienste grotesk erscheint. Denn selbst wenn er von seinen dichtenden Zeitgenossen nicht allzu ernst genommen wurde, so konnte man ihn doch zweifellos als einen *homme de lettres* bezeichnen. Er etablierte in Deutschland das biografische Essay, sprach mehrere Sprachen, setzte sich für Übersetzungen aus dem Französischen und Russischen ein und machte nicht zuletzt mit seinen Rezensionen Puschkin und Turgenjew bekannt.

Als Offizier in österreichischen, später in russischen Diensten nahm Varnhagen an den Befreiungskriegen teil, für seine Verdienste als kaiserlich-russischer Kapitän wurde ihm von Friedrich Wilhelm III. der Orden *Pour le Mérite* verliehen. Später begleitete er den preußischen Kanzler Karl August von Hardenberg zum Wiener Kongress und nach Paris. 1815 wurde er zum preußischen Gesandten in Karlsruhe berufen, 1819 aber wegen *demokratischer Neigungen* abberufen und ließ sich in Berlin nieder.

Die Sammlung Varnhagen, die durch Schenkungen, Tausch oder Kauf entstand, vermachte er seiner Nichte Ludmilla Assing (1821–1880), die wiederum überließ die Handschriften, Bücher und Bilder der königlichen Bibliothek zu Berlin. Während des Zweiten Weltkriegs wurden diese nach Schlesien ausgelagert, wobei eine Teilung stattfand: Bis heute befinden sich die Handschriften in der *Biblioteka Jagiellonska* in Krakau, die Bücher und Bilder indes in der Staatsbibliothek zu Berlin.

Ausgesprochen anrührend sind Varnhagens von früher Jugend an angefertigten Scherenschnitte, mit denen er sich ja auch in Chamissos Wachhäuschen am Brandenburger Tor, als ihn Leon kennenlernt, beschäftigt. Seinen persönlichen Erinnerungen zufolge zeigte sich bei seiner zwei Jahre älteren Schwester Rosa Maria und ihm schon früh das Talent für derlei Miniatur-Kunstwerke, deren fantasievolle Fragilität dem Zeitgeist der Romantik so sehr entsprach. *In wechselseitiger Innigkeit, oft Schulter an Schulter* arbeiteten die Geschwister an ihren Artefakten, wobei die Schwester den Bruder in der außergewöhnlichen Feinheit ihres Schnitts alsbald übertrumpfte.

Während Rosa Maria das Ausschneiden bis zu ihrem Lebensende betrieb und dabei auch ökonomisch erfolgreich war, schien Varnhagens Lust irgendwann zu versiegen. Immerhin, als Student in Halle klebte er in der Schelling'schen Konditorei am Marktplatz seine fertigen Schnitte an die Fensterscheiben und registrierte im Innern des Kaffeehauses, dass *die müßige Jugend ihre Freude daran zeigte, Dienstmädchen und Handwerker* sich *dazugesellten und jede neue Figur mit schreiendem Jubel begrüßten*. Auch als

Varnhagen 1808 Jean Paul Richter in Bayreuth besuchte, drei Jahre also, nachdem Leon ihn zum letzten Mal gesehen hat, setzte er sich mit seiner Kunst noch in Szene und erschuf für die Sprösslinge des Dichters *eine Kinderwelt aus Papier*, die nicht nur Jean Paul, sondern auch dessen damals noch sehr zahlreichen Besucher entzückte.

Vermutlich war Varnhagen sehr viel weniger fantasievoll als Hans Christian Andersen ein halbes Jahrhundert später, der seine Ausschneiderei gleichfalls unter den Augen des – zumeist kindlichen – Publikums betrieb, beim Märchenerzählen als *work in progress*. Es waren Schlösser, Schwäne, Kobolde, viele Herzen, ein toter Mann, der an einem Galgen hing, ein Kammerherr mit einem Schlüssel im Rücken, berichtete sein Patenkind Rigmor Stampe. Wohingegen Varnhagen – eher unkompliziert in seinem Schneideverfahren – sich mehr an die Realität gehalten haben dürfte.

Wie eine geeignete Schere beschaffen sein sollte, erzählt Varnhagen in einem Brief: *Sie ist nicht allzu klein, die Spitzen sind sehr genau, die Blätter kurz und schmal, die Stangen sehr lang, sie geht außerordentlich leicht auf und zu …* Sein Handwerkszeug ließ sich Varnhagen aus Wien liefern, nachdem das aus England seinem Perfektionismus nicht mehr genügte, von Wilhelm Turiet, genauer gesagt, den er allen *Ausschneidern* wärmstens empfahl. Der hatte sein *Gewölbe* im Graben und hätte von Leon – im Auftrag seines Meisters Gregor Stangerl – besucht werden können.

Literatur

Julian Barnes: Der Lärm der Zeit, Roman, aus dem Englischen von Gertraude Krueger, Kiepenheuer & Witsch, Köln 2004

Günther de Bruyn: Das Leben des Jean Paul Friedrich Richter, Fischer, Frankfurt am Main 2015

Günther de Bruyn: Preußische Trilogie: Die Finckensteins / Preußens Luise / Unter den Linden, Siedler, München 2004

Günther de Bruyn: Die Zeit der schweren Not, Schicksale aus dem Kulturleben Berlins 1807 bis 1815, Fischer, Frankfurt am Main 2012

Günther de Bruyn: Als Poesie gut, Schicksale aus Berlins Kunstepoche 1786 bis 1807, Fischer, Frankfurt am Main 2009

Adelbert von Chamisso: Gedichte, Ausgabe letzter Hand, vollständige Neuausgabe mit einer Biographie des Autors, hrsg. von Karl-Maria Guth, Hofenberg, Berlin 2014

Martin Ebert / Uwe Hecker: Das Nicolaihaus, Brüderstraße 13 in Berlin, Monumente Publikationen, Berlin 2006

Nikolaj Evreinov: Sturm auf den Winterpalast, hrsg. von Inke Arns, Igor Chubarov, Sylvia Sasse, Diaphanes, Berlin 2017

Arthur Koestler: Sonnenfinsternis, Roman, nach dem deutschen Originalmanuskript, Elsinor Verlag, Frankfurt am Main 2018

Beatrix Langner: Der wilde Europäer, Adelbert von Chamisso, Matthes & Seitz, Berlin 2008

Ruth von Mayenburg: Hotel Lux. Die Menschenfalle, Elisabeth Sandmann, München 2001

William Somerset Maugham: Notizbuch eines Schriftstellers, Diogenes Verlag, Zürich 2004

Heinz Ohff: Preußens Könige. Ein Leben zwischen Hoffnung und Revolution, Piper, München 2001

Hazel Rosenstrauch: Varnhagen und die Kunst des geselligen Lebens. Eine Jugend um 1800, biografischer Essay, Das Arsenal, Berlin 2003

Anna Schirlbauer: Der erste Aussteller der Charakterköpfe von F. X. Messerschmidt: Der bekannte Anonymus namens Strunz, 2013

Anna Schirlbauer: Miscelanaea zu Messerschmidt, ein Ausstellungskatalog 1793, 2016

Karl Schlögel: Das sowjetische Jahrhundert: Archäologie einer untergegangenen Welt, C. H. Beck, München 2018

Karl Schlögel: Terror und Traum. Moskau 1937, Fischer, Frankfurt am Main 2010